新潮文庫

池波正太郎の銀座日記
［全］

池波正太郎著

新潮社版

4639

目次

池波正太郎の銀座日記

カンペールのクッキー……………三
夕暮れの築地あたり……………二一
痛風で銀座遠し……………二九
思い出のトロワグロ……………三六
浅草・上野・谷中……………四四
小説の素材について……………五三
〔ソフィスティケーテッド・レディース〕……六〇
挿絵画家への夢……………六八

＊

長すぎる映画……………七五
どんどん焼き……………八三
〔モンテーニュ随想録〕……………九〇
十年ぶりの媒妁人……………九八
新国劇の国定忠治……………一〇六
親おもう心にまさる親心……………一一四
アステア&ロジャース……………一二二
ムッソリーニの悲劇……………一三〇
夏の終り……………一三八
聞こえないセリフ……………一四五
フランス旅行……………一五三

書斎の籐椅子……一五九

＊

エンジン始動……一六七
風邪のち痛風……一七四
久しぶりの銀ブラ……一八二
フィルム・ノワール……一九〇
川口松太郎氏のこと……一九七
新聞小説のスタート……二〇五
夏バテ知らず……二一三
富十郎の芝居……二二一
昔日の俳優たち……二二八
年末の街歩き……二三五
冬の頭痛……二四二

＊

連載小説のトップ・シーン……二四九
ホテルの朝食……二五六
三十年目の舞台化……二六三
五黄の年回り……二七一
ステッキ傘……二七九
写真集と画集……二八七
夏の食欲……二九四
私の夏休み……三〇一

猿之助歌舞伎 ……………… 三〇九
イタリア映画祭 ……………… 三一六
ゴン太の反逆 ……………… 三二三
新しい眼鏡 ……………… 三三一
＊
初風邪 ……………… 三三九
ジンジャー・ロジャースの色香 …… 三四七
ビデオに夢中 ……………… 三五五
九紫の星 ……………… 三六三
先祖の地、井波へ ……………… 三七一
タンゴ・アルゼンチーノ ……… 三七九
来年の賀状 ……………… 三八六
山の上ホテルでの休日 ……… 三九四
最後の新国劇 ……………… 四〇二
〔勧進帳〕見物 ……………… 四一〇
ケン玉遊び ……………… 四一八
歯医者通い ……………… 四二六
＊
暖かな日々 ……………… 四三四

池波正太郎の新銀座日記

久しぶりの試写通い……四四三
菊池寛賞の授賞式……四五一
＊
出さなかった年賀状……四五九
冬ごもり……四六七
ジューヴェの顔……四七五
訃報つぎつぎに……四八三
自作の展覧会……四九一
〔子熊物語〕……四九九
吉右衛門の〝鬼平〟……五〇六
夏のロース・カツレツ……五一四
女の猿まわし……五二二
体の精密検査……五三〇
映画狂の少年たち……五三八
ウスタロス村の四季と生活……五四六
＊
テレビづけの正月……五五三
舞台の鬼平……五六一

解説　重金敦之

挿画　池波正太郎

池波正太郎の銀座日記［全］

池波正太郎の銀座日記

「銀座百点」に昭和五十八年七月号より六十年四月号、および同年六月号より六十三年三月号まで連載

カンペールのクッキー

×月×日

半月ぶりに鍼《はり》の治療へ行く。

扉《とびら》を開けると、いつもきまって飼犬ラッキーの歓迎の啼《な》き声がきこえるのに、きょうは屋内がしずまり返っている。二階の治療室へあがり、鍼医の矢口氏へ、

「ラッキー、入院でもしたのですか?」

「先週、亡《な》くなりました。老衰でしたが、やはり、私も家内もさびしくなってしまって……昨日が初七日でした」

ラッキーは、黒のミニチュア・プードルだった。

私の背中へ鍼を入れながら、

「犬や猫《ねこ》は、人の心を、人よりも早く読みとりますねえ。何につけ、人間のほうが、カンが鈍いですねえ」

そういう矢口氏の声が湿っていた。

このところ、寒、暖の反復がひどく、人も病んだが犬や猫も同様らしい。私の家にいる六匹の猫のうち、これも老猫のサムが、先日、死んだばかりだ。

夜になって、若い友人の佐藤君が来訪。

「これ、カンペールでつくっているクッキーなんですって。あそこは、クッキーで有名らしいんです。なつかしくなって、買って来ました」

と、クッキーの箱を出して、私にくれた。

三年前に、佐藤君とフランスの田舎をまわったとき、ブルターニュのカンペールの町の、オデ川沿いのカフェでシードル（リンゴ酒）をのんで、一休みしたことがある。

「ふうん。これ、東京で売っていたのかい」

「ですから、よほど質がいいんでしょう」

体裁にとらわれぬ、いかにもフランスの田舎の名産らしい無骨なクッキーだが、チーズとバターをたっぷりときかせた味は、なかなかのものだった。

×月×日

五日ぶりに銀座へ出て、京橋のワーナーの試写室で〔氷壁の女〕の試写を観《み》る。いまや洗練の極に達した老匠フレッド・ジンネマン監督の、ようやくに枯れた味わいがただよいはじめてきた秀作。

終って、宣伝部の早川君が、

「いかがです？」

「いいねえ。ああ、おれも七十すぎて、ジンネマンのような仕事ができればなあ」

「できますよ、できますとも」

と、大いにはげましてくれたが、銀座裏の行きつけの床屋へ入って椅子《いす》にかけると、若いが腕のよい○○君が私の髪を刈りながら、

「ふしぎだなあ」

「何が？」

「禿《は》げる進行度が、とまりました」

がっかりして、資生堂へ入って夕飯をすませる。

顔なじみのA君が、

「このごろ、お若くなりましたね」

はげまされたり、やっつけられたりの一日だった。

晩春から初夏へかけての銀座の夕暮れ。これだけは、何といっても大好きだ。ぶらぶらと歩いてから、地下鉄で帰宅する。

夜ふけに、今藤長之《いまふじちょうし》（唄《うた》）芳村《よしむら》伊《い》十《そ》七《しち》（三味線）の長唄二曲〔勧進帳《かんじんちょう》〕と〔吾妻《あずま》八景〕のテープをウォークマンで聴く。いつ聴いてもすばらしい。いまの歌舞伎座《かぶきざ》の長唄が、いかにひどいかが、はっきりとわかる。

×月×日

快晴の日曜日。

築地《つきじ》の〔治作〕で新国劇のOB会が催され、初めて出席する。そもそも俳優たちのOB会だから、私が少年のころに舞台で観た人びとも出席しているし、戦後、私がこの劇団の脚本・演出をしていたころの人たちにも十年、二十年ぶりに会う。辰巳《たつみ》柳太郎・島田正吾《しょうご》両氏も初めてあらわれた。

このように毎年、OBたちがあつまるのも、やはり、むかしの新国劇という劇団が活気にみちあふれており、そこで欲得もなく青春時代を送っただけに、劇団への愛情も印象も強烈なのだろう。

黒川弥太郎氏も久しぶりで会ったが、この人は、むかしと少しも変らぬ。ともかくも役者というものは若いし、丈夫にできている。

終って、築地界隈《かいわい》をぶらぶらしながら、写真を撮る。

今月の末から〔アサヒグラフ〕へ連載をする絵と文章の取材だが、このあたりには意外に緑が多く、新しいビルやマンションが建ちならぶ中に、むかしの民家が清らかに残っている。つまり、むかしの民家の生活がまだ息づいているのである。

日曜日のことゝて車輛《しゃりょう》の響《とよ》みも絶え、初夏の夕闇《ゆうやみ》の中に、町がすばらしいハーモニーをかもし出していた。近いうちに、また、このあたりをゆっくりと歩いてみよう。

それから地下鉄で下谷《したや》の稲荷《いなり》町まで行き、下谷神社の祭礼風景を撮る。これも絵の取材なり。

このあたりは、私が少年時代をすごしたところで、下谷神社の神主だった故阿部徳男は、私の小学校の同級生だった。

縁日の屋台でラムネを買ってのんだが、まるで水のようなものだ。

×月×日

連休中は、客が来なかったので、毎日のように絵を描《か》いていた。

きょうは久しぶりで銀座へ出て、まず七丁目の〔羽衣〕へ行き、包子《パオズ》で生ビール（小）をのむ。さらに米粉《ビーフン》の炒《いた》めたものを食べてからコーヒー。

午後一時からのＣＩＣの試写を観てから、タクシーで等々力《とどろき》へ行き、ついで九品仏《くほんぶつ》へまわって写真を撮る。

夕飯は代官山のアントニオ支店へまわり、卵とホウレン草のパスタと仔牛《こうし》を食べた。

×月×日
小雨がけむる午後の銀座。

ワシントン靴《くつ》店で靴墨を買うという友人と別れて、S堂の前まで来ると、向こうから田中小実昌《こみまさ》さんが若いガール・フレンドと相合傘《あいあいがさ》でやって来た。

「きょうは、何処《どこ》の試写？」

「ええと、東和で〔曽根崎《そねざき》心中〕です。それから、日本海大海戦の何とかというのを……」

「ぼくは、これから、小学校の先生と会うんですよ」

「いってらっしゃい」

「いってらっしゃい」

それからS堂へ行き、私が下谷の西町小学校で五年六年と教わった高森敏夫先生に会う。

先生は七十二歳。髪の毛はうすくなったが、シワ一つなく、若々しい。

先生は、小・中学校の算数の教え方がうまく、むかし〔考える子供たち〕という著書で毎日文化賞を受賞された。いまは引退されたが、いろいろといそがしいらしい。

「おれな、池波。今度、〇〇中学で生徒と先生たちに算数の補習をやるんだ。ちょっと、ためらったが、やってみることにした」

と、いわれる。

〇〇中学は先ごろ、暴力問題で世に知られた学校である。

×月×日

旧友で、ベテランのシナリオ作家・井手《いで》雅人《まさと》が書いた〔きつね〕という松竹映画を観る。

十数年前に、十三歳の長女を難病で失った彼の苦悩と慟哭《どうこく》が、スクリーンの底からただよってくる。

近い日の、長女との死別を医師から知らされたときの、彼の姿がまざまざとおもい起された。

終って、また築地あたりをぶらぶらと歩き、写真を撮る。

むかしの浅草の、私が住み暮していたような町すじが残るあたりの、魚屋の筋向かいの小さなとんかつ屋へ初めて入る。

三十すぎの夫婦がやっている店で、ロースのうまさにおどろく。

日中は汗ばむほどだが、夜風は冷たい。連日のことで、ついに私も軽い風邪をひいてしまったようだ。

夕暮れの築地《つきじ》あたり

×月×日

夜食をつくろうとおもって、午後十一時半、階下の台所へ下りて行ったら、八十二歳の老母が自分の部屋の雨戸を開けはじめたので、

「何してる？」

「朝じゃないのかい」

おふくろも、ボケたもんだ。

人のことはいえない。六十になった私も、いろいろと近ごろは怪しくなってきた。

夜食を終えて、仕事にかかるが、先月から七十枚ほど書きためていたS誌の小説、

築地・聖路加病院

どうも気分がのらない。

おもいきって、全稿、はじめから書き直すことにして十五枚すすめる。

こんなことは二十年ぶりなり。

なんだか、うまく行きそうになってきて、久しぶりで、ぐっすりと眠る。

×月×日

五日ぶりで銀座へ出て、資生堂でワーナーの宣伝部の早川君と会う。彼に〔ガープの世界〕上下巻をもらう。アメリカのジョン・アーヴィングという作家のベストセラー小説で、これがワーナーで映画化され、すでに入荷しているが、封切の予定はついていないらしい。

「なんとしても早く出したいんです。監督がジョージ・ロイ・ヒルですからね。いいですよ、凄《すご》いですよう」

と、万年映画青年の彼は十五年前と少しも変らぬ。若い妻君をもらったばかりなので、いよいよ張り切っていた。

帰宅は夜九時。入浴してベッドへころがり〔ガープの世界〕を読みはじめる。テクニックは、まだ、いくらか素人《しろうと》じみたところがあるけれども、なるほど、ちょっと凄い小説だ。

今夜は、仕事を休みにして読みふける。

×月×日

鍼《はり》へ行く。

鍼医の矢口氏は、一ケ月前に死んだ愛犬ラッキーのことが、まだ忘れきれない。

「何かの拍子に、ふっとおもい出すと、目の中が熱くなってきます」

「また、飼われたらいかがです？」

「でもねえ。また、死なれるときのことを想《おも》うと、可哀相《かわいそう》で……」

帰宅して、少し眠る。

夕飯は、冷中華麵《ひやしめん》でビール一本。

それから鯛茶漬《たいちゃづけ》。どうも奇妙なメニューになってしまったが、旨《うま》かった。

×月×日

ＣＩＣで〔ソフィーの選択〕の試写。

私はメリル・ストリープという女優が、美しくても、演技がうまいとはおもっていなかったけれども、今回は上出来。監督と名キャメラマンによって一皮も二皮も引きむかれたからだろう。また、たしかに、女優としてやり甲斐《がい》のある役だ。

夕暮れの銀座を抜けて、築地へ行く。

このところ、すっかり築地が気に入ってしまった。むかし、かの浅野内匠頭《たくみのかみ》の屋敷があった〔あかつき公園〕のあたりから、聖路加《せいろか》病院の周辺をぶらぶら歩いていると、まるでフランスの町にでもいるようなおもいがする。

自動車もほとんど走ってはいず、マンションやビルの横道には、むかしの東京の下町が息づいている。

とんかつ屋の〔かつ平〕へ行き、極上のロースを揚げてもらう。

×月×日

車で武州・御嶽《みたけ》の川合玉堂記念館へ行き、〔玉川屋〕で蕎麦《そば》を食べてから、吉野の吉川英治記念館へまわる。ここには故吉川氏の旧居があり、今度は、すっかり内部を見せてもらった。

今年、記念館の近くに吉川夫人が〔紅梅苑《こうばいえん》〕という菓子舗をはじめられたので、そこへまわる。

民芸風の店内に喫茶店があって、コーヒーがうまい。数種の菓子は、いずれもよろしく、中でも梅酒をつかったゼリーはすばらしい。

新しいお仕事をはじめられて、吉川夫人は見るからに若々しくなられ、同行の人たちも瞠目《どうもく》していた。

日が暮れて青梅《おうめ》の町へ出て、裏道の〔寿々㐂家《すずきや》〕という鰻屋《うなぎや》へ入り、枝豆、そら豆でビール。あとは柳川《やながわ》、鶏《とり》の釜飯《かまめし》、鰻丼《うなどん》など、三人でわけ合って食べる。旨くて安い。人も車も少ないウィーク・デーの奥多摩、ほんとうによかった。

×月×日
試写で観逃《みのが》した〔細雪《ささめゆき》〕を観に行く。

観終ったとき、われにもなく、わけもわからぬ泪《なみだ》がふきこぼれてきた。ドラマに感動したというのでもない。強《し》いて申せば、昭和十年前後の、日本と、日本の男女への懐旧の情がこみあげてきたのでもあろうか。太平洋戦争を目前にひかえた一時期の日本、そして東京（細雪の舞台は関西だが……）、それは、それを知る者でなくてはわからぬことだ。

しかし、市川崑《こん》監督の演出は、実にすばらしいもので、大形《おおぎょう》にいうならば、一つの〔名人芸〕といってよく、四姉妹のうち、佐久間、吉永の両女優もよかった。男は石坂浩二、セリフが明晰《めいせき》をきわめている。

市川監督の映画は、出演俳優のセリフが、いつも、ほとんど明晰だ。この点、市川監督は、なかなかにうるさいのではあるまいか……。

終って、久しぶりに〔新富寿司《ずし》〕へ行く。土曜日なのでどうかとおもったが、昨夜の雷雨で客がたてこみ、魚も貝もすっかりなくなってしまったので、今朝、河岸《かし》へ飛んで行って仕込んだばかりという。

おかげで、鮪《まぐろ》・鯵《あじ》・平目など、いずれもうまい。

この店は、私が少年のころ、はたらきに出て、銀座で初めて入った鮨屋《すしや》である。

そのころ、四十そこそこだった先代は、数年前に亡《な》くなってしまった。

×月×日

朝六時半に起き、有楽座《ゆうらくざ》の朝の試写へ行く。朝起きは大の苦手だが、映画の試写ともなると何とか起きる。われながら映画が好きだとおもう。朝のラッシュの地下鉄へ乗るのも久しぶりだ。

映画は〔スター・ウォーズ／ジェダイの復讐《ふくしゅう》〕で、前二作と同様、アメリカ映画のみが為《な》し得るスペース・ファンタジーの大見世物だ。

昼近くに終ってから、高島屋の食堂の〔野田岩〕の鰻丼を食べに行く。いつもはこの時間に起きて、ぐったりとコーヒーをのむだけなのだが、きょうはちがう。早起きしたので腹が空《す》いているから何を食べても旨い。

少年のころから愛用している〔スマドレ〕のヘヤー・トニックの大瓶《おおびん》と眼鏡のフチ

を買い、丸善でパナマ帽子を買ってから帰宅する。

夜、S誌の原稿、どうやら終ってほっとする。

ちかごろ、仕事のあとのブランデーやウイスキーをやらないようになった。

そのかわりに、梅酒へ氷をいれてのむ。

×月×日

東和の試写室で、待望の〔モリエール〕を観る。

四時間の長尺だが、私のようなものにとっては、

「実に、たまらない……」

映画だった。

十七世紀といえば、徳川幕府の初期ということになるが、当時のフランス、パリの風俗、景観が活写されているばかりでなく、劇作家・演出家・俳優として、フランス演劇の創始者ともいえるモリエールの一代記だから、むかしは芝居の世界に身を置いていた私にとっては、すべてが腑《ふ》に落ちてくる。

何度かフランスをまわって来たときの、なつかしい土地をモリエールの一座が巡業するシーンだけでも、私にはすばらしかったし、演劇が特権階級の手許《てもと》から、しだいに民衆のものへ移ってくる過程も興味深い。

それにしても、いま、女性演劇人として世界的に注目されているアリアーヌ・ムヌーシュキンの脚本・監督。その演出のうまさに瞠目する。

痛風で銀座遠し

×月×日

夏の直木賞選考が近づいたので、候補作八篇《ぺん》を抱えて、神田《かんだ》の〔山の上ホテル〕へ、昨日からこもって読みはじめる。昨夜はちょっと銀座へ出て、古い日本映画のコレクターだった故西原延和氏所蔵の〔愛怨峡《あいえんきょう》〕を料理屋の一室で観《み》た。西原氏が先ごろ急死されてしまったので、これからは、このあつまりもどうなるかわからぬ。

昨夜から今夜にかけて、四篇を読み終えた。

読むことはさておき、選考へのぞむ自分の肚《はら》が決まるまでが、なかなかに時間がかかる。

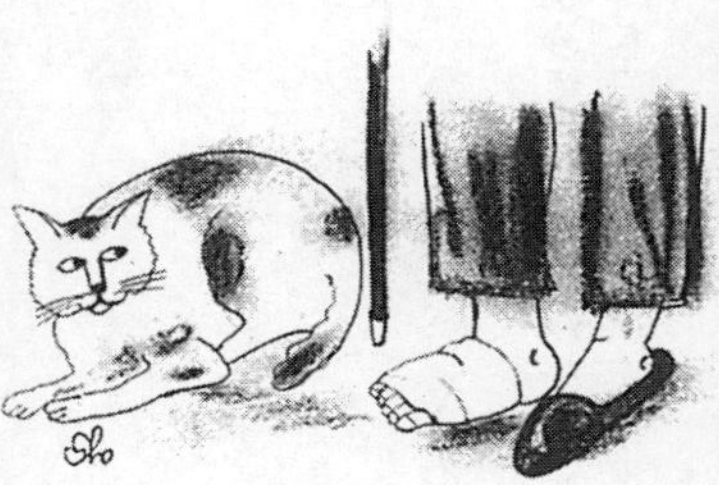

きょうの夕方は、講談社の大村氏が立ち寄ってくれ、さそわれて、神楽坂《かぐらざか》の〔寿司《すし》幸《こう》〕へ初めて行く。小ぢんまりとした気持のよい店で、鮨《すし》もうまい。先客に二人の老人がいたわけだが、そこで大村氏と私が外神田の料理屋〔花ぶさ〕のおかみさんのうわさをしていると、やがて当のおかみさんがあらわれたので、びっくりする。

二人の先客は、おかみさんの知人だったのだ。

これがもし、おかみさんの悪口でもいっていたならば、後で、二人の先客の口から、たちどころにおかみさんの耳へ入ってしまうところだ。

おかみさんに見送られて、先へ出る。

「ほめてばかりいたのだから、よかったですね」

と、大村氏。

これだから、世の中は油断がならない。

しかし、また、これだから小説の種がつきないのである。

×月×日

〔山の上ホテル〕を引きはらって帰宅する。このホテルへは初めて泊ったのだが、こうした仕事をもって泊るには、東京で得《え》難《がた》いホテルだ。ことに本館は、部屋の数が少ないから、サーヴィスの目が行きとどくのだろう。

俳優の沖雅也《まさや》が新宿の高層ホテルから飛び降り自殺。そして、不動産にからむ大殺人と、きょうはテレビも新聞も大騒ぎとなった。

気学によると、この二つの事件は、ことごとく九星の指し示すとおりになってしまっている。

いずれにせよ、今年は大変な年だ。異常事件は、まだ、まだ、つづくだろう。

夜は、週刊誌の原稿。

×月×日

夜、信州・松本から帰京。

〔花ぶさ〕のおかみさんが来ていて、先夜の偶然に「おどろきました、おどろきました」の連発。この人は私に気学の手ほどきをしてくれた人なので、このごろの異変つづきについて、いろいろと語り合う。

夜は、さすがに疲れて仕事ができずにベッドへ転げ込む。

このところ、しばらく銀座へ出ていない。

試写も、ちょっと途絶えているので、出る機会がなかった。

(明日出よう)

おもいながら、たちまちに眠ってしまった。

×月×日

きょうは夕方から〔吉兆《きっちょう》〕で、〔小説現代〕の対談を淀川長治《よどがわながはる》氏とすることになっているので、朝はドイツ・パンを焼いて小さいのを二個のみにする。下北沢《しもきたざわ》の〔アンゼリカ〕というパン屋さんのパンだが、いつも愛用している。

対談は、最近、ニューヨークから帰ったばかりの淀川氏から、ブロードウエイの近況を聞いて、大いにたのしかった。

新年の対談のときより、ずっと元気になられた。

ニューヨークのおみやげに、ヘレン・モーガンの〔ショー・ボート〕のレコード二枚とネクタイをいただく。

はなしがはずみ、終ると十時になっていた。

帰宅して、〔アサヒグラフ〕の絵を一枚描《か》く。

絵を描いて、すぐにベッドへ入ると、なかなか眠れないのはどういうわけなのか……。

×月×日

先日、少し強目《きつめ》の足袋を履いたのがキッカケとなって、二年ぶりに痛風の発作が起った。おかげで試写も観られず、銀座へも出られなくなってしまった。六年前に、はじめて発作が起きたときの激痛にくらべれば、大分に痛みも腫《は》れも軽くなってきたけれども、まことに厄介《やっかい》な持病を抱えてしまった。身から出たサビである。

しかし、久しぶりの痛みになつかしさをおぼえたこともたしかだ。久しく使っていなかった〔タカゲン〕製の折り畳み式のステッキを書庫から出してきてもらう。

夕飯後に〔黒岩重吾・黒い夕陽《ゆうひ》〕文庫本の装釘画《そうていが》をパステルで描く。

夜食は茄子《なす》とミョウガを入れた煮《に》ゅうめん。連日連夜、冷え込む日がつづいている。ステッキをつき、ヨタヨタと歩む私を、飼猫《かいねこ》の〔ゴン太〕が物めずらしげにながめている。

×月×日

前々から約束をしてしまっていたので、朝早く起き、痛風の痛みをこらえながらNHKへ行く。土曜日の一時半の番組。アナウンサーが相手をしてくれるので、さほど長いとはおもわなかった。途中で先代幸四郎（白鸚《はくおう》）の鬼平犯科帳（舞台）の声が入る。自分が舞台化したものだけにおどろきもし、いまは亡《な》き高麗屋《こうらいや》がなつかしい。

終ると、今度は三國《みくに》一朗さんと歴史上の人物について三十分の対談。これは一年に一度ぐらい、毎年やっている。それというのも三國さんの人柄《ひとがら》にこころをひかれて、会うのがたのしみになるからだろう。

女性プロデューサーの阿部さんから、時計つきのペンシルをもらう。こういうものをもらうのは、ほんとうにたのしい。帰宅してからも、このペンシルで字を書いたり、絵を描いたりして遊ぶ。なにしろ足がきかないので、どうにもならぬ。もう十日近く銀座へ出ていない。

母、家内、姪《めい》など、家の女どもは私がしずかにしているので大よろこびなり。

夜は、自分の小説の文庫版のカバー絵を描く。

×月×日
十日ぶりに銀座へ出る。

足の痛みも薄らいだので、ステッキをついてCICの試写室へ行く。

映画はパラマウントの〔48時間〕で、前評判もよかったが、観て、さらによい。何よりも一時間三十分という上映時間がよい。

そして、若手三人のシナリオがよく、監督ウォルター・ヒルがよい。

ニック・ノルティ、エディ・マーフィの白黒二男優がよい。

よいことずくめで、小品ながら切れ味鋭いサスペンスを大いにたのしみ、ここ数日の憂《う》さを吹き飛ばしてしまった。足の痛みも忘れた。

おまけにきょうは、久しぶりで青空がのぞいて蒸し暑いが爽快《そうかい》な一日だった。

ゆっくりと銀座を歩く。

レストランで冷たいコンソメと、鱸《すずき》を食べる。

外へ出たところで知人に声をかけられ、また、そのレストランへ引き返し、クリーム・ソーダをのみながら、ちょっと語り合う。

もっと歩きたいし、久しぶりでバーへ寄ってみたくもなったが、まだ歩行は充分といえないので、大事をとって帰宅することにする。

大事をとる……何たることだ。そんなことは、十年前の私には考えられなかった。

これだけでも年寄になっちまった気がする。

でも、タクシーへ乗る前に書店へ寄り、雑誌二冊と、アーウィン・ショウの新刊短篇集〔緑色の裸婦〕を買う。

帰ったら、パリに住む老婦人Kさんの美しい随筆集と手紙がとどいていた。長らく、私の小説を読んでくれていて、パリに行くと、私がいつも泊るパッシーのホテル〔マスネ〕の、

「パトロンも使用人も顔見知りです。私は、すぐ近くに住んでおります」

と、手紙にしたためてある。

来年はフランスへ行くので、お目にかかろうか知らん。

思い出のトロワグロ

×月×日

新国劇の総務を長らくつとめ、舞台美術の長老でもあった浜田右二郎さんが急に亡《な》くなったので、奥沢の自宅での葬儀におもむく。むかし、新国劇の脚本を書いていた私などは、いろいろとよくしてもらった。当時の私は〔火の玉小僧〕などと妙な異名をたてまつられたほどの癇癪《かんしゃく》もちで、浜田さんも、さぞ手を焼いたことだろう。

去年、銀座でばったり出会って、一丁目の〔アスター〕へ入り、エビのやきそばを食べたとき、浜田さんが、

「あ、そうだ。一つ、たのみがあるんですがね」

「何でも、いって下さい」

「来年の春に、私の本が出るので、序文を書いてもらいたいんだけど」

「よござんすとも」

その初めての著書が、もう少しで出版されるというのに、見ることもできず、世を去ったのが残念でならない。最後に、浜田さんが私の脚本の舞台装置をしてくれたのは、五年ほど前の歌舞伎座《かぶきざ》の、菊五郎劇団での仕事だった。浜田さんは八十になっても若々しく、入院直前まで、よい仕事をつづけていたのである。

葬儀から帰ると、浜田さんの故郷の四国から素麺《そうめん》が届いていた。浜田さんが入院前に手配してくれたのであろう。なんともいえぬ気持になる。

夜は、明神下《みょうじんした》の料理屋へ、これまた、むかしむかし、兜町《かぶと》の株式仲買店〔松一〕に小僧のときからつとめていた人びとが十名ほどあつまる。私も、その中の一人だ。すでに亡くなった若旦那《わかだんな》の奥さんも来てくれて、みんな二十年、三十年ぶりに顔を合わせたのだが、いずれも、たがいに見おぼえている。語り合う声、書く字も少年のときのままなのだ。

帰宅してベッドへ入ったが、あまりにも速い光陰の数十年を想《おも》い、眠れなくなってしまう。

明け方、ようやくに寝入って、浜田さんの夢を見た。

×月×日

いよいよ暑くなった。日中の、このくらいの暑さは平気だが、夜、眠れないのが困る。

午後から松竹の試写室で木下恵介監督の〔この子を残して〕を観《み》る。長崎の原爆をテーマにしたもので、この映画はよいも悪いもない。全世界の人たちに観てもらいたい。

終って、またしても築地界隈《かいわい》をぶらつき、画材を探す。〔かつ平〕のとんかつを怖々《こわごわ》食べる。痛風のことが頭にあるからだが、週に一度ほどは、やはり肉を食べたい。

夜の九時半から、有楽座で〔ブルーサンダー〕の試写。まるで戦車のような、黒いジェット・ヘリコプターをつかってのサスペンス。その最新メカの威力、恐ろしさを痛感する。

×月×日

午後から飛び出し、デパートをまわり、家具を注文したり、痛風中、出歩けずにたまっていた買物をすませる。

〔タカゲン〕へ寄り、亡師（長谷川伸）遺愛のステッキの修理をたのみ、ついでに、「これは、めずらしいものです。いまはもう、つくる人がいなくなりました」

と、〔タカゲン〕の旦那にすすめられて、桜の皮を巻きしめた細いステッキを買う。

六年前、初めて痛風にかかってから、ステッキが好きになってきた。健康にもよい。姿勢が正しくなるからだし、それに、いざというとき、初老の男にとって、ステッキの存在は実に心強いものなのだ。

夕方になって〔レカン〕へ行き、友人たちと食事。肉はやめてオマールに冷コンソメ。

帰宅して、夜ふけに、油揚げのまぜ御飯のおにぎりを一個食べる。

×月×日

夜のテレビで、片岡孝夫《かたおかたかお》・坂東《ばんどう》玉三郎共演の〔四谷《よつや》怪談〕を観る。要領よくダイジエストしてあったが、玉三郎初役のお岩は、あまり大評判にはならなかったようだ。しかし、初役で、この難役をこれだけこなしたのは一つ進境だとおもう。気魄《きはく》がこもっていて、そらぞらしくなく、若い役者だけに髪すき前後の演技にもテムポを出し、おもいきって演じたのがよかった。

歌舞伎は、もっともっと変貌《へんぼう》すべきなのだ。

新聞に、フランスの代表的料理人といわれるジャン・トロワグロの急死が報じられた。

数年前に、私はロアンヌの駅前にあるトロワグロ兄弟のホテルへ泊り、彼の料理を食べたが、俳優のジャン・マレエを、もう一つたくましくしたような、堂々たる美丈夫《びじようぶ》だった。弟のピエールは童顔で肥《ふと》っている。この人も兄と共に有名なシェフだ。

そのとき、ジャン・トロワグロは、

「私はスポーツが大好きで、ことにテニスが好きなのです」

と、私に語ったが、このたびの急死はテニス中の心臓発作によるものだった。

いまにしておもえば、あのときが、私の人生における最後の大食になったといえるだろう。同行の若い友人たちはデザートの前にダウンしてしまったけれども、私は最後まで、きれいにたいらげた。三時間半かかった。

私も齢《とし》だ。二度と、あれだけは食べられまい。

×月×日

自分の……というよりは、わが家の家族を休ませるため、一人で神田の〔山の上ホテル〕へ三泊し、今日、帰宅する。

午後からの試写で、松竹の試写室へ出かけて〔ふるさと〕を観る。

ダム建設に押しつぶされる山村。その一家族のボケ老人を演じる加藤嘉《かとうよし》がうまい。

まあ、絶妙といってよいだろう。

久しぶりの銀座を歩く間もなく、東京会館の直木賞・授賞パーティへおもむく。今回は、旧知の黒岩重吾、寺内大吉、杉本苑子《すぎもとそのこ》、永井路子《みちこ》の諸氏が、めずらしく顔を見せたので、なつかしく語り合う。

蒸し暑い夜で何処《どこ》へも寄る気がせず、帰宅し、〔アサヒグラフ〕の絵を二枚描《か》く。

そこへ、わが家の猫《ねこ》たちの面倒を見てくれる獣医《じゅうい》のT氏が来て、犬や猫にも〔被害妄想狂《もうそうきょう》〕や〔誇大妄想狂〕があるという。

「ほんとうですか。人間ばかりかとおもっていましたが……」

「ほんとうです。こういう犬や猫は、どうしようにも、手がつけられません」

「でも、治療は？」

「ほうっておくより仕方がありませんね」

夜食に、家人がソース・ヤキソバをつくる。まずい。

台風が近づいて来た。

これでまた、数日は銀座へも出られない。

×月×日

「まったくもって、私が歩くのよりも鈍《のろ》いねえ。何をしているのだろう」

と、老母。

「ゆっくり見物でもしているのかしらん」

と、家内。

「人に迷惑をかけて、酔狂なやつだねえ」

「ほんとにねえ」

老母と家内にやっつけられていた第五号台風が、ようやくに去った。

午後、久しぶりで銀座へ出て、ヤマハ・ホールで〔サイコ2〕の試写。

一九六〇年に、故アルフレッド・ヒッチコック監督がつくった〔サイコ〕は、スリル&サスペンスが精神病の主人公の錯乱心理を軸にして、すばらしい迫力を見せた逸品だった。

今度の〔サイコ2〕は、前篇《ぜんぺん》同様に、アンソニー・パーキンスが二十二年後の主人公をつとめる。

監督も脚本も新人だが、うまくまとまっていた。

終って高島屋へ行き、四階食堂の〔野田岩〕の鰻《うなぎ》を食べてから、買物をする。

台風が去ったというのに、蒸し暑い。

夜は〔ブルータス〕誌にたのまれ、十七、八年ぶりに銀座の米倉理髪店へ行き、若主人に散髪をしてもらいながら、対談をする。

さすがに、その剃刀《かみそり》の切れ味のよさ。大したものだ。

それから、これまた数ケ月ぶりに〔葡萄屋《ぶどうや》〕へ寄る。夜の仕事のことを考えてカンパリ・ソーダ二杯にとどめ、帰宅する。

夜に入って、涼しい。

浅草・上野・谷中《やなか》

×月×日

午後からワーナーの試写室で、待望の〔ガープの世界〕を観《み》る。〔ポパイ〕を演《や》ったロビン・ウイリアムスが多感な青年の活力を見事に表現した。アメリカの映画俳優としては一風変ったキャラクターで、日本の男を見ているような気がする。その所為《せい》か、この映画の不条理の世界へもスムーズに溶けこめた。

終って、京橋の〔R〕へ久しぶりに行き、友人たちと食事をする。

料理長のA君は、先日、急死したジャン・トロワグロの許《もと》で修業したこともあって、

「実は、亡《な》くなる少し前に、ジャンさんが日本へ来られて、いっしょに浅草へ遊びに行ったんです。お葬式には行かれなかったけれど、秋になったら、フランスへお線香

をあげに行くつもりなんです」

と、A君が語った。

フレッシュ・フォアグラのソテー。これはたくさん食べたいのだが、何分、痛風の後だけに小さくしてもらった。

台風が去ってからは連日のように涼しい。毛布一枚では、明け方に冷えてくるほどだ。

老母がきょうから、眼《め》の軽い手術で入院する。

「じゃあ、ちょっと、行って来ます」

と、今朝、私にいったから、

「病院へ入ったら、わがままするんじゃないよ」

「ハイ」

と、神妙である。母は、だんだん子供に返ってゆくようだ。

×月×日
午後から、写真家の田沼武能《たけよし》さんが来て、浅草へ行き、撮影する。

終って、六区の〔リスボン〕でポーク・カツレツでビール。古い洋食屋だが、最近、興行街の中へ移転して、店も大きくなった。

田沼さんたちと別れて、広小路へ出る。

折から〔リオのカーニバル祭〕というので、南米から招いた踊り子たちにまじり、諸方から集まった男女がサンバを踊りながら延々と大通りを占領する。

仕方がないので、見物していたら、旧知のTが若い連中にまじって踊り狂いながら、やって来るではないか。

「おーい」

大声でよびかけたら、

「やあ、しばらく」

踊りながら、傍《そば》へ寄って来たので、

「お前、気が狂ったのか」

「どうして？」

「心臓マヒを起すぞ」

「大丈夫、大丈夫」

と、Tはハゲ頭を振りたてつつ、サンバの群れの中へもどって行った。

帰途、終戦まで住んでいた旧浅草・永住町《ながずみちょう》をぬけ、上野へ出て、アメ横でピノ〔ヘヤートニック〕を買う。

夜食は、カレー・パンにトマト・ジュース。

×月×日

〔新しい家族〕というソビエト映画の試写を観てから、日本橋のデパートへ行き、買物をする。地下の薬品部で、

「これは保健薬として、とてもよいとおもいます」

すすめられたＡ（薬の名称は書かぬことにしている。私にはよくても、他《ほか》の人には悪い場合があるので）という漢方薬を買い、銀座へもどり、〔新富寿司〕へ行く。

常連の宮本老（紙の会社の会長さん）に久しぶりで会う。会うときはよく会うのだが、たがいに掛けちがうと半年も会わぬ。

宮本さんは私の老母と同年だが、その元気なことは壮者をしのぐ。

「何か、いい保健薬でも用いていらっしゃいますか？」

問うや、宮本さんが立ちあがって私のとなりの椅子《いす》へ掛け、

「Ａという漢方薬がよろしいですよ」

「あ。きょう、買って来たばかりです」

出して見せると、

「そう、これです。これがいいのです」

よし、これからは、この〔Ａ〕を愛用することにしよう。

夜、越中（富山県）井波の岩倉さんが来訪。

利賀《とが》山中で栽培されているワサビを、たくさん持って来てくれる。

越中・井波は、私の先祖の故郷だ。

私の先祖は、井波で宮大工をしており、天保《てんぽう》のころ、江戸へ出て来て浅草へ住みついた。

そして、私の父方の祖父の代まで、大工の棟梁《とうりょう》だったのである。

夜食は、さっそくに利賀のワサビをおろし、箱根の〔初花〕の蕎麦《そば》をあげて食べる。

×月×日

みんなは「暑くてたまらない」というが、今年の夏は、私にとって快適な夏だった。仕事も体重も減ったからだろう。これからは毎年八月だけは、仕事を減らすつもりだ。

午後から銀座へ出て、プレイガイドで、今秋、日本へやって来るブロードウエイ・ミュージカル〔ソフィスティケーテッド・レディース〕の入場券を買う。

大好きなデューク・エリントンへの讃歌《さんか》ともいうべきミュージカルで、ブロードウエイでは、つい先ごろまで続演していたものだ。エリントンの音楽がふんだんに聴けるだろう。

プレイガイドのとなりの東和の試写室で〔ロングウェイ・ホーム〕の試写。拾いものの小品。三人の捨て子の兄妹が十数年後に再会する。実話だというが若い監督の演出が感傷におぼれず、観客の感動は却《かえ》って強められる。

夜ふけて台所へ行き、オムレツをつくり、バター・トースト一枚を、ウイスキーと共にやる。

×月×日

東和の第二試写室で〔ディーバ〕を観る。

黒人の女性オペラ歌手と郵便配達をしている若者を主人公にした異色のサスペンス映画だった。さすがにフランスのエスプリが全篇《ぜんぺん》にたちこめている。実にいい気分で外へ出てから、地下鉄で上野へ出る。

〔アサヒグラフ〕の絵の連載が間もなく終るので最後の取材。上野駅や山内をスケッチしたり写真を撮ったりしながら、谷中へ出た。

むかし、谷中には伯母の家があって、私は十歳のころと、終戦直後の半年ほど、寄宿していたことがある。

伯母には、私を可愛《かわい》がってくれた従兄《いとこ》がいたのだけれど、これが太平洋戦争で戦病死してしまい、いまは伯母も伯父も病没したが、その家はむかしのままに残されていた。

道を歩いているとB社の女性編集者に声をかけられたので、谷中警察署のとなりの店で、むかしなつかしい〔愛玉只《オーギョーチー》〕を食べる。〔オーギョーチー〕は台湾特産の蔓茎植物で、これを寒天のようにして、独特のシロップをかけて食べる。

私が子供のころは、浅草六区の松竹座の横町にあった店で、よく食べたものだが、いまは、この店だけだ。ほんとうに五十年ぶりで〔オーギョーチー〕を食べたことになる。

「どうだ、うまいかい？」

尋ねると、女性編集者は、

「とても、おいしいです」

と、いう。おせじではないらしい。

私も、むかしの風味が少しも損なわれていないようにおもった。

美校へ用がある彼女と別れて、また谷中界隈《かいわい》を取材してから、タクシーで銀座へ引き返す。

〔煉瓦亭《れんがてい》〕へ入り、ハイボール二杯、ポーク・カツレツに御飯。私には何といっても、この店のカツレツが、いちばんうまい。

とんかつだのカツレツだのは人それぞれにルーツがあって、
「それは、ぬきさしならないものです」
いつか、私の友人がそういったことがある。そうかも知れない。
ついでに野菜とハムのサンドイッチを買って帰宅。夜食用なり。
ついに、私にとっては快適な今年の夏も終った。
秋から年末、そして来年にかけての仕事の準備にかからねばならない。
夜、隣家の庭で、しきりに虫が鳴いている。
我家の猫《ねこ》たちの寝場所も、それぞれに変った。

小説の素材について

×月×日

台風がやってこない快適な秋となったが、今夏は空陸共に恐ろしい災害が続発した。気学から看《み》ると、今年の日本……いや世界的に、まだまだ波瀾《はらん》はおさまるまい。

早起きして、ワーナーの試写室で来春封切の〔トワイライトゾーン〕を観《み》る。いまから二十余年前に、アメリカのテレビドラマ・シリーズとしてファンを熱狂せしめた超思考、超視覚の世界と現実を描いた一種のメルヘンであり、ブラック・ユーモアと恐怖との交錯である。映画は四つのエピソードから成っていて、実におもしろかった。

終って日本橋の兜《かぶと》町界隈《かいわい》をカメラで撮ってから、京橋の鮨屋《すしや》〔与志乃《よしの》〕へ行く。先《ま》ずビールの小びんをもらって、これをグラスへ注《つ》いだつもりが、なんと、ビールびんのハカマへ注いでしまった。

「おれも、ボケちまった……」

つぶやくと、若主人が、

「私だって、そんなこと、しょっちゅうですよ」

と、なぐさめてくれる。

トロ、コハダ、赤貝、玉子、いずれも申し分なし。

帰りに〔ヨシノヤ〕で靴《くつ》を買い、〔ルノアール〕でスポーツシャツを買う。

×月×日
三日ほど、ホテルへこもって、某誌新人賞・候補作を読んだ。

いずれも、小ぢんまりと、まとまっているけれども、主題・素材の選択が平凡きわまる。これまでに、だれもが何度も書き、発表してきたものばかりだ。

若い人たちの生活体験が単一化してしまったのは、時代の単一化によるものだから仕方もないのだろうか……。

私のような年齢の男にとっては、いくらでも、よい素材があるようにおもうのだが、そこのところが、もう違ってきているらしい。

私のファンで若い男の学生さんがいて、時代小説など読んでいると、友人たちが

「お前、枯れたな」と、いうそうだ。

今朝は部屋で、トースト、ボイルド・エッグ、トマト・ジュース。それにポットのコーヒーをたっぷりのんでから帰宅する。ここのホテル（山の上ホテル）はルーム・サーヴィスの朝食ひとつにしても念を入れてととのえてくれる。

帰宅して、郵便物の整理。

〔暮しの手帖《てちょう》〕に、八十一歳にもなるガラス職人・石野新太郎さんのはなしが写真入りで紹介されている。

石野さんは七歳のとき、小学校へもあげてもらえず、働きに出された。二度目に入ったガラス工場の主人夫婦が実によく面倒を見てくれ、仕事のほかに読み書きまで教えてくれた。

この主人夫婦への恩義を忘れなかった石野さんは、兵隊にとられたとき、外出がゆるされると主人の工場へ来て一日中はたらき、兵営へ帰って行ったのである。軍隊へ入った経験があるものならわかるだろうが、これは、なかなかにできぬことだ。

おそらく、石野さんは少しも苦痛を感じなかったのだろう。

そこに、小説としてのテーマがあるのだ。

そこに、現代日本とのコントラストが生じるのだ。

私なら、現代小説に石野さんを書きたい。また、書けるとおもうが、若い人たちは私ほどに、この素材に興味と感動をおぼえないかも知れない。

新人賞・候補作と石野さんのはなしとを、いろいろに考えているうち、いつの間にか、日が暮れてしまった。

夕飯はカツオの刺身で酒一合をのむ。一合ならば、後の仕事によい。あとは豆腐の吸物、焼海苔《やきのり》で飯を食べる。

仕事を終え、ベッドに入ってから〔ナポレオン〕の伝記を読む。

×月×日
東和第二の試写室の裏の廊下から、銀座のビルや家の窓をながめるのはおもしろい。

きょうは、なんだかおもしろそうなコーヒー店を見つけたので、試写が終ってから、そこへ入ってみる。

店の名を〔美銀座美銀〕という。

それから、銀座の〔八百善〕へ行き、A社の人たちと画家の風間完さんと語り合う。

帰って、明日は早いので睡眠薬をのんで眠る。

×月×日

信州・上田には、二十年来の友人で益子輝之という人がいる。上田市役所の観光課にいるのだが、茶道（江戸千家）・花道・日本舞踊（坂東流《ばんどう》）で名前を取っているし、郷土史家でもあるし、落語も芝居もやり、自分の和服までも縫ってしまうし、先ごろは自分で茶室まで建ててしまった。

「ええ、寸法が狂っていて、畳屋が大変に苦労してましたよ」

と、いう。

きょうは益子君のたのみで、江戸千家の総会で、久しぶりに講演なるものをやった。会場は九段会館で約一時間ほどしゃべる。割合にうまくできたとおもい、終ってから益子君に、

「どうだった？」

「ええ、あなたの講演なるものを、はじめてうかがいましたが、なかなかどうして、イケコロシが結構でしたよ」

などと、おせじをいってくれる。

江戸千家の家元は、実に気さくな、やさしげな人なり。

近くのレストランで、ビールをのみ、海老《えび》のグラタンを食べ、いろいろと上田のはなしをする。

益子君と別れて日本橋のデパートへ行き、買物をしてから帰宅。夜食にカツ丼《どん》を食

べる。

×月×日
きょうは朝から、ショーン・コネリーの〔007〕の試写があったけれども、やはり起きられなかった。

こういうときには却《かえ》って仕事がはかどる。

試写を観られなかったくやしさから、

(きょう一日を、むだにしてはつまらない)

そうした気分になってくるのだろうか!……。

昼ごろ、卵とハムの炒飯《チャーハン》を食べ、コーヒーをのんでから、すぐに仕事をはじめ、細かい仕事を一つ一つ片づける。

夕飯は、松茸《まつたけ》入りの湯豆腐に清酒一合半。あとはカレー・ライス。

「お父さんも、ずいぶん食べなくなりましたね」

と、家人がいう。

「楽になっていいだろう」

「ええ」

と、肯定するではないか。

「夜食は、マカロニ・グラタンだ」

「グラタンですかぁ……」

家人は、とたんに面倒くさそうな顔色《がんしょく》となる。

×月×日

一日中、来客にて少々疲れる。きょうは三宅島《みやけじま》の火山が爆発したり、劇作家の花登《はなと》君が死去したり、田中角栄が立ちくらみで救急車をよんだりして、何しろ、あわただしい一日だった。

夕飯は、焼豆腐の煮たのとワサビの茎と、鯛《たい》の刺身で冷酒一合半。飯は、半分残した鯛の刺身で即席の鯛茶漬《ちゃづけ》にする。鯛の漬汁《つけじる》は、卓上の酒、味の素、ワサビ、ミリンなどで、自分が適当にする。

夜に入って、友人・佐藤隆介あらわれ、来年の南フランス行のスケジュールを、ざっと決める。一度ではなかなか決まらない。

いずれにせよ、来年は、マルセイユの〔プチ・ニース〕というホテルへ泊るのが何よりもたのしみだ。

五年前に行ったとき、親切にしてもらったからだろう。

このところ数日、銀座へ出ていない。

明日は東和でフランス映画〔パッション〕の試写がある。

それを観てから銀座を歩くことを想《おも》うと、うれしくて、ベッドへ入っても子供のように眠れなくなった。

〔ソフィスティケーテッド・レディース〕

ソフィスティケイテッド・レディース
のステージ。

×月×日

松竹の試写室で〔迷走地図〕を観《み》る。深味はないが、野村監督のテムポ快調。それに久しぶりの勝新太郎の政治ボス。すばらしいマスクだ。演技もこの役なら破綻《はたん》はない。

試写に来ていたコーディネーターの森田麗子さんと、コーヒーをのむ。私は森田さんにたのむことがあったので、それをいうと、

「いいわよ。そのかわり交換条件」

「何です？」

「近く、料理の本を出すの。その帯の文章、書いて下さる？」

「いいですよ」

森田さんと別れて、嶋屋《しまや》へ行き、硬質パステル大箱と額ブチを買い、松坂屋で漢方薬を買う。

松坂屋の地下の一隅《いちぐう》で、〔ローマイヤ〕がスナックの小さな店を出していて、かねてから試みたいとおもっていたが、きょうはちょうどよい。カウンターの前へ座って、ロール・キャベツを注文する。目の前のオーブンで料理をあたため、熱々のソースと、たっぷりのジャガイモ、ザワークラウト。とてもうまかった。コーヒーへパンの残りのバタを入れてのみ終えたら、若いコックさんが「もう一杯いかがです」と、すすめてくれた。うれしい。また来て、今度はハム・ステーキを食べよう。いい気持、満足して外へ出て、明治屋でチューインガムを買い、タクシーで帰ろうとすると、映画評論家の深沢哲也さんに出会う。

「迷走地図、いかがでした？」

「まあまあ、おもしろかった。勝新太郎さんがセックスをするところなんか、秀抜のシーンでしたな」

×月×日
ブロードウエイ・ミュージカル〔ソフィスティケーテッド・レディース〕の日本公

演を厚生年金会館へ観に行く。

故デューク・エリントンへの讃歌《さんか》をダンスと唄《うた》で構成したショウ……というよりも、むかしなつかしいレヴューの感覚のステージである。

二部二時間の上演だが、よかったのは第五景の〔ラヴ・ユー・マッドリー〕における二人の黒人のタップ・ダンスで、タップの振付は、この景と〔スウィングしなけりゃ意味がない〕の景がもっともよい。近ごろはアクロバチックで動きの激しいダンスを観せれば、見物は拍手するが、フレッド・アステアをはじめ、むかしの名手のタップを観てきた私たちには、どうもピンとこない。もちろん、編曲にもよるだろうが、振付や踊り手の質が落ちてきているのはたしかだ。エネルギッシュに踊ればよいというものではない。

そして、もっとも〔ソフィスティケーテッド〕だったのは〔A列車で行こう〕をディー・ディー・ブリッジウォーターとアイラ・ホーキンスが、サクソホン奏者を中にはさみ、スキャットのかけ合いで唄う一景で、これはすばらしい。〔キャラバン〕の一景もしゃれている。そして第一部の終りの〔ロッキン・イン・リズム〕の総踊り。男女ともに、トップハットと燕尾服《えんびふく》のコスチュームで見事に盛りあげた。

第二部になると、一時期の宝塚《たからづか》歌劇の野心的な作品におよばない。フィナーレも盛りあがらなかった。

ともかくも、ブリッジウォーター、ホーキンス、それにジャネット・ヒューバートの三黒人が、もっともよかった。

しかし、いい気分で帰って来る。

夜風は、冬のように冷たい。

×月×日
午後、講談社〔イン・ポケット〕の編集長・宮田君が来て、横浜へ行く。波止場で写真を撮られる。

年少のころ、横浜に遊んだ日々が、さまざまにおもい出されてきた。夕暮れになったので〔ニューグランド・ホテル〕のバーへ行き、マンハッタンをのむ。

「そろそろ、いいでしょう」

というので、車で東京へ引き返し、築地《つきじ》の〔K〕で常盤《ときわ》新平さんと対談をする。

〔モテモテの新さま〕は、いよいよ顔に男の脂《あぶら》がのってきて非常に元気だった。この人が元気なのは、とてもうれしい。

帰宅して、カラスの〔カルメン〕全曲のレコードをテープに入れる。二時間半もかかってしまい、今度は、それをウォークマンで聴くうち、いつしか眠ってしまう。

目ざめたら、空が白みかかり、書斎の中の冷気はきびしく、身ぶるいをする。シャワーを浴びて寝直す。

×月×日

〔M〕から書斎の椅子《いす》が届く。今年は〔八白《はっぱく》〕という変化の年の所為《せい》か、書斎の物入れ、天井や壁などをすっかり替える気分になってくるし、書庫の整理もするというわけで、大分に身のまわりが片づいてきた。妙なもので、重い椅子から軽い椅子に替えただけで、仕事の仕方もちがってくる。その結果がよいのか悪いのか、いまのところ、それはわからない。

午後おそく出て、友人の妻君の初の油絵個展を見に行く。おもったより、うまい。来年はぜひ、夫である友人の肖像を、

「描《か》いてやって下さい」

私がそういうと、傍《そば》から友人が、

「おれ、ヌードになってもいいぞ」

と、張り切る。

言下に妻君が、私に、

「いえ、私は美しいものしか描きませんので」

夜は連載中の〔鬼平犯科帳〕二十枚書く。こんなに書いたのは久しぶりだ。いよい

よクライマックスへかかり、すべてが頭の中にできあがってきたからだろう。ベッドへ入り、常盤さんの〔ニューヨーク紳士録〕を読む。こういうものを書かせたら天下一品なり。

×月×日

〔ヘラルドへ〔カルメン〕というスペインのミュージカル映画を観に行く。映画の出来もよかったが、フラメンコのすばらしさに圧倒された。

夜は渋谷の〔P〕で、十何年ぶりのショーン・コネリーが演じる〔007〕の〔ネバーセイ・ネバーアゲイン〕の試写。

ジェームズ・ボンドは、やはりコネリーがよい。ちからのこもった仕あがりで、おもしろかった。

夜、仕事に調子が出てきたので、昼間に銀座の清月堂で買ってきたサンドイッチを出し、ウイスキーの水割りと共にやる。私はパンを斜めに大きく両断してもらう。小さく切ったサンドイッチは大きらいである。あんなサンドイッチは女子供が食べるものだ。このごろ、清月堂では心得ていてくれ、黙っていても、パンの耳を落さず、大きく切って箱へ詰めてくれる。

×月×日

昼ごろ起きて、肉屋のカツレツを買って来させ、飯を食べる。私には、肉屋のカツレツがもっともよい。

昨夜から杉本苑子のエッセー集の装釘《そうてい》にかかり、それができあがったので読売出版部のOさんに来てもらって渡す。

夜は、薄味の出汁《だし》で鶏肉《とりにく》・大根・油揚げ・トウフなどを煮て、冷酒一合半。友人の佐藤隆介が届けてくれた〔コシヒカリ〕を炊《た》かせて二杯食べる。さすがに米が光っている。

むかしは、貧乏暮しの私の家でも、毎日、光った米を食べていたのだ。三度の飯がうまかったわけである。

それにしても、現代日本の食生活はどうなってしまったのだろう。

夜食は、バター・ミルクにパン一片。

×月×日

レーガン大統領の来日で車が大混雑というので、少し時間が遅れたが地下鉄で銀座へ出る。きょうはCICの試写室で〔大逆転〕の試写なり。

富豪の青年（白人）と貧しい小悪党の青年（黒人）との身分と生活が、突然、入れ替ったらどうなるかというコメディ。

脚本も演出も大人のもので、なかなかおもしろい。

終って外へ出ると、もう夜だ。夏の、この時間だと、まだまだ暗くなるまでに何処《どこ》かへ行きたくなって来るが、早くも年の瀬が近づいてきて、何やら、あわただしい気分になってくる。

京橋の〔Y〕へ行き、酒飯。

〔ヨシノヤ〕で靴《くつ》を買って帰宅する。

夜、歌舞伎《かぶき》俳優の中村富十郎さんから電話あり。来月は、忠臣蔵で師直《もろなお》、勘平、由《ゆ》良之助《らのすけ》の三大役を演じるので張り切っていた。

挿絵《さしえ》画家への夢

×月×日

午後から〔デッドライン／USA〕の試写。

三十年ほど前のアメリカ映画だが、日本未公開のハンフリー・ボガート主演の新聞社をテーマにした小品だ。ボガートは精気にみちみちた快演。メロドラマ調の脚本だが一時間半の中に、いろいろと、びっしり詰まっている。むかしの映画は、みんなこれだった。エセル・バリモア、エド・ベグリー、ポール・スチュアートなど、なつかしい顔ぶれの、これまたイキのよい傍役《わきやく》がそろって出ていて、私をたのしませてくれた。ボガートをはじめとして、その大半が、もはやこの世の人ではない。

東京会館のバーで〔マンハッタン〕をのんでから銀座へもどると、知り合いの若い

カメラマンT君に出会う。

彼の髪のかたちがガラリと変ったので、

「彼女ができたな」

そういうと、彼は、うれしげに、はずかしげに頭を掻《か》いた。

T君とコーヒーをのんでから、早めに帰宅する。

〔週刊文春〕の新年号から連載がはじまるが、今度は挿画《さしえ》も自分でやることにした。

作者自身の挿画だから、むろんのことにプロではない。これは御愛嬌《ごあいきょう》というわけで、
読者にはかんべんしてもらわなくてはならない。

しかし、これで、

「挿画の画家になりたい」

という子供のころの〔夢〕が、おもいがけなく達せられた。なんだか、妙な気分なり。

カットと合わせて二枚。一回分を描《か》きあげてから、長年のコンビで、私の小説の挿画を描いてくれている中一弥《なかかずや》氏の御苦労が、あらためてわかった。

×月×日
CICで〔ピンク・パンサー5〕の試写。

終って外へ出ると、雲ひとつない、晩秋と初冬の境目の、風もなく寒くもない快晴の夕暮れで、こういう日の、ことに夕暮れどきは銀座の何処《どこ》も彼処《かしこ》も光り輝いて見える。

あまりによい気分なので、地下鉄で浅草まで足を延ばして〔K〕へ行き、野菜のポタージュに若鶏《わかどり》の粒コショウソースで、白ワインをのむ。

夜が来た浅草六区は、灯火のみが明るく、索漠《さくばく》としている。

×月×日

ヤマハ・ホールで〔ウインター・ローズ〕の試写。

母を亡《な》くした少年と父親（ジーン・ハックマン）を描いたジエリ・シャッツバーグ監督の新作。シャッツバーグだけに押しつけがましいところがなく、チュニジアのロケーションがすばらしかった。

日中は暖かったのでコートを着ずに出て来たら、夜は、たちまち冷え込む。有楽町のビルの地下にある神田の〔やぶそば〕の出店へ飛び込み、間鴨《あいがも》の焼いたのと〔蠣《かき》そば〕で酒を二合のみ、その後で〔せいろ〕を一枚。やっと躰中《からだ》がポカポカしてくる。

同じ地下に新しく開店した店でコーヒーをのんでから、タクシーですぐに帰宅する。

今年の年末は、かなり仕事をうまく運んだつもりだが、押しつまってくると、やはり、あわただしい。

夜食は鶏のそぼろ飯だったが、大根と生揚げを薄味に煮たものが出て、若いころは、こんなものは見向きもしなかったものだが、齢《とし》をとった所為《せい》か、こうした何でもない惣菜《そうざい》がうまくなってきた。ともかくも大根だ。近ごろは大根がうまくてたまらない。

×月×日

午後に、プロデューサーの市川久夫さんが来訪。市川さんは戦後の大映に長年つとめてきて、この業界ではめずらしい堅実さをもった人だ。今月で東宝を辞《や》め、フリーとなったがいよいよ元気で、一昨年の大病が嘘《うそ》のようにおもわれる。そこへ、〔オール讀物《よみもの》〕の編集者・菊池夏樹《きくちなつき》君があらわれた。夏樹君は故菊池寛氏のお孫さんだ。市川さんは、終戦後の大映の社長だった菊池氏に仕えてきていたこともあって、はなしがはずむ。

市川さんが帰ってから、夏樹君と新宿へ出て、鶏ソバとシューマイでウイスキーをのんでから別れ、コマ劇場地下の〔シアター・アプル〕でブロードウエイ・ミュージカルの日本版〔シカゴ〕を観《み》る。

ブロードウエイでの初演は一九七五年。まだ脂《あぶら》が乗り切っていたころの、ボブ・フォッシー（脚本・演出・振付）の秀作で、それは日本版でも充分に偲《しの》ぶことができた。

一九二〇年代のシカゴを背景に、恋人を殺して入獄したロクシー（草笛光子）と女囚のベルマ（上月晃《こうづきのぼる》）と、それに一癖ある辣腕《らつわん》弁護士ビリー・フリン（植木等《うえきひとし》）のバランスがよくとれていて、諷刺《ふうし》もきき、曲もよく、したがって振付もよい。ことに新聞記者をバック（コーラス）にしたビリーの腹話術的歌唱によるロクシーのパントマイムの一景は、曲・振付・演出の三拍子がそろった秀逸の一景だ。

ボーイズをしたがえたロクシーの〔ロクシー〕の一景もよい。最後にロクシーとベルマが唱《うた》い踊る〔キープ・イット・ホット〕では、松竹（草笛）宝塚（上月）の歌劇キャリアを、二人が存分に見せる。

しかし、このミュージカルの要《かなめ》はビリー・フリンであり、植木等はその演技・歌唱によって、これだけのフィーリングが出せたのだから、先《ま》ず成功だった。植木もまた、往年の〔クレージー・キャッツ〕の一員だったキャリアが久しぶりに開花したことになる。

九時すぎにハネて、外へ出ると、歌舞伎《かぶき》町の〔セックス・イルミネーション〕に目が眩《くら》む。

若い男女の雑踏の中に、制服を着た中学生らしい女の子が、

「午前一時までに帰りゃあいいんだからネ」

「うちのババア（母親のことらしい）なんか、一時すぎまで遊んでるヨ」

などと、しゃべりながら歩いている。

新宿駅前でタクシーを拾い、帰宅して、〔週刊文春〕二回目の前半を書く。

×月×日

スペイン・マドリッド空港で、霧中の航空機激突惨事。仙台にいる年少のころからの友人Sの死亡通知。大好きな映画監督の一人だったロバート・アルドリッチの死亡。さすがの私も気が滅入《めい》ってしまう。

気を取り直し、午後からＣＩＣの試写室で〔ハンガー〕を観る。豊熟の美女カトリーヌ・ドヌーヴの吸血鬼だ。ドヌーヴもなかなかおもしろいが、この吸血鬼と同棲《どうせい》しているデヴィッド・ボウイのダンディズムがすばらしい。ことに寿命三百年の期限が切れ、見る見るうちに老化して行くプロセスにおいて、なおも香りを放つのだから瞠《どう》目《もく》せざるを得ない。稀有《けう》のスターというべきだろうか。

この映画の、妖美《ようび》の映像は、近ごろ屈指のものだった。

終って、蕎麦屋へ行き、鴨南ばんで酒二本。せいろ一枚。それからパレス・ホテルの東宝東和のパーティへ行き、間もなく帰宅する。

×月×日

手つだいのT君が来て、書斎の大掃除をする。今年は夏ごろから、書斎の椅子《いす》や家具を替えたりして、いろいろと整理をしていたので、去年よりは早くすむ。

これで、私の年末は終りだといってよい。

あとは、直木賞の候補作品を読み、新春の選考日にそなえるという仕事が待っている。

夜は明神下の料理屋で、またも株屋時代の人たちがあつまっての忘年会。

今夜は、仲がよかったMが笠間《かさま》から上京して来たので、とてもたのしかった。

ところが、会費を払うのをすっかり忘れて帰宅し、幹事のNも忘れてしまい、双方が帰ってから気づいて電話をかけ合う。われながらボケてしまった。およそ、こうしたことは一度もなかった私なのに……。

夜ふけて、飼猫《かいねこ》のゴン太が書斎に入って来て、ウイスキーをねだる。

小皿《こざら》にウイスキーを入れ、水で割ってあたえるとピチャピチャとのんでしまい、酔っぱらって、私のベッドの裾《すそ》で眠り込んでしまう。日本猫は決して酒をのまぬ。シャム猫は辛抱づよくしつけをすると、ウイスキーをのむようになるのだ。

長すぎる映画

×月×日

新年となったが、例によって、元旦《がんたん》から仕事をはじめた。

私の休暇は毎年十二月で、以前は京都へ出かけ、のんびりと数日をすごすのが例だった。それも、このごろは雑用が増えて果せなくなってしまったけれど、何といっても十二月は雑誌の締め切りに追われるので、私は、これを早目にすませてしまうから、毎月の日常にくらべると、いくらかは余裕も生じてくる。しかし、年を越すと、充分に書きためてあった原稿も見る見る減ってしまい、したがって、新年早々から、はたらかねばならない。

今年の元旦は、週刊誌・連載の随想一回分を書きあげたのでほっとした。何分、年

末の数日間はペンをとらなかったので、初仕事の調子が出る出ないでは影響が大きい。

夜になり、テレビで、むかしの映画〔未完成交響楽〕をたのしんだのも、初仕事の調子がよく、気分が楽になっていたからだろう。この映画はウィーン生まれの名匠ヴィリ・フォルストが一九三三年に発表した傑作で、私が初めて観《み》たのは少年のころだが、今度は四回目ということになる。観るたびにフォルストの〔旨《うま》さ〕が身にしみてくるのは、私もまた、フォルスト同様に、芝居の世界から出て来た所為《せい》かも知れない。フォルストのみならず、戦前の名匠たちは、ほとんど一時間半前後の映画で語るものを語りつくしていた。現代は和洋を問わず、映画が長すぎる。

この映画で、シューベルトを演じたハンス・ヤーライはまだ健在で、先年、ビリー・ワイルダーの映画に出ていたっけ。

驕慢《きょうまん》な伯爵《はくしゃく》令嬢に扮《ふん》した、オペレッタ育ちのマルタ・エゲルトも健在のはずだ。

少年のころは、まだ、エゲルトのよさに気づかなかった私だが、齢《とし》をとるにしたがい、この映画のエゲルトの美貌《びぼう》よりも、フォルスト監督に引き出された女の哀《かな》しみと情熱がはっきりとわかるようになった。エゲルトにとっても〔未完成〕は代表作といってよい。

夜半になり、たちまちに、去年の暮に買っておいたアンドリュー・ワイエスの画集の封を切ってたのしむ。たちまちに二時間がすぎた。

×月×日

寒い風は絶えて、晴れあがった銀座へ十日ぶりに出る。CICの初試写で、老いたカーク・ダグラスが初老の囚人護送官を演じる〔愛に向かって走れ〕を観る。新年を迎えた銀座のあちこちに、新しい店が増えたのにおどろく。人は出ているが活気のない、物しずかな銀座の夕暮れだった。

日本橋の〔たいめいけん〕へ久しぶりに行き、新鮮な生ガキで白ワインをのむ。あとはビーフ・シチューにして、外へ出てから永代橋《えいたいばし》を経て深川へ行く。門前仲町の灯《ひ》が見えるまでは、暗い通りにビルがたちならんでいるばかりで、私が少年のころの、この道すじの灯火を今日はのぞむべくもない。

むかしは〔たいめいけん〕の先代が、このあたりで小さな店を出していたのだ。その店へ私がはじめて行ったのは十五歳の春で、いまだに、そのとき食べたものをおぼえている。ポーク・ソテーにカレー・ライスだった。いまでこそ、ポーク・ソテーなど見向きもされないが、当時は洋食屋の〔花形〕だったのである。

早々に、タクシーで帰宅し、ルイ・アームストロングとエラ・フィッツジェラルド共演の〔ポギーとベス〕全曲のテープをウォークマンで聴きながら原稿を書く。

夜食は缶《かん》づめのオニオン・グラタン・スープと薄いトースト一片。

明日は三ケ月ぶりで鍼《はり》を打ちに出かけるのがたのしみだ。鍼医の矢口さんが入院してしまい、ずっと治療をやすんでいたのである。

×月×日

「ずいぶんと苦労はしましたが、悪いことは何一つしなかったのに、あんなにひどい目にあうなんて、つくづく、なさけなくなりました」

矢口さんが、私の背中へ鍼を打ちながら、そういった。腕の骨の手術は言語を絶する痛苦だったらしい。

久しぶりの鍼だったので、帰宅して入浴をすませると、ぐったりとなり、たちまちにベッドで眠りこけてしまった。夕飯をすませてから、また眠り、夜ふけに目ざめると早くも鍼の効力があらわれ、元気がわいてくる。

自分の小説の挿画《さしえ》のための下調べに書庫へ行って〔女中風俗艶鏡〕や〔繪《え》本《ほん》江戸土産〕や〔繪本満都鑑〕などの古書をひもとく。

×月×日

CICで〔愛と追憶の日々〕の試写。これは必ずベストテン上位へ入る秀作だろう。シャーリー・マクレーン、デブラ・ウインガーが演じる母娘《おやこ》もよいが、何といってもテレビ出身の新人（映画では）監督がすばらしい。これだけの素材を、かほどに感動をもって描けるのだから大したものだ。

深夜、友人のSから電話がかかり、私たちが知っている若いカメラマンYが、雇われている事務所から、どうしても独立するといっていることを告げてよこした。Yが今年、独立することは、私が研究している気学によると絶対にあぶない。私は二年前から、このことをSとYへ予告しておいた。それでSも、前もって何度か忠告していたのだが、こうなったら、もう他人のいうことなど耳へ入れなくなってしまう。そういう星まわりになってくるのだ。実に、ふしぎなのである。

「しかし、何といっても他人のことだし、あのとき辞《や》めていればよかった、などと後になってYにうらまれても仕方あるまい。気学では、三度忠告してダメだったら、打ち切れということになっている。もう黙ってい給《たま》え」

「でも、もう一度、いってやります」

Sは、そういった。

夜食はブランデー入りの牛乳と薄いトースト一枚。どうも夜食は、これくらいがいいようだ。このごろは、ちょっと食べすぎても、ぐあいがよくない。

今夜から古老が書いた〔品川宿遊里三代〕を読みはじむ。知り合いの、品川ではそれと知られた仕出し屋〔若出雲《わかいずも》〕のことなどが出てきて、まことに興味ぶかい一巻。

読み終えたら朝になっていた。あわてて睡眠薬をのみ、ベッドへもぐり込む。

×月×日

神谷《かみや》町の二十世紀フォックスの試写室へ行き〔キャッシュ・マン〕を観る。

人気絶頂の劇作家ニール・サイモンが脚本を書き、ハーバート・ロスの演出、マーシャ・メイスン主演という、おなじみのコメディ。今度もおもしろかった。

出て、巴《ともえ》町の〔砂場〕へ入り、焼きたての卵焼で酒一本。天ぷらそばを食べてから、地下鉄で銀座へ行き、東映で〔序の舞〕の試写。

よくできていたが、どうして近ごろの日本の映画は、

「ここで盛りあげよう」

とおもうと、かならず、俳優も演出も汗まみれの大芝居をするようになってしまったのか……。

キャメラという武器があるのに、そして音楽という味方があるのに、大劇場の舞台と取り組むような大芝居をやる。俳優は汗をかいていい気もちなのだろうが、観ているほうは相当にまいってしまう。

夜に入って京橋の〔与志乃〕へ行き、鯖《さば》で酒二本。どうして、この店の鯖は、こんなに旨いのだろう。いまは鮨屋《すしや》の鯖の食べどきである。

×月×日

一昨日ときょうと、大雪になる。

仕事に打ち込んでいた所為《せい》もあり、このところ銀座へ出なかったので、きょうこそとおもっていたのに、この雪ではどうにもならない。暖房まで故障する始末。スウェターの上から半天を重ねて着る。むかしの、戦前の東京の冬をおもい出した。この雪、この寒さが、むかしは当然のものだった。

銀座へ出られなくなったので、仕事にかかる。

来客も電話もなく、おかげで大分はかどった。

そのため夜は、のんびりとした気分で、自分の小説の挿画の考証下調べをする。

きょうは穴子《あなご》と松島の蠣《かき》が到来したので、蠣は鉄板でちょっと焼き、柚子《ゆず》と大根オロシで食べた。穴子は軽く焙《あぶ》って穴子飯にする。

夜半からベッドへ入り、銀座の古老で、いまは亡《な》くなった浅野喜一郎氏のメモによる〔明治の銀座職人話〕を読みはじめたら、おもしろくてやめられなくなり、気がつくと、朝になっていた。

どんどん焼き

×月×日

近年の東京にはめずらしく、雪が降りつづいて外へ出られない。映画も散歩も我慢しているのは私の健康によろしくない。そのかわり、仕事はすすんだ。

きょうの夕飯には、久しぶりに〔どんどん焼き〕をする。

食卓の前の鉄板で、カツレツ、餅天《もちてん》、牛天《ぎゅうてん》、オムレツ、やきそばなどを自分でつくりながら食べ、酒をのむ。そのいそがしいこと、まるで体操をしているようなものだ。

やきそばは豚の細切れとキャベツを入れ、炒《いた》めておいてマギーのスープをかけまわし、さらに、清酒と醤油《しょうゆ》を振りかける。

オムレツは、卵にメリケン粉を溶いたものをまぜ合わせて鉄板へながし、焼いて折

りたたんで、ウスター・ソースで食べる。

私たちが子供のころは、どんどん焼きが最高の間食だった。

食べすぎて御飯が入らなくなってしまったので、夜食に生海苔《なまのり》の味噌汁《みそしる》と千枚漬《せんまいづけ》で御飯を半杯ほど食べる。

仕事をしながら、パリ帰りの友人がくれたジャック・ブレルのテープをウォークマンで聴く。ブレルのシャンソンは小気味がよい。粋《いき》だ。漫《すず》ろに、故モーリス・シュバリエの若きころの唄《うた》いっぷりを思い出させる。

×月×日
午後から、ヤマハ・ホールの試写へ出かける。

猛女優シンガーのバーブラ・ストライサンドが、製作、監督、脚本、主演、歌唱の一人五役を受けもったワンマン映画〔愛のイエントル〕である。

今世紀初頭のポーランドで生まれた一少女・イエントルが、向学の意欲に燃え、愛する男との結婚も断念してアメリカへわたるという物語。女人禁制の神学校へ入るため、男装となったバーブラの姿は却《かえ》っていじらしく、可愛《かわい》かった。大成功の一人五役、試写ではめずらしい拍手が起る。

きょうも寒い。戦前の東京ならば当然の寒さなのだが、齢《とし》をとるとこたえる。仕事の能率まで落ちてしまう。

山野楽器で、ニュー・カントリー歌手のウイリー・ネルソンが唄ったスタンダード・ナムバーのカセット三つを買う。ネルソンは三年ほど前に〔忍冬《すいかずら》の花のように〕という映画で、すばらしい主演ぶりをしめしたっけ。

夜は、銀座裏の小料理屋の二階で、映画マニアたちがあつまり、伊藤大輔《いとうだいすけ》監督、阪東妻三郎主演の〔王将〕を観る。二度目だが一同、涙をポロポロながしてしまった。

帰宅して、到来物《とうらいもの》の蛤《はまぐり》をコンロで焙《あぶ》りながら酒一合半。御飯を少し食べてから、W・ネルソンのテープを聴く。〔スターダスト〕も〔ブルー・スカイ〕も一味ちがっておもしろく、カセット三つ聴いてしまったら、疲れて仕事ができなくなった。

×月×日

またしても、雪だ。

試写へ行く気にもなれず、引きこもって仕事をつづける。

午後、新潮社の高砂《たかさご》君が来月出る私の文庫本〔日曜日の万年筆〕のカバーの刷出《すりだ》しを持って来てくれる。このカバーの絵は、ほとんど色紙を貼《は》ってつくったのだが、紙質も色もよく出て、われながら、とてもうまくいった。

「うまくいったね」

と、いったら、高砂君が、

「とてもいいです」

と、こたえる。まさか「とても悪いです」ともいえないだろうが、絵をほめられれば、これは本業ではないのだから、無邪気によろこぶことにしている。

夜は、自分の小説の挿画《さしえ》を三枚描《か》く。なんだか画家になったような、いい気分なり。大分これで、ストレス解消に役立ってくれる。

カキを買って来させ、薄い味噌仕立ての出汁《だし》で、焼豆腐、ネギと鍋《なべ》にする。白ワインをグラス二杯。そのあと、蒸しガレイで御飯一杯。

ターザン役者で有名なワイズミュラーが死去したので、新聞から電話のインタビューがあった。

彼のターザンは品格があって、ターザン役者の中では断然トップだった。子供のころの私たちを、彼はどんなによろこばせてくれたことか。

×月×日
きょうはＣＩＣの試写室で〔殺意の香り〕と〔スカーフェイス〕の二本を、つづけざまに観る。前者は約二時間だが、後者は三時間に近い力作だというので、朝山丸という気つけ薬をポケットに忍ばせておく。

若いときは、一日に四本の映画を観ても平気だったが、初老のいまは、何につけ油断がならない。

しかし、観終ったら少しも疲れていなかったし、急に空腹をおぼえたので、試写室があるビルの筋向いの〔ル・シャボテ〕というレストランへ初めて入る。明るくて清潔な、いかにも若者向きの店で、安いし、うまい。サラダ、クリーム・スープ、鯛《たい》のパイ包み焼、仔羊《こひつじ》背肉ステーキ、三色シャーベットの定食。すっかり満足した。

帰途、本屋へ寄り、挿絵がたくさん入った〔ロココの道〕という一冊を買い、寒さにふるえつつ、タクシーへ乗って帰宅する。

×月×日
下駄《げた》のストックが切れそうになったので、浅草のF屋へ行って、よい品を見つけたが〇万円という値段で、靴《くつ》よりも高くなった。ところがきょう、知り合いの舞台俳優があそびに来ていうには、本物の草鞋《わらじ》がいまは一足八千円もするらしい。これでは良質の下駄の〇万円は少しも高くない。物の価値判断が一年ごとに変り、狂ってきた。
ともかくも、むかしからの日本の民俗・生活を表現する物は、下駄であろうが草鞋であろうが、道具であろうが食物であろうが、みんな高騰《こうとう》する。何となれば材料が絶え、職人が減少する一方だからだ。

そのスピードは二十年前にくらべると、猛烈に速くなってきた。

今月は雪や寒気に閉じこめられて、おもうように散歩もできなかった所為《せい》か、自分の躰《からだ》に活気がなくなり、したがって、いつになく仕事が渋滞してきたので、きょうは観たい映画があったのだけれど外出をやめ、すぐに仕事にかかる。

夕飯後、ベッドへ転がったら、もうダメだ。

眠り込んでしまい、夜半に、あわてて起きる。

明け方まで、細かい仕事を夢中でやる。

どうやら、今月の目鼻もついたようだ。ほっとして、ブランデーを大分にのんでしまった。明日が、おもいやられる。

×月×日
心身快調。銀座へ飛び出す。
ガス・ホールで、人気上昇のブルック・シールズの新作〔サハラ〕を観る。
一九二七年、アフリカでの〔サハラ国際ラリー〕と、現地の遊牧民族との〔戦争〕と、美しく成長したシールズの野性的な魅力を盛り込んだ娯楽作品だが、監督アンドリュー・V・マクラグレンは老いたりといえども健在で、かつては故ジョン・ウエインと組んだ西部劇できたえた腕前を遺憾なく発揮しており、なかなかにたのしめた。

きょうは暖い。

銀座裏のレストランへ行き、若鶏《わかどり》のロースト、クリーム・スープ、その他。やはり安い鶏の料理はダメだ。

勘定は全部で四千円ほどだったが、昨日、耳にした草鞋一足八千円の半分であることに気づいて、

（これでは、あまり、うまくなくても仕方がないな）

おもわず、ニヤニヤしたら、向う側のテーブルにいた〔乞食《こじき》ルック〕の三人の女が、自分たちを見て笑ったのだと勘ちがいしたらしく、私を睨《にら》みつけたが、その内の一人が立ちあがって来て、

「何が、おかしいのですか？」

と、いう。

「いや、ちょいとね。草鞋のことをおもい出してね」

「ワラジ……ワラジって何ですか？」

問いかけてきたのには、恐れ入った。

今の若い女の中には、草鞋を知らないのが、出て来た。これは新発見だ。

「ワラジっていうのは、君みたいな美人のことさ」

「はあん……？」

「さよなら」

〔モンテーニュ随想録〕

×月×日

きょうは久しぶりに暖い。よろこび勇んで外へ飛び出す。先《ま》ず、Ｍ屋へ行き、Ｈ未亡人への寒中見舞いの品を届けるようにたのみ、ＣＩＣの試写室で〔地獄の７人〕というサスペンスを観《み》る。ベトナム戦で捕虜《ほりょ》になった一人息子を、ジーン・ハックマンの退役大佐が同志と共に救出するストーリーだが、すでに息子は収容所で病死していたという苦い結末。むずかしいテーマなのだが抵抗なく観られた。

久しぶりで〔Ｓ鮨《ずし》〕へ行く。帰途タクシーの中で、自分で脈搏《みゃくはく》をはかってみる。きょうは正常のようだが、昨日も鍼医《はりい》の矢口さんに脈の結滞を指摘された。矢口さんは今年に入ってから、しきりに心電図をとるようにすすめる。来月になったらＭ病院で精密検査をしてもらおう。

夜食は、四国・高松の〔川福うどん〕で、パックになっているのだが、さすがにうまい。このごろ、夜食は、ほとんどスープ一皿《ひとさら》だけにしていて、ちょっと食べすぎると体調がくずれるようになってきた。たっぷりと食べるのは夕飯一食のみ。これで体重がちょうどよく維持できる。

夜半、書庫から〔モンテーニュ随想録〕を二冊ほど出してきて、久しぶりに読む。

その中の〔鍛練について〕の章で、モンテーニュは、こういっている。

……睡眠は死に似ているから、自分の睡眠をよく観察せよと教えるのも、決して道理のないことではない。(中略)ひょっとすると、我々から、あらゆる行動とあらゆる感覚をうばう睡眠という働きは、いかにも無用な、また自然に反したことのように思われるかも知れないが、実はこれによって、始めて自然が我々を生と死の両方のために作ったことを教えられるのである。(関根秀雄訳)

モンテーニュは、いつ読んでも、男らしくていいねえ。

×月×日

昨日から〔山の上ホテル〕へこもり、ある文学賞の候補作品を読む。

きょうは早起きして、新宿のKホテルの広間でおこなわれる気学の新年発表会へ出席する。

外神田の〔花ぶさ〕の女将《おかみ》・佐藤雅江さんと待ち合わせ、十二時半にホテルへ入る。盛会なり。

終って、近くの中国料理店で夕飯をすませ、ちょっと帰宅し、郵便物の整理をしてからホテルへもどり、読書をつづける。

夜ふけに、以前は新国劇にいた真田《さなだ》健一郎（藤森健之《ふじもりたけゆき》）から電話があり、この四月末から浅草公会堂へ出演する新国劇に借りられ、国定忠治《くにさだちゅうじ》を演じる辰巳柳太郎から、

「お前が山形屋藤造をやれ」

と、電話があったそうな。

「とてもできないと、ことわったんですけど、承知してくれないんです。ぼくに演《や》れるでしょうか？」

「演れるよ。演るがいいよ」

「でも……」

「なるほど山形屋は大役だ。お前が不安になるのはわかるが、おれは演って演れないことはないとおもう」

「そうでしょうか……」

「ま、いい。ともかく引きうけておけよ」

真田も、いくらか心強くなったとみえて、

「では演ります」

と、決心する。

×月×日
夕飯は、ホテルの天ぷら〔山の上〕へ行く。ここの調理主任の近藤文夫君は、まだ二十代のはじめに、このホテルの天ぷらを、ほとんど〔独学〕で揚《あ》げはじめ、苦労を重ねて今日に至った。その苦労は、いま見事に仕事と人柄《ひとがら》の上に実っている。

苦労が実る人と実らぬ人。このちがいは、同じ苦労をしてきても天と地の相違がある。

ここの天ぷらもうまいが、御飯もうまい。ちょうど、他《ほか》に客もいなかったので、天ぷらの後で、

「君にはわるいんだが、御飯に醬油《しょうゆ》をたらして食べたいんだよ」

いうや、近藤君がニッコリして、

「あれは、うまいですからねえ」

そういってくれた。

うまいので、三杯も食べてしまう。

部屋へもどり、きょうの昼間の試写で観た〔キング・オブ・コメディ〕の評を二枚書く。

ついで週刊誌の原稿八枚を書いたら、疲れてしまい、ベッドへもぐりこむ。

×月×日

久しぶりに銀座へ出て、ワーナーの〔スター80〕の試写を観る。

風は冷たいが、陽光は間ちがいなく春のものとなった。

映画は、いかにもボブ・フォッシー〔監督〕のフィーリングがみちあふれた佳品で、アメリカの〔プレイボーイ〕誌のプレイメイトにえらばれたドロシー・ストラットンと、そのヒモのポールとの悲劇だ。ドロシーを演じるマリエル・ヘミングウェイもよかったが、ポール役の新人エリック・ロバーツがなかなか演《や》る。ナルシシズムだけの若者の、女を失って途方に暮れるヒモの〔愛情〕を的確に表現したのは大したものだ。

一時、心臓が悪かったボブ・フォッシーは、ようやく健康を取りもどしたらしい。

夜は、半蔵門近くの〔オー・バトー・イーヴル〕というビストロで友人と会う。

生ハムに、鮭《さけ》のパイ包み焼き。これはあたった。鮭の身を砕いて野菜とライスと共にパイにしたもの。とても、しゃれている。あとはクレソンのサラダ。いずれもうまい。友人の仔羊《こひつじ》のローストを一片もらう。

ワインをひかえておいて帰宅し、懸命に仕事をする。今月は、どうしても出席しなくてはならぬパーティがいくつもあるし、十年ぶりで媒妁人《なこうど》をつとめなくてはならぬ。さらに文学賞の選考が二つあって、よほどにうまく仕事をすすめていかないと追いつめられてしまう。

今夜の仕事のぐあいで、どうやら追い込まれないですみそうになってきた。ホッとする。

ブランデーをのみ、明け方にベッドへ入る。もう一息だ。

×月×日

朝、八時に起きる。二年ぶりで躰《からだ》の精密検査をするためで、水をコップに半分のんだきりで、M病院へ行く。

病院の三階、四階を駆けまわるようにして、最新の検査器により、採血から全身検査を三時間かかってやる。

くわしいことがわかるのは数日後になるが、およそ胃、肝、腎《じん》のすべては汚点一つなかった。しかし、やはり、心臓が少し肥大しているようだ。

どうやら、まだ少しは働けるだろう。

終って、日本橋のデパートTへ行き、別館の食堂で鰻《うなぎ》を食べる。いつもは御飯を半分ほど残してしまうのだが、きょうは、昨夜半からなにも口にしていないので、すべてたいらげてしまう。旨《うま》い、旨い。

銀座へ出て、Mデパートの地下で一口ヒレカツを買い、帰宅してから、夜の九時にカツ丼《どん》にする。

その前に、薄切りバナナとレタスのサラダで白ワインを少々のむ。このごろはワインのほうが、あとの仕事がやりやすくなった。齢《とし》をとると体調がいろいろに変るものなり。

×月×日
きょうも早く起き、ワーナーの試写室で、ウッディ・アレンの〔カメレオンマン〕と、クリント・イーストウッドの〔ダーティハリー4〕の二本を観る。

前者は機知汪溢《おういつ》の異色作。

後者は、シリーズ第四作目のサスペンス・アクション。共に大満足。胸がスカッとなって、宣伝部の早川・新倉両君と近くでビールをのむ。

銀座で用件を二つすませてから〔R〕へ行き、ソーセージと野菜のスープ煮でワインをのみ、熱いジャーマン・ポテトとキャベツでパンを食べる。

帰宅して、しばらくベッドで休んでから、手つだいに来ている姪《めい》に血圧をはからせる。上が一四五、下が七五で、いつものとおりだ。

ともかくも、これからは肥《ふと》らぬようにすることだとおもいながら、早目の夕飯がソーセージやキャベツだけだった所為《せい》か、急に空腹となったので、金目鯛《きんめだい》を軽く干したものを焼き、御飯を一ぜん食べてしまう。

夜に入って、またも雪が降り出す。

気学でいうと、今年の夏も短いだろう。七赤《しちせき》金星の年だから、金属は冷えるのだ。

元国土庁長官だった政治家の女房《にょうぼう》が、ある町の町長をしていて、その役場の中へ亭《てい》主《しゅ》の銅像を建てるという記事を新聞で読む。これは本当のことなのだろうか……そうだとしたら、政治家の低劣堕落も、ついにここまで来たかと、あきれ果てて物もいえない。

十年ぶりの媒妁人《なこうど》

×月×日

今年のはじめに、髪のかたちをガラリと変えたカメラマンのTが、そのとき私が指摘したとおり、いよいよ彼女との結婚にこぎつけたというので媒妁人をたのまれる。およそ十年ぶりのことだ。これで約十組ほど媒妁をすることになる。

きょうは、その結婚式の当日で、久しぶりに紋服・袴《はかま》を身につけると、むかしの日本人の体型をしている私には躰中《からだ》が小気味よく引きしまり、こころよいこと、この上もない。麹町《こうじまち》のクラブ〔K〕の式場へ着くと、新郎の袴の結び目が上へあがってしまって、どうにもならない。

このごろの式場の着つけ係は女の着つけはできても、男のほうはダメだ。仕方がないので私が直す。

新郎はニタニタと笑いっぱなしだったが、披露宴《ひろうえん》となって、友人がスピーチに立ち、新郎新婦のキスをもとめた。Tも独身のときは友人の結婚式に出てキスをさせたりしてよろこんでいたのだが、いざ自分が新郎の立場になってみると、はずかしくて、どうにもならない。

ライト、カメラの砲列の前で真赤《まっか》になって困り果てているので、

「仕方がないから、頬《ほっ》ぺたにしてやれ」

小声でいうと、うなずいて立ちあがり、それらしきまねをしたが、友人たちは引き下がらない。ほんとうのキスをさせようとする。

そこで、みんなに、

「今夜ゆっくりとするそうだから、かんべんしておやり」

といったら、一同、素直に引き下ってくれた。

帰って、すぐ仕事にかかる。今月は種々のパーティや文学賞の選考のために仕事が追い込まれたので、毎日予定の枚数は必ず書くことにしている。

×月×日
ペンクラブの試写会で、一九二九年につくられたドイツのサイレント映画〈アスフ

アルト」を観る。女賊エルゼと青年警官アルバートの物語だが、エルゼに扮《ふん》したベティ・アマンの魅力について、私もいろいろと聞かされていたが、なるほど凄《すご》い。銀座の〔エスポワール〕のマダム・川辺ルミは何かというと〔ベティ・アマン〕といっていたが、なるほど、ルミがあこがれるはずだ。そういえば川辺ルミは、どこまでもベティ・アマンスタイルのおしゃれをしていた。マダムが健在ならば〔エスポワール〕へ立ち寄り、

「アスファルトを、今夜観て来たよ」

とおどろかせるところだが、マダムのルミは何処《どこ》やらの病院へ入ったきり、もう三年も銀座へ出て来ない。

ゆえに、ホテルのバーへ寄って、ドライ・マティニをのみながら〔アスファルト〕のシーンを振り返ってみる。

フィルムも鮮明だった所為《せい》か、第二次大戦前の大都市ベルリンの全貌《ぜんぼう》をとらえたショット。セットとロケーションを巧みに合成し、膨大《ぼうだい》なエキストラと車輛《しゃりょう》を投入しての街頭シーンの臨場感はすばらしかった。サイレントだからセリフは、ごくわずかの字幕のみで、あとは役者の眼《め》が物をいう。その演出のデリケートさは、いまの映画が失ってしまったものである。

「眼は口ほどに物をいい」

という言葉があるけれども、現代の男女は口だけ達者になっても、眼が死んでしまった。

演じる役者も演じさせる監督も、これがわからなくなったのだから仕方がない。

試写室で会ったM・S老が、ベティ・アマンを評して、

「ああいう女《の》に誘惑されたら、いまでも、ぼくは抵抗できないですなあ」

そういっていたっけ。

×月×日
イタリア映画〔パッション・ダモーレ〕の試写。

イタリアの風土から生まれた秀作。

醜女《しこめ》の情熱の凄烈《せいれつ》さを描いたもので、大いに感銘する。

役者も仏・伊のベテランをそろえ、その中でヴァレリア・ドビチ、ベルナール・ジロドーが男女の主役を演じてすばらしいが、なんといっても日本になじみが薄く、名声だけは耳にしていたエットーレ・スコラ監督の演出が見ものだ。

映画は悲劇だったが、まるで芳醇《ほうじゅん》の酒に酔ったような気分になる。

時間がないので資生堂へ入り、定食を注文する。白魚のクリーム・ソースのグラタン、牛ヒレの煮込み、共によかった。ひどいときもあるが、今夜の定食は当った。

帰宅すると、パリの知人の御主人が日本へ仕事で帰って来て、できたてのフォワグラのテリーヌを届けてくれる。そこで夜食は薄いトーストと赤ワインで、痛風を怖《おそ》れつつ、テリーヌをたっぷりいただく。

あちこちで、知人たちが死去する。今冬の寒気が、いつまでもゆるまぬ所為か……。

×月×日

夕景から目白の〔C〕で、故山手樹一郎《やまてきいちろう》氏を偲《しの》ぶ、七回忌のパーティへ出席する。

昭和二十八年に、明治座公演の新国劇へ、私が〔渡辺崋山《わたなべかざん》〕の脚本を書いたとき、山手氏から親しく教えをうけたことがあった。山手氏には崋山を書いた名作がある。

崋山を演じたのは島田正吾だったが、初日の客席で、幕が開いて閉まるまで、山手氏は凝《じっ》と涙ぐんでおられた。これは私の脚本がよかったのではなく、山手樹一郎という人が、実に、

「崋山そのもの……」

といってよいほどで、したがって山手氏は舞台を観ながら、われ知らず共感の涙にさそわれたのだろう。

渡辺崋山と山手樹一郎。この二人は、私にとって、どうしてもイメージが一つになってしまうのだ。

帰りは雨の中を江戸川橋から神楽坂《かぐらざか》まで歩く。このあたりは若いころに半年ほど暮したことがあって、なつかしくもあり、あまりにも無残に変り果てた町の姿におどろきもした。

神楽坂で熱いコーヒーをのんでから、タクシーを拾って帰る。

帰宅してから、豚の白いシチューで御飯一杯。

もう春だというのに、今夜も冷える。

雨は、明け方となって雪に変る。

×月×日
午後から銀座へ出て、白のワインを注文し、届けてもらうようにしてからヘラルドの試写室で〔さよなら夏のリセ〕というフランスの青春物を観る。

数年前にフランスへ行ったとき、ロワール河周辺の城めぐりをしたが、そのときのアンボワーズの城下町やシュノンソーの城が映画の舞台になっているので、一入《ひとしお》なつかしく、また楽しく観た。

夕方から、向島《むこうじま》の百花園へ花見に行く。

おそらく、いまごろは桜も咲いているとおもい、友人たちと園内の部屋を予約しておいたのだが、咲くどころか蕾《つぼみ》もふくらんでいない。そのかわりに白梅が満開だった。

こんなに冷え込む春も、六十年生きてきたが、はじめてだ。

もっとも私は、桜よりも梅が好きなのだから、充分に満足をした。

冷たい夜気に包まれた墨堤《ぼくてい》を浅草まで歩む。

まだ九時だというのに、浅草六区は火が消えたようにさびしい。それでもコーヒー店〔アンジェラス〕が、まだ店を開けていたので、一同とコーヒーをのみ散会する。

明け方にベッドへ入り、R・M・デュ・ガールの〔チボー家の人々〕が新書版になって出たのを読む。若いころに読んだときも大いに感動したが、いまなお、この小説のテーマは心を打つ。しかし、再読してみると、どうも訳が古めかしい。

けれども、何度もフランスの地を踏んでからの再読だけに、パリや、その近郊、ベルギーなどの描写が手にとるようにわかる。これがたのしい。窓が明るくなってから眠ろうとするが、なかなかに眠れなかったのは、どうしたことなのか……。

×月×日
長谷川一夫《はせがわかずお》が七十五歳で死去。この優《ひと》の代表作を一つあげるなら、何といっても林長二郎時代の昭和初期に、故衣笠貞之助《きぬがさていのすけ》監督で撮った〔雪之丞変化《ゆきのじようへんげ》〕だろう。当時の長谷川の精進と進境のめざましさは瞠目《どうもく》すべきものがあった。
午後からヤマハ・ホールへ行き、ワーナーの〔グレイストーク〕の試写。この夏に封切られるターザンのルーツを描いたイギリス映画だが、実にすばらしかった。

終って、ワーナーの早川、読売新聞の河原畑、講談社の中沢の三氏とS堂でコーヒーをのむ。

きょうは暖かったが、夜になると、また冷え込む。

新国劇の国定忠治《くにさだちゅうじ》

×月×日

コロムビアの試写室で〔カリブの熱い夜〕を観《み》る。フットボールと激しい恋愛と、企業と賭博《とばく》との混淆《こんこう》を、先ごろヒットした〔愛と青春の旅だち〕で男をあげたテイラー・ハックフォード監督が手ぎわよくさばいている。ぼくにはやはり、傍役《わきやく》で出ているリチャード・ウイドマークだ。齢《とし》をとって傍にまわってから、むしろ魅力を増してきた。男は、こうでないと、ね。なんといっても、男は晩年がむずかしい。それにくらべたら、若いときの苦労なぞなんでもない。

きょうは、はじめから決めていたので迷うことなく、神田・須田町《すだちょう》の〔まつや〕へ

行く。先ず大きな海老の天ぷらでビールをのむ。折しも、他《ほか》の客たちが予約していた、まつや名物の太打《ふとう》ち蕎麦《そば》を打ちはじめ、

「いかがですか？」

すすめられて大よろこび。久しぶりで、ここの太打ちに舌つづみを打つ。

それから、ぶらぶらと小川町まで歩き、かねて、うわさに聞いていた〔古瀬戸コーヒー店〕へ入る。なるほどうまい。ブレンドのつぎにモカをのみ、ついでに家でのむためにブレンドの粉を買って帰る。

深夜、新国劇の稽古《けいこ》に入っている真田健一郎から電話があり、日光の円蔵を客演中の黒川弥太郎が、

「脳内出血で倒れました」

と、知らせてくる。

なんということだ。あんなに人柄《ひとがら》のよい黒川さんが、こんなことになろうとは……。国定忠治の辰巳柳太郎は、大ショックを受けたらしい。黒川さんは、むかしの師匠である辰巳柳太郎に見まもられつつ、救急車で運ばれて行ったという。

×月×日

新国劇の初日を観に、浅草公会堂へ行く。

この劇団の、戦後の全盛期に仕事をしてきた私にとっては、故郷の家へ帰ったような想《おも》いがする。だが、共に汗をながしてきた座員の大半は物故し、または劇団を去って、辰巳柳太郎・島田正吾の老スターと共に少数の若い座員が残存し、今回は〔一本刀土俵入〕と〔国定忠治〕を出した。

〔忠治〕の山形屋の場になって、いよいよ、真田健一郎の山形屋藤造が舞台にあらわれる。おもったより以上に、よく演《や》る。

（ほら、演れるじゃないか）

私は、口の中でつぶやいた。

つぎの〔半郷の小松原〕の場で、襲いかかる山形屋一味を斬《き》り殪《たお》し、颯爽《さっそう》と花道を引込んだ国定忠治が、大詰の〔土蔵の場〕では大病で声も出ず、躰《からだ》もうごかなくなり、群がる捕方《とりかた》と死闘する二人の子分が目の前で殪れるのを見ながら、どうすることもできない。

辛《かろ》うじて長脇差《ながわきざし》へ手をかけるが、抜くこともならぬほどに、忠治は病みおとろえているのだ。

男の、暗い、激しい情熱がほとばしる〔土蔵の場〕は、行友李風《ゆきともりふう》作〔国定忠治〕の中で、私が最も好む場面である。

帰宅してから、しばらくすると、真田健一郎から電話がかかってくる。

「どうでしたでしょうか？」

「よかったよ」

「でも、不安です」

「ま、気がついたところをいっておこうか。先ず、山形屋の衣裳《いしょう》と着つけからだ」

ダメを出しておいて、

「黒川さんのぐあいはどうだ？」

「まだ、意識がもどらないそうです」

「心配だね。あんなにいい人が……」

「辰巳《おやじ》も、ショックを受けていますよ」

「当然だ。目の前で倒れたのだからね」

黒川弥太郎、大友柳太朗、緒形拳《おがたけん》など、辰巳柳太郎という人は実に、弟子にめぐまれた人だ。真田健一郎も、むかしは辰巳の書生だったのだが、当時の彼を知る者は、まさかに彼が今日に至って、山形屋藤造の大役を演じようとはおもわなかったろう。

仕事を終え、ベッドへ入ったが、今夜は気が昂《たか》ぶってきて、なかなかに眠れなかった。

×月×日

新宿西口の、専用仮設劇場へミュージカル〔キャッツ〕を観に行く。先ず、このロンドン・ブロードウエイから日本へ渡ってきたミュージカルのための専用劇場を、連日の満員にした浅利《あさり》慶太の力量をまざまざと見せつけられる。すばらしい仮設劇場だ。廃墟《はいきょ》の遊園地へあつまってくる猫《ねこ》たちの中から選ばれ、昇天して永遠の生命を得る娼婦《しょうふ》猫グリザベラが唄《うた》う〔メモリー〕は、近来の佳曲だが、久野綾希子《くのあきこ》は〔演技〕で唄いぬく。飯野《いいの》おさみの、マジック猫のダンス。これはブロードウエイへ出しても通用するだろう。

帰りに〔キャッツ〕のロンドン版、ブロードウエイ版のレコードを買い、帰宅して双方を聴いてみる。ブロードウエイ版が、さすがによい。音楽処理のキメの細かさ、むろんのことに〔メモリー〕も際立《きわだ》っている。

仕事を終えてから高橋英夫《ひでお》著〔偉大なる暗闇《くらやみ》——師岩元禎《いわもとてい》と弟子たち〕を読む。旧制高の名物教授とうたわれた岩元禎の伝記だが、岩元と師弟の関係にあり、後に一高教授となった三谷隆正の風貌《ふうぼう》が丹念に描かれている。三谷隆正・隆信（前侍従長）の両氏は、私の亡師・長谷川伸の義弟にあたる。すなわち、長谷川師の〔瞼の母《まぶた》〕が三谷家へ再婚してもうけられたのだ。それだけに、おもわず熱中してしまい、読み終えたときには空が白んでいた。

×月×日

浅草公会堂の新国劇へ、また行く。真田健一郎の山形屋藤造へダメを出し、衣裳を直させたので、その結果を何度も見に行くことは、私自身の勉強なのだ。

真田は見ちがえるばかりによくなり、衣裳を少し直させただけで、着つけが格段によい。

昼の部が終って、真田と近くの〔アンジェラス〕へ行き、カツレツでビールをのむ。

夜ふけに、新国劇のベテラン女優・南条みづ江から電話があり、

「フジちゃん（真田のこと）どうしたんですか。夜の部の山形屋、見ちがえるばかりでしたよ」

と、いう。

南条は、山形屋の女房《にょうぼう》おれんを演じているのだ。

「そうだろう、そうだろう」

「おもわず、私も気が入っちゃいました」

もう一度、観に行きたくなってきた。

つづいて、真田から電話があり、

「山形屋の着物の身幅《みはば》を、きょうやっと、ひろげてもらいました」

「そうかい。どうだ、着心地がいいだろう？」

「とても、いいんです」

南条の言葉をつたえると、真田は大いによろこんだ。真田がいないところで、私へ南条がのべた感想だけに、これは、お世辞をいっているのではないとわかるからだろう。

夜半、血圧を計る。上が一四〇、下が八〇なり。

×月×日
午後、新橋のコロムビア試写室で〔再会の時〕という、ちょっと風変りな映画を観る。

夫は不要だが、子供だけ欲しいという、アメリカのウーマン・リブの土壌の一面が、このように描かれた映画を観るのは初めてだ。去年に封切られた〔ガープの世界〕ともちょっとちがう。

外へ出ると、きょうの夕飯はこれと昨夜から決めておいたので、すぐさま銀座の〔煉瓦《れんが》亭《てい》〕へ行き、先ず上カツレツにビールを注文する。ここの上カツレツは小ぶりのが二つ皿《さら》にのってくる。そこで上カツレツ一人前を折へ入れてもらい、その中に、皿のカツレツ一枚を入れてもらうことにする。

なんとなれば、いまの私はカツレツ二枚を食べてしまうと、あとに食べようとおもうハヤシライスが、腹へ入り切れなくなってしまうからだ。

満腹となって外へ出る。つぎに近くの風月堂《ふうげつどう》へ入り、好物の柚子《ゆず》のシャーベットにコーヒー。

日中は暖くて汗ばむほどだが、夜になると急に冷えてくる。こうした陽気は病人にとって、まことによくない。いま、病院へ入っている知人・友人たちの顔が、つぎつぎに浮かんでくる。

帰宅して、ルイ・アームストロングとエラ・フィッツジェラルド共演のレコード四枚組をテープに写しながら仕事をする。

こうしたことができるときは、仕事に調子が出てきた証拠なのだ。

宵寝《よいね》もせず、四時間打《ぶ》っ通《とお》しで仕事をしてから入浴。去年の秋までは、それから夜食をしたのだが、今年になってからジュースとビスケット二枚にとどめ、いまは、すっかり慣れ、他のものを食べる気がしなくなった。

一時間ほどベッドでやすみ、レコードから移したテープをウォークマンで聴きながら、また仕事をつづける。

親おもう心にまさる親心

×月×日

叔父（母の弟）が亡《な》くなったので、大阪から私の弟が駆けつけて来る。弟は母の実家の墓を、叔父の遺族と共にまもらねばならぬ。

書斎へ入って来た弟は、涕涙《ているい》しつつ弁舌をふるう。なんだか急に、弟も老《ふ》けてしまったようだ。頭にも白いものが増えた。

午後、フイルム・センターへ行き、昭和十七年につくられた溝口《みぞぐち》健二監督の〈元禄《げんろく》忠臣蔵＝後篇《こうへん》〉を観《み》る。何よりも上から下まで、役者ぞろいなのがすばらしかった。

前篇は三度も観ているが、後篇は初めてだったので、かなり興奮する。

いまは、日本の役者（歌舞伎《かぶき》の一部をのぞいて）が、むかしの日本人を演じきること

ができぬ時代になってしまった。外国でも日本ほどではないが、少しずつ、そうなってきているようにおもえる。

外へ出て、明治屋・階上の〔モルチェ〕へ久しぶりで行く。ちょっとポトフ風のスープに、鱏《えい》の煮込み、トマト・サラダ。ここの料理は、いま流行の懐石風フランス料理ではない。妙に日本人の舌に妥協することなく、ボリュウムがあってうまい。

帰宅すると、叔父の家からもどって来た弟が書斎へあがって来る。

「どうだ、葬式は、おまえのいいようにやれそうなのか?」

尋ねると、

「はい」

機嫌《きげん》よく、こたえた。

×月×日

新国劇の辰巳柳太郎氏の孫娘が結婚して、その披露宴《ひろうえん》へおもむく。

麻布《あざぶ》のアメリカン・クラブだったので、ちょっとおもしろかった。

宴果てむとするとき、花嫁の母親(辰巳氏の娘)新倉美子が、達者なジャズ歌手だ。トリオの前へ出て来て〔ス・ワンダフル〕を唄《うた》う。さすがに往年は鳴らしたジャズ歌手だ。

若いときよりすばらしかった。唄う母親を花嫁が凝《じっ》と見まもり、泪《なみだ》ぐんでいる。

終って、近くのビルの地下にある〔横浜屋〕でコーヒーをのんでから帰る。この店のコーヒーはうまい。

夜ふけに弟から電話があって、家人が、

「叔父さんが亡くなったのでガッカリしたのか、お母さんが少し、ぐあいがよくない」

と、告げたら、一時間ほどして、また電話をかけてきて、

「兄さん。親おもう心にまさる親心、今日のおとずれ、何と聞くらむ、という歌は、だれがつくったのですか？」

「そんな歌、あったかねえ」

「はあ……」

「その歌が、どうかしたのか？」

「いや……何でもありません」

このごろ、弟は少し変ってきたようだ。

新鮮な鰺《あじ》のひらきを知人からもらったので、擂《す》りショウガを薬味にして夜食に二枚、飯を一杯食べたが、そのうまさにたまりかね、さらに一枚と一杯を追加してしまう。同じ鰺のひらきでも、上から下まで、味はさまざまだ。

食べ終り、あわてて消化薬をのむ。

そこへ、辰巳氏から、きょうの「お礼をいいたくて……」と、電話がある。この人はむかしから、こういうところに神経をつかい、まことに義理がたい人なのだ。

「一時間半でやれといったのに、三時間もかかっちゃって、すまなかった」

「いやいや、たのしかったですよ」

「おれは、じりじりしていたんだよ。でもまあ、無事に終ってよかった……」

やはり、孫は可愛《かわい》いのだろう。

×月×日
二人の友人と、奥多摩へ遊びに行く。

先《ま》ず、沢井のあたりを取材してから吉野梅郷へもどり、故吉川英治氏の夫人が経営する〔紅梅苑〕へ行き、少憩する。

ここのコーヒーは、注文があるたびごとに新しくいれる。だから、うまい。

名実ともに、いまや奥多摩の名物となった菓子を求めてから、福生《ふっさ》へまわり、旧知のレストラン〔さんちゃん〕で夕飯。熱々のタマネギのフライで冷たいビールをのんでから、それぞれにステーキ、カレー・ライス、カニの焼飯、その他を注文し、分け合って食べる。

満腹して車に乗ったら、たちまちに眠ってしまい、

「着きましたよ」

いわれて、目ざめたら、もう品川の家の前だった。

×月×日
阿波《あわ》の素麵《そうめん》を食べてから、銀座へ向う。

きょうはCICの試写室で〔危険な年〕というオーストラリア映画を観る。

一九六四年のインドネシア。スカルノ政権が揺らぎはじめた激動期のジャカルタを舞台に、オーストラリアのTV特派員とイギリス大使館員（女）との恋を描いたものだが、私のように、たとえ一度でもインドネシアへ行ったことがある者には、何ともたまらない映画だ。大使館員を演じるシガニー・ウィーバーの硬質の魅力は、いよいよ生彩を放ってきた。

きょうは暑い。外へ出てから何処《どこ》で夕飯をすませようかと、しばらく悩む。昨夜は自宅で肉だったのだから、きょうは野菜か魚にしなくてはなるまい。このように食事のバランスをとることが、いまの私には必要だし、痛風の発作を未然にふせぐことにもなる。

結局、〔山の上ホテル〕の天ぷら〔山の上〕へ行く。

調理主任の近藤文夫君が、

「きょうは、鯒《こち》のいいのが入りました」

「じゃあ、薄く、やってもらおうかな」

新鮮な鯒の薄造りに、カマの塩焼き。酒を二本のんで、あとは天丼《てんどん》にする。

終って、地下のコーヒー・パーラーで、水出しの濃いコーヒーをのみ、近くの〔古瀬戸コーヒー店〕でブレンドを挽《ひ》いてもらい、二百グラムほど買ってから帰宅する。

明日は早いので、睡眠薬をのんでから、ベッドへ入る。

×月×日
朝八時に飛び起き、コーヒーをのむだけにして、歌舞伎座の昼の部を観に出かける。

久しぶりに〔夏祭浪花鑑《なつまつりなにわかがみ》〕を観る。

この芝居は、私がもっとも好きな狂言の一つで、大詰《おおづめ》・長町裏の殺陣《たて》は、いつ観てもすばらしい。今回は幸四郎初役の団七九郎兵衛、勘三郎が、これも初役の三河屋義平次という配役だ。勘三郎は二役で、得意のお辰《たつ》を演じる。なんといっても、このお辰の演技に堪能《たんのう》する。

終って、用事をすませてから、近くの〔竹葉亭《ちくようてい》〕へ行く。

二年ほど前に、椅子《いす》席が設けられたので、まことに便利になった。

キクラゲとキュウリの胡麻《ごま》和えでビールをのむうち、鰻《うなぎ》が焼けてきたので、酒を注文する。

最後は鯛茶漬《たいちゃづけ》。これで、ちょうどよい。

帰ると、文春の名女川《なめかわ》君が〔鬼平犯科帳〕全巻の索引を五年がかりで作成し、持って来てくれる。

これで、まことに便利になった。鬼平を書きはじめて十五年。合計十七冊を出したが、登場人物は三千名を越えてしまったので、その名前だけでも重複《ちょうふく》のおそれがあるし、死んだものを出してしまうこともあり得るのだ。

×月×日

ヤマハ・ホールで〔インディ・ジョーンズ／魔宮の伝説〕の試写。大満員なり。前作はオカルトじみたクライマックスの設定で興を殺《そ》がれたが、今回は一九三〇年の上海《シャンハイ》から始まってインド山中に至る大冒険活劇。スティーブン・スピルバーグ監督が、これでもか、これでもかと押して押して押しまくる腕力。実におもしろかった。

ハリソン・フォードのインディ・ジョーンズもいいが、ヒロインを演じる新星ケート・キャプショーが容姿・演技ともに感じがよろしく、この女優は、これから、さらに大きなチャンスをつかむかとおもわれる。

きょうは、終ってすぐに帰宅し、仕事にかかる。

夕飯は、冷奴《ひややっこ》に小松菜と油揚の煮びたし。冷酒一合半。蛤《はまぐり》の吸物に、マグロの刺身。

ちかごろは夜食をしないことに慣れた。夏になると食欲がさかんになり、どうしても食べてしまうのだが、いまはジュース一杯のみだ。

それから、また仕事をしているうち空腹となるが、食べなければ、翌日の第一食がうまいのは当然である。

今夜は週刊誌の、自分の小説の挿画《さしえ》を描《か》く。わけなく描けるときもあれば、今夜のように一枚の画に三時間もかかってしまうこともある。

アステア&ロジャース

×月×日

黒川弥太郎氏、ついに死去する。

きょう、若い友人Dが来て、彼の友人Fの結婚式のことを語る。

そのF君は、母校の校庭へ双方の家族と友人たちにあつまってもらい、Dを保証人として相思相愛の彼女と結婚式をあげたそうな。

むろんのことに、いずれも平服で、上等のシャンパンを抜き、指輪を双方の指にはめた。

それから一同、母校の近くの小さなコーヒー店を三時間ほど買い切りにして、コーヒーのみほうだい、サンドイッチとケーキの食べほうだいで、披露宴《ひろうえん》をすませたという。

「いいね。しゃれてるねえ」

　と、おもわず、私はいった。

「とても、よかったです。新郎新婦の両親や親類は、はじめ大反対で、しかるべきホテルでやるべきだといったそうですが、彼と彼女が押しきってしまいました。ぼくも、あれでやりたいなあ」

「ぜひ、そうし給《たま》え。それなら、おれが仲人《なこうど》をしてやる」

「えっ。ほんとうですか？」

「ああ、ほんとうだ」

　私は、自分が結婚式をやらなかった所為《せい》か、いまのホテルの、大金を投じた結婚式がバカバカしくて仕様がない。

　ホテルによっては、新郎新婦が自前《じまえ》の衣裳《いしよう》を着ると、その衣裳の〔持ち込み料〕を取るという。ほんとうだろうか。ほんとうだとしたら、まことに恐ろしい世の中になったものではないか。いかに世の中がせせこましくなったか、これでわかる。恥知らずの商売も、ここまで来ればいうことはない。

〔たち吉〕でフライ・エッグ用の小さな瀬戸物の平鍋《ひらなべ》を買い、書店で〔モーパッサンの生涯《しようがい》〕一巻を求めてから帰宅。

夕飯は、姪《めい》がつくったポトフで白ワインをのんでから、鰈《かれい》の煮たので御飯。よい鰈だったが二片《きれ》で千五百円もしたというので、女たちはびっくりしている。だが、近ごろの魚介の高騰《こうとう》をおもえば、これでも別に高くはないのだ。ちなみにいうと、鰈は、むかしの庶民の食膳《しょくぜん》へのぼることがめずらしくなかったのである。

×月×日

アルビン・エイリー舞踊団の公演を、中野のサンプラザ・ホールへ観《み》に行く。

いずれもよかったが、マリ・カジワラとキース・マクダニエルが踊る「トレッディング」の重々しく、しかも官能的な舞台がすばらしかった。

夕飯を食べ損ねていたので、何かないかと駅前へ出たら、前からあった「サンジェルマン」という洋菓子店が、地下にビストロをはじめていたので、そこへ入る。

友人とふたりで、茄子《なす》のグラタン、ポテトのグラタン、野菜スープ、パエリヤ、アサリのスパゲティなどを食べ、白ワインをのむ。一皿《ひとさら》の分量が適当で、しかも旨《うま》い。そして安い。店の若い人たちのサーヴィスもよく、いまは、こういう店がつぎつぎにできて若い客を引きつける。

×月×日

S座でCICの〔ストリート・オブ・ファイヤー〕の試写。強烈なロックのリズムにのって、凄《すご》く歯切れのよいショットがダイナミックに積み重ねられてゆく。その小気味のよさ。監督ウォルター・ヒルの腕の冴《さ》えに、たちまち引き摺《ず》り込まれてしまう。西部劇のパターンを現代アメリカの都市にもってきて、マイケル・パレ、ダイアン・レインという好ましい若手を主役に、寓話《ぐうわ》風な、ロック・オペラともいうべき一篇《ぺん》につくりあげている。

胸がスカッとしたところで〔和光〕へ行き、おおば比呂司《ひろし》さんの個展レセプションに出る。オランダに二年住んで、個展のために帰ってきたのだが、おおばさんは躰《からだ》が引きしまって、なかなか元気そうだった。

ここで、那須《なす》に住む医者であり、エッセイストでもある見川鯛山《みかわたいざん》夫妻に、約三十年ぶりで会う。なつかしかった。

一時間ほどいて外へ出る。トラヤへ行き帽子を買い、六丁目の英國屋《えいこくや》でネクタイを買ってから帰宅する。

仕事の前に、鰻《うなぎ》の佃煮《つくだに》で、ワサビをつかって茶漬《ちゃづけ》をする。

夕刊に、八十五歳になったフレッド・アステアと七十五歳のジンジャー・ロジャースが抱き合っている写真が出ていた。この二人のダンス・コンビが主演した映画は、私にとって、取りも直さず、戦前の銀座に固くむすびついている。ある意味で、そのころの自分の生活をシンボライズしているといってもよい。

アメリカの映画女優の中でも、このジンジャー・ロジャースと故ジーン・ハーローは、ことに日本が好きだった。ジンジャーは、天皇が渡米されたときの宴席にも出ているほどだ。

二人とも長生きをして、ジンジャーが、かつてのパートナーであり、きびしい完全主義者だったフレッド・アステアに、

「ねえ、誕生日のお祝いに御馳走《ごちそう》するわ」

と、さそったら、アステアが、

「八十五まで生きたら、誕生日なんか、どうってことはない。御馳走よりもゴルフをやろうよ」

と、いったそうな。

この新聞の写真を切り取り、日記帳へ貼《は》ってから仕事にかかる。あと数日で、二つ連載が終り、そのあと直木賞の選考がすむと、久しぶりに、のんびりとした夏がやって来る。いまから、そのたのしさに胸がはずむ。何処《どこ》へ行くわけでもないが、絵を描《か》いたり、昼寝をしたりしてすごすつもりだ。

×月×日

きょうは、突然、真夏の暑さとなる。

東和の第二試写室で、ブニュエルの映画を観てから、日本橋のレコード店へ行き、エラ・フィッツジェラルドの〔コール・ポーター・ソング・ブック〕というレコードを注文し、高島屋へ寄って買物をする。

中元の季節とて、閉店が七時だというので、四階の食堂へ行ったら、ここも時間延長だったから、すぐさま、〔野田岩〕の鰻を注文し、小ビール二本。銀座まで、ぶらぶら歩き、二丁目の〔華門〕でアイス・コーヒーをのむ。

×月×日
梅雨《つゆ》の晴れ間に、すばらしい映画を観た。
老名優と、その付き人を描いた〔ドレッサー〕は大当りの舞台劇を映画化したもので、付き人を演じたトム・コートニーの演技は大評判となり、映画でも彼が同じ役を演じている。老名優に扮《ふん》したアルバート・フィニーと嚙《か》み合う場面の連続で、むかしは芝居の仕事をしていた私のような者にとっては、こたえられない。
役者たちのエゴが充満する舞台裏の生態は、第二次大戦下という状況のもとでことさらに露呈され、疲れ果てて、狂いかける老名優は付き人ノーマンの介抱なくしては舞台がつとめられなくなってしまう。巡業地ブラッドフォードの古びた劇場における

〔リア王〕の上演の一夜がクライマックスだ。

ノーマンの大奮闘によって、得意のリア王を演じ終えた老名優の、疲労しきった肉体は、ついに昇天する。彼が書き遺《のこ》した自伝の前がきに、自分の名が書いてないことを知って、ノーマンが、

「この恩知らず。一杯の酒も、のませてくれたことがないくせに……」

と、怒るシーンには、肌《はだ》が寒くなった。

この世界は外国も日本も同じである。

老名優へ密《ひそ》かな愛を抱きつつ、二十年も舞台監督をつとめてきた老嬢を演じるアイリーン・アトキンス。役もよいが、演技もよい。

つづいて、アメリカ映画〔ナチュラル〕を観る。

実在していた黒人の野球選手サッチェル・ペイジをそこはかとなく想《おも》わせるロイ・ハブスを演じるのは、久しぶりのロバート・レッドフォードだ。一人の女によって運命を狂わされてしまうハブスは、三十五歳になって、はじめてプロ野球の選手となる。その束《つか》の間《ま》の栄光を描いた、この映画のさわやかな後味は、なかなかのものだった。

夕景、〔山の上ホテル〕へ行き、天ぷらのコーナーへ座る。主任の近藤君が、ポン酢へ入れた鯒《こち》の卵、塩焼きのカマなどを出してくれる。いまは鯒の食べどきだ。きょうは薄造りにしてもらう。天ぷらを食べたあと、鮪《まぐろ》の刺身で御飯二杯。下のコーヒ

ー・パーラーで主任の川口君が、ジャマイカのコーヒーをいれてくれる。

「どうですか？」

「いいよ。とても、いい」

「それでは、明日、社長にのんでもらって、ＯＫが出たら、来月から出します」

川口君は、よく研究する。

わざわざ、まずいコーヒーをのませる店へ出かけて行くほどだ。

ムッソリーニの悲劇

×月×日

梅雨《つゆ》もあがった。いっぺんに真夏となる。去年もそうだったが、この暑いのに毎日、映画の試写会へ出かけ、たっぷりと散歩ができるし、仕事も渋滞せぬのは、やはり体調がよくなったのだろう。自分でも気をつけているが、何といっても長年にわたって鍼《はり》の治療をつづけてきたのがよかった。私が鍼の治療をはじめたのは、初期の坐骨《ざこつ》神経痛に悩んだからだが、これが癒《なお》ってからも治療をつづけたのがよく、体重が八キロほど減じたことにより、すべてが好転してきたのである。

きょうは午前中に、長らく銀座の清月堂のチーフをつとめていた斎藤君が来て、今度、独立して原宿駅の近くに〔カフェ・ノワール〕という店をもつことになったという。

その挨拶状《あいさつじよう》に何か書いてくれというので、即座に承知をする。

斎藤君が帰ってから外出。きょうはヤクルト・ホールで〔アンナ・パブロワ〕を観《み》る。無難にまとまったバレエの女性一代記。

終って、築地《つきじ》の〔新喜楽〕へ行き、直木賞の選考会へ出る。

連城三紀彦《れんじようみきひこ》、難波利三《なんばとしぞう》の二作授賞となる。

帰宅してから、ムッソリーニと愛人のクラレッタのことを書いた〔私は愛に死ぬ〕を読む。訳者の千種《ちぐさ》氏も〔あとがき〕でムッソリーニに好意をもっていたことを書いておられるが、私も子供のころ、修身の教科書で、鍛冶屋《かじや》の子に生まれて、のちにイタリアの〔統領《ドウーチエ》〕となったムッソリーニにあこがれ、母に、

「大きくなったら、ムッソリーニみたいになる」

といったら、たちまちに、

「バカ!!」

一喝《いつかつ》されてしまった。

それはさておき、狂人のヒトラーにくらべて、ムッソリーニは、いかにも人がいい。

それが、このロベルト・ジェルヴァーゾが書いたドキュメンタリーによってはっきりした。

終戦後のニュース映画で、ムッソリーニの死体がミラノの群集の前で逆《さか》さ吊《づ》りにされ、さらしものになっているのを見たときの気持は何ともいえなかった。政治家にも軍人にもなりきれず、その資性をもっていなかった男の悲劇だ。彼のみの悲劇ではない。イタリアと、その国民にも悲劇をもたらした。これは、日本も同じことだ。

×月×日

俳優の平田昭彦さんが死去した。この人は、私の〔鬼平犯科帳〕をテレビでやるとき、長谷川平蔵を庇護《ひご》する若年寄・京極備前守《びぜんのかみ》が持役だった。主役の平蔵が替っても、この人の備前守は、私が変えさせなかった。それというのも、この人の身についた気品が、いかにも当時の大名にふさわしかったからだ。

このつぎの〔鬼平〕は、だれが演《や》るか未定だが、平田さんの京極備前守はうごかぬはずだったのである。

午後から、フォックスの試写室で〔ロマンシング・ストーン〕という冒険活劇を観る。カーク・ダグラスの息子・マイケルの主演。ヒロインのキャスリーン・ターナーの色気と、文句なしにたのしめるサスペンス。暑い日に、こんな映画を観るのは絶好の暑気ばらいだ。そして日が暮れたら何処《どこ》かで食事をし、帰宅してベッドへ転がっていれば、私の夏は充分にみたされる。今年の夏も例年のごとく、私は東京からはなれない。

地下鉄で銀座へ出て、眼鏡を新しくあつらえてから、明治屋・階上の〔モルチェ〕へ行く。

ジャガイモの冷たいスープ。アスパラガスとトマトのサラダ。車海老《くるまえび》と帆立貝のバター焼にかけたムニエル・ソースがよかった。

×月×日
ヘラルドの試写室で、エットーレ・スコラ監督が七年ほど前につくった〔特別な一日〕を観る。

第二次大戦直前のイタリア。独伊協定がむすばれて、ヒトラーがローマへやって来る。ムッソリーニはこれを歓迎し、熱狂的な記念式典がおこなわれた当日、ローマの高層アパートに住む中年の女が、夫や子供たちが式典を見物に出かけた後、同じアパートの中庭をへだてた部屋に独り住むホモの中年男と、ふとしたことから生涯《しょうがい》一度の情事をもつというテーマで、これを映画にしたり、小説にしたりするのは、なかなかむずかしいのだが、スコラ監督は、自分で書いたオリジナル脚本を演出して、

（なるほど）

と、納得せしめたのは、さすがだ。

女をソフィア・ローレン、男をマルチェロ・マストロヤンニという呼吸の合ったコンビが至難の役を見事に演じきっている。

この映画の中の会話にも出てくるが、当時のムッソリーニに対するイタリアの女たちの熱狂ぶりは大変なものだったらしい。モテてモテて仕方がなく〔ムッちゃん〕も、やたらに、女に手をつけていたのだ。

彼と愛人の記録を読んだばかりなので、ことさらに興味ふかく、この映画をたのしんだ。

終って友人ふたりと、同じビル内の台湾料理〔東《あずま》〕へ立ち寄り、ビーフンと粽《ちまき》でビールをのむ。暑い夏には、さっぱりと炒《いた》めたビーフンは、とてもよい。それから一階の〔小川軒〕の出店へ行き、エスプレッソをのんで、二人と別れ、銀座へ出て、用事をすませてから帰宅する。

このところ、毎夜、ベッドへ入ってから西丸與一著〔法医学教室の午後〕正続二巻を、拾い読みしている。近ごろ、実に興味ふかい随筆なり。

×月×日

午後から、先ごろ買っておいたエラ・フィッツジェラルドのレコード二枚をカセットへ写しながら、新潮社から出る自分の文庫本の表紙を描《か》く。一発できまった。

夕飯は、先ごろ私が仲人《なこうど》をして結婚したカメラマンの田島君が持って来てくれた上等のハムをステーキにする。バタをからめ、赤ワインをたらして、手早く焼く。ポテト・サラダに缶詰《かんづめ》のパイナップル、その後は鰈《かれい》を煮たもので御飯。

×月×日

きょうも快晴で暑い。午後からヤクルト・ホールへ行き、故ルイス・ブニュエル監督が七年前につくった〔欲望のあいまいな対象〕の試写。

この映画のシュール・レアリスムは、いささかの苦痛もなく、たのしくわかった。そして、後味には、ちょっと凄味《すごみ》がある。

〔銀座百点〕の新年号に銀座の画《え》を描くことになったので、西銀座を歩きながら取材をする。いまの銀座は、なかなか画にならぬ。前に〔銀座百点〕の表紙が銀座の風景で、それが何年もつづいて、感心をしながら見ていたものだが、私が描くとなれば、あまり、人の眼《め》にふれぬようなところになるだろう。

夕闇《ゆうやみ》がただよってきて涼しくなってから、資生堂へ久しぶりに行き、夕飯をすませる。

冷たいトマトのスープ、若鶏《わかどり》のフリカッセ、桃のシャーベットなど、きょうはよかった。

今年の夏は、すべて連載を終え、のんびりとすごすはずだったが、急に新しい連載を週刊誌ではじめることになったので、いそがしくなってしまった。しかし、小説ではないし、小さなものなので、どうにかやれるだろう。それまでには、まだ、ちょっと間がある。今夜は何もせず、フレッド・アステアがオスカー・ピーターソンのトリオと組んで、唄《うた》ったりタップを踏んだりするテープをウォークマンで聴く。アステアが初老に達してからのものだけに、唄いっぷりもいい意味で枯れてきて、しかも老いた肉体の底に潜む若い気分が失われていないという珍しいものだ。ピーターソンのすばらしいピアノ。

×月×日

朝、起きた。朝に目ざめるなんて、久しぶりのことだ。これも連載小説のすべてが終って、早く眠るようになったからだ。何とかして、この夏は早寝早起きの習慣をつけたいが……おそらくダメだろう。

トマト・ジュースを一杯のんだだけで、自分の本の装釘《そうてい》をはじめ、昼までに大半を終る。

カニの炒飯《チャーハン》を食べ終えると、きょうは、つぎつぎに来客があり、いつの間にか日が暮れてしまった。

夕飯は、鯒《こち》のいいのが入ったので、何ケ月ぶりかで台所へ入り、洗いに造る。鯒と高野豆腐で白いワインをのむ。

その後でカツ丼《どん》。夕飯後、書斎のベッドへ転がって、

(いま眠ると、夜ふけに、眠れなくなってしまう。眠らないように、眠らないように……)

おもいながら〔地中海〕という写真集を見ているうち、ついに眠ってしまう。

夏の終り

×月×日

午前十一時起、いきなり、ステーキ丼《どん》を食べる。できるだけ、肉はつつしむことにしているが、夏は肉を食べぬともたない。

夕景、〔オール讀物《よみもの》〕の菊池君が迎えに来てくれて、直木賞の授賞式へ行く。受賞者の連城・難波の両氏、うれしそうなり。私が受賞したのは昭和三十五年の夏で、それからもう二十四年が過ぎてしまった。式場は同じ東京会館だったが、まだ改築前で、戦前の匂《にお》いが濃厚にたちこめている美しい建築だったのだ。

少年のころからファンだった故大佛《おさらぎ》次郎氏が祝辞をのべて下すったのがうれしく、そのことを、帰ってから亡師・長谷川伸に告げると、大佛氏が好きだった長谷川師は

「よかったねえ……」と一言、眼《め》を細めていわれた。その声が、まだ耳に残っている。

講談社の野間名誉会長が亡《な》くなられたので、パーティを途中でぬけ、目白の野間別邸へおもむく。講談社の中沢君が案内してくれたので助かった。

旧盆の東京は、まことに静かで美しい。こんなときには東京にいるにかぎる。

×月×日

昨夜は講談社の福沢君とコピー・ライターの佐藤君と三人で新宿のホテルへ行き、合わせて六時間ほど談話をテープに入れた。

今朝は十時にロビーへあつまり、遅い朝食をとる。こんがりと焼けたワッフルが旨《うま》い。

それからすぐに帰宅して、朝日新聞から出る〔食卓のつぶやき〕の装釘《そうてい》にかかるが、おもったとおりに運んだので、たちまちに終る。夕飯は鶏《とり》をバターと白ワインで焼き、あとは天丼なり。

夜に入って文春から出る〔乳房〕の装釘を一応やってみる。ところがこれも一発できまった。

昨夜から引きつづいて大分に疲れたが、きょうは、よほど調子がよかったのだろう。

夜半、空腹になったので、夕飯のときのポテト・サラダをパンにはさんで食べる。

その後で、あわてて消化薬をのむ。

明け方、少量のブランデーをなめつつ、長沢蘆雪《ろせつ》の小伝を読む。

×月×日

連日の猛暑。少し元気をつけようとおもい、第一食に薄切りのビーフ・ステーキを食べる。

買物がたまったので、午後から銀座へ出かけ、レコード、画材、本、薬などを買い、〔Y〕でざるそばを食べる。それから銀座の絵の取材をするが、ビルと車輛《しゃりょう》の群れの中に風景が沈んでしまっている。そこで裏通りばかりをスケッチしたり、カメラにおさめたりすることになる。ビルや自動車は描いても実につまらない。夕景に帰宅したが、ざるそばを食べたので、すぐには食べられず、夜がふけてから粕漬《かすづけ》のタラコと、ジャコに大根おろし、瓜《うり》の香の物で御飯を一杯食べてから、自分の文庫本の装釘をやる。

ベッドへ入ってから、ふと気がついた。

きょうは、まったく酒もビールものまなかったのだ。何十年ぶりのことだろう。

×月×日

ヤマハ・ホールで〔恋のスクランブル〕の試写。

人妻のジャクリーン・ビセットが、エレベーターの中で、我子の同級生を、それと知らずに誘惑する。誘惑が本物となる。さわがしい青春物だとおもったら、ちょっと辛《から》い。拾い物だった。

台風が日本海を東北へ抜けつつあるので風が強い。しかし、さわやかな風となるには、もう少し待たねばならない。

レストランで、ジャガイモの冷たいスープに鶏のクリーム・ソース（カレー風味）を食べてから、書店へ寄り、スペインの映画監督ルイス・ブニュエルの回想録〔映画、わが自由の幻想〕を買って帰る。

夜は、十月から始まる〔週刊文春〕の小さな連載の絵と文章を一回分だけ書く。

×月×日
よく晴れているが、湿気もなく、快適な一日。もう秋だ。
CICの試写室で〔ダイナー〕を観る。これは拾い物の佳作で、近ごろのアメリカ映画の、さわがしい青春物とは一味も二味もちがう。先ごろ封切られた、ロバート・レッドフォード主演の〔ナチュラル〕を監督したバリー・レヴィンソンの第一作である。

京橋の〔与志乃〕へ寄ってから、タクシーで原宿まで行く。長らく銀座の清月堂につとめていた斎藤君が独立し、原宿駅前の代々木ゼミナールの裏へ〔カフェ・ノワール〕という店をかまえたので、はじめて行ってみる。大人向きの、しゃれた店で、彼のセンスがよく出ていた。

小さなカップで、濃くて、うまいコーヒーをいれてくれた。

「どうでしょう？」

「とても、いいよ」

サンドイッチをつくってもらい、ぶらぶらと青山の通りまで歩く。

このあたりの景観は、全く変った。光の洪水《こうずい》だ。

そして、戦後の四十年が過ぎ、焼け野原に植えた樹木が育ち、みごとに繁茂してきたので、東京の一部は、見たところ実に美しく変りつつある。

そのかわり、土も水も死んでしまった。

このツケは、近い将来に都民たちが必ず、はらわなくてはならないだろう。

ブニュエルの回想録を読み終えたので、薄田泣菫《すすきだきゅうきん》の〔完本・茶話〕三巻を、おもしろそうなところから拾い読みをする。

夜、隣家の庭で、しきりに虫が鳴く。

何年ぶりかで、のんびりと昼寝をしてすごすつもりだった夏も去った。飛び入りの細かい仕事がつぎつぎに入って来て、あまり昼寝もできなかったけれど、元気に暑くて長かった夏を乗り切り、私にとっては悪くない一夏《ひとなつ》だった。

×月×日

昼前に家人が、

「大変ですよ、有吉佐和子さんが急死ですって……」

と、ベッドの私を起した。

びっくりして飛び起き、すぐに文芸年鑑で生年月日を調べてみると、有吉さんの本命星は七赤《しちせき》、生まれ月の星は六白《ろっぱく》とわかった。

「ああ……こういうときには、ピタリと悪い星が重なってしまうのだなあ」

私は、ためいきをついた。

今年は七赤の年で、きょうは七赤の日だ。月の二黒《じこく》もよくない。このように年、月、日と悪い星が重なってしまっては……。

有吉さんも、たしか気学を研究していたと耳にしている。しかし、毎日のように自分のことに気をつけていては何もできない。そこで、年と月だけは前もって調べ、自戒してはいるのだが、なかなかにむずかしい。

午後、自分の本の装釘のことで、文藝春秋社へ行く。

雨宮、名女川の両氏とコーヒーをのむ。

別れて、半蔵門から皇居の濠《ほり》に沿って下りつつ、諸方の景観をカメラにおさめる。画《え》の取材なのだが、辛《かろ》うじて〔東京〕の景観をとどめる、このあたりも、群れ走る大小の車輛の排気ガスの臭気に襲われ、落ちついて散歩もできない。ほうほうの体《てい》で地下鉄の桜田門駅へ駆け下り、銀座へ出る。

曇り空の夕暮れどきで、きょうは蒸し暑い。

久しぶりで〔新富寿司〕へ行く。コハダとイカの新子《しんこ》が出ていた。旨い。

夜になると、このごろは秋の気配が濃厚となってきて、夏中、寝るときに使っていた氷枕《こおりまくら》も今夜からやめる。

夜ふけて、空腹となったので蕎麦《そば》をあげさせ、ザル一枚を食べる。

長い間、入院していた猫《ねこ》が帰って来る。これは〔男〕で、毛の色も顔も狐《きつね》そっくりなので〔コン吉〕とよぶ。

長く入院していたので、猫でも家がいいとみえる。廊下へ長々と寝そべり、私が通るたびに甘え声を出す。

絵を描《か》き出すと、書斎へ入って来て、何がおもしろいのか、机の片隅《かたすみ》へ座り込み、一時間も筆のうごきを見つめている。

聞こえないセリフ

×月×日

　昨日は、故吉川英治氏の二十三回忌が青梅の吉野の旧邸（記念館もふくまれている）でおこなわれ、講談社の中沢君と共に自動車で出かける。韓国《かんこく》の大統領が来日中のこととて、高速道路の渋滞を案じたが、意外に車輛《しやりよう》少なく、一時間三十分で青梅へ到着する。

　故人と親しかった人びとがあつまり、夕景から母屋《おもや》で宴がひらかれた。盛岡に住む、末のお嬢さんが持参されたトウモロコシが甘《うま》い。ゆかりの鮨屋《すしや》が出張して握った鮨を二十も食べてしまったのには、われながらおどろく。帰りも渋滞なく、一時間二十分で神田の〔山の上ホテル〕へもどる。中沢君をさそ

い、地下のバーへ行った。このホテルへ泊っても、バーへ行くことは、ほとんどない。仕事があるので、夕飯のときの少酌《しょうしゃく》以外には酒はのまないからだ。それをわきまえていてくれるチーフの今清水君が〔アプリコット・クーラー〕という、軽くて、しゃれたのみものをつくってくれた。

きょうは、一日中、部屋にこもって仕事をする。

今年の夏は、ほんとうに、のんびりするつもりだったが、おもいがけぬ仕事が入ってきて、いそがしくはたらくことになってしまった。

夕景、ホテルの中国料理へ行くと、顔なじみの猪狩《いかり》君が来て「きょうはチーフの陳《ちん》さんが、スズキと貝柱に卵白をあしらった蒸し物をつくりましたが、いかがです？」という。それをもらったが、実に上品な味わいだった。つぎにフカのヒレ。かかったソースへ素《す》の饅頭《まんじゅう》をつけて食べる。そのあとで五目炒飯《チャーハン》。ここは、だれにでも一人で食べられるように盛りつけを小さくしてくれるので、私のような少食の者でも三、四品は食べられる。終ってコーヒー・パーラーへ行き、川口君と少し語り合ってから部屋へもどる。

深夜十二時で、予定の仕事をすべて終える。

×月×日

起きぬけにホテルから帰宅し、講談社の故野間省一氏の葬儀へおもむく。芝の増上寺なり。

弔詞の中でも、高齢の川口松太郎氏のそれが、もっとも真情がこもり、明晰《めいせき》をきわめていた。

終って、大門の精養軒へ寄る。朝から何も食べていないので、八百円のランチを注文する。ロール・キャベツにパンが五種類、サラダとシャーベットがつく。旨《うま》くて安い。

きょうは、真夏がもどったような暑さになったので、冷たい生ビールをのむ。

汗だらけになって帰宅すると、朝日の出版部の福原君が来ていて、この秋に出る本の最終的な打ち合わせをする。

彼が帰ってから夕飯まで、ぐっすりと眠る。

夕飯はビールの小びんをのんでから、福島の蕎麦《そば》をあげさせて食べる。

×月×日

濃紺の、イタリア製のジーンズでつくった服が出来てきたので、それを着て東映の〔麻雀《マージャン》放浪記〕の試写へ出かける。終戦直後の、焼け野原の東京を背景にした異色の一篇《ぺん》。

私としては、ラスト・シーンのあつかいに疑問は残ったけれども、和田誠初監督の演出ぶりは堂に入っている。ことによかったのは役者たちのセリフが、すべて言葉になって、聞こえていたことだ。こんなことをいうのも近ごろの映画、舞台の若い役者たちのセリフは、私の耳へ言葉としてつたわってこないからだ。いま、帝劇でやっている〔元禄《げんろく》港歌〕なぞは、役者たちが自己陶酔して泣き叫び、わめきまわるだけで、半分以上わからない。セリフがよくわかったのは市原悦子のみだった。

試写が終って、急に空腹をおぼえたので、有楽町のビルの地下にある〔やぶ〕へ行き、相焼《あいやき》で小ビール一本、そのあとで〔せいろ〕一枚を食べる。これでは夕飯として軽すぎる。

夜の九時ごろ、鮪《まぐろ》の刺身で飯一杯。

いよいよ秋だ。夜半、ちょっと肌《はだ》寒くなる。

×月×日

銀座のK書店へ立ち寄ったら、去年の初夏に亡《な》くなった舞台美術の長老・浜田右二郎さんの遺書〔江戸名所図会《ずえ》あちこち〕が積んであった。と、そこへ、中年の洋装の婦人がやって来て、ふと浜田さんの遺著を手にとり、長い時間をかけて見ていた。が、一冊を手にして勘定場の方へ行った。なんとなく、うれしくなる。浜田さんは自分が撮った写真で全ページを埋めた、この一巻を、ついに見ぬまま、あの世へ旅立ってしまったのだ。

それから東宝の試写室で、伊丹十三《いたみじゅうぞう》初監督の〔お葬式〕を観《み》る。堂々たるもので、先日に観た和田誠初監督の〔麻雀放浪記〕と共に、秋の日本映画は、この二本で気を吐くことになる。

終って、近くの〔慶楽〕で、モヤシと豚肉の焼きそばとビール。きょうは迷わず、これと決めていた。そのかわり、これでは夜ふけに空腹となるので、帰宅してから松たけ飯を大根の浅漬《あさづけ》で食べるようにしてある。

連日の小雨模様。きょうは自民党の本部がガスで放火された。世の中が次第に物騒となってくるありさまが、よくわかる。連日のごとく異変つづきだから、いまの人びとは異変になれてしまい、何が起っても平気になった。それがまた怖い。ベッドへ入ってから、薄田泣菫著〔茶話〕三巻を拾い読みする。

×月×日

フランス旅行も近づき、仕事もすべて終ったが、そうなると時間をもてあましてしまい、帰国してからの仕事に手をつけはじめたら、また、いそがしくなってしまった。十一月までの仕事の半分をやってしまうつもりだ。まあ、これくらいにしておいて、ちょうどいいのだ。それでないと自分の生活に余裕が生まれない。

きょうは、東和の試写室で故ルイス・ブニュエルの〔小間使の日記〕を再見する。この映画はノルマンディが舞台なのだが、どうも、いくつかのシーンの風景に見おぼえがある。それは、パリ近郊のミリー・ラ・フォレ（町）で、古いむかしのころの市場が残っていて、その前の〔リオン・ドール〕という小さなホテル（兼）レストランで、鱒《ます》のムニエルを食べたことがあった。そのレストランがスクリーンに出てきて、なつかしかった。帰宅して、すぐにブニュエルの〔回想録〕を引き出して読むと、果して〔小間使の日記〕は一九六三年の秋に、パリとミリー・ラ・フォレと、その近郊で撮影したことがわかった。

帰宅し、おでんで酒一合。小ぶりのビーフ・カツレツで御飯半杯。

アメリカの古い映画女優ジャネット・ゲイナーが死去した。七十七歳とは意外に若かった。そもそも、私が外国映画をはじめて観たのはゲイナーが無声映画時代にチャールズ・ファレルと共演した〔第七天国〕だった。浅草の家の近くの開盛座という小屋で、母と共に観たのだ。

ゲイナーはフィラデルフィア生まれで、早くも二十歳でフォックスのトップ・スターになった。引退のときもあざやかだった。

×月×日

松竹の〔上海《シャンハイ》バンスキング〕の試写。

先年、評判をよんだ日本製ミュージカルの映画化だが、男女優ともにキイキイと声を張りあげ、さわがしくうごきまわるだけで、ほとんどセリフがわからぬ。また、近ごろの日本映画はセリフが多すぎる。戦争シーンに迫力があったのは皮肉なことだ。いずれにせよ、戦前の男や女たちを描くのは、実にむずかしくなってきた。第一、役者がいない。時代は大きく変りつつある。

終って、Mデパートの楼上にあるイタリア料理店へ行き、オニオン・グラタン・スープと牛ヒレを焼いたもので、バター・ライスを少し食べる。

買物をして帰るとB誌のTさんが、十一月に出る私の〔乳房〕の装釘《そうてい》の刷出しを持ってくる。われながら、よい出来……と思うのも、素人《しろうと》のあさましさか……。

フランス旅行

×月×日

昨日の夕方に、フランスから帰国し、きょうはヘラルドで〔スワンの恋〕の試写を観《み》る。

地下鉄で新橋へ出るまで、何の危惧《きぐ》も不安もなく、のんびりとしていられるのが嘘《うそ》のようだ。いまのパリは危険にみちているそうな。私たちは、つつがなく二十日間の旅を終えたが、例によって、ほとんど夜は出歩かないようにした。もっとも安全だといわれていた十六区のパッシーあたりでも、いまは白昼から、若い女が頸《くび》の急所をナイフで切り裂かれたりする。

日本の、東京の車輛《しゃりょう》の混雑もひどいが、パリはそれどころではない。

では地下鉄を利用しようとおもうと、そこにはどんな危険が待ち受けているやも知れぬ。タクシーもなかなか拾えない。私がパリやフランスへ行くとき、レンタカーを借り、運転する人を連れて行くのは、このためだ。

しかし、今度は、画家ルノワールが生涯《しょうがい》を終えたカーニュのアトリエを見たこと、モンテーニュの館《やかた》を訪ね、その途中の田舎のレストランで、これこそフランスの家庭料理だといえる昼飯（野菜スープ、牛肉とにんじんの煮込み）を食べたこと、ディジョンという町のすばらしさにふれたこと……そして、パリ在住の小平勉・允子夫妻との交《こう》誼《ぎ》をあたためたことなど、いろいろと、おもい出の深い旅行になった。

フランスは私の大好きな国だけれど、よほどのことがないかぎり、もうパリへは行くこともないだろう。

フランスの田舎をまわり、かつて泊ったホテルを訪れても、そこには、あきらかに世代の交替がおこなわれつつあり、料理の味も変ってしまった。

だが、何よりもおどろいたのは、オルレアンに近いジアンという、かつては静かだった町へさしかかったとき、ロワール河の対岸に巨大な原子炉を四つも見たことだった。

毎日の晴天つづきで、車窓に、ホテルの窓に、沈む太陽をながめつつ旅をつづけた。ことに、マルセイユの落日はホテルのベランダから、こころゆくまで見ることができた。

フランスからもどったばかりに、十九世紀末のパリを背景にしたプルースト原作の〔スワンの恋〕の香気が何ともいえなかった。しかし、日本でも時代劇がダメになったように、フランスでも当時の男女を演じる俳優が少なくなったことを感じないわけにいかなかった。

大胆な脚色によって、フォルカー・シュレンドルフ監督が、すばらしい演出を見せる。パリで学び、映画監督の修行をしたシュレンドルフのキャリアが、このフランス映画で開花したことになる。ドイツ映画における彼の実力は別にしてのことだが……。

どこへも立ち寄らずに帰宅し、鮪《まぐろ》の刺身で酒一合、あとは梅干しと焼海苔《やきのり》で御飯を食べ、すぐに書斎へ入る。

二十日間の郵便物の整理は昨夜のうちに、どうやら片づけてしまったが、今夜は来信の返書を約三十通ほど書く。

×月×日

昨夜、ベッドへ入ってから、留守中に届いていた、アメリカの映画女優ローレン・バコールの回想記を、ちょっとひろげて見たら、たちまちに引きずり込まれ、興奮して寝つけなくなってしまった。スクリーンで長らく観つづけてきた、あらゆる映画俳優、監督、脚本家、舞台俳優が登場し、いずれもバコールとの関聯《かんれん》において生き生きと描かれ、しかも文章は抑制がきいていて格調高い。最愛の夫ハンフリー・ボガートが癌《がん》の大手術を受け、車椅子《くるまいす》に乗った彼を、見舞いに来た親友のクリフトン・ウェッブが見て、おもわず泣き出しそうになるところなど、両者の顔が目に浮かぶようだ。癌と死闘をつづけ、ついにボガートが息絶えるまでの迫力も相当なもので、山田宏一氏の訳をたたえたい。

眠れぬまま、ついに朝となる。まったく罪な本なり。

おかげで起床が午後二時となってしまう。カレーライスを食べたが、これでは夕飯も二時間遅れとなり、ハム・ステーキにポテト・サラダで白ワイン二杯。それからサツマ汁《じる》、粒ウニ、焼海苔などで御飯を食べる。

夜、Sが来て、先日のフランス旅行の写真の一部を届けてくれたので、その整理をしていると、たちまちに午前三時となってしまう。さすがに今夜……いや今朝は、ぐっすりと眠れた。

×月×日

昨日は約一ケ月ぶりで鍼《はり》の治療を受けた。別に異常はないとのことだったが、長く外国を旅行して帰って来た後だけに、ぐったりとなった。家へもどり、鮪の角切りへワサビじょうゆをかけたので酒一合をのんだら、そのままソファに寝転んだまま眠ってしまった。

きょうは青山の〔A〕へ行き、書斎で使う籐《とう》の椅子を注文してから銀座、日本橋と買物をすませる。祭日とて何処《どこ》も彼処《かしこ》も大混雑なり。ちかごろはバッグ類にはクサリがつけてあって、盗難をふせごうとしている店が出て来た。

ある店で、

「そんなに盗《と》られるの？」

尋《き》いたら、若い女店員が、

「はい」

と、うなずいた。

パリのことばかりいってはいられない。日本でも原因不明の残虐《ざんぎゃく》な犯行が増えるばかりだ。

夕景、千疋屋《せんびきや》へ行き、オニオン・グラタン、トースト、チキン・カツレツ、ポテト・サラダを食べて帰宅。

久しぶりの所為《せい》か、今夜の千疋屋はうまかった。

帰ってから、〔週刊朝日〕へ、今度の旅行についての連載五回のうち、一回分を書き終える。

×月×日

ワーナー試写室で正月映画の〔グレムリン〕を観る。ストーリーも演出もさしたることはないが、すばらしいのは、この種のファンタジー・スリラーにとってアメリカ映画がもつ技術陣だ。今度は〔モグワイ〕という奇妙な、小さくて愛敬《あいきょう》たっぷりの奇怪な小動物を創造して、私たちをおどろかせ、たのしませる。

きょうも暑い。晩秋だというのに日中は二十度だったそうな。〔R〕へ行き、豚の細切りのやきそば、アーモンド・ゼリー、コーヒーを腹におさめて帰宅。こうしておいて、夜の九時ごろに、ちょっと弁当のようなものを食べる。週に二度ほどだが、このようにすると、仕事の能率があがる。

×月×日

フランス映画社の試写で、トルコ映画〔路《みち》〕を観る。今年、パリで死去したユルマズ・ギュネイ監督がつくった秀作である。いまさらながら、トルコという国の凄《すさ》まじい現状をスクリーンに見て、息をのむおもいがした。

現代の日本人には、とても考えられぬような国だが、わずか四十年ほど前の日本も、これと、やや似たような国だったのだ。

苦難と悲痛の中から生まれる〔詩情〕が胸を打つ。日本は民主主義になって、トルコとはくらべものにならぬ〔自由〕とやらを得たが、その〔自由〕という言葉の空《むな》しさを知ったばかりでなく、人びとの心は〔詩情〕を失って乾き切ってしまった。

人間という生きものがもつ〔矛盾〕はつきることを知らない。得たものがあれば、必ず失うものがある。

終って、〔銀座百点〕の新年号にのせる絵のうち、まだ描《か》いていない二枚のために銀座を歩いて取材する。

ビルと車輛で埋められた景観は絵にならない。いまさらながら、この雑誌の表紙を何年か描きつづけておられた近岡善次郎氏の苦心を想《おも》う。

きょうもまた〔R〕へ行き、五目炒飯《チャーハン》、アーモンド・ゼリーとコーヒー。この店のコーヒーはポットに入れて二杯分を出す。実に気持がよく、サーヴィスが行きとどいている。

フランスから帰って、もう半月がすぎた。

そして、早くも年の暮がせまっている。

書斎の籐《とう》椅子《いす》

×月×日

フランスから帰って、はじめて血圧を姪《めい》にはからせる。上が一四〇、下が八〇で、今年は、ずっと変らないのだが、もう少し下を減らしたい。

ようやくに冬の気配が濃くなったが、外を歩いていると肌《はだ》寒く、デパートへ入ると、暖房が強すぎて、とたんに汗がにじみ、落ちついて買物ができない。店員たちはブラウス一枚だから丁度よいのだろうが、客はたまったものではない。

きょうは、青山で買った籐の椅子が届く。この椅子は広い浴室の脱衣室かなにかで、女が化粧をしたり、男が煙草《たばこ》をふかしたり、爪《つめ》を切ったりするときにつかうもののようだが、私は書斎の机の前に置いた。今度は座るスペースがせまいので、椅子の上で

あぐらをかくことはできない。

そうなると、また、いろいろと原稿を書くときに微妙な影響が出てくるにちがいない。それがたのしみなのだ。

夜は牛肉と野菜のスープ鍋《なべ》、西洋のおでん（ポトフ）のごときものにトースト一枚、白ワイン。それからカキのフライで御飯一ぜん。

パリでは、私がフランスから帰った後で、独り暮しの老女殺しが頻発《ひんぱつ》しているそうな。日本も同様、毎日の新聞に殺人事件がない日はない。恐ろしい、恐ろしい。

×月×日

ガス・ホールへ行き〔ミツバチのささやき〕というスペイン映画を観《み》る。

スペインの田舎の村に住む女の子の、その童心のゆらめきが、大自然のいとなみがもたらす環境の中で描かれている。とても、すばらしかった。脚本・演出がよく、子役をふくめての出演俳優は、極限までちぢめられたセリフを生き生きとつたえる。もう一つ、素敵なものは撮影だ。監督のビクトル・エリセは、このキャメラマンを得て、さぞ満足だったろう。

私が子供のころには、まだ東京には、夜の闇《やみ》の深さがあった。無意識のうちに子供たちは、自然の神秘を感じとった。そのころの〔童心〕を失わぬ大人が、この映画を観たら、たまらないだろう。

夕方、めっきりと冷えてきて銀座をぬけて、帰国以来、はじめて〔与志乃〕へ行く。

久しぶりの所為《せい》か、何も彼《か》も旨《うま》い。

帰宅して、今度のフランスの旅の紀行を書きつづける。

×月×日
昨日は鍼《はり》へ行き、治療中に眠ってしまった。つまりそれだけ、躰《からだ》の調子がよくなっているのだろう。鍼の先生に「このごろ、肌が光ってきましたね。これは躰がよくなった証拠です」といわれ、いい気持になる。もっとも、六十をすぎてから肌が光ってくれたところで、どうということもないが……。

鍼の治療を受けるようになってから、もう八年になるけれど、これだけは十五年ほど前からやっておくべきだった。

昨日はぐったりしていたが、今朝は元気に起床する。

先《ま》ず、ヤマハ・ホールへ行き、先年、松本幸四郎と江守徹の共演で評判をとった、ピーター・シェファーの芝居〔アマデウス〕を映画化した試写へ行く。

ラストの、ウィーンの共同墓地の穴へ天才音楽家モーツァルトの遺体が投げ込まれる衝撃的なショットなど、映画ならではのもので、原作者自身の脚本も実によく、映画的になれている。

　この芝居がブロードウエイで初演されたのは一九七九年で、モーツァルトを死に至らしめる宮廷の楽長サリエリを、ポール・スコフィールドが演じたそうな。さぞ、よかったろう。しかし、この映画のサリエリ（F・マーリー・エイブラハム扮演《ふんえん》）も、なかなかよろしい。この人もブロードウエイの役者だ。

　またも〔R〕へ行き、春巻二本で小ビール。あとはエビの炒飯《チャーハン》を食べて帰宅し、帰国後、毎日つづけているフランスの絵を描《か》く。午後十時、空腹となったので信州そばをあげさせ、大根をおろして食べる。

　夜半からは原稿四枚と、その挿画《さしえ》とカットを描く。さほどに今月は仕事もないはずなのに、やたらと気忙《きぜわ》しい。それも十二月の所為なのだろうか。

　×月×日
　フランスから知人のK氏が公用で帰国したので、帝国ホテルのロビーで落ち合い、外神田の〔花ぶさ〕へ行き、フグその他を食べる。

　料理長の大山君が、

「船場汁《せんばじる》を、あとで出します」

と、いったので、

「大丈夫かい？」

念を押したら、自信ありげに鯖《さば》の片身を出して見せ、

「これですから大丈夫です。やらせて下さい」

と、気合が入っている。

この船場汁、とてもよかった。おかげで、十何年ぶりかで、大阪の名物を口にした。

Ｋ氏は、これからのフランスは亡命者と難民の件をどう始末し、改良して行くかが鍵《かぎ》となるだろうといった。

私も、そのとおりだとおもう。フランスはパリにいただけではわからない。フランスの田舎をまわると、その底力を見せつけられるおもいがする。

Ｋ氏を帝国ホテルへ送り、帰宅してから一睡。夜半に目ざめて入浴し、仕事にかかる。

×月×日

昨日は早く起きて、Ｋ氏と待ち合わせ、日本橋のＴＭへ行った。

先ず、ビールと薄く揚げてもらったカツレツ。それから車海老《くるまえび》のクリーム煮、オムライス。

こうなると夜は、とても食べられないので、電話で家人に〔天ぷらそば〕の用意を

命じてから銀座へ出て、ジャン・ルノワールの自伝と〔バルザックの時代の日常生活／タブロー・ド・パリ〕という、たのしい画集を買う。

昨夜も、睡眠薬を使って早く眠った。きょうは年に一度の大掃除だからだ。

去年から若い人がふたり来てくれるようになったので、書庫、書斎の大掃除、早く終る。

二人を連れて、近くの商店街の〔I〕へ行き、中華料理。帰ってから、直木賞の候補作を読みはじめる。

今夜は、睡眠薬を使わずに早く眠る。

×月×日

昨日は午後から出て、買物をしたり、雑用を片づけたりしたが、夜は映画ペンクラブの試写で、ヘラルドの試写室で〔イースター・パレード〕を再見する。

一九四八年の制作。メトロ・ゴールドウィンが戦後の最盛期を迎えつつあったころだ。この映画が日本へ来たのは、いつだったろう。忘れたが、いずれにせよ、あの太平洋戦争が終って、私たちは七、八年ぶりに、フレッド・アステアの姿をスクリーンに見たのだった。

アステアはこのとき、五十近くになっていたはずだが、その踊りっぷりは戦前の彼にも増してたくましくなり、底知れぬエネルギーを感じさせる。

この映画でのアステアは、足を痛めて出演できなくなったジーン・ケリーに代って、当時、人気絶頂のジュディ・ガーランドの相手役をつとめたわけだ。巻頭の、アステアのソロ〔ドラム・クレイジー〕や、アステアとガーランドが唄《うた》い踊る、ジーグフェルド・フォーリーズのオーディションにおけるナムバーなど観ていると、いまのブロードウエイのミュージカルの下落がよくわかる。アステアのようなダンスの名手もいなくなったが、音楽も時代と共に変った。したがって、ただ、さわがしいばかりの振付となってしまう。

〔イースター・パレード〕に主演したころの、生気にみちみちていたジュディ・ガーランドは、自分の行く手に待ちうけている苛《か》酷《こく》な宿命を、夢にも想《おも》わなかったろう。ガーランドは早死をし、八十をこえたアステアは、いま尚《なお》、矍鑠《かくしゃく》としてゴルフをたのしんでいる。

きょうも、早く起きた。

東映で〔櫂《かい》〕の試写。十《と》朱幸代《あけゆきよ》の進境に瞠目《どうもく》したが、映画は前半快調。後半は主人公が変態色情狂になってしまって、ペースが一度にくずれた。惜しい。

終って〔T〕でコーヒーをのんでから、B社の恒例忘年会へ行き、帰りにS君と久しぶりで〔葡萄屋《ぶどうや》〕へ寄って帰る。

仕事を終え、ベッドへ入ってから〔ニール・サイモン戯曲集Ⅰ〕を読みすすむうち、おもしろくなって寝つけなくなり、とうとう一冊、読み終えたときには、夜が明けていた。

エンジン始動

×月×日

今年は、去年のうちに全部すませてしまいたかった仕事をもち、都内のホテルに一週間ほど入っていて、元旦《がんたん》の昼頃《ごろ》に帰宅をした。

風邪気味の家人をはじめ、母も姪《めい》も、私がいなかったので大よろこび。

「何かにつけて楽ですから、どうか来年も、こうして下さい」

と、家人がいう。

ホテルでは、どうしても運動不足になるから、毎日のように洗濯《せんたく》をした。海軍仕込みの洗濯だから真白になるし、生地《きじ》が擦り切れてしまうくらいに洗いぬく。

元旦、二日と例年のごとく、仲人《なこうど》をつとめた夫婦、子供たちがあらわれるが、その子供たちの大きくなったことには瞠目《どうもく》せざるを得ない。

三日のきょうは、従兄《いとこ》の二代目望月長太郎父娘《おやこ》のみの来客だったが、どうも仕事にエンジンがかからない。そこで、この稿と、講談社の故野間会長の追悼文を書くことにした。

きょうは寒い。朝のうちには小雪が降った。

夜ふけてから、去年に買っておいた〔田中冬二全集〕第一巻を、くり返し読む。田中冬二の詩は、何につけ、自分の青春と固くむすびついていることを痛感する。

ベッドへ入ってから〔ニール・サイモン戯曲集II〕にとりかかる。

きょうは、今年はじめて、血圧をはかった。上が一四五、下が七五で、まずまずだった。

×月×日

正月も、あっという間に十日が過ぎてしまった。

今年は仕事へのエンジンが、なかなかにかからなかったけれども、昨夜から週刊誌の小さな連載の文章と絵にかかり、二回分終ったところで、ようやく、自分の一年のスタートが切れたようなおもいがする。

この春には、週刊誌と新聞の連載がスタートするのだが、だからといって同時に始めたのではどうにもならぬ。始まるまでに、週刊誌のほうを三回ほどは書きためておかねばなるまい。ふしぎなもので、連載が近づくと、頭がそれなりにうごきはじめるのかして、きょうは突然に題名が決まってくれた。これは何よりのことだ。書くものがすべて出来あがっていないのに題名をつけなくてはならない苦労は、どの作家も同じだろう。そして題名が決まると、しだいに小説の内容が見えてくる。少なくとも、書き出しの情景だけは頭に浮かんでくるものだ。

きょうは、講談社の大村、駒井の両氏、新潮社の高砂氏が来て、少しシェリーをのみ、仕事はやめにして、早々にベッドに入ったが気分はよい。連載の題名が決まったからだ。

ベッドへ半身を起し、ブランデーをなめながら、今朝、音楽評論家の岩浪《いわなみ》洋三氏が贈って下すったジャズのレコードを聴く。〔グッド・オールド・ソング〕と称して、かつての名盤、珍盤から岩浪氏がえらんでつくられたもので、メル・トーメの甘い唄《うた》、マーガレット・ホワイティングとボブ・ホープがかけ合いで唄う〔ホーム・クッキン〕など、実にめずらしいものを聴かせていただいた。

そのうちに空腹となったので台所へ行き、缶詰《かんづめ》のスープをあたため、トースト半片を食べたら眠くなくなったので、手紙の返事十通を書く。

×月×日

寒さがゆるむ。朝から暖い。ジャケットはぬぎ、半オーバーにして出かける。

その前に角川書店の山田、デザイナーの熊谷両氏が来て、この三月に出る画文集〔パレット遊び〕の打ち合わせを、あわただしくすませてから、ヤマハ・ホールへ駆けつける。

CIC配給〔砂の惑星〕の試写は超満員。フランク・ハーバートの名を一躍有名にしたSF小説の映画化で、監督にあたったのは〔エレファント・マン〕のデヴィッド・リンチだ。映画の内容は戦国時の国《くに》（星）盗《と》り物語だが、そこはさすがにデヴィッド・リンチらしい重厚な風格がそなわってい、名手フレディ・フランシスの高度な撮影、TOTOのすばらしい音楽を得て、なかなかにおもしろかった。出て来る怪物にしても、いかにもリンチ監督らしい不気味さがある。

外へ出て、Mデパートの地下にある〔ローマイヤ〕の出店で、ロール・キャベツに白ワイン一杯。コーヒーをのんでから嶋屋《しまや》へ寄り、パステル用フィキサチフやシンペンを買い、明治屋でチューインガム二箱。他《ほか》にも買物をしようとおもったが面倒になり、凮月堂で柚子《ゆず》のシャーベットにコーヒーで少しやすんでから、タクシーで帰宅する。

今夜は、たのまれた色紙を描《か》いたり、細々《こまごま》とした雑用を片づけただけで終ってしまう。八時すぎに、近くの店からチャーシューメンをとって食べる。

夜ふけてから、週刊誌新連載の小説のメモをとりはじめる。どうやら、やれそうな気分になってきた。

×月×日

午後、CICで〔恋におちて〕の試写。デヴィッド・リーンがつくった〔逢《あい》びき〕の焼き直しのような小品だが、ロバート・デニーロ、メリル・ストリープが、煮え切らない男女を演じ、演出もよく、ことにデニーロがナイーブで、うまかった。

夕景、築地の〔新喜楽〕へ行き、直木賞の選考会へ出る。今回はナシということになったが、だらだらと論議がつづいて、三時間近くもかかってしまう。

×月×日

きょうはY新聞社で、この一年間の映画広告の選考があり、出席する。すっきりと早目に終ったので、新聞社の車で池袋へ出て、中国製の便箋《びんせん》や封筒を買う。しばらく来ないうちに池袋も変った。地下鉄に乗ろうとしたが、まるで迷路だ。

ようやく、目ざす改札口を見つけ、銀座へ出る。

地下鉄の車中で、何処《どこ》で何を食べるかを考え、〔R〕で、先《ま》ずウイスキーとカキフライと決めたので、すぐさま〔R〕へ行く。カキフライが来て、半分ほど熱いのを食べたところで、ハヤシライスを注文。いっしょに注文すると、同時にもって来ることもあり、カキを食べているうちにハヤシライスが冷たくなってしまうからだ。

外へ出ると、まだ時間があったので〔F〕へ行き、コーヒーをのんでから、映画ペンクラブの試写を観《み》に、東和第二の試写室へおもむく。

今夜は五年前につくられたアメリカ映画、日本未封切の〔ジェネシスを追え〕で、S・シャガン原作・脚本・製作のレーザーディスクによる試写。何しろジョージ・C・スコット、マーロン・ブランドの大顔合わせだし、マルト・ケラー、ジョン・ギールグッドと役者がそろった第一級のサスペンスだから、見ごたえがある。

きょうも寒かったそうだが、今年から薄いキルティングをつけたコートを着るようになったら、実にあたたかく、ジャケットの上着をつけては暑すぎるので、下はシャツにベストだけで充分だ。歩いていると汗ばむほどである。

S堂の前まで歩き、今夜はタクシーで帰る。

帰って、あべ川餅《もち》一個。あとはブランデーをのみながら、月末に描かねばならぬスペインの絵のために、八年前のスケッチや写真を出して来て、頭の中で絵をまとめる。

今夜から駒田《こまだ》信二氏が贈って下すった〔棠陰比事《とういんひじ》〕を読み始める。

×月×日

朝、京都の甘鯛《ぐじ》を焼いて食べる。旨《うま》いので、御飯二杯も食べてしまう。書庫へ行き、春から始まる二つの連載小説のための資料を探す。約一時間ほどかかる。午後から来客二組。御飯を食べすぎたので、私は菓子をひかえていたら、客のひとりが、

「おかげんが悪いのですか?」

と、いう。

齢《とし》をとると何かにつけて、人が心配してくれるものだ。

夜、講談社の笠原、福沢両氏が来て、来月号の〔ネクスト〕へのせる私の画《え》を六枚持って行く。〔ネクスト〕は紙がよい雑誌だから、たのしみなり。

ベッドへ入ってから小林四明の〔法象学軌範〕を拾い読みする。

風邪のち痛風

×月×日
昨日は〔国東《くにさき》物語〕と〔2010年〕の二本を試写で観《み》たが、後者は夜の七時半開映なので時間をつぶすため諸方を歩きまわり、少々疲れた。そのおかげで、昨夜はぐっすりと眠れた。

〔2010年〕には、近ごろ大好きなアメリカの役者ジョン・リスゴーが出演している。そのリスゴーそっくりの、講談社・出版部の中沢君が偶然、となりの席にいたので、

「君は、ジョン・リスゴーそっくりだね」

と、いうや、彼は自信たっぷりにうなずき、

「エへへ……ぼくも、そうおもってます」

と、胸を張った。

きょうは午後ゆっくりと外出。時間が早かったので地下鉄を大門駅で降り、新橋のヤクルト・ホールまで歩く。東海道は車輛《しゃりょう》の洪水《こうずい》だ。排気ガスで胸が悪くなる。

きょうの試写は〔愛の記念に〕というフランス映画で、パリの一家族の崩壊を、いかにもフランス映画らしくデリケートに、しかも鋭利に描いていた。

書店へ寄り、アンドリュー・ワイエスの画集を買う。アメリカで出版された軽装版だが、ワイエスの初期の画《え》が入っているし、軽くて見やすい。

（へえ……ワイエスも若いころには、こんな絵を描《か》いていたのか……）

目をみはるおもいがする。

それから、〔新富寿司〕へ寄る。

「おげんきそうですね」

と、職人がいったので、

「この二十年間で、いまが一番、調子がいいんだけれど、こいつは何だね、ほら、ロウソクが燃えつきる前にパアーッと明るくなるというやつだよ」

そういったら、

「なあに、消えかけたら、新しいロウソクへ火を移せばいいですよ」

と、なぐさめてくれる。

帰宅して、今夜は仕事をせず、のんびりとワイエスの画集をたのしみ、関容子著〔中村勘三郎楽屋ばなし〕を読む。

×月×日

昨日の朝、起きたら軀《からだ》の節々《ふしぶし》が痛い。何年ぶりかで風邪にやられたのだ。すぐに薬をのみ、鍼医《はりい》の矢口氏へ電話をしたら「発熱していなければ、むしろ、打ったほうがよい」とのことで、熱をはかると六度二分だったので、すぐに鍼を打ちに出かけ、帰宅してからはベッドへもぐり込んだままだった。

今朝は発汗して目ざめる。大分よいようだ。昨日は白粥《しらがゆ》に梅干しだけだったが、きょうは、いきなりカツ丼《どん》にする。タバコは少しずつ、パイプをつけて吸う。こんなときに、どうしてもやらなくてはならぬ仕事があっては、目もあてられない。さいわい、今月は、たっぷりと余裕があるので、ゆっくりとやすめる。

夜は姪《めい》が来て、牛肉と野菜の西洋おでんをつくる。あとは蠣《かき》御飯。

夜ふけるにつれて元気が出てくるのが自分でもよくわかるけれども、あと二日ほどは何も考えずに休養しようとおもう。

ベッドで、テネシー・ウイリアムズの短篇《たんぺん》集を読む。

いずれも粒ぞろいの凄《すご》い短篇ばかりだが、中でも〈呪《のろ》い〉の一篇は、私のように長らく猫《ねこ》と暮してきた男にとっては何ともたまらない。人の世に傷つけられ、もはや絶望のみとなった若者ルチオと牝猫《めすねこ》ニチェヴォが相抱いて、川へ入り、自殺をとげるはなしだ。

灯《ひ》を消してから、私より先に病死していった飼猫たちをつぎつぎに、おもい起してみる。私が子供のときからの猫を数えると、おもい出しただけでも十七匹になるが、実際は、もっといたろう。

×月×日

弱った。すっかり、怠け癖《ぐせ》がついてしまった。毎日、ベッドでごろごろしている。こうなると、自分でもじれったいほどで何をする気も起らぬ。元来、私は怠け者なのだ。これは自分でよくわきまえている。なればこそ、仕事を前もってすすめるようにしているわけだが、怠け者の自分にとって、これは非常に苦痛なのだ。なるほど、いまは怠けていられるが、来月、再来月《さらいげつ》と新連載の小説が重なって始まる。それを考えると怠けてはいられないのだ。

昨夜、気力をふるい起し、何日ぶりかで机の前へ座り、ペンを取った。二枚、書き出せた。それでやめる。

きょうは、午後から出て、ワーナーの〔リトル・ドラマー・ガール〕の試写。異色のスパイもの。主演のダイアン・キートンは、この素材にこたえて好演する。マスクをつけて観たので、少し苦しかった。ハーブ・キャンディをしゃぶっていたら咳《せき》も出ない。風邪は、すっかりよくなった。もう大丈夫だろう。

きょうは、春が来たように暖かった。

帰宅して一寝入りしてから、昨夜のつづきの原稿にかかる。このまま調子が出てくれればよいのだが……。

×月×日

昨日、突然、左足に痛風の発作。

「あっ……」と、おもったが、薬をのむのが一足遅れてしまい、たちまちに腫《は》れあがる。

風邪がどうやら癒《なお》ったとおもったら、今度は痛風だ。星まわりは悪くなりつつあるのだから、よほど気をつけなくてはいけない。

何しろきょうは痛む。仕事もできなかったが、夜に入って痛みはやわらぐ。しかし腫れは引かない。これに困るのだ。何となれば、靴《くつ》がはけないからである。

夜、必要があって杉山《すぎやま》茂丸著〔浄瑠璃素人講釈《じょうるりしろうとこうしゃく》〕一巻を書庫から出して読む。この本は、一年のうちに一度、二度は読む。それにしても、むかしの芸人の修行の物凄さはどうだろう。人間ばなれがしている。むろんのことに、寿命もちぢまる。それほどに死物狂いになって我を忘れるから、すばらしい〔芸〕も生まれたのだろう。現代に生きるわれわれの想像を絶するものがあって、私などには、その〔まねごと〕もできないが、たまさかに、この一巻を読めば、棍棒《こんぼう》で頭をなぐりつけられたようなおもいになるだけでもましということか……。

×月×日

足が腫れているので、やむなく、スリッパのようなものを履き、ステッキをついて、東和の試写室へ行く。

フランソワ・トリュフォーの遺作〔日曜日が待ち遠しい！〕は、しゃれた軽快な推理コメディだ。トリュフォーの最後の恋人？……らしかったファニー・アルダンとジャン＝ルイ・トランティニヤンの共演。こころなしか、浮き浮きと、たのしげに演じ、トリュフォー監督もまた、たのしげに演出している。カラーでなく、黒白の映画がトリュフォーの遺作となったのも意味ぶかいことだ。

終って、京橋の〔与志乃〕へ久しぶりに行く。

×月×日

意外に早く、足の腫れが引いたので、ズック・ゴム底の靴をはいて出かける。

新橋に近い、高速道路下の試写室で、イタリアの監督エットーレ・スコラが、フランス製ミュージカルの傑作ともいうべき〔ル・バル〕を映画化したものを観る。

パリの下町のダンス・ホールを舞台に、戦前戦後の男女群像と時代の変転を、一つのセリフもなしに描く。これこそ映画の醍醐味《だいごみ》だ。近年の映画は、あまりにもセリフが多すぎる。

〔ル・バル〕では、若き日のジャン・ギャバンそっくりの役者が出て来て、あの〔望郷《ペペ・ル・モコ》〕のパロディを見せるが、その他《ほか》にも往年のフランス俳優や、フランス人にとっては忘れられないだろうエピソードがパロディ化されているようだ。バーテンの役を若いころから老年に至るまで演じる俳優などは、名優ミシェル・シモンそっくりではないか。

帰りに、久しぶりで鰻丼《うなどん》を食べる。鰻は痛風にいけないのか、いいのか……。とにかく、きょうは元気になれた。

昨日の雷鳴まじりの雨もきょうはあがって暖い夜になったが、まさか、このまま、春にはなるまい。

ともかくも、この一ケ月は風邪と痛風で、さんざんな目にあってしまった。早く仕事の調子を出すようにしたい。

久しぶりの銀ブラ

×月×日

朝、書斎の窓を開けて、隣家の庭の木瓜《ぼけ》の木が芽吹きはじめているのに気づく。春が来たのだ。しかし、まだ寒い。

今年は新年早々、体調をくずし、風邪、痛風と、ひどい目にあったのも、近ごろの自分の健康に自信をもちすぎたからだろう。例年になく、辛《つら》い冬だった。

と、ここまで書いた翌日、咳込《せきこ》むと同時に私は喀血《かっけつ》し、入院することになり、銀座日記を一回分、やすむことになってしまった。

病名は気管支炎で、申すまでもなく、タバコの吸いすぎである。

入院したので、今年は念入りに精密検査をしてから退院したのだが、すっかり怠けぐせがついてしまい、約一ケ月はベッドにころがっていた。

しかし、いつまでもそうしているわけにはいかない。中断した仕事をやりたくても気がのらず、一日延ばしにしていたが、昨日は夕方から始めて八枚書き、きょうは朝から机の前をうごかず、細かい仕事をつぎからつぎへ片づけることができた。ようやく調子が出てくれたらしい。

映画の試写へも行けず、したがって銀座も歩けなかった一ケ月である。

タバコは一日に十本と医師にいわれたので、いまのところ、そのとおりにしているし、これからも、どうやらやって行けそうな気がする。

明日は、久しぶりに外へ出て、エディ・マーフィの新作〔ビバリーヒルズ・コップ〕の試写を観《み》るつもりだ。

×月×日

約二十日ぶりに外出。CICの試写。きょうは、めずらしく晴れた。春先の、いまごろの季節はハッキリしなくて大きらいなり。今月に入って、晴れた日は二日そこそこだ。

躰《からだ》はすっかりよくなったのだが、歩いていると、やはり疲れる。

地下鉄で日本橋へ出る。丸善でノート数冊と〔歌舞伎《かぶき》のタテ〕坂東《ばんどう》八重之助編を求む。

高島屋の別館食堂に出ている〔野田岩〕で鰻丼と小ビール一本。そろそろ仕事の調子を出して行かないと、どうにもならぬ。血圧は、すっかり安定した。

今夜から、アーサー・ヘイリーの新作〔ストロング・メディスン〕を読みはじめる。相変らず、おもしろく読ませる。製薬会社のセールス・ウーマンが主人公。入院していた所為《せい》か、薬のことがおもしろくなってきた。

×月×日

久しぶりの好晴。家にいるのがもったいないので仕事はやめにして外出する。毎日のように雨か曇天で頭が重くなってしまっていたところだ。

先《ま》ず〔C〕へ行き、ビーフ・カレーライスとコーヒー、さらにアイス・モンブランを食べてから、みゆき座で〔プレイス・イン・ザ・ハート〕を観る。病中で試写へ行かれなかったのだ。主演のサリー・フィールドは、この映画で今年のアカデミー賞を得た。

いまからわずか五十年前の、アメリカの田舎町を背景に、二人の子を抱えた未亡人の奮闘を描いたものだが、いちいち腑《ふ》に落ちてきて、同時代の日本でも、家族と家庭のありかたに変りはなかった。監督のロバート・ベントンは、かの〔クレイマー、クレイマー〕をつくった人だが、今回は、さらによい。自分で書いた脚本も非常にすぐれている。

このようによい映画なのに、きょうの客の入りはパッとしない。

終って、たまっていた買物をして歩く。薬、文房具、本、紙、画材など、大荷物になる。

有楽町へ出て、ビルの地下にある〔やぶ〕で天ぷらそば。小ビール一本、酒一本、さらにせいろを食べ、濠端《ほりばた》へ出て、タクシーへ乗ろうとしたら、目黒行のバスが来たので乗ってみる。夕暮れどきなのに、いまのバスは空《す》いていて、約四十分で目黒着。

久しぶりで目蒲線《めかません》に乗って帰る。

きょうは大分に歩いたので、とても気持がよい。

さすがにきょうは、夜になってもあたたかい。

夜半からベッドへ入り〔ニール・サイモン戯曲集II〕の残部を読み終える。

×月×日

朝、起きると、どんよりと曇っている。曇ればたちまち冷気がただよい、うっかりすると、また風邪の引き直しということになる。

午後から銀座へ出て、久しぶりのジャン＝ポール・ベルモンド主演〔パリ警視J〕の試写へ行く。

ベルモンドはフランス警察の警視を演じ、少し後頭部のあたりがハゲてきたけれど、大いに暴れまわって、あまりおとろえを感じさせない。おもしろかった。しかし「フランス最大の暗黒シンジケートの首領」をアメリカ俳優ヘンリー・シルバが演じ、これがちょっと、ベルモンドのパワーにくらべると格が落ちすぎた。フランスにもアメリカにも、むかしのような大きいギャング・スターがいなくなったのだろう。

終って、京橋の〔与志乃〕へ行く。もう旨《うま》い鰹《かつお》が出ている。

それから書店へ寄り、J・P・クレスペル著〔ユトリロの生涯《しょうがい》〕を買って帰り、すぐにベッドへ転がって読みはじめる。

ユトリロの母シュザンヌ・ヴァラドンも、息子と共に、すぐれた画家であるが、若いころはモデルをしていた。それは知っていたが、この本では、かのルノワールのモデルをしているうち、両人がいい仲になってしまい、新婚早々のルノワール夫人・アリーヌがホウキをつかんで、二人が抱き合っているところへ飛び込んで来るところなぞ、まったく、たまらないおもしろさだ。とてもとても小説などのおよぶところではない。

ついに一巻を読みあげてしまい、きょうも仕事にならなかった。

ブランデーを少しのみ、眠ることにする。
この怠けぐせを、早く、なんとかしなくては……。

×月×日

昨夜のうちに、きょうの仕事を決めておいたので、朝早くから飛び起き、食事をすませて取りかかる。といっても、いま週刊誌へ連載中の短い随想と絵の一回分をやっただけで、すぐに終ってしまう。

(もう一回分……)

そうおもったが、ベッドへ転がったら、もうダメだ。そのままで、日が暮れてしまった。

夕刊を見ると、発ガン物質の塊《かたまり》といわれるほどのタバコのタールの中に、

「ガン化の促進を抑える物質もふくまれている」

と、日本たばこ産業(旧専売公社)の研究所が発表している。

「ほんとうかね?」

「このごろは禁煙運動がすごいですから、タバコ屋さんも、たまりかねたんじゃないですか」

折から訪ねて来た友人と語り合ううちにも、たちまちにプカプカと二、三本吸って

しまい、

「あっ、いけない」

と、叫ぶ。

何にせよ、気管支炎にタバコがよくないことだけは、ハッキリしている。

×月×日

朝から快晴。前夜、軽い睡眠薬をのんで、今朝は九時に飛び起きる。

東和第二試写室で〔海辺のポーリーヌ〕というフランス映画の試写。とてもおもしろい。軽快なコメディなのだが、主題の展開は深く、大きいからだろう。

〔天一〕の天丼《てんどん》を食べてから、鶏肉《とりにく》、イワシのみりん干し、塩鮭《しおざけ》などを買い込み、まだ明るいうちに帰宅する。

きょう、映画を観ていたときにテーマが浮かんだので、すぐに週刊誌の随想一回分と、それにつける絵を描《か》く。

それが終って、空腹となったので、カレーライスを少し食べる。

コーヒーをのみながら、久しぶりにテレビをつけてみる。

どの番組も、若い男女の俳優やら芸能人とやらが、まるで、口をついたように早くちでしゃべる。その半分は、私などの老人にはわからない。

たとえば、ドラマの中で、若い女が、

「おはようございます」

と、画面へ入って来るのだが、どうしても、そのセリフがわからない。

しかし、それを受けた中年俳優の、

「ああ、おはよう」

のセリフは、ハッキリとわかったので、先の女が朝の挨拶《あいさつ》をしたことが、ようやくにわかる始末だ。

フィルム・ノワール

×月×日

昨夜で、週刊誌の連載随想三十六回まで終った。あと残り四回で、この連載も終りだ。ホッとする。この半月で五回分書いたが、全く、随想には苦しむ。一回ごとにつける挿絵《さしえ》は別にして、一回分が四枚だから、五回で二十枚にすぎない。小説なら三日ですむところを十五日もかかってしまう。ほんとうに随想は苦手だ。まして四十回もの連載など、二度とすまいと思う。

きょうは快晴。よい気分で、ＣＩＣの試写へ出かける。この映画〔マスク〕の主人公は〔頭蓋《ずがい》肥大症〕という二千二百万人に一人という奇病にかかり、十六歳の生涯《しょうがい》を閉じたロッキー・デニス少年（実在だった）である。この病気は頭蓋（頭の鉢《はち》）が顔面へ張り出して来て、普通の顔の二倍となり、一見すると奇妙な〔マスク〕をかぶっているように見えるところから、このタイトルがついたのだろう。まさに異様な顔貌《がんぼう》なのだが、この物語と、ロッキー少年を演じるエリック・ストルツ少年の演技によって、彼の顔が次第に美しく見えてくる。

ピーター・ボグダノビッチ監督は、ありのままを淡々と描いて、感動をよぶ。それにしても、アメリカという広大な国の土壌のふしぎさよ。

〔S〕へ寄り、イワシのミリン干し、イカの塩辛、干しガレイ、小鯛《こだい》の酢漬《すづけ》などを買って、早目に帰る。

×月×日

初夏の晴天がつづく。私の仕事は連休に無縁だ。

昨日はヘラルドの試写室で〔愛《いと》しきは、女〕というフランス映画を観《み》た。これは一種のフィルム・ノワールだが、一九八三年度のセザール賞を四つの部門にわたって得ただけに、先《ま》ず人物がよく描けている。売春婦に扮《ふん》した、久しぶりのナタリー・バイもよかったが、そのヒモで警察の密偵《みってい》をつとめるフィリップ・レオタール、刑事のリシャール・ベリ、いずれもよかった。監督は日本では初めてのボブ・スウェムという人でアメリカ人だそうだが、その演出は、まことにすばらしかった。

終って夕飯をすませ、銀座通りへ出て来ると、映画関係の仕事をしているY氏に出会う。きょうはAホールで、イングマール・ベルイマン監督の〔ファニーとアレクサンデル〕の試写があるのだけれど、何しろ五時間余の長尺だ。昼ごろから六時すぎまで椅子《いす》にしばりつけられることになる。

私は、やめるつもりでいたが、この映画の前半を観たY氏は、

「すばらしいですよ」

自信をもって、断言した。

それで、きょうは行く決心をして、昨夜は早く眠った。

午後十二時半にホールへ入り、一時から開映。たちまちに前半二時間五十分がすぎてしまう。休憩後の後半は、さらに迫力があり、五時間が「あっ」という間にすぎてしまった。時間というものは実にふしぎなものだ。よい映画なら、長い時間を椅子にしばりつけられても、少しも疲れない。

地下鉄で神田へ出て、須田町の〔まつや〕で天ぷらそばともり一枚を食べ、帰宅する。

×月×日

晴天つづきで、試写室へ行くのもたのしい。

〔ターミネーター〕や〔目撃者〕もよかったが、きょうはワーナーの〔ブロードウェイのダニーローズ〕の試写。

常盤《ときわ》新平さんが観たら、飛びあがって大よろこびをするにちがいない。ウディ・アレンは演技者としてもよくなったが、映画監督としても、めっきりと腕をあげた。コメディではあるが、彼の秀作〔インテリア〕のような、渋い小品だ。例によってモノクロで、その撮影（ゴードン・ウイルス）がまたすばらしい。ニューヨークの三流……いや四流の芸人マネージャー（ウディ・アレン）が主人公で、ミア・ファーローが相手役をつとめて、これもいい。しかし、封切は秋に延びたそうな。

終って、並木通りの〔K亭《てい》〕へ行き、S、Yの両氏と夕飯。今夜はステーキをやめて鴨《かも》にした。

帰宅してから、サントロペの海に面した明るい墓地の絵をガッシュとパステルで描《か》きはじめる。三日ほど前から構図を考えていたので、うまくいった。

×月×日

東宝で、市川崑《こん》監督の〔ビルマの竪琴《たてごと》〕再映画化の試写を観る。この前の〔おはん〕は失敗作とおもうが、今度は、すばらしいできばえだ。タイの大ロケーションによって、市川監督は、おもう存分に撮りあげ、宿願を達したというところだろう。前のときも立派な映画だったが、何といっても三十年前のことで、おもうようにいかぬところも多かったに違いない。

この映画の原作（竹山道雄）が、うたいあげた主題は、人類が地球にあるかぎり不変のものである。観ていて泣くまいとおもうのだが、泪《なみだ》はとどまることを知らぬ。前のときは、いくらか感傷味が強く、今度は監督も俳優たちも素直に仕事をしていて、それゆえにこそ感動するのだ。

終って〔和光〕へ行き、店内をひやかすうち、何ともいえずに使いよさそうな小さいバッグを見かけ、衝動買いをしてしまう。

有楽町のビルの地下にある〔やぶ〕の支店へ行き、ビールをのみながら、バッグの中味を入れ替え、買ったばかりのをためしてみる。果して使いよい。〔とろろそば〕と〔せいろ〕を食べ、また銀座へ引き返し、〔日乃出寿司《ひのでずし》〕で大阪寿司の折を買う。夜食にするつもりなり。

先日の雨も大したことなく、このところ、また連日の晴天となる。その所為《せい》か、血圧も少しあがったようだ。

×月×日
よく晴れた土曜日の午後。S社のS君が来て、新しく始まる週刊誌の連載小説・第一回分を持って行く。

私の病気その他で延びていたのが、いよいよ始まるわけだが、このところ、すっかり怠け癖《ぐせ》がついてしまっていただけに、第一回分の原稿をわたすと、尻《しり》に火がついたようになって、S君が帰るや、すぐさま、机に向う。始まったら最後、つぎからつぎへと追われるのだから、それを反対に、こちらが追いかけて行くように仕事をしなくてはならぬ。それでないと締め切りに追われて苦しむ一方となるからだ。

正直なもので、昨日までは一枚もすすまなかったのに、きょうは夕飯までに五枚書き、夜に入って、さらに五枚を書く。

きょうは、母方の叔父の一周忌とて、大阪から弟が上京して来たり、来客が多く、疲れたので入浴した後は仕事をせず、ブランデーを少しのんでからベッドへ入る。近ごろは眠っても五時間ほどで目ざめてしまう。齢《とし》をとった所為なのだろう。

×月×日
私にとって、今年の春は、ことのほかに速く通りすぎてしまった。いまの日ざしは、もう夏めいてきている。
日中は汗ばみ、半袖《はんそで》シャツ一枚でいると、夕暮れの風は冷えてきて、何となく不安をおぼえる。そこで、あわてて、うすいカーディガンを羽織ることになる。

人は、年齢を加えるにつれて……ことに五十をすぎてから、四季の移り変りに敏感となってゆくようだ。ことに日本人は、その変化を微妙に、おのれの肉体に感じとる。このため、無用の錯覚を起すことがあるほどだ。

往年の大スタア・鈴木伝明《でんめい》が八十五歳で死去する。この人がむかし、ハリウッドへ招かれて、巨匠ルイス・マイルストン監督による〔将軍暁に死す〕のヒーローにえらばれたと聞いて、われら映画気ちがいは、

「万歳!!」

を叫んだものだが、どうしたわけか、急に、その主役がゲーリー・クーパーに変って、

「ああ、畜生。マデリン・キャロルと共演できたのになあ」

と、大いに、くやしがったものだ。

きょうは、連載小説の下調べで一日終ってしまった。

川口松太郎氏のこと

×月×日

朝、コーヒーとパン一片。〔田中冬二全集〕第二巻が本屋から届く。この第二巻には、私が読んでいなかった詩が多く、大好きな老詩人の生活が、濃厚にあらわれていて興味がつきない。

昼すぎに外出し、先《ま》ず銀座のMへ行き、初夏のころ、この店のメニューに出る車海老《くるまえび》と帆立貝のバター焼き（ムニエル・ソース）と冷たいポテトのスープを食べ、腹ごしらえをしてから、日生劇場へ行き、劇団四季の〔コーラス・ライン〕を観《み》る。

このブロードウエイ・ミュージカルは、四季によって何度も舞台にかけられたが、私は、はじめて観た。

きょうは、前田美波里《びばり》が出ていなかったけれど、羽永共子のキャシーがよかった。もっとも、この役はドラマの上でもよく描《か》けているし、彼女が唄《うた》う歌曲がいいし、パセティックなダンスの振付もよく、得な役ではあるが、演技、唄、ダンスの三つがすべてよく、大人の芸になっていたのは、女性軍の中で羽永ひとりだった。

〔コーラス・ライン〕は、いま、ニューヨークでイギリスのリチャード・アッテンボローが監督し、映画化がすすんでいる。早く観たいものだ。キャシーを演《や》るのはだれだろうか。

夜、印刷屋から、

「今年は、まだですか？」

と、年賀状のさいそく電話があった。

いつもは、いまごろ、来年の賀状を書きはじめているところだ。

今年は入院その他で、すっかり調子が狂ってしまった。いっそのことに、来年の賀状はやすもうかと考えている。

×月×日

連日、家へ閉じこもって仕事をつづける。なかなかにはかどらない。新連載のときは、いつもこれだ。

週刊誌の場合、一回が十七枚ほどだが、その第五回目あたりまでは何度も書き直す。書き直しつつ、調子をととのえ、連載の行手を見つめてゆくのである。

その行先が、一種の感覚としてつかめてくれば調子が出たことになるので、やや安心になる。こういうことが二度三度と重なっていくうちに、小説の全貌《ぜんぼう》も、ハッキリと自分でのみ込めてくるのだ。

しかし、外へ出ないと、どうしても運動不足になり、体調不快となる。映画の試写があれば、往復は地下鉄だし、ついでにデパートを歩いたり、買物もして、かなり歩くことになる。そうすれば、帰宅後の仕事をすませ、ベッドへ入っても、よく眠れるのだ。

一日中、家にこもっているのが何日もつづくと、すべてが、うまく行かなくなってくる。

きょうは、イワシのみりん干し、精進揚げで酒をのみ、鉄火丼《てつかどん》を食べた。

×月×日

朝日ホールで、ワーナーの〔キリング・フィールド〕の試写。

一九七〇年代のカンボジア内乱にアメリカが手を出し、その言語に絶した惨状の中で、アメリカの新聞記者と、カンボジア人の通訳（医師でもある）の友情が深く育《はぐ》くまれて行くありさまが描かれる。これは実話だが、その映画化も鮮烈をきわめている。すばらしい。この映画は、戦争を知らぬ日本の若い人たちに、ぜひ観てほしいと、つくづくおもった。

たまった買物を、つぎつぎにすませたので、きょうは相当に歩く。疲れたが、歩くと気分がよくなる。

〔R〕で、春巻二本に小ビール。エビのやきそば、杏仁豆腐《あんにんどうふ》、コーヒー。

きょうは荷物が多くあったので、タクシーで帰る。

七時だというのに、まだ、あかるい。

シャワーを浴び、すぐに机へ向って、B週刊誌へ連載の随想三篇《ぺん》を一気に書く。これで全四十回、すべて終った。ホッとなる。

夜ふけに、空腹となったので、入浴してから海苔《のり》を巻いた握り飯一個と野菜の冷し汁《じる》を食べる。

それから、随想につける挿絵《さしえ》を六枚描く。きょうは、よくはたらけた。気分快適なり。

×月×日

どうしても、ことわりきれぬ用事で信州へ向う。同行はA社のS、Fの両君なり。

昨日は、数年ぶりで善光寺門前の〔五明館〕へ泊った。この宿へ、はじめて泊ったのは約三十年も前のことだが、そのときからずっと係の女中さんだったおときさんが一ケ月ほど前に、七十五歳で亡《な》くなったことを知らされる。

おときさんは数年前に引退をして、息子さんが建てた家へ引き取られ、しあわせな晩年を送っていたが、私が五明館へ泊ると、わざわざ顔を見せに来てくれたものだ。

夜は、雨になる。

十時すぎ、床へ入り、ぐっすりと眠った。

きょうは、午前十時に迎えの自動車が来て、上田市へ行く。

旧知の人びとと会い、用件をすませ、〔刀屋《かたなや》〕という、古いなじみの蕎麦屋《そばや》へ寄って、みんなと食べたり飲んだりする。

五時四十分の列車で帰京。

東京は激しい雨だったが、間もなく熄《や》む。

×月×日

川口松太郎氏が、八十五歳で亡くなった。

この春、私が発病したとき、川口氏から親切なハガキをいただいたが、その後の、さしあげた私の画文集をよろこんで下すったハガキを見ても、まことに、おげんきで、お仕事のほうも、近年はつぎつぎに佳品を発表され、そのエネルギーには、ほとほと感服するばかりだった。

私とは生まれも同じ浅草で、生い立ちも似ているし、芝居と小説の二道を歩んで来たところも似ている。その所為《せい》か、何かにつけて私のことを気にかけて下すったし、私も自分勝手に、伯父のようにおもっていたのだ。

六十をこえると、上にいるべき人も少なくなり、恩師はむろんのこと、つぎつぎに亡くなられ、いままた川口氏がいなくなってしまったさびしさは、ちょっと筆や口にはつくせない。

サンケイ新聞から追悼の文章をたのまれたので、夜に入ってから、むかしのことを思い浮かべつつ、心をこめて書きあげる。

川口氏は、この銀座日記を毎月読んで下すって、私が入院したとき、

「……銀座日記をよむと、少し食べすぎ、のみすぎ、見すぎ（映画）という気がする。とにかく大切に……」

というハガキをいただいたのだった。

それから、まだ半年もたってはいない。

今夜は、

（きっと、眠れないぞ）

と思い、睡眠薬をのんでベッドへ入る。

×月×日

連日の雨。梅雨冷《つゆび》えも相当なもので、いったん仕舞い込んだ衣類を出し、電気ストーブをつけ、ふるえている始末だ。

きょうも朝から雨だったが、イギリスの老巨匠デヴィッド・リーン監督久しぶりの大作〔インドへの道〕の試写がヤマハ・ホールでおこなわれるので、荷物は何も持たず、傘《かさ》をさして出かける。

リーンの映画は一九七〇年の〔ライアンの娘〕以来だから、何と十五年ぶりで、リーン自身も七十七歳になっている。しかし、この人こそ文字どおりの巨匠であって、この〔インドへの道〕も、濃密な演出ぶりはいささかもおとろえを見せぬ。

はじめ、この映画のストーリーを聞いたときは、

（へーえ。そんなはなしを、リーンは、どんな映画にするのかしらん？）

と、おもったが、結果は申し分のない出来ばえだった。

一九二〇年代の、イギリスの支配下にあったインドを舞台に、若いイギリス娘の情念と生理が、インドという国の特殊な風土の中で、彼女自身、おもいもかけなかった異常なかたちとなってあらわれ、事件を生む。そのドラマ展開は一種の凄味《すごみ》を帯びて

いる。

もともとリーン監督は、女を描くことにおいて世界屈指の名手であるが、今回もジュディ・デーヴィスという新星をつかいこなし、実に見事な演出をする。インドのロケーションがすばらしいことは、いうまでもない。

すっかり酔わされて、夕飯もそこそこに帰宅する。きょうは、よい映画を観て気分がよかった所為か、いったんは中止するつもりだった来年の年賀状を描く。来年は虎《とら》だ。二、三枚書き損じたのち、ようやく出来あがったが、虎を描くのは、むずかしかった。

新聞小説のスタート

×月×日

梅雨《つゆ》冷《び》えと雨の明け暮れがつづき、うんざりしてしまう。こうしたときでも、ぜひ観《み》たい試写があれば傘《かさ》をさし、雨靴《あまぐつ》をはいても出かけたくなるが、昨日のように、その映画がつまらぬときは、がっかりしてしまう。雨の日はタクシーもうまくつかまらないし、買物もできない。

きょうも朝早く（といっても九時）起きて、ヘラルドの試写室でマイク・ニコルズ監督「シルクウッド」を観る。これは、雨の中を出て来た甲斐《かい》があった。

十年ほど前に、アメリカで本当に起った事件を映画化したもので、オクラホマのプルトニウム燃料工場にはたらくカレン・シルクウッドが、管理のいいかげんな工場の

放射能洩《も》れの異変に巻き込まれ、ついに不可解な事故死をとげるまでを描いている。世の中は、だんだん恐ろしくなって来た。こうなってしまった地球の中で、人間たちは滅びて行くばかりなのか……。観ているうちに肌《はだ》寒くなってくる。

シルクウッドを演じるメリル・ストリープが、まさに入魂の演技を見せる。はじめ、この女優を私は好きでなかったが、このごろは彼女の演技がよくなってくるにつれ、好きになってきた。この映画では、熱演するわけでもなく、自然にシルクウッドになりきって、一種の凄味《すごみ》を感じさせる。ニコルズの演出も、しずかで、しかも力強かった。

外へ出ると、雨は強くなっていて、予定の買物をする気にもなれない。天ぷら蕎麦《そば》を食べてからタクシーをつかまえ、まっすぐに帰宅。さいわい昨日もきょうも高速道路が空《す》いていて、それこそ「あっ……」という間に我家の近くまで来てしまう。

手つだいに来ている姪《めい》が、まだ、いたので血圧をはからせる。

「叔父さん。上が一六〇、下が七〇と変りませんよ。よかったね」

「うむ……」

×月×日

朝から小糠雨《こぬかあめ》。傘を持たず、午前中に出かけて、銀座のあちこちで、たまっていた買物をすませる。そのうちに雨が強くなってきたので、やむを得ず、ビニールの傘を買う。六百円也《なり》。店によって五百円、六百五十円と値段がちがう。

東宝の試写室で、高倉健主演の〔夜叉《やしゃ》〕というのを観てから〔M〕楼上のイタリア料理へ行き、野菜スープとアサリのスパゲティを食べ、タクシーで帰宅。

姪に血圧をはからせる。一昨日と変りなし。

コーヒーをいれさせ、仕事にかかる。新しく始まる新聞連載のためのメモ、ノートをつくる。いくらか、かたまってきた。あとはもう書くより仕方がない。私の小説はいつもこれだ。自分でも先がわからない。自分でもわからないのだから、読者に先を読まれることもないが、それだけに執筆前の不安は、いつも大きい。

夜に入って、六本木のビストロ〔ムスタッシュ〕へ行き、友人四人と遅い食事をする。

雨は熄《や》んだ。

夜更《よふ》けて帰宅。直木賞の候補作が合わせて七篇《へん》、とどけられたので、今夜から読みはじめる。

×月×日

家にいると、雑用、電話などで、候補作を集中して読めない。今年は家で読むつもりだったが、やはりダメだ。そこで、いつものように駿河台《するがだい》の〔山の上ホテル〕へ引きこもり、読みつづける。

連日の雨で散歩もできない。きょうは昼前にホテルを出て、近くの猿楽町《さるがくちょう》の蕎麦屋〔松翁《まつおう》〕へ行き、うどんとそばを食べる。この店は小体《こてい》だが、うどんもそばも主人の気合が入っている。ホテルへ泊るときは必ず、二、三度通うことにしているのだ。

きょうの夕刻までに全部読み終えたので、夕飯後、部屋で絵を描《か》く。近く出る本の装釘《そうてい》なり。

昨日は、ふと、おもい立ち、しまってあった十数本のパイプを取り出し、手入れをしておいたので、夜に入ってから買って来たパイプ用のタバコをつめて吸いはじめる。家にいるときは、できるかぎりパイプにしたほうが、喉《のど》のぐあいもよいだろうと考えたのだ。

パイプは手入れが面倒だが、何といってもうまい。いまは紙巻きタバコの質が落ち、骨ぬきにされてしまったから、久しぶりのパイプ・タバコにたんのうし、その後は紙巻きに手が伸びなくなる。

×月×日

突然、下の歯に故障が起ったので、五年ぶりに広尾《ひろお》の大津歯科へ行く。老先生は五年前と少しも変らず、お元気で、さっそくに注射を打ち、手術されてしまった。

この夏は、また新しい連載が新聞で始まるし、六十をこえた私には少々むりである。そこへもってきて、歯の治療となると、相当の覚悟をしておかねばならぬ。

もしやすると、この原稿が活字になるころまで、私はまだ、治療に通っているかも知れない。

だが、こればかりは抛《ほう》ってもおけない。歯が悪くなっては躰《からだ》をこわしてしまう。

歯肉を縫合されたものだから気色《きしょく》悪く、中華料理店へ入ったけれども、味がしなかった。

午後はタクシーで、久しぶりに鍼《はり》を打ちに行く。

体調はよいといわれたが、これから先、夏の暑い盛りの仕事のことを考えると、いまからうんざりしてしまう。

今年は、春の入院以来、ことごとに予定が狂いがちで、実に骨が折れる。

帰ってシャワーを浴び、少し眠ってから、夕飯までに五枚ほど週刊誌の原稿を書く。

〔田中冬二全集〕の三巻目がとどいたので、夜半は、これをたのしむうち、仕事を忘れてしまう。手術した箇所の痛みはほとんどなかったが、念のため、少量の睡眠薬をのんでから、ベッドへ入る。

×月×日

虎《とら》ノ門《もん》の二十世紀フォックスの試写室で、ジョン・ヒューストン監督の新作〔火山のもとで〕を観る。一九三八年のメキシコ・クエルナバカを舞台に、元英国外務省領事と、その妻、妻のかつての恋人で領事の異母弟にあたる男を登場させて、ヒューストンは、彼の第二の故郷ともいうべきメキシコの風物と特殊な民情をじっくりと描く。アル中の元領事（アルバート・フィニー）が、いったんは離婚した妻（ジャクリーン・ビセット）を迎えるドラマは重苦しいが、実は、第二次大戦前夜の不安と絶望とが元領事の心をさいなんでいるのだ。

そこがわかると、さすがにヒューストンの演出力は老いたりといえどもおとろえを見せていない。

めずらしや、酒場のマダムに扮《ふん》してケティ・フラドーが出演している。

久しぶりに銀座へ出たいと思ったが、そうもしてはいられぬ。仕事もつまってきたし、歯の治療が急に飛び込んできたものだから、どうしようもない。

タクシーで広尾へまわり、治療を受ける。治療は順調にすすんでおり、きょうは少しも痛まない。終ってから近くの店で、天ぷら御飯を食べて帰宅する。

きょうは朝から日が出て暑い。梅雨明《つゆあ》けも間近いが、今年の夏は、よほどに注意しないといけない。もうむりはきかない年齢なのだ。

暑い夏、こんな働きにはたらくのは、今年をもって最後としたい。

×月×日

ようやくに梅雨があがった。

歌舞伎座《かぶきざ》の昼ノ部を観るため、朝の八時に起きる。私は、いかに急ぎの場合でも、家を出る二時間前には少なくとも起きていないとダメなのだ。

先《ま》ず、歌六・歌昇兄弟の出しもので岡本綺堂《きどう》の〔佐々木高綱〕だが、もっとほかに何かないものか。歌六の高綱は全くのミスキャストで気の毒なり。猿之助《えんのすけ》は〔二人三《さん》番叟《ばそう》〕と〔小鍛冶《こかじ》〕で見物は大よろこび。

買物をして、すぐに帰宅。夜に入るまで眠る。

九時ごろ起きて、マグロの刺身で飯一杯、すぐに消化剤をのむ。

仕事にかかろうとおもいながら、ひょいと〔三岸節子画集〕二巻を出してきて見はじめたら、いつの間にか二、三時間たってしまい、仕事はできなかった。

それにしても、七十にもなって、これだけの画《え》を描くエネルギーは全くすばらしい。とても、われらにはまねができない。その色彩の鮮烈な重味に打ちのめされるおもいがする。

入浴してから、また画集を見直す。飽きない。

日中は暑かったが、夜に入ると冷える。今年の夏は、あまり暑い日がつづかぬような気がしてならない。

夏バテ知らず

×月×日

猛暑、連日つづく。このくらい暑くなると、私の体調は、むしろよくなる。食欲も出てくるし、容易に屈服しないのは毎年の夏の例に洩《も》れない。しかし、男も六十をこえると、体調が微妙に変るし、いかに好調だとて、それを持続することがむずかしくなってくる。

今夏の私は先《ま》ず酒がのめなくなってしまった……といっても、毎日かならず飲む。飲むことは飲むのだが何と五勺《しゃく》だ。別にたくさんは飲みたくないが、外へ出て食事をするとき、五勺では間がもてないのが困る。そのうちにまた体調が変り、以前のように、二、三合は飲めるようになるのではないかと期待しているのだ。

飲めなくなったので、夕飯後もすぐに机へ向い、十一時までに一日の仕事を終え、すぐに眠る癖がついてしまったので、熱帯夜も、いまのところはうまく眠れる。以前は明け方にベッドへ入るものだから、なかなか寝つけなかったものだ。

昨日は朝飯も旨《うま》く、気分もよかったので、おもいきって新聞連載の第一回目を書いてみた。まだ二十日間もあるのだが、始まったら最後、追われるだけなのだから、早ければ早いほどよい。

さいわいに二回分、書けた。あとは突き進むのみなり。

きょうも暑いが、久しぶりに銀座へ出て、諸方の買物をすませてから、東和の試写室でフランス映画〔フレンチ・コップス〕を観《み》る。フィリップ・ノワレが、パリのある警察署の刑事になって主演する。賄賂《わいろ》、ピンハネ、モミ消しなど、職権を利用した悪徳？　を重ねながら生きて行く、この初老刑事の肥《ふと》った躰《からだ》からただようペーソスとユーモアが何ともいえぬ、よい味だった。パリのロケーションがたのしかった。

終って〔R〕へ行き、五目焼きソバを食べ、帰宅し、しばらくしてから野菜の冷し汁《じる》にハムサンドイッチを食べる。

きょうの銀座街頭の暑さは相当なものだったが、それを物ともせぬ人びとがあふれていた。

パリ在住のKさんから来信。パリも物騒になるばかりで、先日は日本の婦人がシャンゼリゼーの〔フーケッツ〕でコーヒーをのんだとたんに何も彼《か》もわからなくなり、気がついたときは下着一枚でフラフラと街を歩いていたそうな。

きょうの映画で、フィリップ・ノワレの刑事が軽犯罪者を片端から見逃してやり、

「あんなのを捕《つか》まえていたらキリがない。ブタ箱は、もう一杯なんだ」

というセリフが、おもい出された。

×月×日

連日の猛暑。午後、広尾の大津クリニックへ行き、歯の治療を受ける。この暑さに老先生も元気でカクシャクとしているが、私も夏には強い。なんといっても夏のたのしみはシャワーだ。一日に二度三度と浴びる。

終って、近くの新しいビルの二階にできた〔M〕という店へ行き、牛肉のあみ焼きで御飯を食べる。

料理屋の御飯だから山盛りにしてあるわけではないが、それにしてもたちまちに三杯もおかわりをしてしまい、自分でおどろく。このように、夏の私は食がすすむのである。

帰宅して、夜ふけに、野菜の冷し汁と鰻《うなぎ》の佃煮《つくだに》で御飯一杯。あわてて消化薬をのむ。

きょうは仕事がうまくすすまない。それも道理。きょうは一白《いっぱく》の星で私にとっては

最悪の日なのである。

×月×日

昨日もきょうも、薄曇りの天候で風が吹きながれ、しのぎやすい。

昨日は早起きして、松竹の試写室で〔エメラルド・フォレスト〕を観た。盛夏の一日、アマゾンの大自然を背景にした映画を観るのは気分がせいせいする。終って〔M〕楼上の〔O〕へ行き、鰻を食べてから帰宅したが、昨夜は本当に涼しく、朝まで、ぐっすりと眠れた。

きょうも早起きして、生卵を熱い飯へかけ、精進揚げの朝飯をすませ、ヤクルト・ホールで東和の〔トラヴィアータ〕を観る。

フランコ・ゼフィレッツリが美術、構成、監督をしたオペラの〔椿姫《つばきひめ》〕である。二年ほど前に、ゼフィレッツリが映画の機能を駆使してつくったオペラ〔カルメン〕を、NHKのテレビで観たときのおどろきを、いまもって私は忘れない。〔カルメン〕のときは、舞台のイメージが濃厚だったから、それだけに尚《なお》、ゼフィレッツリの美術と演出に瞠目《どうもく》したのだった。今度の〔トラヴィアータ〕は、この有名なオペラを「映画にしたもの……」であって、すばらしいヴィオレッタ〔テレサ・ストラータス〕と、見るからに南フランスの男の香りをただよわせるアルフレード〔プラシド・

ドミンゴ〕を得て、ただもう、陶然とするばかりだ。

終って、諸方をまわり、たまった買物をすませる。

銀座も車輛《しやりよう》の排気ガスがたちこめ、その悪臭は日に日に、ひどくなる一方だ。こんなガスを吸わされているのでは、たまったものではない。タバコが肺ガンにいけないことはたしかだろうが、ベンツピレンなどの発ガン物質をふくむ排気ガスの充満は、まさに人殺しといってよい。

帰宅し、夜ふけに、きょう、買って来た〔穴子ちらし弁当〕を食べる。旨い。

このところ連夜、テレビでチャップリンの無声映画時代の短篇《たんぺん》をやっているので、ついつい観てしまい、仕事ができない。しかしきょうは、この稿に添える画《え》を描《か》く。

そのあとでベッドへ転がり、スーザン・ストラスバーグの自伝〔女優志願〕を読みはじめたが、あまりにおもしろいので〔今夜は眠れないぞ〕と、おもったら、果して、空が白んでしまった。

この自伝の中に、若かったころのフランコ・ゼフィレッツリが、ストラスバーグの主演でオペラではない〔椿姫〕をブロードウエイの舞台にかけ、失敗する件《くだり》があり、実におもしろかった。

九年ほど前に、フランス映画の本を書いたとき、パリのモンマルトルの墓地に眠っている名優ルイ・ジューヴェの墓へ詣《もう》でたら、近くに椿姫のモデルといわれている高

級娼婦《しょうふ》の墓があり、パリの女子学生が二人、ノートを出し、その墓碑銘を書き写していたので、

「彼女を、どうおもうか？」

たずねると、二人の女子学生は顔を見合わせて大きくうなずき、

「すばらしい」

と、眼《め》を輝かせていたっけ。

×月×日
きょうは、久しぶりに外出。

先ず、買物をすませる。書店で清水俊二著〔映画字幕五十年〕その他を買う。〔F〕へ入り、コーヒーと柚子《ゆず》のシャーベットをたのみ、少しやすむ。

それから試写。フランス映画〔華麗なる女銀行家〕という邦題だが、いかにも野暮《やぼ》でまずい。しかし、内容は、もっと粋《いき》な、それでいてスケールの大きなもので、ロミー・シュナイダーが死の四年前に主演したものだ。

こころなしか、ロミーの成熟した演技には死の香りがただよい、ときには鬼気せまるものがあった。

この映画の主人公エンマ同様に、女優ロミー・シュナイダーの生涯《しょうがい》も痛切そのもの

の悲劇であった。

また暑さがもどり、連日、照りつけているので我家の猫《ねこ》どもは家に寄りつかぬ。家族もげんなりしている。

ともかくも毎日、新聞一回分は必ず書いて調子を出すように努める。さいわいに、この夏も、どうやら元気で乗り切れそうだ。

×月×日
日航の遭難遺体の収容が、この連日の猛暑の中で、まだつづいている。遺族の悲しみは別にして、収容にあたる地元や自衛隊の労苦は、なみたいていのものではあるまい。

いずれにせよ、世界の人びとは大自然の運行を忘れ、畏《おそ》れを抱かぬようになったばかりではなく、文明の進歩の限度をこえ、その恩恵をむさぼりつくしている。これは航空機ばかりの問題ではないのだ。人間たちの、この恐るべき蛮行に対し、大自然は、辛抱づよく、しばしば忠告をあたえてくれたが、人間たちの大半は気がつかない。近いうちに大自然の鉄槌《てっつい》が下るだろう。それは私も覚悟している。

きょうは風が出て、いくらか涼しい。

ＵＩＰ配給の〔ザッツ・ダンシング〕の試写を観てから〔Ｒ〕へ行き、豚肉細切りの焼きそばとアーモンド・ゼリーを食べ、歌舞伎座《かぶきざ》へまわり、来月のキップを買う。はじめての三回興行。第三部の吉右衛門・富十郎の芝居がたのしみなり。

富十郎の芝居

×月×日

日航の大事故につづいて、イギリス空港でも事故が起り、数十名が死亡した。そのほかにも、この夏は、アクシデントによって、空港へ引き返したり、出発が遅れたりしたことが数件あった。

今年は、気学でいうと〔六白《ろっぱく》〕の星の年である。この六白という星は、いろいろな象意《しょうい》をもつが、その中には、天、宇宙、航空機、高級金属、飛行士、飛行、そしてさらに〔高所より落下〕の意をもふくむ。

その六白の星が、五黄《ごおう》という激動の星の上に乗っているのだから、今年から来年の早春まで、航空関係は油断ならぬようにおもう。そして来年は五黄の年だ。五黄が五

黄の上に乗るのだから大変である。私はいまから、来年の日本が、世界が無事に一年をすごしてくれればいいと祈っている。

きょうは暑さがもどったが、試写を観《み》て、夕暮れの街へ出ると、まさに吹く風は秋のものだった。

試写は、スペイン・フランス合作の〔エル・スール〕で、現代人が忘れかけている、人間の家と生活が大自然のいとなみと共に存在するというテーマを、じっくりと描いた小品だが、その重味は、形ばかりの豪華大作より数段まさる。監督は〔ミツバチのささやき〕をつくったビクトル・エリセで、スペインには、こうした映画を生む土壌が、いまも、たしかに残っている。

×月×日

きびしい残暑がつづいているけれど、朝夕は大分ラクになった。今夏は夜の十二時に寝てしまうので、どうにか乗り切れそうだ。

きょうの午後は、ヘラルドの試写室で、七十九歳になったジョン・ヒューストン監督の〔女と男の名誉〕という、おもしろい映画を観る。

男女の殺し屋どうしの結婚というはなしを、余裕たっぷりに撮って、老匠のエネルギーはまったくおとろえを見せぬ。大したものなり。

ジャック・ニコルソンとキャサリン・ターナーの殺し屋コンビもいい味だが、ヒューストンの娘のアンジェリカも興味ふかい配役だった。

終って、大急ぎで用事をすませ、久しぶりに千疋屋へ行く。マスタードの香りのするポテトサラダと新鮮なトマト。チキンカツレツ、野菜入りバターライス、桃のシャーベット。みんなうまかった。

私には、いま流行の新フランス料理などよりも、やはり、こういう洋食がよい。

階下の売店に、うまそうな無花果《いちじく》が出ていたので二箱ほど買って帰る。

夜は、松尾嘉陵の〔江戸近郊道しるべ〕を拾い読みする。

松尾嘉陵は、幕末のころ、清水家に仕《つか》えていた侍で、むかしの人らしい丹念な文章を読むのはたのしい。

おもわずひき込まれ、倉庫から古い地図などを出して来て、空が白むまで、時がたつのを忘れてしまった。

×月×日

きょうは東和の試写室で、フランス映画社に入った〔田舎の日曜日〕を観る。

今世紀初頭のパリ近郊に住む老画家のもとへ、息子夫婦、孫たち、まだ独身の娘がやって来て、まだ微《かす》かに夏の名残りが感じられる初秋の日曜日をすごすというだけのはなしだが、当時のフランス人の生活感覚のゆたかさ、男も女も、それぞれにデリケイトな神経をもち、いたわり合う心情が交錯して、映像は充実し、観終ったあとの私たちの胸に、得もいわれぬ満足をあたえてくれる。

フランスの田舎の昼下り、人のためいきもはっきりときこえるほどの静けさ。ゆったりとながれる時間の中で、人びとは生きていたことを、しみじみとつたえてくれる。

すっかり、みち足りて、買物をすませてから〔R〕へ行き、五目焼きそばにアーモンド・ゼリーを食べてから帰る。

夜に入ってから、稲荷《いなり》ずしと海苔巻《のりまき》。これもうまかった。

今夜は原稿をやめ、自著の文庫版の表紙カバーを描く。

×月×日

昨夜の日曜日のナイター。巨人・大洋戦。優勝は、この稿が活字になるころには決定しているわけだが、巨人は首位の阪神を追って悪戦苦闘。昨日は第一戦を敗北し、きょうの第二戦では、七回、斎藤投手にかわってプロ入り初登板の中島をリリーフに送った。中島は中畑の手痛いエラーもあり、バント処理にも失敗し、この回、大洋の平田に満塁アーチを浴び、たちまちに四点をとられた。しかし、王監督は中島を降板させることなく、最後まで投げさせた。

騒然となったファンが「中島引っこめ」とばかり、グランドへ駆け込む始末。紙コップが、空缶《あきかん》が飛ぶ。

初登板の中島は苦悶《くもん》しながらも、後の二回を無失点に押えた。初登板の新人として、これは、なかなかできることではない。何から何までうまく運ばなかった試合に初登板させられ、緊張と不安と闘いながら投げぬいた中島は、すばらしかった。

作戦のよしあしはさておいて、若者が不運の中で黙々と闘う姿は、その職業を問わず、いつ見ても美しい。私なども、体験があったけれど、こうした苦闘の味をたのしむのもいいものなのだ。

中島は実に立派な体格をしている。投球のフォームも私はよいとおもった。彼は、きっと、よいピッチャーになるだろう。

きょうは試写を一本観てから、いろいろと買物をしてまわり、清月堂のサンドイッチ（ハムと野菜）を買って帰る。

夜、隣家の庭で虫声しきりなり。

仕事はやすみにして、買って来た、故ヴィスコンティがプルーストの〔失われた時を求めて〕をシナリオ化した一巻を読む。このシナリオは、ついに映画化が成らなかった。

秋の気配がすると、それまでは外で眠っていた猫どもが、みんな、家へ帰って来て、にぎやかになった。

×月×日

昨夜、三浦疑惑人がついに逮捕された。

きょうは、源氏鶏太《けいた》氏が亡《な》くなられた。

この春、私が入院したときと同時期に源氏さんも入院され、吉川英治文学賞の選考日に二人そろって欠席したとき、まだ、お元気だった川口松太郎氏が「二人とも若いのに、こんなことじゃあ、いけないなあ。体には気をつけてくれなくては……」と、いわれたそうだが、その川口さんも、この初夏に亡くなられてしまった。

源氏さんはその後、退院され、パーティで会ったとき、

「ちょっと検査で入院しました。別に何処《どこ》も悪くなかったようです」

と、お元気だったのが、つい、昨日のようにおもわれる。

きょうは午後から銀座へ出て〔ヨシノヤ〕で靴《くつ》を買い、食事をしてから歌舞伎座《かぶきざ》へ行く。

松竹が初めて行う三部興行で、私が見たいとおもったのは何といっても三部（夜ノ部）で、吉右衛門の〔俊寛〕と富十郎の〔船弁慶〕の二本。これを六時半から観て、終演が九時半というのは、私のような者にとっては、まことによい。

吉右衛門の〔俊寛〕は、後半がよい。それも富十郎が瀬尾《せのお》をつき合っているから、尚更《なおさら》によいのだろう。

〔船弁慶〕の富十郎は何故《なぜ》か、故六代目・菊五郎をおもい起させる。

静《しずか》の舞いぶりの品格、口跡《こうせき》のよさ。知盛《とももり》になってからの凄烈《せいれつ》はいうまでもない。富十郎は三部とも出ていて、いまさらながら、そのエネルギーを、おもい知らされる。

これからは富十郎の芝居をもっと観たい。

それに勘九郎の義経《よしつね》がよかった。充分に気を入れて、しかも目立たぬようにしながら、この情景における義経を完璧《かんぺき》に演じた。このように気をぬかずにつとめてくれれば、さぞ富十郎もやりよいにちがいない。

左団次の弁慶も気が入っていることはいるのだが、それは、ただもう緊張して、威張っているだけにすぎない。

タクシーで帰り、書斎のガラス戸を開けると、冷え冷えとした夜気がながれ込む。

到来物《とうらいもの》の穴子《あなご》を焙《あぶ》り、御飯にのせて一杯だけ食べる。

きょうも仕事をしなかった。夏の疲れが出たのだろうか……。

今夜から、毛布をかけて眠ることにする。

昔日の俳優たち

×月×日
昨夜はテレビで〔'85京都の秋……〕という番組で、料亭《りょうてい》の〔瓢亭《ひょうてい》〕の朝から夜までを中心に、祇園《ぎおん》のお茶屋、その周辺の料亭などを、たっぷりと時間をつかって観《み》せた。

「あれっ……老《ふ》けたなあ」

自分が年を老《と》ったことは棚《たな》にあげ、テレビの前で、おもわずつぶやいたのは、もう三十年ほど前に通《かよ》った或《あ》る料理屋の主人が髪の毛も白い、よいおじいさんになって画面にあらわれたからだ。

「うちのことを、どこでお聞きになりましたか？」

当時、私にたずねた主人は、自分の店をひらいたばかりで、若々しく張りきっていた。その面影《おもかげ》を見たのが、つい先ごろのことのようにおもわれる。

むかしは、数え切れぬほど足を運んだ京都へも久しく行かないので、なつかしく、たのしく観た。

そしてきょうは、ワーナーの試写室でクリント・イーストウッドが、あえて西部劇の名作〔シェーン〕のテーマに挑《いど》んで成功した〔ペイルライダー〕を観たが、この映画で老いた悪徳保安官を演じたジョン・ラッセルを二十年ぶりで見る。日本で封切られたのは二十年前だが、アメリカでジョン・フォードが三十年前につくった〔太陽は光り輝く〕に出演したジョン・ラッセルは若さが光り輝く青年だった。それが一足飛びに老いた姿になったような気がして、

「ふうむ……」

おどろきもしたし、いまさらながら歳月のながれの速さを、ひしひしと感じた。

平凡な若手俳優にすぎなかったラッセルだが、この映画の彼の顔は深いシワにきざまれ、半白《はんぱく》のヒゲも似合って、ちょっと目をみはるほどによかった。ラストのイーストウッドに撃ち倒されるシーンもよい。彼は年を老《と》るにつれて、まことに役者らしい役者になった。こうなると、年を老るのも悪くない気がする。

帰宅し、テレビをつけると、例の〔刑事コロンボ〕をやっていて、これまた戦前の若手スターだったジョン・ペインが七十余の老いた姿をあらわす。

だが、ラッセルにくらべると、ペインはむかしのままの甘い顔で、演技も進歩していない。いや、進歩がないから、役者の顔が変らぬままに老けているのだ。

×月×日

完全に夏が去ったとおもったら、毎日のように冷雨が降りけむった。ベッドの毛布は、たちまち二枚重ねとなる。

そして……。

大友柳太朗、入江相政《すけまさ》など、大なり小なり関《かか》わり合いがあった諸氏がつぎつぎに亡《な》くなられ、昨日は米俳優ロイド・ノーランの訃音《ふいん》を新聞で知った。

いま、よほどの古い映画ファンでないと、ロイド・ノーランの名は知るまい。近年の彼はテレビ出演が多く、ほとんど映画に出ていなかったからだ。

私がロイド・ノーランを初めて観たのは、まだ少年のころで、ジェームズ・キャグニー主演の〔Gメン〕の端役《はやく》に出ていたのを観て、子供ごころにも、

（これは、きっと、いい役者になる）

と、おもった。果して、彼はキング・ヴィダー監督の〔テキサス決死隊〕の敵役《かたきやく》で、一躍、名をあげたのだった……と、こんなことを書いてみても、ひとりよがりになるだけだろう。もう、やめよう。

現代の激動とスピードは、物事の持続をゆるさぬ。

夕飯に、少し松茸《まつたけ》を入れた湯豆腐をする。

そして秋の到来をおもい、一年の光陰《こういん》を感じる。

何も彼《か》も「あっ……」という間だ。

今年は病気をしたりして、仕事のだんどりが狂い、暑い夏に、ひどい目にあった。もう二度と、このようにならぬことだ。来年は、さらに生活を簡素にしたい。

夜、強烈な地震。震度五だったが五十何年ぶりの強震だそうな。さいわいに、被害なし。

×月×日

きょうは、新聞でフランスの女優シモーヌ・シニョレが死去したことを知る。夫のイブ・モンタンは、ペール・ラシエーズの墓地でおこなわれた葬式へ、南仏のロケーションから駆けつけて、号泣したそうな。近年は別居をつたえられていたシニョレとモンタンだが離婚はしていなかった。モンタンは女出入りで、何度もシニョレを泣かせたのである。

午後から銀座へ出て〔壹番館《いちばんかん》〕で紺のダブルを注文する。この秋から来年にかけて何度か結婚式へ出なくてはならないのだが、六十をこえると紋付き・袴《はかま》もめんどうになってくる。これからは、このダブルで、すべて間に合わせてしまうつもりなり。

帰りに、フランスのグレナデン（石榴《ざくろ》）のシロップを買う。私は外国製の食品をほとんど買わぬが、このグレナデンのシロップだけは、フランスのものが断然いい。

冷水で薄めてもよし、アイスクリームにかけてもよし。その香気はさすがだ。

早く帰ったので、豚肉とタマネギの白シチュー、松茸のフライで御飯二杯。アイスクリームが冷蔵庫に残っていたので、早速、グレナデンのシロップをかけてたのしむ。

×月×日

週刊誌の連載が、もう終りに近くなった。いよいよクライマックスとなるので、その構成が、いつもながらむずかしくなってきて、毎日、机に向うのが嫌《いや》で嫌でたまらなくなる。こういうときには外へ出る気にもならず、映画も観たくない。

そこで書架から、歌舞伎《かぶき》役者の芸談などを引き出して来て読むのだが、これまた、おもしろくなり、つぎからつぎへ出して来ては、明け方まで読んでしまう。本を読むのも疲れる。昨夜も、今朝になるまで読みふけったので、きょうは昼すぎに起床する。

たちまちに、夕方となる。

いや、むりやりに躰《からだ》を机の前へ運び、五枚ほど書いてやめる。

どうやらやれそうなので、安心をして、また諸家の芸談を読む。今夜は〔團州《だんしゅう》百話〕を読む。九代目・團十郎の芸談なり。

午後十一時にやめて、ベッドへ入った。

このところ、毎夜のごとく夢を見ているが、今夜は〔天下茶屋〕の安達元右衛門《あだちもとえもん》が夢に出て来た。例の天神森で、早瀬伊織《はやせいおり》を悪党の元右衛門が、なぶり殺しにするところらしく、夢の中で元右衛門が刀を抜いて、こちらへ迫って来る。

その顔は、六代目・菊五郎でもなく、先代の吉右衛門でもないが、どこかで見たことのある顔だ。ともかくも役者の顔ではなかった。

わからぬままに、冷汗をかいて目がさめる。

×月×日

この一週間ほどの間に、ロック・ハドソン、ユル・ブリナー、オーソン・ウエルズの三俳優が死去する。今年の秋は、いやに俳優が死ぬ秋だ。

週刊誌の連載小説を懸命に書きつづける。

昨夜、よく眠れなかった所為《せい》か、夕刻まで頭痛がする。

夕飯後、頭痛がおさまったので週刊誌の最終回にとりかかる。ここまで来ると、

(早くすませて、ほっとしたい)

おもいが強く、久しぶりに明け方の四時半までかけて、全部、書き終えてしまう。

明け方、冷え込みが強《きつ》くなる。

×月×日

午後から某社のインタビューで、某ホテルへ行く。

ウイスキーとサンドイッチが出た。

そのサンドイッチのひどさといったら、おはなしにならない。東京の有名な大ホテルのサンドイッチだ。それが、家庭でつくるサンドイッチよりまずいのだから、どうしようもない。

いまは、すべて素人《しろうと》の時代なのだそうな。このサンドイッチを食べて、たしかにそうおもった。

いったい、だれがつくるのだろう。

帰りに銀座へ出て用事をすませ、〔新富寿司〕へ寄り、にぎりを箱へ詰めてもらい、帰宅してから夜ふけに食べる。

年末の街歩き

×月×日

この秋ほど、知人・友人たちが多く死去したことは、私の一生に、かつてなかったことだ。いよいよ、私の人生も大詰に近くなってきた。この最後の難関を、どのように迎えるか、まったくわからぬ。怖いが興味もおぼえないではない。ともかくも、好きな人が亡《な》くなったときなど、花は贈っても葬式には出ないことが多い。これは、むかしからのことで、そうすると、いつまでも相手が自分の胸の内に生きつづけているようにおもえる。

この秋、川上宗薫《そうくん》さんの死を知ったときもそうだった。宗薫さんは死の数日前まで仕事をしたが、私には、その強さはない。とてもまねができない。

きょうは、早い時間の試写だったので、小さな〔とんかつ屋〕へ入り、特上ロース・カツレツを注文したら、パン粉はガラスの破片のようだし、肉は靴底《くつぞこ》の革《かわ》みたいで、老人泣かせのとんかつだ。悪戦苦闘して、やっと半分ほど食べ、逃げるように出て来てしまった。

しかし、店の感じはとてもよく、何しろ千円札でおつりが来たのだから文句はいえまい。

先月のホテルのサンドイッチにもおどろいたが、きょうのとんかつにもびっくりする。どちらが増《ま》しかといえば、きょうのとんかつのほうが、まだ増しといえよう。

この二、三日、午後になると頭痛がする。今夜も早く眠る。

×月×日

新橋の試写室で、フェデリコ・フェリーニ監督の〔そして船は行く〕を観《み》る。

一九一四年の夏、ナポリ港から地中海のエリモ島へ向けて出航した大西洋横断客船が映画の舞台で、この船も海も空も、すべて、ローマのチネチッタ・スタジオを八棟《むね》もつぶしてつくられた大セットによる撮影だ。これが実にすばらしい。

「映画や、すべての芸術、また文明は、この時点へもどるべきだ」

という、フェリーニの声がきこえてきそうだ。

その撮影、美術、音楽、そして、フェリーニ十八番の人物デッサンが大量の登場人間に行きわたり、私はまったくタンノウしたが、観終って、フェリーニの近い将来の文明に対する悲観を感じないわけには行かなかった。

それにしても、六十をこえた彼の豊饒《ほうじょう》さはどうだ。ひところは、一人よがりのわけのわからぬ映画をつくっていた彼は老齢に達して、新しい境地へ入ったような気がする。

終って、国電で神田へ出る。神田に、麻布《あざぶ》の〔野田岩〕と関係があるらしい鰻屋《うなぎや》ができたと聞いたからだ。なかなかによい店で、いまの季節には利根《とね》川《がわ》の天然鰻を食べさせる。うまかった。そこを出て、ぶらぶら歩くうち、須田町の〔万惣《まんそう》〕の前へ出たので、久しぶりに、ここのホット・ケーキが食べたくなり、

(少し、ムリかな……?)

とおもいながら食べたら、みんな腹中へ入ってしまった。さすがに苦しい。帰宅してから太田胃散をのむ。

夜半、必要があって書斎へ入り、古い映画雑誌の中から、大河内《おおこうち》伝次郎の写真二枚を切りぬく。

×月×日

神田のアテネ・フランセ文化センターで〔ハリウッドの名花シリーズ〕というのをやっていて、昨日は、その最終日の〔ドロレス・デル・リオ〕篇《へん》を上映する。〔栄光〕と〔空中レヴュー時代〕の二篇だ。〔空中……〕にはフレッド・アステアとジンジャー・ロジャースが傍役《わきやく》で出ていて、二人が踊った〔カリオカ〕の曲は一世を風靡《ふうび》したばかりでなく、アステアとロジャースのコンビネーションは、以来、名声を高めるばかりとなって、私たちを興奮させたものだが、私は〔空中……〕を、まだ観ていなかったので、昨日を逃したら、もう観る機会がないとおもい、出かけて行ったのだが、案外によいプリントで、なるほどアステアは傍役ながら、主役ふたりよりも、ずっとよい役だ。当時のアステアは三十を出たばかりだったし、ジンジャーは二十二歳。その若さ、潑剌《はつらつ》たるエモーションがなんともいえない。例の〔カリオカ〕はタップ入りの振付で、後年の、この二人のダンスから見れば食い足りないが、なにしろ一九三〇年代のレビュー映画（いまはミュージカルという）だ。これが評判になったのは当然だろう。

そしてきょうは、銀座のB劇場で、戦後のアメリカン・ミュージカルの最盛期につくられた、アステアとシド・チャリシーの〔バンド・ワゴン〕の再映を観る。このミュージカルは封切当時、三度も観て唸《うな》ったものだが、いま観ても凄《すご》い。このときフレッド・アステアは五十四歳になっていたわけだが、ダンスは熟達しきっているばかりでなく、若いチャリシーを相手に踊って少しもたじろがぬ強靭《きょうじん》さを秘めており、巻頭、黒人の靴磨《くつみが》き（ルロイ・ダニエルス）を相手に踊るタップ・ダンスの妙味は、いまのアメリカン・ミュージカルの芸なしタップの比ではない。アステアは現在、八十五歳になり、自伝を執筆しながらゴルフをたのしんでいるそうだが、日本びいきのジンジャーも、チャリシーも元気だそうな。

レストラン〔I・M〕へ行き、頰《ほっ》ぺたが落ちるようなチキンライスとポトフ（西洋おでん）を食べる。

×月×日

試写の帰りに、東京でもそれと知られた老舗《しにせ》の蕎麦屋《そばや》の支店へ行き、天ぷら蕎麦を注文したら、揚《あ》げ冷《ざ》ましの天ぷらをのせてきた。これほどに名の売れた老舗でも、こういうことをする。揚げ冷ましの天ぷら蕎麦なら、わざわざ、この店へ足を運んだりはしない。もっとも、この店で揚げ冷ましを食べさせられたのは、きょうが二度目（二度目は十年ほど前の本店）だ。もう、この店へは決して来まいとおもう。

いまどき、こんなことをいっても仕方がないのだろうが、いつ行っても、揚げたての天ぷら蕎麦を出す店があるうちは、そちらへ行くことにしよう。

きょうは日本シリーズの決勝戦。阪神が勝つ。さすがに、テレビの前からうごけなくなり、終ってから仕事にかかる。

×月×日

久しぶりに新宿へ行ったが、その排気ガスのひどさは銀座より、さらにひどい。横町の奥へ入っても表通りからのガスが充満している。もっとも西口の新都心は別だ。むかし、知っていた店々が、ビルの谷間に残っているのを見て、なつかしくなり、しばらく歩きまわってから国電で高田馬場《たかだのばば》へ行く。この町の変貌《へんぼう》も凄いものだが、新宿とちがって迷子《まいご》にならないだけでも増《ま》しだった。

高田馬場の周辺には、少年時代の思い出がたくさんあって、そのうちのいくつかは時代小説の短篇として書いたが、二十何年か前に、堀部安兵衛（長篇小説）を書いたとき、このあたりを丹念に見てまわったが、当時にくらべると、まるでちがった街へ来たおもいがする。

しかし、高田馬場址《あと》の地形は、まだ歴然と残っていた。東京の地形だけは、むかしとあまり変らない。地形は変らないのだが、同じようなビルディングの林立によって、風景が変ってしまう。だから、長年、東京で住み暮している私のような者でも迷子になってしまうのだ。

人のはなしに聞いた、小さな万年筆屋を訪れ、手造りの万年筆を二本ほど買いもとめ、持参のモンブランのペン先を修理してもらう。たちまちに書きよくなった。

きょうは午後に、外でメンチ・カツレツを熱い御飯で食べたが、帰宅すると、新鮮な鯛《たい》とマグロの刺身があったので、御飯を一杯食べてしまう。

今年も、いよいよ残り少なくなってきた。

年の暮の仕事が切迫してきて、どうなることかとおもったが、どうにかやれる見込みがついたので、今夜は何もせず、ベッドへ転がって本を読む。

夜が更《ふ》けてから〔N〕誌のための絵を一枚描《か》く。去年、フランスへ行ったときにスケッチをしておいたアルルの町外れの、ローヌ河畔の夕暮れの風景なり。

血圧もこのところ、少し下ったままで安定している。

試写でも観て、街を歩く。これをやめると、とたんに体調が崩れる。来年は、タバコを吸いすぎて気管支を傷《いた》めぬようにし、もっと歩くつもりだ。

冬の頭痛

×月×日

初冬の、あたたかい日和《ひより》つづきで、連日の試写室通いが尚更《なおさら》にたのしい。今年は、早く眠るようになったので、午前十一時半には銀座へ出てしまうから、午後一時の試写までに、いろいろと用を足すことができるし、昼食も食べられる。きょうは、三和ビルの地下の〔トップス〕で、ドライカレーとブルーベリーのシャーベットを食べる。この店は、店員が親切で、万事に行きとどいて、氷水のたっぷり入ったジョッキを置いて行ってくれるのも、私のような〔水のみ〕にはうれしい。

嶋屋へ寄って、小さなパレットとインクを買い、東宝の試写室へ行き、伊丹十三の監督二作目〔タンポポ〕を観《み》る。

人間と食べものとの関係をテーマにした、ユニークなコメディで、第一作の〔お葬式〕ほどの完成度はないにしても、いまの日本で、これだけ上質の喜劇をつくった伊丹監督（脚本も）の才能はステキである。あと十五分ちぢめたら、もっとよかったろう。山崎努も宮本信子も、いや、出演俳優のいずれもがよい。舞台はラーメン屋で、着想は西部劇であるが、伊丹十三の美意識と感性によって、この映画は、いささかも泥《どろ》くさいところがない。

試写室を出て四丁目へ向って行くと、ドイツ料理〔ケテル〕の老マダム・エリーゼが、ゆったりと歩いて来るのが見えた。若いころのエリーゼの美しさはすばらしかったが、いま尚、その残り香がただよっている。太平洋戦争が始まったころ、私は毎晩のように、この店で食事をしたものだが、物資が不足して、毎回、同じメニューだったけれど、最後まで客に食事を出した。このところ十年以上も〔ケテル〕へは足を運んでいない。

×月×日

昼ごろ、銀座へ出て〔共栄〕のチャーシューメンを食べてから、ヤマハ・ホールで〔コーラス・ライン〕の試写を観る。これで二度目なり。このミュージカル映画について新聞へ書くこともあってのことだが、映画もすばらしい出来栄《できば》えで、演出にイギリスからリチャード・アッテンボローを招いたのがよかった。アメリカの監督では、別のものに仕あがってしまったろう。きょうは、小生ごひいきのダンサー、ビッキー・フレデリックを眼《め》で追ってたのしむ。

〔ルノアール〕で毛のスポーツシャツ、〔ヨシノヤ〕でゴム底の靴《くつ》を買ってから、国電で目黒へ行き、久しぶりで〔とんき〕のうまいロース・カツレツを食べる。二年ぶりだが店内の清潔さとサーヴィスのよさは以前と少しも変らぬ。酒一本に御飯二杯。みやげに串《くし》カツレツを二人前、合計二千六百円。この店は、まさに東京が誇り得る〔名店〕だとおもう。

帰宅して、新聞三回分を書く。

このところ連日、好晴がつづき、ようやく年末の仕事に目処《めど》がついてきたので、のんびりした気分である。

×月×日
昨日は所用あって、午後の新幹線で大阪へ向う。これまた何年ぶりだろう。四、五年ぶりの大阪ではなかったか……。
大阪グランド・ホテルは、設備がいかに新しくとも、マンモス化して刑務所のようになってしまった現代の大ホテルとはちがい、いま尚、人肌《ひとはだ》のぬくもりを建物にもサーヴィスにも残しているような気がする。

夜は、三十年ぶりで北の盛り場の〔京松〕へ行き、牛肉のすきやきを食べた。

きょうは、朝七時に起き、ルーム・サーヴィスの朝食をゆっくりとってから、車で枚方《ひらかた》パークの菊人形を見物に出かける。

ここの菊人形は、もう七十年もつづいている名物で、今年は私の〔真田《さなだ》太平記〕がテーマになっている。むかしは航空機の格納庫だったという巨大な建物を改造し、この中いっぱいに菊人形による各シーンが飾りつけられていた。

毎年、秋の開催にそなえ、六月から準備に入るという。

昼すぎに京都へ入り、ビルの林立と、その喧騒《けんそう》に唖然《あぜん》となる。

三条小橋の〔松鮨《まつずし》〕へ寄り、二代目の主人の、うまい鮨を食べてから帰京する。

まだ、新幹線が通っていないころの、十二月はじめの、京都のしずけさに何日もひたって、一年、はたらきづめにはたらいてきた疲れを癒《いや》したころのことが、夢のように想《おも》われる。

×月×日
昨夜、また夢を見た。昨日、試写で見た吸血鬼・ノスフェラトウが夢に出て来た。
ヴェルナー・ヘルツォーク監督がつくった、このドイツ映画は怪奇映画の古典で、そのイメージをくずさずに撮ったものだから、近ごろ流行の血みどろなオカルト映画ではない。そして、クラウス・キンスキーの吸血鬼が美女イザベル・アジャーニの白い喉《のど》へ噛《か》みついて、ゆっくりと、たっぷりと血を吸うシーンでは不思議なエロチシズムがただよう。

夢を見ることはたのしいが、やはり眠りが浅くなるのかして、今朝は頭が重い。重いのが痛くなりはじめたので、夜の試写をやめることにする。

薬をのみ、酢をのむ。夜に入って、すっかり癒《なお》った。

夜はテレビで、新派の〔婦系図《おんなけいず》〕を観る。水谷良重のお蔦《つた》はセリフの半分以上がわからない。やはり耳が遠くなったのかとおもったけれど、主税《ちから》を演じる片岡孝夫のセリフは微細洩《も》らさずに、はっきりとわかるのだから、耳の所為《せい》ではない。

役者のセリフが、何をいっているのだかわからないのは、演技以前の問題だ。〔婦系図〕は何度も観てきた私だが、戦前、喜多村緑郎《ろくろう》のお蔦、河合武雄の小芳《こよし》、梅島昇の早瀬主税という配役の大舞台が、いまも脳裡《のうり》から去らぬ。

×月×日

久しぶりに外出したら、街の風景は、すっかり冬になっていた。寒い。きょうからコートを羽織って出かける。

急に寒くなった所為か、また、頭痛がする。五十になるまでは頭痛と無縁の私だったが、年を重ねるたびに老母の体質と似てくる。母は頭痛もちだ。男は母親の、女は父親の体質を受けつぐというが、なるほど、おもい当ることが、ちかごろは多い。

試写会もそこそこに、帰宅する。

夜、B社のH嬢から、来年早々に始まる週刊誌の小説について打ち合わせの電話あり。

「寒いですねえ。あまり寒いので、私、頭痛なんです、ハイ」

と、いう。

してみると、私の頭痛も寒さが原因なのか……。

夜半から、アメリカのテレビ映画〔女刑事〕を見る。主演のタイン・デリーは、私の好きな女優だ。彼女が前に、クリント・イーストウッドの〔ダーティハリー〕に出たときは、新米の女刑事で、悪漢と拳銃《けんじゅう》を撃ち合い、ついに殉職してしまったっけ。むかしのスタア、ジーン・アーサーを想わせるパーソナリティ。今夜の〔女刑事〕はつまらなかったが、彼女はよかった。

×月×日

昨夜はロベール・ブレッソン監督が十数年前につくった〔やさしい女〕を観て、いっさいのムダを切り捨てた演出の洗練に感銘を受けたが、きょうの〔女優フランシス〕は、いささか冗漫（二時間半）だった。冗漫だが力作である。

主演のジェシカ・ラングと、ブロードウエイのヴェテラン、キム・スタンレーの二人が凄《すご》い演技を見せて、この長尺をもちこたえた。

十二月も、いよいよ押しつまってきた。

私の試写室通いも、きょうが今年最後かも知れない。
〔D〕へ行き、熱い蒸しずしを食べる。そして、京都の蒸しずしを想い出した。むかしは冬の京都で、よく食べたもので、私の大好物だ。
今年の仕事も、あと一息。毎夜、書きつづけ、ようやく目鼻がついたので、直木賞の候補作を読みはじめる。

旧友（小学校のときからの）の重病を聞いて、すぐに花を贈らせたが、気がかりで、今夜は眠れそうもない。

飼猫《かいねこ》の一匹が病院から退院して来て、しきりに甘える。

連載小説のトップ・シーン

×月×日

新年から週刊文春で始まる連載小説の第一回だけでも、旧年のうちに書いておこうとおもったが〔秘密〕という題名は決まっても、やはり、書けなかった。私の小説は書き出してみないことにはわからない。これはむかしからの癖で、いまさらどうにもならぬが、いつも新しく始める小説を書くときの不安は消えない。ともあれ、トップ・シーンさえ頭に浮かんでくれれば書く。あとは登場人物とテーマを追うだけである。

新年は、例によって元旦《がんたん》から仕事をした。そのかわり、私は年末に、ゆっくりと休む。

きょうはファンのK氏が訪ねてくれ、私の亡師・長谷川伸が昭和九年に新小説社から出版した初の随筆集〔耳を掻《か》きつつ〕を贈って下すった。五十年も前の初版本だが、まるで新本のように美しい。

夜は〔耳を掻きつつ〕を読みながら、今藤長之・芳村伊十七（三味線）の長唄《ながうた》〔吉《よし》原雀《わらすずめ》〕などを、ウォークマンで聴く。いまでは、なんといっても、この二人の長唄がすばらしい。

×月×日

昨夜、ベッドに入ってから、新しい小説のトップ・シーンが頭に浮かんだので、すぐさま飛び起き、忘れぬうちにと、第一回目の挿画《さしえ》を一枚描《か》く。今度もまた、自分の小説に挿画を描くことになったからだ。

きょうの昼間に、佐伯秀男《さえきひでお》さんから電話があり、はじめて言葉をかわした。たがいに数年前から、無言の知己《ちき》となっていたが、双方の消息を双方に知らせてくれたのは銀座〔清月堂〕のチーフをしていた斎藤戦司君で、斎藤君が独立して原宿で〔カフェ・ノワール〕というコーヒーの店を出してからは、かわりにチーフとなった林愛一郎君が佐伯さんの消息をつたえてくれた。私が佐伯秀男の舞台を初めて観《み》たのは、友田恭助・田村秋子夫妻が主宰していた〔築地座〕における三宅悠紀子《みやけゆきこ》作の〔春愁記〕だった。私は、まだ少年だったが、若くして亡《な》くなった三宅悠紀子の名を、この舞台によって脳裡《のうり》にきざみつけられたほどの、すばらしい脚本だった。佐伯さんは、この〔春愁記〕で、中村伸郎《のぶお》と兄弟の役を演じた。若かりし杉村《すぎむら》春子も出ていた。佐伯さんは、その後P・C・L（いまの東宝）へ転じ、映画スターとなった。デビュー作は〔あるぷす大将〕だったとおもう。

私が佐伯さんに関心をもちはじめたのは、佐伯さんがコマーシャルの仕事を多くするようになってからだ。戦前の男の香りをたたえたダンディな老紳士として、多彩なコマーシャルに出ている佐伯さんである。ときたま、銀座で見かけるこの人は、むろんのことに私より年上なのだが、若いころからスポーツできたえぬかれた躰《からだ》は若者のようで、重い荷物を軽々と提《さ》げ、力強く歩む姿を見て、何ともいえない感銘を受けたのだった。老年に達した自分が、しばしば、はげまされるおもいがした。

ところが旧冬、〔和光〕の近くを歩いている佐伯さんを見かけたとき、どうも、躰のぐあいが悪そうに見えたので、〔清月堂〕へ行き、林君に尋ねると、眼《め》を悪くされているとのことだったので、お見舞いの花を贈ったところ、きょうの電話となったわけである。佐伯さんの、ききおぼえのある声はいかにも元気そうで、眼もよくなりつつあるらしい。

私は安心をした。その所為《せい》か、今夜はぐっすりと眠れそうだ。

×月×日

昨日、佐伯秀男さんの元気な声をきいたとおもったら、きょうは、子供のときから六十年近くも親しくしている友人Sが重い病気で入院した知らせを受けておどろく。まだ、見舞いに行ってはいけない状態らしいので、それはひかえたが、午後に山の上ホテルへ行ってからも気が落ちつかず、心配でならない。

ホテルへ来たのは、例年の直木賞候補作を読むためなのだが、眼はページを追っていても、頭にはSの顔が浮かんできてどうにもならぬ。

(今夜は、眠れないだろう)

そうおもって、睡眠薬を、少し多目にのむ。

いよいよ週刊誌連載第一回目の締切りが明後日にせまったので、おもいきって書き出してみる。夕景までに八枚すすむ。おもってもみなかったような主人公になってしまったが、どうやら、うまくやれそうな直感がする。

夜半、ベッドに入って眼を閉じると、後半九枚の情景が脳裡に浮かんでくる。

新年になってから、まだ一度も銀座へ出ていない。

眠ろうとつとめたが、病院で苦しんでいる友人Sのことが気にかかり、ついに寝そびれてしまう。そこで、三日前に買ってきたクリス・バン・オールスバーグの絵本を出してきて見ることにした。絵本と一口にいっても、オールスバーグのコンテ・ペンシル画は実にすばらしいものだ。

×月×日

久しぶりに銀座へ出たが、きょうは試写の時間がせまったので、ゆっくりと歩いてもいられず、東宝八階の試写室で、ディズニー社製作の〔オズ〕を観る。故ジュディ・ガーランドの出世作〔オズの魔法使い〕の続篇《ぞくへん》だが、これといったスタアは使わず、そのかわりにSFX撮影技術を駆使し、大がかりなスペクタクル（たとえば地底の帝王ノームの描写）へちからを入れ、おもしろく出来あがっている。演出が前半たどたどしいのも、かえって風趣があった。

終って、地下鉄でお茶の水へ出て、タバコ専門店へ行き、パイプ・タバコその他の買物をすませてから山の上ホテルへ行く。

ヒレの小さめなステーキに、熱いコンソメ・スープ。トマトソースのピラフを食べ、コーヒーを二杯のんでから帰宅する。

風邪が流行《はや》っているので、この冬は、あまり出歩かぬようにしようか、とおもう。去年の、風邪から気管支炎をやって入院したことを考えると、いまは連載小説を二本もっているのだから、うっかり病気にはなれない。

帰宅して、新聞一回分に、小さな原稿三つを片づける。

このところ毎日、大相撲《おおずもう》の後半戦をテレビで観ているが、大関や横綱を倒した力士をアナウンサーが待ちかまえていて、インタビューをする。

土俵で奮戦してきた直後だけに、力士は息があがっており、いかにも苦しげで、うまくこたえられない。それに、つまらぬ質問をつぎつぎにあびせかける。実に、ばかなことをするものだ。

金星を射《い》とめた力士の姿を見せたいのなら、

「おめでとう。さ、これが、いまの取組です」

と、それだけいって、終ったばかりの自分の取組のビデオを喰《く》い入るように見つめる力士の顔をクローズ・アップにすればよい。そのときアナウンサーは、一語もさしはさまぬほうがよい。邪魔だ。

×月×日

午後からヤマハ・ホールでＵＩＰへ入った〔愛と哀《かな》しみの果て〕の試写。

ロバート・レッドフォード、メリル・ストリープの主演、シドニー・ポラックの監督〔製作も兼ね〕ということになれば、いまのアメリカ映画における第一級のエレガンス・トリオである。ポラック監督の映画を観ると、帰りに、どうしても一杯やりたくなってしまう。

ホテルのバーへ行き、マンハッタン二杯をのんでから、久しぶりにデパートめぐりをする。

きょうは寒いので厚目のオーバーを着て出たのだが、外を歩いているときは、ちょうどよいけれど、デパートへ入ると過剰な暖房によって暑苦しくなってくる。

暖房にかぎらず、過剰文明が現代日本の文明なのである。

デパートで〔オレンジ・リンデンバウム〕の入浴剤を買う。

日本橋の〔たいめいけん〕へ行き、薄目のロース・カツレツにオムライスを食べ、Mデパートへ寄ってから、丸善へ行こうとおもったが、少し寒くなってきたので、タクシーを拾って帰る。

昨年末は、どうなることかと案じていたが、新年の仕事も、ようやく目鼻がついてきた。

夜は、岩浪《いわなみ》洋三氏が贈って下すったレコードを聴く。それだけの余裕が生じたことになる。

ホテルの朝食

×月×日

寒い一日。きょうはつぎからつぎへと来客。こういうときは却《かえ》って仕事がはかどる。客が多いとおもうと、起きてからものんびりしていられず、小さな原稿を片づけるようになるからだ。

夕飯は、鯛《たい》の切身をさっと焼いておき、チリなべにする。それで酒を一合のみ、なべの中の出汁《だし》を日本紙で漉《こ》しておき、別の小なべに移し、御飯を入れて雑炊にする。これで、ほかには何もいらない。

きょうは、書店へたのんでおいた、瀧澤《たきざわ》敬一著〔フランス通信〕の復刻版五巻が届く。瀧澤敬一氏は正金《しょうきん》銀行のリヨン支店に長らくつとめられ、フランス婦人と結婚し、

その豊富な体験と生活を書いて日本へ送ってよこした。これが〔フランス通信〕で、私は叔父の書棚《しょだな》に一～三巻を見出《みいだ》し、読みふけった。まだ少年のころだったが、折から東和商事によって、多くのフランス映画が日本へもたらされ、夢中で観《み》てまわっていたときだから、この〔フランス通信〕がおもしろかったのだろう。それが、そのときのままの姿で復刻された。いまの私は何度かフランスへ行って来ているだけに、興味は層倍のものとなり、空が白むまで、ベッドで読みふけってしまう。

×月×日

久しぶりの試写。

少し寒いが、無風快晴の一日だった。

東和本社でユーゴスラヴィア映画〔パパは、出張中！〕を観る。

第二次大戦後の、チトー大統領の擡頭《たいとう》によって、ユーゴはソ連支配から脱却しつつあった。そのころのサラエヴォに住む一少年の眼《め》が、父母や家族たち、周辺の人びとの生態を見つめる……といっても、映画は自在に撮られていて、いかなる時代にも変らぬ男女人間たちを多彩に描出する。

いまのユーゴ映画は、戦前または、戦後の第二次興隆期を迎えた日本映画と同じように、新しい映画人たちが優秀作をつぎつぎに発表している。

この映画も一九八五年度のカンヌでグランプリを受賞した。

高度成長にあまやかされた現代日本には、ドラマも詩情もなくなりつつある。したがって、よい映画も生まれないのだ。

少年マリックが夢遊病にかかり、ラスト・シーンで、夜明けの田園にさまよい出て、観る者へ振り向き、にっこりと笑いかけるとき、おもわず、こちらも微笑を返してしまう。実に魅力的な少年だった。

終ってデパートへ行き、急いで買物をすませる。冬のデパートは、その店員たちのために存在する。この前にも書いたことだが、すなわち、暖房過剰で、外は寒くても中へ入ると汗が出て、ろくに買物もできぬ。店員たちは真夏同然の薄着なのだから当然だ。
〔T〕へ行き、小さなビーフ・ステーキを食べてから帰宅。
今夜は自分の小説の挿画《さしえ》を描《か》く。一枚描いて失敗をさとる。丹念に描きすぎたのだ。

入浴後、また描く。これも失敗。ベッドに入ってから、明日、もう一度やってみようとおもう。

×月×日
歌舞伎座《かぶきざ》の昼ノ部を観るため、朝の八時に起きる。このごろは早く寝てしまうし、年をとった所為《せい》か、睡眠時間が短くなってきたので、朝起きるのもさして辛《つら》くはないが、それにしても午前十一時から芝居がはじまるのは、日本だけだろう。

東の桟敷《さじき》で〔仮名手本《かなでほん》忠臣蔵〕の前半を見物する。中堅と若手を主体にした一座だが、今回の忠臣蔵の前半では、何といっても芝翫《しかん》の塩谷判官《えんやはんがん》と、富十郎の師直《もろなお》だろう。

芝翫は前に、ヨーロッパ公演のとき、判官を二度、演じているそうだが日本では初めてである。私は芝翫が判官を演《や》ると聞いたとき、

(これは、きっといいにちがいない)

とおもった。その理由は長くなるからはぶくけれども、私の予想は裏切られなかった。見ごたえのある判官で、だから尚更《なおさら》に〔松の廊下〕の富十郎もよいことになる。

幕間《まくあい》になると、女の客がトイレへ殺到する。男のトイレはガラガラに空《す》いている。芝居の昼ノ部は女のものだ。日本の……いや、東京の女たちは、ずいぶんヒマになったものだと、芝居へ来るたびにそうおもう。

〔清月堂〕へ寄り、コーヒーとステーキのサンドイッチを食べ、すぐに帰宅し、またコーヒーをいれてから机に向い、きょうの観劇記をA新聞のために七枚書く。

それから、パックのラーメン。昼は弁当だったから、きょうは、これで終りなり。

寝る前に、小説の挿画一枚。きょうのは一発でうまくいく。

仕事に、まだ余裕が生まれぬため、新年早々、諸方へ不義理つづきだが、男も六十

をすぎれば不義理もゆるしてもらえるとおもう。

×月×日

山の上ホテルへ三日間こもって、吉川英治文学賞の候補作品を読んだが、全部はとても読みきれず、きょうは帰宅した。

朝、ホテルの天ぷらコーナーへ行くと、主任の近藤文夫君が、

「今朝から、朝の定食を新しく考えました。ぜひ、召しあがってみて下さい」

と、いう。

「ほう。どんなの？」

「オカズを十三種類つけます」

「ええっ……」

おどろいていたら、黒塗りの盆の上の小鉢《こばち》に、なるほど十三種のオカズがならんでいるではないか。その美しいこと、旨《うま》いことは久しぶりのもので、御飯を三杯も食べてしまい、給仕の女の子が、

「大丈夫ですか？」

と、心配をする。

どんなオカズかというと、別に凝ったものではないが、栄養満点のメニューで、お

よそ、つぎのごとくだ。

(1)小さな塩鮭《しおざけ》 (2)けずりカツオブシ (3)大根オロシ (4)温度卵 (5)月見芋 (6)キュウリとワカメの酢の物 (7)大根煮 (8)海苔佃煮《のりつくだに》 (9)小松菜のゴマよごし (10)梅干 (11)ヒジキの煮つけ (12)豆腐の味噌汁《みそしる》 (13)納豆

つまり家庭ならば、このうちの一品か二品がせいぜいなのを、そこはホテルの食堂だけに、骨身を惜しまずにあんばいをして、朝飯の夢を見せてくれたのである。たとえば少量の納豆へ大根オロシをまぜあわせたり、月見芋をのせれば芋納豆になる。食べる人が好きなように、いろいろとたのしめるのだ。

朝飯を三杯も食べたので、昼飯はヌキにして帰宅後、ヤマハ・ホールへ〈ホワイトナイツ（白夜）〉の試写を観に行く。

アメリカの新鋭テイラー・ハックフォードが製作・監督をしたユニークな一品。ミハイル・バリシニコフ（バレエ）とグレゴリー・ハインズ（タップ）の二ダンサーが主演して、ダンス・シーンではバリシニコフに食われたハインズだが、演技者としては大きく成長した。ハインズの恋人役をつとめるイザベラ・ロッセリーニは、故イングリッド・バーグマンの娘だが、母親ゆずりの堂々たる体格で、若きバーグマンがスクリーンに登場したかと思うほど、よく似ている。演技もいい。

ただ、ダンス・シーンが過剰だ。もっとも、これが売り物だけに、なかなかカットをしきれないのもわかるがドラマとしてはよくできているのだから、あと十五分切ったら、もっとよい仕あがりになったろう。

終ってヘラルドの試写室へ行き、スタンリー・キューブリック監督が三十年前につくった〔現金《げんなま》に体を張れ〕の再映試写を観る。

緊張にみちた白黒《モノクロ》の一時間二十六分。いま再見すると、キューブリック自身のシナリオに二ケ所ほどミスを発見したが、とても二十八歳の監督がつくった映画とはおもわれぬ。再見してよかったとおもう。

ヘラルドを出て、東京会館へ、芥川《あくたがわ》・直木賞の授賞式とパーティへ出てから帰宅。

きょうは、さすがに疲れ、ベッドへころがり込むや、たちまちに眠ってしまう。

三十年目の舞台化

×月×日

先日の雪がまだ解けぬ。

仕事がつまってきて、連日、何処《どこ》へも出られなかった。以前からくらべると仕事は約三分ノ一に減っているのだが、やはり、むかしのようにはまいらぬ。それに私の原稿の締切りは出版社や新聞の締切りではない。私が自分へ課した締切りだ。こうして早目に原稿を書いておかぬことには、外へ出ても、映画を観《み》てもたのしくない。

きょうは無風快晴の暖日。さすがに、この日和《ひより》に家にこもっていることができなくなり、先《ま》ず、高島屋へ出かけ、たまっていた買物をすませ、地下鉄で、はじめて高田

〔黒雲峠〕の真田健一郎（左）と宮島誠（右）の殺陣

馬場へ行く。その速さにおどろく。十五分ほどで早稲田に着き、穴八幡《あなはちまん》のあたりから、ぶらぶら、フルヤ万年筆店まで歩く。手製の万年筆を二本買いもとめ、持参したオノトの軸を取り替えてもらう。この万年筆は私が直木賞を受けたとき、故玉川一郎氏が下すった記念の品だ。それなのに軸を割ってしまい、別の万年筆の軸をつけておいたのだが、フルヤにはオノトの軸があるとわかったので、替えてもらったのだ。

早目に帰り、到来物の北陸の蟹《かに》を豆腐と葱《ねぎ》で小鍋《こなべ》だてにして酒一合をのむ。あとの蟹はワサビ醤油《じょうゆ》で食べ、御飯へ小鍋に残った出汁《だし》をかけまわし、もみ海苔《のり》をふりかけて食べる。

夜も懸命に、種々の細かい仕事をかたづける。新潮社の文庫の表紙カバーを描《か》く。

×月×日

東映で〔火宅の人〕の試写。これが〔上海《シャンハイ》バンスキング〕などの愚作をつくった同じ監督かと思うほどに、今度はよかった。

檀一雄《だんかずお》の同名私小説の映画化で、緒形拳《おがたけん》の個性なくては、これほどに成功しなかったろう。後半、ちょっとダレるが、それまでは快調だった。いしだあゆみがいい。

それにしても、ヌードの男女のラブシーンが下手なのは、却《かえ》って興を殺《そ》ぐ。色気も何もあったものではない。いまはもう、こうしたヌードでころげまわるラブシーンは古くなってしまって、アメリカの新鋭監督は、まったくやらない。そのことを、一部の日本の監督は知るべきだ。

終って、たまった買物をすませる。嶋屋でケント紙など画材を買う。

重病の友人の細君へ、S堂のカレーライスなどのパックを送る。友人は、いまのところ何も食べられないのだから、細君へ送った。細君がいま倒れたら、それこそ大変である。

うどんやで〔鶏味噌《とりみそ》うどん〕というのを食べる。ちょっと〔ジャジャ麵《めん》〕ふうで旨《うま》い。

夕方、〔天國《てんくに》〕で天丼《てんどん》を食べてから帰宅。

風が鋭くて冷たく、頭が痛くなった。

×月×日

二度と、することはあるまいとおもっていた新国劇の仕事を引き受けてしまい、この中旬に、わずか五日間、浅草公会堂で公演することになった。私と新国劇の関係は約四十年におよび、この劇団が戦後の全盛期を迎えたとき、私は劇作家として、いくつかの芝居を書き、演出をした。いまの新国劇の衰微は、だれも知るところ……というよりも若い人たちは、新国劇という名さえ知らぬ。

今度の公演は、主演者・島田正吾がポケット・マネーで計画し、私が三十年ほど前に、脚本を書いた〔夜もすがら検校《けんぎょう》〕を演じる。

原作は私の亡師・長谷川伸の出世作となった小説だが、脚本化してから種々の事情で舞台にかけなかったものだ。

それに、劇団の中堅・若手俳優が、私の〔黒雲峠〕を出す。この芝居は、三十年前の初演以来、新国劇の中堅・若手が何回となく上演してきた伝統的な一幕物で、他の劇団や俳優の追従《ついじゅう》をゆるさぬものだった。

昨日は、その公演の稽古《けいこ》の第一日目で、久しぶりに芝居の稽古をしたが、予想どおりの舞台になりそうで安心した。

きょうは二日目で〔黒雲峠〕の稽古。

座員も減りに減ってしまったが、その凄烈《せいれつ》な殺陣《たて》は、どうやら伝統をつたえてくれそうにおもえた。

午後五時に終り、R亭《てい》でカツレツとハムライスを食べ、すぐに帰宅。

夕暮れの驟雨《しゅうう》は、たちまちにあがって、血のような夕焼け空となる。

一日一日と、春めいてきた。

×月×日

午前中に、コーヒー二杯のんだだけで外出。ヘラルドの試写室で〔夢に生きた男〕を観る。

スコットランドの海辺の田舎町を、そっくり買収して、石油コンビナートを建設する大プロジェクト進行のために、アメリカから若いビジネスエリートが乗り込んで来るが、この僻地《へきち》の人情と美しい大自然に、いつの間にか感化されてしまうところがおもしろい。

イギリス流のユーモアとエスプリが、まことに自然なかたちで脚本化されていて、実によかった。こういう映画で、しかも人気スタアが出ていないと、礼儀知らず〔時間に遅れて来る〕の若い女性は、あまりやって来ないので、せいせいする。

地下鉄でTデパートへ行き、四階に出ている〔野田岩〕の鰻《うなぎ》を食べ、エル・グレコのコーヒーを買って帰る。

新鮮なカレイが手に入ったので、フライにして、レモンと塩で食べる。夜は懸命に仕事をする。

×月×日

一昨日、昨日と、浅草公会堂で舞台稽古。むかしは徹夜だったが、いまは早い。体力もおとろえているから一回約七、八時間が限度だ。

きょうは初日で、春の雪から雨になる。

それでも、戦前からの新国劇のファンが名古屋や大阪から泊りがけで観に来てくれる。

二つの芝居は、私の予想どおりにまとまった。

座員の層が厚かった昔日《せきじつ》の新国劇とくらべれば、何ともさびしいかぎりの戦力しかない劇団になってしまったが、それにしても若い座員が、よくも辛抱をしているものだ。

今度も、彼らが〔黒雲峠〕を出せることになったので、私は、この仕事を引き受けたのだ。

創立者・沢田正二郎が遺《のこ》した劇団の伝統は、いま尚《なお》、かすかに、その香りをとどめている。

美術、照明、音の効果、舞台監督など、あつまってくれたスタッフは、いずれも三十年来の顔なじみで現役バリバリの連中だ。この人たちと再会し、仕事をするのが何よりもたのしかった。

初日の夜の部は入りもよく、反響もよかった。

四時にはじまり、二つの芝居をやって七時にハネる。夜は早く眠ってしまう浅草の商店街もさすがにまだ営業をしている。全部で三時間。これからの芝居は、これでないといけない。ハネて、すぐ帰り、新聞二回分を書く。芝居のために、原稿が追いつめられる。もう、このようなことは二度とやるまい。

×月×日

長谷川伸師の義弟・島源四郎氏が、昨日の初日に花を贈ってくれたので、電話で礼をのべると、十八日に、長谷川師の写真を抱いて観に来られるという。

きょうから芝居のことはすべて忘れて、懸命に、たまっていた小説原稿を書きすすめる。

雪も雨もやんで晴れわたったが、冬がもどって来たかのように冷える。寒い。

夜に入って〔黒雲峠〕で客演している真田《さなだ》健一郎から電話があって、

「宮島さんとの立ちまわりのとき、木の枝を切り飛ばそうとおもうんですが、いいでしょうか?」

「いいよ。小森君(舞台監督)は何といってる?」

「大丈夫だそうです」

「それなら、やってくれ」

真田は新国劇に長くいた役者だし、宮島誠は、数少なく残っている古参俳優のひとりだ。この両人の殺陣に新国劇の伝統が残っている。日本ひろしといえども、この二人の殺陣だけは絶対に、他の役者の追従をゆるさないだろう。今度が最後かも知れない。これを観ただけでも、この仕事を引き受けてよかったとおもう。

夜半、風が出る。ひとり、牛乳をあたためて飲む。

五《ご》黄《おう》の年回り

×月×日

日曜日なので、ハリの治療に行くつもりでいたところ、朝の雨が雪になった。昼近くなっても降雪は激しくなるばかりだ。気学表をしらべて見ると、今月は一白《いっぱく》の月、日は九紫《きゅうし》の日で、年は五黄だ。

(これは、いけない)

と、直感したので、ハリの先生とハイヤーの会社へ電話して、きょうは治療をやすむことにした。

午後になっても、春雪は降りつづける。杉並《すぎなみ》区までハリを打ちに出かけたら、帰りは雪のために、なかなか帰宅できなかったにちがいない。

この雪で、都内も地方も交通はすべて麻痺《まひ》状態となる。一日でも大雪が降れば人間の文明生活など、どうにもならなくなってしまう。

今年は、まだ、これくらいではすまない大変な年になるだろう。

人間は、大自然の運行に対して、もっともっと考え直すべきだ。そうでないと、人間の未来はないといってよい。

朝から頭痛で苦しんでいたが、夕方近くなって癒《なお》ったので仕事をする。

三月は、公私ともに、私にとっては突発の事態がつぎつぎに起り、スケジュールは難航し、ろくに映画も観《み》られず散歩もたのしめなかったが、ようやくに落ちつきを取りもどすことができた。久しぶりの芝居の舞台稽古《げいこ》でタバコを吸いすぎ、あやうく、また気管支炎になるところだったが、それも、どうやら軽快になった。タバコの吸いすぎから入院し、この連載を一ケ月やすんだのも、去年のいまごろだった。春先の私は毎年のごとくよくないのである。

×月×日

春の彼岸もすぎたが、夜になると、まだ寒い。外の風も冷たい。朝、八時に起き、昼まで一仕事してしまったので（降りそうだな……）と、おもったが、おもいきって試写に出かける。

映画は期待はずれの、つまらないものだった上に、終って外へ出ると、果して雨だ。強く降っている。うんざりしてしまう。

それでも気力を出して神田の〔Y〕へ行き、上海《シャンハイ》風やきそばにシューマイで、ビールを半分ほどのむ。

いくらか元気が出たので、帰宅してからサンケイ新聞五回分を一気に書く。これで、新聞連載は全部完了。ホッとする。

気分がのんびりしてきたので、八年前にフランスで描《か》いておいたル・アーブル港のスケッチを取り出し、グァッシュで描く。

夜ふけに、みやげに買ってきた〔Y〕のシューマイ一個をパックのラーメンへ入れて食べる。

ベッドでD・ホックニー(画と写真)、S・スペンダー共著の〔チャイナ・ダイアリー〕という一巻を拾い読みするうち、いつの間にか眠ってしまう。

×月×日
晴天だが、朝から風が冷たい。
昼前に、長くパリで暮していたK氏夫人のMさんが、いよいよ日本へ帰って暮すことになり、Tホテルから帰国の電話がある。

なにしろ、二十年も三十年もフランスで暮していたのだから、知り合いのフランス人も多い。そうした人びとは、心から別れを惜しみながらも、

「いま、あなたが日本へ帰るのは、ほんとうによいことだ。フランスはもうダメだ。これから先、何が起るか知れたものではない」

と、いったそうな。

エッフェル塔に時限爆弾が仕かけられたり、無差別の爆弾投擲《とうてき》が相ついで起り、テロも多い。これがフランス人のすることではなく、大半が外国の政情と外国人のテロ行為、暴力行為がパリの中へ持ち込まれ、血みどろの事件を起すのだから、パリ市民はたまったものではないのだ。

「大げさないいかたかも知れませんけど、私、買物に行くときも決死の覚悟なんですの」

と、あるフランスの老婦人がMさんに語ったそうだ。

「東京へ帰って来て、ホッとしました」

Mさんはそういったが、東京の先行きも決して明るいものではない。

夕方までに仕事を終え、目黒へ行き、古いとんかつやの〔とんき〕でロース・カツレツを食べる。

それから久しぶりで渋谷に出る。大小のビルがさらに増え、ありとあらゆる電気看

板が目白押しにかけならべられて、街の空間は看板で埋めつくされている。その下を、いま流行の黒ずくめの服装で若い男女が群れをなして歩む。

まずいコーヒーをのんでから、パンテオンの〔ロッキー4——炎の友情〕の試写を観る。シルベスタ・スタローンの脚本・監督・主演の一人三役も、さすがに息切れを感じさせるが、今回は多量の音楽を使用し、一種の〔拳闘《けんとう》ミュージカル〕に仕立てあげ、一時間三十分を一気に押しまくっている。

帰宅して仕事はせずに、今度、文庫で出た〔旧事諮問録《きゆうじしもんろく》——江戸幕府役人の証言〕上下を拾い読みする。書庫には、この本の大判があって何度も読んだものだが、ハンディな文庫本は、ベッドへころがって読むのに軽便である。そして何度読んでも有益な本だ。

×月×日

午後から雨になるという予報だったが、カレーライスを食べてから、傘《かさ》を持って飛び出す。試写も試写だが、ずいぶん銀座へ出なかったので、種々の買物がたまっている。

先《ま》ず〔F〕へ行き、軽いレイン・コートを注文し、家へ届けてもらうようにしてもらい、つぎに〔K堂〕へ行き、紙類、祝儀《しゆうぎ》袋、筆などを買ってから、降り出した雨の中をヤマハ・ホールへ飛びこむ。

きょうの試写〔暴走機関車〕は、二十年ほど前に、黒澤明《くろさわあきら》がアメリカで監督するはずだったオリジナル・シナリオをもとに、今回はソ連出身の監督アンドレイ・コンチャロフスキーが演出にあたり、ジョン・ボイト、エリック・ロバーツのコンビで映画化したものだ。

アラスカの重犯罪者刑務所を脱獄した二人の男が、おもいもかけぬ事故により無人暴走列車となった四連のディーゼル機関車に乗ってしまうわけだが、吹雪の荒野を暴走する列車をとめるすべもないうちに、凄烈《せいれつ》な男のドラマが展開しはじめる。

私は、こういう映画が大好きだ。演出も俳優も、みんなよかった。ことに撮影（アラン・ヒューム）がすばらしい。

外へ出ると雨は、まだ熄《や》まなかったが、先日とちがって、おもしろい試写の後では雨なんか気にならない。さらに諸方をまわって買物をすませるうち、雨も小降りになってきたので、地下鉄で神田へ行き、またしても〔Y〕の上海風焼きそばでビールをのみ、シューマイをみやげに買い、タクシーで帰宅。

サミットをひかえて検問がきびしい。

帰宅してから、シューマイをふかし、御飯一杯を食べる。

今夜は仕事をせず、神田の洋書古本屋で買ってきた〈RETURN ENGAGEMENT〉

という写真集を見る。アメリカの映画と舞台の女優たちの若かりしころの写真と現在の姿をならべた、まことに興味ふかい一巻で、ルビー・キーラー（七十七歳）やアナベラ（七十六歳）の老女ぶりには、自分が老人になったことは棚《たな》にあげてギョッとなったが、これも七十七歳になって、恋人のスペンサー・トレイシーに先立たれながらも、尚《なお》、人生への好奇心を失わぬかのようなキャサリン・ヘプバーンの老顔は実に美しい。

「ふうむ……うーん……」

唸《うな》りながら見ているうちに、いつの間にか夜半《よなか》になってしまい、あわてて、ベッドへもぐり込む。

×月×日

夜の七時に、長年にわたってパリで暮していたK夫妻を帝国ホテルに訪ね、一時間ほど語り合う。

帰って、新国劇の宮島誠が乗っていたライトバンが暴力団員二名の車に追突され、その上、暴力を受け、病院へ運び込まれたが、ついに死亡したとの報を受ける。

宮島のことは、先月の、この稿に書いた。私の芝居が彼の最後の舞台となってしまったわけだ。彼のことはあまりよく知らなかったが、どちらかというと親しい友人もなかったようにおもえる。あわれでならない。すぐに枕花《まくらばな》を送らせた。

宮島のみではなく、この春は私の身辺に災厄《さいやく》が多い。これも五黄の年の影響なのだろうか……そうとしかおもえない。

今年の春、私は気が落ちつかぬ日々をすごしている。

ステッキ傘《がさ》

×月×日

このところ、連日晴れわたっているが、夜になると急に冷え込む。きょうも快晴。原稿を取りに来たF君と共に地下鉄で銀座へ出て、〔清月堂〕でコーヒーをのむ。それからF君と別れ、ヤマハ・ホールでイギリス映画〔プレンティ〕を観《み》る。ロンドンの舞台で大好評を得た芝居を、原作者自身がシナリオを書き、オーストラリアの監督（フレッド・スケップシー）が演出し、アメリカから人気絶頂のメリル・ストリープを迎えて主演させた一篇《ぺん》。

第二次世界大戦にレジスタンスとしてはたらいていた一人の女の青春の昂揚《こうよう》が、戦争と共に終ってしまい、そのために戦後の幸福をつかみきれなくなってしまう。なる

ほど、戦争の爪《つめ》あとは、こういうかたちでも残るものか……。

小品ながら異色の一篇。大戦中、レジスタンスの根拠地だったフランスのポワチエが冒頭とラスト・シーンに美しく撮られていて、ポワチエに遊んだことがある私にはなつかしかった。

〔新富寿司〕で腹ごしらえをしてから、またもヤマハ・ホールへ行き、ワーナーの〔マドンナのスーザンを探して〕を観る。

新聞小説が終ったので、いまは、仕事の上でのんびりしているが、それも束《つか》の間《ま》のことで、来月からは久しぶりで〔鬼平犯科帳〕を始める。

帰宅して、カツオの刺身で御飯一杯。仕事はせず、入浴して、すぐにベッドへ入る。

×月×日
池袋の小さな映画館で、二十年前につくられたが、日本には入ってこなかった〔サン・フィアクル殺人事件〕を観る。いまは亡《な》きジャン・ギャバンのメグレ警視、バランティーヌ・テシエの伯爵《はくしやく》夫人というキャスト。ジャン・ドラノア監督作品だが、映画演出の見本のような腕前を見せる。
私がテシエを初めて観たのは、まだ少年の頃《ころ》で、映画は若きダニエル・ダリュウが主演した〔禁男の家〕だった。

帰宅し、夕飯をすませ、週刊誌の小説の挿画《さしえ》を描いていると、電話がかかってきた。親友Sの死去を知らせる電話だった。

覚悟はしていたが、何しろ七歳のころから五十余年もの間、絶えることなくつき合ってきたのは、Sひとりきりだけに、今夜はとても眠れないものとおもい、睡眠薬をのんでベッドへ入る。

×月×日

ソ連の原発の爆発をはじめとして、世界的に大小の異常事件が頻発《ひんぱつ》するばかりでなく、自分の身辺もやたらにさわがしくなってきて、このところ、まったく外へ出なかった。

サミットを中心に連休がはじまったが、五黄《ごおう》の寅《とら》の今年の星をおもうと出る気にもなれず、じっと息をころしていた。きょうは雨空だったけれども観たい試写があったので、タカゲン製のステッキ傘を持って銀座へ出る。

この傘はステッキにもなるし、スムーズな仕掛けによって傘にもなる。この傘をひらくとき、道行く人は私を見て、

「あっ……」

と、声をあげる。

いま雨は降っていないが、もう少したつと降りそうだという日には、まことに便利なものだ。

試写は、昭和三十五年に封切られた〔真夏の夜のジャズ〕で、このたび再映される。この映画を観た年に、私は直木賞をもらって、芝居の世界から小説へ転じたのだ。おもい出が深い映画なのである。アメリカのニューポート市でひらかれたジャズ・フェスティバルを写真家のバート・スターンが撮ったドキュメントで、いまは亡きルイ・アームストロングもマヘリア・ジャクソン、ジャック・ティーガーデン、それにダイナ・ワシントンも健在だった。

それをおもうにつけ、六十をこえたいまの私は、

(よくもきょうまで、やってこられたものだ……)

そうおもわざるを得ない。

はじめて、この映画を観たときの私は、新しい転機を迎えた不安で一杯だったものだ。

それは、小説家としての自分の才能に対する不安だった。

マヘリア・ジャクソンが絶唱する〔主の祈り〕を最後に映画は終った。

外へ出ると、ひどい雨になっている。ステッキ傘をひろげ、近くの〔カフェ・ボンサンク〕という店へはじめて入り、グラスワインをとって、コーン・スープに牛肉の

クレープ・コロッケ、トーストを食べる。安くてうまい。若い男女の給仕たちが心地よいサーヴィスをする。サラダは自分で好きなのを皿《さら》に盛りつけて食べる。

サミット最後の日で、タクシーで帰ったが、さほどの渋滞はなかった。

×月×日

手製弾が少し飛んだだけで、サミットは、どうやら無事に終った。

とたんに東京で、誘拐《ゆうかい》した幼児を惨殺《ざんさつ》するという事件が起った。このような恐ろしい事件も、ダイアナ妃ブームの中にたちまち埋もれてしまう。

きょうは午後から池袋の映画館へ行き、ジャン・ギャバンのメグレ・シリーズ〔殺人鬼に罠《わな》をかけろ〕を再見する。二十五年ほど前の初見のとき、私はまだ、フランスもパリも知らなかったが、いまは知っている。

それだけに、おもしろさが層倍のものとなって、まるで、はじめて観るような昂奮を味わった。

近くの店で、ハンバーガーとソーダ水をとって少しやすみ、地下鉄で銀座へ出て、たまっていた買物をすませてから、また地下鉄でお茶の水まで行き、山の上ホテルの〔新北京《しんペキン》〕へ行く。ここでは一人で入っても、料理を少しずつ出してくれるので、中国料理でも三種ほどは腹中へおさまる。

係の猪狩君が、

「今夜は、中国の香草にトライして下さい。少しクセがありますけど」

帆立貝と共に煮た香草の小さな皿を出した。

「いかがです？」

「うまいよ」

「エライなあ、ぼくはこれ、どうしてもダメなんです」

帰宅して、先日に贈られた大森澄さんの詩集を読む。大森さんは神奈川県の巡査として三十五年もつとめあげた人で、小説も書く。小説も風趣好ましいものだが、何といっても、この人の詩境は他の追従《ついじゅう》をゆるさぬものがあるのだ。今度の詩集では、先立たれた妻女を偲《しの》ぶ数篇の詩が、ことによかった。無断で、その中の一つを、つぎに紹介しよう。

いさかい

その日
妻の用意した朝食には手をつけず
食事ぬきで出勤した。
いつものように妻の作った弁当も

食卓におきっ放しで出勤した。
明日からの非番も公休日にも
あやまるまでは幾日でも
女房《にようぼ》の支度した飯など食うものかと
意地を張って自宅で自炊した翌日の非番日
夜中にふかくにも一緒に寝てしまい
あやまらせずにそれまでだった

×月×日
四月末から五月に入って、身辺の取り込み事がつづき、それがいずれも天候に関係していることなので、

(晴れてくれればよいが……)

そのことで頭が一杯だったが、今月は、もう一つ残っている。

下北沢のパン屋〔アンゼリカ〕の息子さんの結婚に仲人《なこうど》をつとめるので、この日も晴れてもらわなくてはならぬ。

きょうの朝刊の予報では、来週一杯は、どうにか保《も》つらしいので、ホッとする。

きょうも快晴だ。

おもいきって銀座へ出かける。陽光のかがやきに、軽い目眩《めまい》をおぼえる。

試写はヘラルドの〔蜘蛛《くも》女のキス〕で、ホモ男を演じたウイリアム・ハートは、アカデミー主演男優賞を獲得した。男どうしのキス・シーンには興味をおぼえぬが、後半、ドラマは盛りあがってよかった。

外へ出るとき、見知らぬ中年女性のファンから挨拶《あいさつ》をされる。

デパートで買物をしてから神田の〔Y〕へ行き、上海風やきそばを食べてから帰宅。

少し疲れていたが、仕事も押しつまってきたので机に向う。今月から〔鬼平犯科帳〕を再開するので気が重い。トップ・シーンに悩む。これさえ頭に浮かんでくれれば、後は登場人物のうごきにまかせるのみだ。

長らく入院中だったゴン太（飼猫《かいねこ》）が退院して来て、狂ったように家中を駆けずりまわっている。夜ふけて、ようやくに落ちつき、仕事中の机へ飛びあがって来て、私の鼻の頭をぺろりとなめた。

写真集と画集

×月×日

朝七時に起き、コーヒーとトーストで腹ごしらえをすませ、紋服を着る。下北沢のパン屋〔アンゼリカ〕の息・林大輔《だいすけ》君の婚礼の仲人《なこうど》をつとめるため、芝のプリンス・ホテルへおもむく。五月末の紋服に夏のものでは早いし、さりとて晴天ともなれば暑くてたまらぬ。しかし、さいわいにきょうは小雨模様で涼しく、汗もかかなかったが、宴席のライトにはたまらなかった。まるでテレビのスタジオだ。

無事にすませて午後おそく帰宅。

この早春以来、相次ぐ取り込み事も、これでどうにか終った。もしも、そのうちの二つが重なりはせぬかと冷や冷やしていたが、そうしたこともなく終った。

夜に入ってから仕事をはじめたが、一時間でダウンしてしまう。

篠山《しのやま》紀信の写真集〔パリ〕と〔ヴェニス〕それに吉田大朋の〔巴里《パリ》〕をベッドへ運び、寝ころんで見る。

仕事に疲れたとき、この両氏の写真集を見て、いつも私は気分を転換するのが例となってしまった。

深い想《おも》いにさそわれ、ときには、さまざまなイメージをかきたてられ、かえって興奮し、ふたたび仕事にかかるときもある……が、きょうはさすがに疲れていたらしく、入浴したら、たちまちに眠くなり、十時間も、ぐっすりと眠ってしまった。

ヴェニスで、ゴンドラに乗っている夢を見た。近いうちにヴェニスへはどうしても行きたい。そして画材をたっぷり仕入れてきたい。

×月×日

午後、松竹の試写室へ行き〔フール・フォア・ラブ〕を観《み》る。劇作家としても有名なサム・シェパードが自作（舞台劇）を脚色・主演し、久しぶりのロバート・アルトマンが監督した一篇《ぺん》。近親相姦《きんしんそうかん》をテーマにして、なかなかおもしろいのだが、それを、わざわざ、むずかしくつくりあげた。これは映画の技法ではない。場面転換に制限を受ける舞台のドラマツルギーだ。もっと素直に撮ればよかった。

終って、築地七丁目の〔かつ平〕へ久しぶりで行く。去年の暮れに、大量の仕出し弁当をつくるので、いそがしくはたらいていた中年の主人が「ああ疲れた」と横になったきり、もう二度と起きあがらなかった。ドウミャクリュウが破裂したらしい。その後も、未亡人と一人息子が健闘していると聞いたので、行ってみた。

「ぼくが、この前に来たのは、いつだっけ？」

「三年前ですよ」

未亡人にそういわれて、びっくりする。

血色もよく、元気がよみがえったらしい未亡人の揚げたロース・カツレツは、亡《な》き主人のカツレツそのもので、息子も調理師の免状を取り、母をたすけて懸命にはたらく。いまも変りなく繁昌《はんじょう》しているらしい。何よりだ。

ここのカツレツは、揚げ方も私の好みだが、肉がよい。よほど、仕入れに気をつかっているのだろう。

夏の夕暮れの築地界隈《かいわい》は、私が東京の中で最も好む場所の一つだ。

少し歩き、銀座に出てコーヒーをのみ、タクシーで帰る。

×月×日
六月から久しぶりに〔鬼平犯科帳〕の連載を再開するので、昨日は、その第一回を書き始める。

まる二年ぶりなので、初舞台の役者のように緊張したが、たちまちに、すらすらと十枚書けたので安堵《あんど》のためいきをついた。

夜になって〔歓楽と犯罪のモンマルトル〕を読むうち、無性にドガのパステル画が見たくなり、書庫へ入って見たがドガの画集が一冊もない。仕方なく〔一俳優の告白――ローレンス・オリヴィエ自伝〕を読む。オリヴィエの自伝が非常におもしろいことは耳にしていたが、なるほど、読み出したら止まらなくなってしまい、空が白むまでに、ほとんど読みあげてしまう。

そしてきょうの午後。

昨日、たのんでおいた〔ドガの画集〕が届いたので、すぐに見る。自分がパステル画を描《か》いているだけに、ドガのパステルのすばらしさがよくわかる。まさに名人芸というものだろう。このドガが、ユトリロの生母シュザンヌ・ヴァラドンのデッサンを、ほめたたえていたことをおもい出した。

たしかに、シュザンヌの人物デッサンには、息子のユトリロもおよばない。ユトリロはモンマルトルの風景を描いて有名になったが、人物はダメだ。

夜に入って、また〔歓楽と犯罪のモンマルトル〕を読みつづける。この本の後半に描かれているモンマルトルには、フランスの映画俳優ジャン・ギャバンなども毎夜のごとく出没していたにちがいない。

ミュージックホールの芸人だった彼が映画に執念を燃やしはじめたころだ。ギャバンが〔地の果てを行く〕の映画化権を得たのも、原作者のピエール・マッコルランとモンマルトルの酒場で親しくしていたからだろう。

「ねえ、ピエール。ぼくは、あの小説を、ジュリアン・デュヴィヴィエに監督してもらおうとおもうんだよ、どうだい?」

「いいよ、ジャン。きみの好きなようにやれよ」

そんな二人の声が、ページの底からきこえてくるようだ。

そんなことを考えていると、また、パリへ行きたくなってくる。

×月×日
〔鬼平犯科帳〕の取材で、湯島天神、雑司《ぞうし》ケ谷《や》の鬼子母神《きしもじん》、目白不動堂とまわって、高田馬場のフルヤ万年筆店へ寄り、一本買って、持参の万年筆数本のペン先を修理してもらう。
夕景、駅近くの〔ムロ〕へ行き、名物のギョーザに鶏《とり》の冷しそばなどを食べる。
主人が眼《め》の前でつくるニンニクの玉が入ったギョーザは、ほかほかして、焼き栗《ぐり》を食べているようで実にうまい。

食べているうちにK君とIカメラマンの両眼がギラギラと光ってくる。

帰宅して、きょうまわったところを江戸時代の地図で調べてみる。目白の不動堂は江戸のころの場所にはなかった。太平洋戦争で焼け落ちてから現在の場所へ移ったらしい。江戸のころの場所を突きとめるのに一時間ほどかかってしまう。

昨日は血圧があがって、上が一八〇、下が九〇になり、安静に寝ていたが、きょうは下が七五に下る。

毎年、春から、いまごろの季節までが私にはもっともいけない。

入浴をやめ、シャワーだけにしてベッドへ入ったが、なかなかに眠れない。そこでまた起き出し、自分の小説の挿画《さしえ》を一枚描いてから寝直す。今夜は、うまく眠れた。

×月×日

昨日から血圧が正常にもどった。

若いときは何でもなくすごしてこられたものが、季節の変り目になると、いちいち体調に影響する。

昨日で、この春以来の取り込み事が、すべて片づいた。それでも、なかなかに外出ができない。

きょうは朝から雨で、出るのが面倒になったが、約束があったので外出する。先《ま》ず、〔清月堂〕へ行き、I印刷所の主人と会い、印刷物の注文をしてから、いろいろ買物をする。教文館で、いまは亡きアーウィン・ショーの〔パリ・スケッチブック〕というのを求めて、東和の試写室へおもむく。

きょうは〔ハンボーン〕という動物映画で、主役は三歳になる雑種犬だ。この犬が二年がかりで、ニューヨークからロサンゼルスまで飼主を慕って旅をする道中記だ。こういうものになると人間の役者は、みんな犬の妙演に食われてしまう。

老女の飼主を、リリアン・ギッシュが演じる。ギッシュは一八九六年生まれというから、九十歳になる。古いむかしから、ずっと映画出演をつづけていて、今度はタイトルのトップに名が出た。大したものなり。アメリカという国は古い俳優を決して忘れないのである。妹のドロシー・ギッシュも長い女優生活だったが、一九六八年に七十歳で他界している。

終って、久しぶりに京橋の〔与志乃〕へ行く。今年は一月に来たきりきょうまで、どうしても行けなかった。それほどに身辺が取り込んでいたのだ。

帰宅し、夜食に一仕事してから、太打《ふとう》ちの冷やむぎをタマネギ・ハムの細切りと共に炒《いた》めて食べる。さいわいに、これから夏にかけての私は、食欲だけが盛んになる。

今夜から、夏の直木賞候補作の諸篇《しょへん》を読みはじめる。

夏の食欲

×月×日

B社の担当K君が、今度、他の部署へ変るため、挨拶《あいさつ》に来たいというので、東宝の試写室で待ち合わせる。

映画は市川崑監督の〔鹿鳴館《ろくめいかん》〕で、巻頭、明治初期の観兵式のシーンに先《ま》ず瞠目《どうもく》する。その見事な演出の呼吸は最後までくずれなかった。演出の呼吸を、さらに生彩あるものにした音楽もよかった。原作者の三島さんが生きていて、この映画を観《み》たら、一部のミスキャストをのぞいて、おおむね満足したろう。

終って、K君を連れ、外神田の〔花ぶさ〕へ行く。

前に、この店で料理長をつとめていた今村君がもどって来て、彼が板前で、あざや

かに庖丁《ほうちょう》をつかう姿を五年ぶりに見る。

メジマグロの刺身で温飯《ぬくめし》を食べるのは、まったくたまらない。

これからは私の食欲がさかんになる季節で、もう、そろそろ躰《からだ》に肉がついてきた。

帰宅して、夏の直木賞候補作を読みはじめる。

×月×日

きょうは、フォックスでフランス映画〔赤ちゃんに乾杯!〕を観る。三人の独身男が生まれて間もない赤ん坊を育てるはなしで、こういうものを日本やアメリカでつくると、どうしてもわざとらしくなってしまうが、そこはさすがにフランス映画だ。先ず、三人の男たちの演技が灰汁《あく》ぬけている。つぎに脚本も担当した女流監督の演出がよい。パリのモンソー公園のロケがあって、なつかしかった。

試写室の近くで上海《シャンハイ》風焼きそばを食べ、地下鉄でお茶の水へ行く。近ごろは両切りのタバコを売っている店がなくなり、デパートにもないので、数少ないタバコ専門店まで行かなくてはならぬ。キャメルとラッキーストライクの両切りを一カートンずつ買ってから、降り出した雨の中を走り、山の上ホテルのコーヒー・パーラーへ飛び込む。

ヴァニラのアイスクリームとパイを半片、コーヒーをのむうち、雨が小降りとなったので、タクシーを拾って帰宅する。

夜、先ごろパリから帰国して、沼津に住んでいるK夫人から電話あり。つい最近のこと、パリ在住のK夫人の友だちから聞いたそうだが、白昼、パリの地下鉄内で若い女が三人の男に強姦《ごうかん》されているのを見ていながら、これを助けようとする乗客が一人もいなかったという。強姦する男たちが、みんなピストルを持っているからだ。

×月×日

昨日は、フランス女優のジャンヌ・モローが脚本を書き、演出もした〔思春期〕の試写があって、雨の中を出かけたが、すばらしい映画だった。

フランスの田舎で一夏《ひとなつ》のバカンスをすごすパリの肉屋一家のはなしだが、実によい。こうした映画を観ると、映画が好きな自分に幸福をおぼえるほどだ。

久しぶりに〔R〕のエビヤキソバを食べて帰宅し、依頼された色紙十枚ほどを書き、疲れたので早くベッドへ入った所為《せい》か、今朝は八時に飛び起きてしまう。いまのところ、連載小説がいずれもスムーズにすすんでいるので、気分がのびのびする。

血圧も安定がつづいて、食欲がさかんになる。これが夏の私だ。一年のうちで晩春から初夏にかけての約二ケ月が、私にとって、もっとも体調がいけないときだ。先ごろ死去した母もそうだし、私は男子ゆえ女親の体質を受けついでいるから、死ぬときは、やはり、この季節になるのだろうか……。

若い友人がアロエの水を替えに来てくれる。これをのむようになってから、大分に調子がよくなったように思う。

夜は、到来物の旨《うま》い鶏《とり》を玉ねぎと共に鉄鍋《てつなべ》で焼く。

あとは、干し蕎麦《そば》をあげさせる。

ベッドで〔切迫《せっぱく》〕という、スリリングなアメリカの小説を文庫で読む。

友人からもらった陶器の猫《ねこ》の容器で、蚊《か》とり線香をつける。

この香りは、いかにも夏の到来を想《おも》わせて、大好きだ。

×月×日

三日前から山の上ホテルへこもり、読み残しの直木賞候補作を読んでいるが、昨日は、神谷《かみや》町のフォックス試写室で〔未来世紀ブラジル〕を観た。科学と機械文明に苛《さいな》まれる人間たちの近未来の姿を、ブラック・コメディのかたちを借りて描いた映画だが、これは近未来どころではなく、すでに現在、人間社会が突入しつつある姿なのだ。それは恐るべきスピードでもって迫りつつある。そんな嫌《いや》な世の中が来るまでには、もう私なぞ、この世にはいないとおもっていたのだが、この分では生きているうちに、恐るべき時代を迎えることになるかも知れない。いや、そうなるだろう。

銀座へ出て買物をすませ、カレーライスを食べてからホテルへもどった。

きょうは夕方から、ホテルの近くのアテネ・フランセ文化センターで、かねがね観たいとおもっていた〔ヤンキー・ドゥードル・ダンディ〕を観る。この映画は昭和十七年にアメリカでつくられたもので、故ジェームズ・キャグニーは主演アカデミー賞に輝いた。

ギャング・スターとして一世を風靡《ふうび》したキャグニーと、性格俳優としての地位をかためていた故ウォルター・ヒューストン（ジョン・ヒューストン監督の父）が芸人父子《おやこ》に扮《ふん》し、トップ・ハットに燕尾服《えんびふく》でステージにあらわれ、すばらしいタップ・ダンスを見せたときには、アメリカの映画ファンは瞠目、狂喜したことだろう。

しかし、以前の二人は、ヴォードヴィルの舞台で鳴らした芸人だったのだから、唄《うた》もダンスもお手のものだったのだが、キャグニーは、この映画出演にあたり、相当に激しいレッスンをおこなったという。

映画の後半は、戦時色濃厚となって質が落ちたが、それまでのマイケル・カーティスの演出の歯切れのよいことにびっくりする。

ホテルのベッドへ入ってからも、興奮さめやらず、なかなか眠れなかった。

×月×日

私の小説を愛読して下さる、邦楽演奏家として有名な平井澄子さんが、小説新潮編集長・川野黎子《れいこ》さんを通じて、むかしの煙管《きせる》を二本、贈って下すった。

二つとも見事な細工だが、そのうちの銀煙管は形容といい吸い心地といい、実によいもので、机上に置いて、吸ったり眺《なが》めたりしながらたのしむ。

夕方から築地の〔新喜楽〕で、直木賞の選考会がおこなわれた。

今回は皆川博子〔恋紅〕がすっきりと受賞した。

自分が選考委員となって五年になるが、以来、時代小説は一本も受賞とならなかっただけにうれしかった。

これがキッカケとなって、時代小説の書き手が増えるのではないか。そうなることを願う。

×月×日

日が差してきて、蒸し暑い一日となる。

神谷町のフォックスの試写室で〔ビバリーヒルズ・バム〕を観る。

この映画は、むかし、故ジャン・ルノワール監督が、これも故人のミシェル・シモンの主演でつくった傑作〔素晴しき放浪者〕を基《もと》にして、舞台を現代アメリカに移し、ポール・マザスキー監督がニック・ノルティの放浪者でつくったものだが、なかなかうまくできていて、ちょっと比較がむずかしい。ただ、ラスト・シーンだけは〔?……〕であった。

銀座へ出て、またしてもカレーライスを食べ、コーヒーの豆を買ってから、買物をすませる。

気がつくと、もう月末だ。

仕事も減っているし、かなりの余裕が生まれているはずなのだが、たちまちに一ヶ月が過ぎ去ってしまう。

夜は、週刊誌の小説を書く。もうすぐに完結となるので、すべて頭の中へできあがっているから、ペンはどんどんうごいてくれる。

十一時にやめて入浴。背中へ電気治療器を当てながら、書庫から出して来たジェームズ・キャグニーの自伝を読む。先日〔ヤンキー……〕を観たばかりなので、再読とはおもえぬほど興味をおぼえ、ついに一巻、読みあげてしまった。

私の夏休み

×月×日

長かった梅雨《つゆ》も、ついに終った。そのとたんに目眩《めく》るめくような猛暑となる。

早目に起きて、ワーナーの試写室で、シルベスタ・スタローンの〔コブラ〕を観《み》る。一時間二十分をサスペンスと銃撃で押しまくる刑事物だ。

宣伝部の早川君と〔ラ・ポーラ〕でコーヒーをのんでから、松屋へ行き、杉本健吉氏の大展覧会を見てまわる。約束の人と会う時間がせまっていたので、ゆっくりと見てまわれなかったが、それでも堪能《たんのう》した。ことに、パステル画は、すばらしかった。

出て、他《ほか》の用事をすませてから、〔煉瓦亭《れんがてい》〕へ立ち寄り、揚げてもらったカツレツを折に詰めてもらう。これは明日の第一食に、カツ丼《どん》にするためだ。

それから、外神田の〔花ぶさ〕へ行き歌舞伎《かぶき》の中村又五郎さんと食事をする。二人とも、あまり酒をやらぬほうだが、いまの私は又五郎さんよりも、のめなくなってしまった。

又五郎さんの秋山小兵衛《こへえ》、加藤剛君の秋山大治郎で〔剣客商売〕を帝劇でやったのは昭和五十年だから、もう十一年たってしまったのだ。当時の又五郎さんはいまの私より若かったはずである。あれから十一年、芝居も変り、劇壇も大きく変った。

「どうなるのでしょうねえ、これから先、……」

又五郎さんが、憮然《ぶぜん》たる面《おも》もちでそういった。

今夜は、今年はじめての熱帯夜とかで、予期したごとく、じゅうぶんに眠れなかった。

×月×日

山の上ホテルで三日間をすごした。

これが、果無《はかな》い私の夏休みなのだ。

仕事は、短かい原稿を一つ書いたきりで、ベッドへ寝そべり、老優・中村伸郎《のぶお》の随筆集〔おれのことなら放《ほ》っといて〕を読む。この人の舞台をはじめて観たのは何だったろう。

亡《な》き三宅悠紀子の〔春愁記〕ではなかったろうか。

文学座が出来て、パニョルの〔マリウス〕が上演されたとき、中村伸郎は好色な老人パニスを演じた。ときに、この人はまだ四十になっていなかったはずだが、いまだに、その舞台の老人ぶりが目に残っている。

ホテルに入って三日目（昨夜）に、銀座へ映画の試写を観るつもりでいたところ、朝からひどい雨になったので中止し、自分の小説〔梅安《ばいあん》乱れ雲〕を読みつつ、メモを取る。

近く、仕掛人・藤枝《ふじえだ》梅安の連載を三年ぶりにはじめるので、三年前の梅安を読み返す必要があったのだ。何しろ、このごろは記憶力に自信がなくなったので、

（へえ……こんなことを書いていたのか……）

自分の作が自分のものではないようにおもえてくる。

夜に入るまで、全部、読みあげてしまう。自宅から、知り合いの老女の死を知らせて来た。

雨はいよいよ烈《はげ》しくなるばかりだったが、一夜明けての今朝は快晴となる。

自動車で帰る途中の皇居あたりの木々の緑が、昨日の雨に洗われて、鮮烈な色彩だ。

帰宅して週刊誌一回分の後半を書く。この連載も、もう少しで終る。

×月×日

昨日は〔エイリアン2〕の試写を観た。七年前の〔エイリアン〕第一作を観たときのショックは相当なものだったが、そのとき女の航海士リプリーを演じたシガーニー・ウィーバーが今度も同じ役を演じる。ウィーバーの硬質魅力は依然すばらしかったし、恐るべき怪物エイリアンを相手に、Tシャツ一枚の痩身《そうしん》へ超高性能の火炎放射器をぶら下げ、猛然と闘う迫真演技に、ただもう見とれるばかりだった。

監督は代ったが、スケールの大きなSFサスペンスに仕あがっている。

夜、夢を見た。

S・ウィーバーによく似ている某誌の女性編集長が、火炎放射器を構えて私に迫って来たのだ。

「おい、ちがうよ。おれはエイリアンじゃないぞ」

と叫んだが聞くものではない。

たちまちに私は、火ダルマになってしまった。

ハッと目ざめたら、もう朝になっている。

きょうの試写は早いので、そのまま起きてしまい、コーヒーとポテト・サラダのサンドイッチで第一食をすませ、外へ飛び出す。

きょうの試写は、シドニー・ルメット監督の〔ガルボトーク〕という小品。はじめ、

この映画について耳にしたとき、

（へえ……そんなの、映画になるのかね？）

と、おもったものだが、さすがにルメットだ。こころよい佳作となっていたし、得るところが少なくなかった。

外へ出て、太打ちのイタリア麵《めん》とソースを買い、蕎麦《そば》を食べてからタクシーで帰宅する。

夜に入ってから、自分で買って来たカレイの一夜干しと、新潟のタラコで御飯一杯を食べ、週刊誌の最終回・後半を書き終える。これで、この連載はすべて終った。初秋からは、また、いろいろと始まるわけだが、今月一杯は、いくらか気分的に楽だ。

夜は〔新潮〕誌の〔三好達治伝――石原八束《いしはらやつか》〕を読みふける。

今夜は涼しい。睡眠剤を使わずに眠れるだろう。

×月×日
きょうも暑い。
午後から出かけて、東和の試写室で、吉田喜重《よしだよししげ》監督が十二年ぶりにつくった〔人間の約束〕を観る。
主題も重厚〔原作・佐江衆一〕だし、演出もすばらしいと思ったが、先ごろ母を亡くし、老年に達した自分にとって、この映画の後味が、たのしいというわけにはいかなかったのは当然だろう。

三国連太郎と村瀬幸子のボケ老夫婦の演技は迫真的（ことに村瀬は傑出している）であればあるほど、たとえ、どのように小さくとも、どこかに救いがほしかった。

ローンで建てた住宅は、私の家の三倍もあって、インテリアも凝っている。それでいて、笑い声もなく、家族の笑顔を見ることもない冷ややかな〔家庭〕なのだが、こうした家庭は、ますます増えるばかりなのだろう。

観終って気分が暗くなるのは仕方がない。

〔R〕へ行き、出されたウーロン茶を一口のみ、

「ああ、たまらないな」

つぶやいたら、エビやきそばを運んで来たウエイトレスが、

「何か？」

「いや、何でもない。こっちのことだ」

人間の世界は〔相対〕の世界で〔暗〕もあれば〔明〕もある。〔暗〕を生かすためには〔明〕をも描かねばならぬとおもってきて、自分の小説も、そのつもりで書いてきたが、この映画は〔暗〕一色だ。日本人の近未来もその一色に塗りつぶされている感じがする。

近いうちに、この映画の原作を取り寄せて読むつもりだ。

帰宅して、茄子《なす》とキュウリの塩漬《しおづけ》で、にぎりめし一個半を食べる。

×月×日

昨日は直木賞の授賞式とパーティへ行き、久しぶりに旧知の人びとに会った。

映画〔人間の約束〕の原作（老熟家族——佐江衆一）を取り寄せて読む。

双方を比較してみて、いろいろと勉強になった。

きょうは、この夏一番の猛暑となった。午後から出て東和の試写室で、インド映画〔家と世界〕を観る。

タゴールの原作を、インドの名監督サタジット・レイが映画にした大作。

今世紀初頭の、インド民族運動を背景にした地方領主の一家庭を描いたものだが、偽善的で好色な政治運動家が実におもしろかった。

終って、資生堂へ行き、M、N両君と会い、七丁目の小さなレストラン〔るぱ・たき〕へ行く。

アスパラガスとコンソメの冷たいスープ、牛ヒレの煮込み、サラダ。みんな旨《うま》かった。

二人に別れて帰宅。たのまれていた色紙十枚ほどを書き、あとは随筆七枚。

今夜は意外に涼しくなったので、睡眠薬をのまずにベッドへ入り、書庫から出して来た南部《なんぶ》圭之助《けいのすけ》著〈男優の世界〉を拾い読みする。

すでに、立秋も過ぎた。

猿《えん》之《の》助《すけ》歌《か》舞《ぶ》伎《き》

×月×日

早朝、驟雨《しゅうう》が来て、連日の猛暑に火照《ほて》りきった街が、すがすがしく洗われた。

ところが、銀座へ出て、〔清月堂〕でコーヒーをのみ、〔銀座百点〕の斎藤さんに原稿をわたすと、

「いえ、こっちも、私の家のほうでも全然降っていませんよ」

と、いう。それはともかく、曇っていて涼しい一日だった。午後からヘラルドの試写室で〔海と毒薬〕の試写。熊井啓監督の力作である。太平洋戦争末期の九州の大学病院が舞台で、入院患者の老婆《ろうば》を千石規子《せんごくのりこ》が演じる。

この人は太平洋戦争が始まって間もないころ、ムーラン・ルージュの舞台に出てい

た。バラエティと称するショウが始まるや、つまらなそうにして踊っていた顔と、真白な肌《はだ》の若々しい肢体《したい》が、いまも眼《め》に残っている。

映画は、異常環境における人間の変貌《へんぼう》と生態を、まざまざと見せつけた。

昨夜は資生堂のカレーライスを友人たちと食べたので、きょうは千疋屋へ行き、ハヤシライスにする。フルーツ・サラダがメニューにないので、「できる？」と尋ねたら「おつくりいたします」と親切だった。

明日の朝、サンドイッチにするつもりで、ポテト・サラダを箱に入れてもらう。

帰宅して、届いていた〔エイリアン1〕を読む。

映画評論家の深沢哲也さんも、先ごろの〔エイリアン2〕のシガーニー・ウィーバーには、すっかりイカれてしまったらしく、

「ウィーバーはよかったなあ。すごい女ですね、あれは……」

眼をかがやかせていた。

私は、こういうときの深沢さんが大好きだ。深沢さんの映画の観方《みかた》は、私のそれとよく似ているところがある。

×月×日
昨日は、フランス映画社へ入った〔オーソン・ウエルズのフォルスタッフ〕を観た。

いまは亡《な》き稀代《きたい》の天才オーソン・ウエルズが二十年前につくった傑作を、ついに観ることができた。

脚本・監督・主演を一人でやってのけたウエルズの、すばらしい映像には、ただもう酔い痴《し》れるほかはない。それにつけても、未完の大作〔ドン・キホーテ〕は、何としても完成してもらいたかったとおもうが、いまは虚《むな》しい。せめて、撮りあげた部分だけでも公開できないものだろうか……。

試写室で独身貴族を自認していたS君に会ったら、

「心やさしいひとがあらわれましたので、結婚します」

目尻《めじり》を下げて、ぬけぬけという。

こころなしか、きょうは若々しく、張り切っていた。

S君とコーヒーをのんでから、神田へ行き〔まつや〕で天ぷらそばともりを食べてから帰宅し、この夜は別に何の予感もなく、ぐっすりと眠ったが、きょうの明け方になって、突如、右足に痛風の発作が出た。約一年半ぶりの発作だ。痛風が出るときは、何となく予感をおぼえる。そのときに薬をのんでしまえば未然に押えられるが、今度は遅れた。

午後になって、激痛となる。おそらく明日一杯ぐらいで痛みは消えようが、その後も腫《は》れが引かない。したがって靴《くつ》が履けないから外出ができない。映画も観られないということだから、痛風は困るのだ。

十年前の初めての発作のときは、一年のうちに二度も出た上に、坐骨《ざこつ》神経痛も出て、約半年の間、ステッキをはなせなかったものだ。

なつかしい痛風の痛みを味わうのも悪くはないが、年をとるにつれて、だんだん苦しくなってくる。痛風という持病も千差万別である。私の場合は、ちょっと特殊な痛風といってよい。

眠るとき、少量の睡眠剤を用いる。

×月×日

痛風の痛みは消えたけれども、足が腫れて、依然、靴が履けない。

きょうで一週間、ベッドへころがっている。

たまっていた読書は片づいて行くけれど、試写へ行けないのが辛《つら》い。

午後は、梨《なし》のシャーベットへグレナデンのシロップをかけてたのしむ。朝と夜の二回、腫れを引かせるための湿布をし、仕事は休まずにすすめる。足が癒《なお》れば用事と試写がたまっているから仕事が遅れる。それが目に見えているので、先へ先へとすすめて行くほかはない。

きょうは、秋から出る新雑誌のための絵と原稿二枚を書き、これで今月の仕事は

りできない。だが、来年の真夏こそ、すべての仕事を休めるとおもう。〔鬼平〕と〔梅安〕を残すのみとなったが、来月からは新連載が始まるので、うっか

夜、ベッドへ入ったが、新しく始める〔仕掛人・藤枝梅安〕について考えはじめたら、寝つけなくなってしまった。明け方近くなって、頭へひらめくものがあり、やや安心し、それからぐっすりと眠る。

×月×日

昼近く目ざめ、ベッドの上で昨夜の〔梅安〕についてのヒントを、もう一度考え直す。これでやれそうなり。といっても構成ができたわけでもストーリーがまとまったわけでもなく、ほんの一つの、しかし、もっとも肝心なことをおもいついただけにすぎない。でも、いちばん早く決めておきたかったことなので、きょうは寝不足だが気持がよくなり、ゴム底の靴へ足を入れてみたら履けたので、おもいきって外出する。痛みはとれたが、まだ腫れていて、平常のときの歩行の二倍も時間がかかる。

コロムビアの試写室で〔ベスト・キッド2〕を観る。久しぶりの試写ゆえ、たのしかった。

終って買物をする。歩行がムリなのでおもうようにまいらぬ。〔R〕で細切り焼きそばにアーモンド・ゼリー。それから二丁目の〔凮月堂《ふうげつどう》〕へ行き、ユズのシャーベッ

トと栗《くり》のアイスクリームを買い、タクシーで帰宅する。

×月×日

昨日は明治座へ行き、市川猿之助の芝居を観た。夜ノ部の〔伊賀越道中双六《いがごえどうちゅうすごろく》〕である。

私は、いわゆる〔猿之助歌舞伎〕に好意をもっているほうだが、昼夜奮闘の猿之助はさておき、一座の役者が、いつまでたっても進歩しないので、ちかごろは観ていて興《きょう》を殺《そ》がれるようになってきた。

下のほうの役者の大半は、おもわず失笑してしまうほどに拙劣だし、歌舞伎の役者として長年にわたり舞台を踏んでいる人の中にも、観るに堪えないのがいて、こんな連中を相手に芝居をしていては猿之助自身もダメになってくるようなおもいがきようはしたのである。若い役者の大半は、力《りき》み返っていても何をいっているのだかわからぬ。私の耳が悪いのではない。大詰に茶店の老亭主《ていしゅ》に扮《ふん》して出てくる市川段猿という古い役者が低い声でいうセリフは、みんなきこえるのだ。

きょうは、秋晴れの日和《ひより》となった。

一年のうち、数えるほどしかない好天気で、まだ少し暑いが涼しい風が吹きながれ、快適この上もない。

先《ま》ず、ヤマハ・ホールでパラマウントの〔トップガン〕を観る。前にカトリーヌ・ドヌーブとデヴィッド・ボウイの〔ハンガー〕で私を魅了したトニー・スコット監督作品。キリッと冷えたビールの小びんのように爽快《そうかい》な映画で、新人のトム・クルーズもよかったが、何といってもケリー・マクギリスの婦人教官がよかった。前作〔目撃者〕で映画好きの男たちをうれしがらせたマクギリスの、黒い教官服に身をかためた姿もたまらない。音速の倍以上のスピードを出すアメリカ海軍のジェット機の訓練基地を舞台にしたものだ。

終って新橋まで歩き、ラッキーストライクの両切一カートン、焼ソバにするソバ、一口カツレツなどの買物をしながら、地下鉄で帰宅する。

きょうは松茸《まつたけ》の初物をフライにして食べた。

痛風の腫れは、すっかり引いた。

イタリア映画祭

×月×日

このところ連日、雨模様の曇天がつづき、蒸し暑くて不快きわまりない。

昨日は、秋のイタリア映画祭に出品される〔女たちのテーブル〕の試写で、大いに堪能《たんのう》した。

トスカーナの没落貴族の農園と家をまもる女主人（リヴ・ウルマン）を中心に、さまざまな人間が登場する。といっても、別にエキサイティングな事件があるわけではないのだが、デッサンと肉づけが充分に為《な》された脚本と演出〔大ベテランのマリオ・モニチッリ〕がすばらしく、女たちのたくましい生き様《よう》の中に、淡いペーソスがただよい、何ともいえなかった。

きょうは、これもイタリア映画の〔マカロニ〕を観《み》る。いまや、あぶらの乗りきったエットーレ・スコラの監督で、初老の二人の男（ジャック・レモンとマルチェロ・マストロヤンニ）の友情を描いたものだが、万年青年のマストロヤンニも、ようやく老《ふ》けてきて、ラストには持病の発作で急死する。この男が銀行の文書課につとめながら、三流劇場の芝居の脚本を書いたり、出演したりするところがおもしろい。それがまた、このドラマに重要な役割を果しているのだ。ナポリの人びとの友情は厚く永いというが、なるほど、それがよく出ている。

昨日は〔R〕のポタージュ・スープとチキンライスを食べたので、きょうはロース・カツレツと御飯。それから〔清月堂〕へ行き、洋梨《ようなし》のシャーベットにコーヒー。夜の銀座の表通りは、さびしいかぎりだ。小雨の中をタクシーで帰宅。二夜つづけての雨中の外出だったが、二つの映画が、共にすぐれていたので少しも疲れなかった。

×月×日

待ちかねていた〔ラウンド・ミッドナイト〕の試写を観る。期待を裏切らぬベルトラン・タベルニエ監督の一風変った逸品。本物のミュージシャンであるデクスター・ゴードンの大きな体軀《たいく》からにじみ出る孤独と哀愁は、なまなかな俳優のおよぶところでない。それもタベルニエの演出がすぐれているからだろう。〔T〕へ寄って、ビーフ・カレーライスを食べてから帰宅する。

夜は、届いていた〔吉田満著作集〕上下二巻を読み始める。

もう十何年も前に、ある海軍関係のパーティで初めてお目にかかり、その帰途、吉田さんと二軒ほど酒場をまわり、語り合ったことがある。同じ海軍でも、戦艦大和《やまと》の轟沈《ごうちん》を見とどけられた吉田さんと、内地の航空基地から復員した私とでは、体験もちがうし、海軍に対する見方もちがう。それでいて妙に気が合って語り合えた当夜の印象は、いまも忘れがたい。

夜更《よふ》けてから、久しぶりにブランデーを少しやる。

隣家の庭に、虫が鳴き込めている。長い雨つづきの日々も、ようやくに終ったようだ。

×月×日

東宝試写室で、正月映画の〔殺したい女〕を観る。アメリカの金持ちの妻が誘拐《ゆうかい》され、身代金《みのしろきん》を出せといわれるが、夫にとっては何しろ殺したいほど憎い女だから、内心は妻の誘拐に大よろこびなのだ。妻を演じるベット・ミドラーが快演である。おもしろくて、試写室内に笑いがあふれる。

外へ出ると、すばらしい夕焼けで、大気は心地よく冷え、完全に夏は去った。

帰宅すると、先ごろパリから帰国したK夫人が来ていて、届いたばかりのフランスの新聞を見せてくれる。

先日のモンパルナスのスーパーへ爆弾が投げ込まれ、多くの死傷者を出した事件が第一面に出ていて、大きく〔地獄だ!!〕と刷り出してある。警官たちは、泣きながら死体を運んだそうな。

「早く日本へ帰って来てよかった」

と、しきりにK夫人がいう。

パリから、ようやく荷物が届いたとかで、クルミの木で巧妙につくられた眼鏡をいただいた。

夜は松茸《まつたけ》のフライに貝柱飯。酒は一合弱になってしまったから、酒の肴《さかな》が、ほとんどいらなくなった。

〔鬼平犯科帳〕の最終回に取りかかる。この夏は、少しやりすぎるほど秋口の仕事を片づけておいたが、それでも、いまになると、万事にさしせまってくるのだ。

×月×日
〔ネクスト〕誌連載の絵と原稿を最終回まで片づけてしまう。書庫から古い映画雑誌を持ち出し、整理しようとおもったのだが、始めるとキリがない。つい先ごろ観たつもりでいた映画が十何年も前に観たことに気づくと、これから先の十何年が、いまからおもいやられる。五十をすぎると、歳月のながれはあまりにも早い。

きょうは夕方から帝劇のミュージカル〔シカゴ〕を観に行く。三年前に、このミュージカルが新宿のシアター・アプルで上演されたとき、世評はあまり沸《わ》かなかったが、草笛光子・植木等・上月晃《こうづきのぼる》のトリオがよくバランスがとれていて、植木等がとりわけよかったことを、この〔銀座百点〕にも書いたことがある。今度は鳳蘭《おおとりらん》と麻実《あさみ》れい、若林豪だが、シアター・アプルのステージには、ついにおよばなかった。

タクシーで帰宅してから、塩鮭《しおざけ》で茶漬《ちゃづけ》一碗《わん》。

ベッドへ入ってから、永井荷風《ながいかふう》の〔日和下駄《ひよりげた》〕を拾い読みする。荷風がいま生きていて、この東京の変貌《へんぼう》を見たら、どんな顔をするだろう。恐ろしさのあまり、気絶してしまうかもしれない。

×月×日

ヤマハ・ホールで〔ダウン・バイ・ロー〕の試写。アメリカは、ときに、このような不思議な魅力をもつ映画をつくり出す。多彩な民族が一つになった国柄《くにがら》の所為《せい》もあろう。監督ジム・ジャームッシュの演出ぶりも堂に入って来て……いや、入りすぎて少し心配になるほどだった。

〔L〕へ行き、ロール・キャベツとパンで赤ワインを少しのむ。これでもう近ごろの私の腹は満ち足りてしまう。ほんとうに食べられなくなってきた。

自分の生活を簡素なものにしようと、この三年ほど、いろいろに工夫しているが、さらに食生活も簡略にするつもりだ。

これに大よろこびなのは、家妻ひとりだろう。

帰宅してから、用意させておいた稲荷《いなり》ずしと海苔巻《のりまき》を一個ずつ食べてから仕事にかかる。

〔鬼平犯科帳〕の最終回を書いてから、届いていた画集〔赤木曠児郎の新パリ百景〕をベッドの上へひろげる。

雄渾細密《ゆうこんさいみつ》の色彩ペン画。飽かずに見入るうち午前四時となってしまう。

すっかり寝そびれてしまったのでベッドから出て机に向い、軽い原稿を合わせて七枚ほど書いてから寝直す。

×月×日

昼すぎてから目ざめ、某有名ホテルが出している缶詰《かんづめ》のビーフ・カレーを食べる。まずい。どうにもならない。ひどいものを高く売りつけるものだ。

午後から、年賀状のかわりの喪中欠礼のハガキの宛名《あてな》を書く。きょうで四百枚まですすむ。喪中の場合は早目に出さないといけないから、今年は早く書きはじめている。つづいて、間もなく始まる週刊誌の原稿三枚弱と絵を描《か》く。むずかしい。絵は一発できまったが、短かい原稿だけにうまく行かなくて三回書き直す。これを一年やるのかとおもったら、いまからゲッソリしてしまう。

仕事は確実に減らしているし、一時期の三分ノ一になっているのに、毎日仕事をして、いそがしさは前と変らないような気がする。それだけ年をとったということか……。

この秋は、先祖が江戸へ出て来る前（天保《てんぽう》年間）に住み暮していた富山県の井波へ行こうとおもっていたが、ついに行けそうにもなくなってきた。

夜は、おでんと平目の刺身。

そのまま、応接間に残ってNHKホールからのテレビ中継を観る。

先ごろ来日したブロードウエイ・ミュージカル〔42番街〕で、開幕早々はどうなることかとおもっていたら中盤から盛り返し、ガワー・チャンピオンの振付も生きてきておもしろくなった。私の部屋にテレビを置かなくなってから久しい。今夜は半年ぶりにテレビを観たことになる。

白と茶の子猫《こねこ》が迷い込んで来た。飼うことに迷う。

ゴン太の反逆

×月×日

ついに、迷い込んで来た子猫を飼うことになってしまった。家人が今年の初夏に死去した母の、

「生まれかわりかも知れませんよ」

などというものだから、仕方もなく承知をした。

いったん獣医のもとへあずけ、飢餓状態で衰えていた躰《からだ》を癒《いや》し、いよいよ家へ連れて来たが、なんといっても子猫のうちは可愛《かわい》いから、みんなでかまってやる。すると他《ほか》の猫の四匹はおもしろくないというので、いっせいに外へ飛び出して帰って来なくなってしまった。私が新しい猫を飼うのをためらったのは、このことである。

ことに家人の寵愛《ちょうあい》をほしいままにしていた〔ゴン太〕は拗《す》ねてどうしようもない。三日前から食事も絶つというありさまだ。夜ふけてゴン太が三日ぶりに帰って来て、狂ったように食事をする。いつもの二倍も食べ、また出て行こうとするのをつかまえて横に寝かせ、肩のあたりをマッサージしてやるとゴロゴロと喉《のど》を鳴らして甘えはじめたところへ、件《くだん》の子猫が入って来たら「カーッ」と口を開けて威嚇《いかく》し、私の手を振りもぎって、また外へ飛び出してしまう。

夜、先ごろ長いパリでの生活を終えて帰国した小平勉氏が突然に来訪された。今度、ブトンドール（きんぽうげの意）という小さな会社のオーナーとなって、これもフランスでの体験が長い青柳・藤木の両シェフと共に、カレーライスのルウを売り出すという。その試作品を持って来られたのだ。小平氏が長らくたずさわっていた仕事とは、あまりにもかけはなれたものだけに、かえって興味をそそられたらしく、張り切っていた。

氏が帰ったあとで早速、チキン・カレーのほうを食べてみる。昨日はカレーを食べていただけに尚更《なおさら》うまかった。

×月×日

昨日はヘラルドでフェデリコ・フェリーニ監督の〔ジンジャーとフレッド〕の試写

で、近ごろのフェリーニは本来のフェリーニにもどって来たようで、うれしかった。またマルチェロ・マストロヤンニとジュリエッタ・マシーナの両優が六十をこえて健在なればこそ、この佳品が生まれたのであろう。この映画でフェリーニが自分の若き日と当時のイタリアを懐《なつ》かしんでいることはたしかだが、それだけに現代文明の汚辱へ向けた眼光は相変らず鋭い。

きょうも昨日と同様に、すばらしい秋晴れとなったので、早くから家を飛び出し、たまっている買物をする。先《ま》ず画材、紙、本、それから小さなバッグと大きな鋏《はさみ》など、あちこちを駆けまわったので、汗が出てくる。それほどにきょうの陽光はあたたかい。冷たい水を二杯とコーヒーをのんでから、ユニジャパンの試写室でユルマズ・ギュネイ監督のトルコ映画〔群れ〕を観《み》る。やはり観てよかった。

ギュネイ氏は投獄された牢獄の中から指揮して、この映画をつくったという。信じられないエネルギイだ。何故《なぜ》それまでにして、この映画をつくろうとしたか、そのこたえは映画を観ればたちどころにわかる。現代の文明が人の心を荒廃させて行く過程については、昨日の〔ジンジャーとフレッド〕と同じだ。前者は悲しげな笑いのうちに、後者は痛烈な憤《いきどお》りと共に表現している。

終って有楽町の〔エルメス〕へ行き、手帖《てちょう》の来年度の中味を買い、S屋でフルーツ・ポンチを食べてからタクシーで帰宅する。エルメスの女店員は実に行きとどいていた。

夜は、来年に出る〔秘密〕の装画、扉絵《とびらえ》などを描《か》く。

ベッドへ入るともう寒くなってきた。あわてて毛布一枚を追加する。

×月×日

このところ、連日、映画の試写に通いつづけた。

フランス映画の〔満月の夜〕や、ブレッソンの〔ラルジャン〕も面白《おもしろ》かったが、来年早々に小石川の三百人劇場で再映するミュージカル映画〔キス・ミー・ケイト〕は前に観ていなかったので、いまさらながら三十数年前のアメリカン・ミュージカルのすばらしさに瞠目《どうもく》した。

さらに〔りんご白書〕や〔グレイ・フォックス〕など、いずれも相応にたのしませてくれた。毎日、出て歩くうちに、はじめのころの足の疲れも感じなくなり、体調が快適となるのが自分ではっきりとわかる。やはり、歩かなくてはダメだ。

これから年が押し詰って来ると、どうしても仕事が急迫して来るので、外へも出られなくなることだろう。

きょうは三十年ぶりで上野の動物園へ行ってみようとおもい、カメラを持って家を出たが、いかにも雨が落ちて来そうなのであきらめ、銀座裏の映画館へ入り、これも再映の〔パリの恋人〕を観る。このミュージカルを三十年前に観たとき、私はまだパリを知らなかったが、以後は何度も行っている。それだけに、この映画を初めて観るような昂奮《こうふん》を味わった。それというのも、故スタンリー・ドーネン監督をはじめ、スタッフの仕事が、実に充実していたからで、ことに当時五十八歳だったフレッド・アステアがホテルの中庭で踊る〔キッスして仲直り〕のナムバーは、アステア十八番のスタイルでありながら、ことさらによく、三十年前のオードリー・ヘップバーンの美しさは映画ファンならだれでも想像できよう。

終って京橋の〔与志乃〕へ三ケ月ぶりで行く。

夜はベッドで、スタンリー・エリンの〔カードの館《やかた》〕を読みはじめる。

×月×日

朝、昼兼帯の食事を家人が二階へ運んで来た。まるで猫のエサではないか。

「おれを猫と間違えるな」

と、叱《しか》る。

その所為《せい》か血圧が上って、フラフラする。

しかし、血圧が上っているときのほうが仕事は捗《はかど》る。年末の仕事まで、いまからすすめておかないと、どうにもならなくなる。年末は何処《どこ》も締切りが早くなるからだ。

昼間、叱った所為か、夜はいくらかましになる。

おでんの鍋《なべ》で酒半合。あとは鮭の粕漬《かすづけ》に茶飯、千枚漬とカラシ茄子《なす》。

夜に入って、いくらか血圧も下ったらしく気分がよくなる。

絵を二枚描き、ベッドへ入って、書庫から出してきたスタンリー・エリンの短篇《たんぺん》集〔特別料理〕を再読しはじめる。

以上は、昨日の日記である。

きょうは、昨夜、義姉が血圧降下剤をもって来てくれたのを服用した所為か、朝から気分がよい。血圧をはかると果して下っている。

そこで、食後すぐに仕事にかかる。新連載の現代小説をはじめるのに気が重く、このところ三、四日もやもやしていたので血圧も上ったのだろう。

(さあ、行くぞ!!)

と、気合をかけ、一気に六枚書く。これでもう大丈夫なり。ホッとして時計を見ると午後四時だ。それから夕飯までに週刊誌の短かいエッセイを書く。夜は越中・井波の大和君が送ってくれた掘り立ての里芋をつかった〔けんちん汁《じる》〕とハマチの刺身。

そのあと御飯はやめて、もり蕎麦《そば》にする。

今夜からスティーヴン・キングの〔シャイニング〕と〔バリ島・不思議の王国を行く〕の文庫版を交互に読むことにする。

×月×日

朝九時に起き、すぐ仕事にかかる。新連載の現代小説第一回分を終えてから食事にする。きょうは、夜にたっぷり食べなくてはならないので、もり蕎麦にする。思いついて汁《つゆ》にニンニクの磨《す》りおろしたのを少し入れてみたら旨《うま》かった。

午後、外出して先ず伊東屋へ行き、小さなピンセットを買い、旭屋《あさひや》でダリル・ザナックの伝記を買う。

それから〔十字砲火〕の試写……といっても、この問題作は三十九年前に、エドワード・ドミトリク監督がつくったもので、日本では封切されなかった。ドミトリクは例のアメリカの赤狩りに引っかかり禁錮《きんこ》六ケ月の刑を受けたが、ユダヤ人殺人事件をテーマにした〔十字砲火〕も当時のアメリカでは冷たくあつかわれた。

一時間二十五分の映画は引きしまった秀作であってロバート・ミッチャム、ロバート・ヤングなど、いずれも若々しく、ことにヤングは冷静な警部を演じ、彼の珍しい一面を見せる。

終って、京橋の〔ロアンヌ〕へ行く。久しぶりなり。シェフが替ったので、いかにもむかしのフランス料理らしくなり、一皿《ひとさら》一皿がたっぷりと量感をもち、堪能《たんのう》した。ことに三人で申し込むロース・ステーキがよかった。

今夜はワインもいつもよりはのめたし、友人たちとはなしもはずんだ。デパートの閉店時間が延びたのかして、夜の銀座はにぎやかになってきた。タクシーで帰り、入浴してから週刊誌の画《え》を二枚描き、ベッドへ飛び込む。読む本がたまっているので、何から手をつけようかとおもったが、結局、買って来たばかりの〔ザナック伝〕から読みはじめる。今夜はよく眠れそうだ。

新しい眼鏡

×月×日
年の暮れがせまったので、連日たゆみなく仕事をしていたが、きょうは息ぬきに外へ出て、トルコ映画の〔敵〕を観《み》る。少し長かったが、例によってユルマズ・ギュネイ監督の映画は私の胸を深く刺す。二十分ちぢめて編集しなおしたら、もっとよくなったろう。
終って京橋まで歩き、先日行った〔ロアンヌ〕で友人たちと食事をする。ウズラの詰め物の蒸し焼きが旨《うま》かった。デパートの閉店時間が七時になってから、夜の銀座がにぎやかになった。灯《ひ》も明るい。ことさらに今夜の灯が明るく感じられるのは、仕事が一段落した所為《せい》かもしれない。

眼《め》医者にすすめられたので、きょうから少し色のついた眼鏡をかける。友人たちが、それを冷やかすので、

「どうだ、ポール・ニューマンみたいだろ⁉」

するとK君が、

「だいぶ、ちがいますね」

といったので、がっかりする。

帰って入浴。ベッドへ入り〔ザナック伝〕を読む。むかしからアメリカ映画を観つづけてきた私のような男には、たまらない一巻だ。全盛期のハリウッドの帝王といわれたダリル・ザナックという素材も見事なものだが、評伝を書いたレナード・モズレーのペンも冴《さ》えている。少し仕事をするつもりで早く帰って来たのだが、読み出すと停《と》まらなくなってしまい、半分ほど読んでから明日のたのしみに取って置くことにする。

放浪中に、すっかり躰《からだ》をこわしてしまったらしく、入院させた子猫《こねこ》は、まだ帰って来ない。

×月×日

朝から、たまっていた手紙の返事を書く。合わせて七十二通。少し疲れた午後、コ

ーヒーをいれて、昨日、銀座で買ってきたチョコレートをつまむ。パリの〔コート・ド・フランス〕の出店が並木通りにできたのだ。ここのマロン・グラッセも旨いがチョコレートもよい。小さなの二つも食べるとコクがあるので堪能《たんのう》してしまう。

夕方になって、入院していた子猫が帰って来る。人間の子なら、三、四歳というところだろう。このごろの猫は実に可愛《かわい》い。ベッドへ連れてきて遊んでいるうちに、早くも夕飯になってしまう。年末の仕事の大半を終えたので、のんびりとしていられる。あとは少しずつ、書斎の整理をすればよい。夕飯はロール・キャベツにパン半片。これだけで後の牡蠣《かき》御飯を半分残してしまう。食べられなくなったものなり。

夜は、高橋箒庵《そうあん》日記〔萬象録《ばんしょうろく》〕第一巻が届いたので、ベッドへ持ち込んで読む。かねて聞きおよんでいた財界人の日記だが、このたび初めて公刊されたのである。この人の名は少年のころ、三井物産にいたことがある伯父から、たびたび聞かされた。

夜ふけて急に腹が減ってきたので〔かね正〕の鰻茶漬《うなぎちゃづけ》を少し食べ、つづいて故横山操《みさお》の画文集〔人生の風景〕を読み、見る。

×月×日

万年青年のケイリー・グラントが、ついに死去した。八十二歳の高齢には勝てなかったわけだが、アイオワのダベンポートでテレビのリハーサル中に脳卒中で倒れたというから、苦しみもなく、死の間際《まぎわ》まで元気だったのだろう。なかなか、このように うまく行くものではない。私も彼のような最期《さいご》をとげたいが、うまく行くかどうか ……日本で封切られた彼の映画は、ほとんど逃《のが》さなかったが、最も印象に残っている のは戦前にハワード・ホークス監督、ジーン・アーサーと共演した〔コンドル〕だ。

コーヒーを二杯のんでから外出。ヤマハ・ホールで、アルゼンチンの監督がフラン スでつくった〔タンゴ——ガルデルの亡命〕を観る。たどたどしい映画だったが、捨 てがたい珍品である。冬のパリが、これほど丹念に撮られた映画もめずらしい。

ロビーで、映画評論家の双葉《ふたば》十三郎氏と語る。この方は、私が少年のころに新鋭評 論家で、その若かった氏の顔を映画雑誌〔スタア〕にのった写真で見て、

（試写室で、一足先に、おもうさま映画を観られていいな）

うらやましくおもったことを、いまも忘れない。

きょうは、今井正監督も来ていた。今井監督は、よく試写でお見かけする。

「今井さんに映画を撮ってもらいたいですね」

と、双葉さんが私にささやいた。

終って、〔清月堂〕で、双葉さんと久しぶりでコーヒーをのみながら二十分ほどは なす。

それから、いろいろと買物をすませて、〔煉瓦亭《れんがてい》〕へ行き、ロース・カツレツ。ち

ょっと物足りない感じだが、これくらいにしておくのがちょうどよいのだ。

×月×日

年末の原稿締切りは印刷所と出版社の休暇によって、いずれも繰りあがってくる。かなり余裕をもって仕事をすすめてきたが、いざとなると、やはり切迫してくるので、このところ数日、外へ出られなかったが、昨日はスペイン映画〔恋は魔術師〕と〔夜霧のマンハッタン〕の二本を観た。前者はカルロス・サウラの〔カルメン〕につづくスペイン・ミュージカルで、悪くはなかったけれど、同監督の〔血の婚礼〕や〔カルメン〕にはおよばぬ。

UIP配給の〔夜霧のマンハッタン〕は、サスペンス映画だが、意表をついたロマンティックな邦題がよい。この映画はきっと当るだろう。これからは、できるかぎり日本語の題名をつけてもらいたい。この映画は絵画コレクションの陰謀をめぐる物語で、むかしなら男女の主役をケイリー・グラントとジーン・アーサーがつとめたところだろう。これをロバート・レッドフォードとデボラ・ウィンガーが楽しげに演じる。もちろん、悪くないし、アイバン・ライトマン監督は見ちがえるような良い出来栄《できば》えだった。

初冬のあたたかい日に、こんな、しゃれたサスペンスを観るのは、実によい。

きょうも、あたたかい。少し時間が早かったので、二十年ぶりに日比谷《ひびや》公園を丹念にまわって見た。捨て猫がたくさんいる。人が餌《えさ》をあたえるのかして、いずれも人なつこく、毛なみも光っている。

空に、大きな気球が浮かんでいた。

きょうもＵＩＰの試写室へ行き〔愛は静けさの中に〕を観る。聾唖《ろうあ》学校の教師（ウイリアム・ハート）と若く美しい聾唖者の掃除婦とのロマンスが真摯《しんし》に描かれた佳品だが、編集のテンポ、芝居でいう〔間合い〕が同じで、いささか間のびがする。それが惜しかった。あと十五分、いや二十分ちぢめたら佳作が傑作になったかも知れない。

青山へ地下鉄で行き、若い友人のためのパーティへ顔を出してから、帰宅する。

×月×日

毎日、懸命に仕事をすすめる。あと三、四日で年末の仕事はすべて片づく見込みが立った。

午後、Ｓ君が直木賞候補作の本数冊を持って来る。

夜になって、すぐに読むつもりでいたが、書店へ注文しておいた〔監督ハワード・ホークス映画を語る〕の一巻が届いたので、ぱらぱらとページを繰るうち、引き込まれて読みはじめたら、とまらなくなってしまった。

先ごろの〔ダリル・ザナック伝〕のおもしろさには一歩ゆずるが、それでも映画好きの、私の年代の男にとってはたまらない一冊だ。写真もめずらしいものが、たくさん入っていて、ホークスの面目躍如たるインタビューの集成である。

夕飯後も読みつづけ、ベッドへ入ってからも本をはなさず、午前三時までに全部読み終えてしまう。

こういう本は、さしせまったときの、仕事の邪魔をする。

寝つけなくなったので、チョコレートでブランデーを一杯やったら、尚更《なおさら》、眠れなくなってしまった。

×月×日

所用があって、伊勢志摩へ出かける。

しばらく旅行をしていなかったので、おもいのほかに疲れたが、新幹線のサーヴィスのよくなったのにびっくりする。

名古屋から近鉄で二時間、むかしは何度も泊ったこともあったホテルへ入る。

志摩の、このあたりへ、初冬の静かな季節にのんびりと旅するのは大好きな私だったが、今度は仕事のために行ったわけだから、夕飯後は部屋へ引きあげ、すぐに眠る。

そしてきょうは早く起きて、ホテルから三十分ほど車で走り、浜島の小さな入江でカメラに撮られる。

すぐに終ったのは何よりだが、帰りは二度も乗り換えて東京へは六時着。とても疲れた。私もおとろえたものだ。再来年《さらいねん》はヴェニスへ行くというのに、こんなことではどうしようもない。

来年からは、少しずつ躰《からだ》を鍛えておかねばなるまい。

帰宅し、食欲がないので、海苔《のり》の握り飯を一個食べてベッドへもぐり込む。

初風邪

×月×日

例年のごとく、十二月の末になると山の上ホテルへ入り、翌年一月の直木賞候補作を読みながら、最後の仕事をすべて終えることにしている。その間に、家では大掃除、種々の手入れなどをすませるのだ。

ホテルへ入ってきょうが四日目だが、息ぬきに銀座へ出て、ワーナーの試写室でクロード・ルルーシュの〔男と女II〕を観《み》る。久しぶりの映画だったから何を観てもおもしろい。

買物をすませてホテルへもどると、昨日、描《か》き終えたばかりの〔鬼平犯科帳〕の装画を文春出版部の寺田君が取りに来た。会社もきょうが最後で、明日からは年末年始の休暇に入る。

私も十二月の下旬だけは、仕事をしても気分的には休暇だ。割合に、のんびりしていられるが、一月元旦《がんたん》から仕事をする。これは例年のならわしである。

寺田君が帰ってから、画《え》を一枚描き、階下のコーヒー・パーラーで食事をすませ、夜はテレビで国立劇場の〔忠臣蔵〕を観る。老優たちの顔をアップで撮るテレビのカメラマンの神経がわからない。そのくせ、肝心の芝居の個所を逃してしまっている。何もわからないのが撮るのだから、演《や》るほうも観るほうも、たまったものではない。

連続五夜の中継で、今夜は梅幸の判官《はんがん》がよかった。

×月×日

ホテル内の天ぷら食堂〔山の上〕で和食の朝食を食べる。何しろ、十三種類もの、気のきいた料理が小鉢《こばち》に入っているものだから、つい御飯を食べすぎてしまう。そこで、南瓜《かぼちゃ》の煮つけ、カツオの角煮、千枚漬《せんまいづけ》、海苔《のり》佃煮《つくだに》、シシャモ塩焼などをビールの小びんの肴《さかな》にして半分ほど飲む。後で御飯は軽く一杯。食べられなくなったものだと、つくづくおもう。

食後、散髪をすませてから帰宅し、郵便物の山を片づけ、返書二十通を書く。今年も、あと一日を残すのみとなった。かえりみて五黄寅年《ごおうとらどし》の恐ろしさを、つくづくとおもう。それは、この一年の世界中の出来事をみれば、一目瞭然《いちもくりようぜん》だろう。
夜半、本屋から届いていた〔重光葵手記《しげみつまもる》〕を読みはじめる。

×月×日
昭和六十二年の元旦となった。亡母の喪に服しているため、来客一人もなく、自分の家をもって以来、このように静かな元旦は、はじめてだった。
きょうは絶好の仕事日和《びより》だとおもい、起床した途端に頭痛、躰《からだ》のフシブシがいたむ。ついに風邪を引いたらしい。食欲もなく、すぐにベッドへもぐり込み、夕景まで何もせずに眠る。夜に入って空腹となったので雑煮を一椀《わん》食べ、また眠ってから起き出し、週刊誌連載のエッセイ一回分を書く。元旦には、たとえ一枚でも二枚でも書くのが例年のならわしだから、それをすまさないと落ちつかない。
元旦から急に冷え込んできた。熱をはかると下っている。明日は起きて仕事にかかれるだろうとおもいつつ、いつしか眠ってしまう。

×月×日
朝は鶏《とり》そばと、ハチミツのトースト一枚。ロース・ハムを少々。それから試写会へ飛び出す。市川崑《こん》監督の〔映画女優〕だったが、市川監督への期待はあっても、これほどに成功していようとはおもわなかった。

また吉永小百合《よしながさゆり》が、これほどに堂々と田中絹代を演じようとはおもわなかった。田中絹代という、かつての大スタアをモデルにしてはいるのだが、吉永なりの一映画女優になりきっていて、しかも絹代のおもかげを彷彿《ほうふつ》せしめるという……むずかしかったろうが、実によかった。

終って外へ出たが、ゆっくりとしてはいられないのでデパートの楼上にあるT会館のパーラーで仔牛《こうし》のカレーライスを食べ、レコードを買ってから、すぐに帰宅する。

レコードは、オペラ歌手のキリ・テ・カナワとホセ・カレラスがアメリカン・ミュージカル・プレイ〔南太平洋〕をレコーディングしたものだ。この中に入って、六十二歳のジャズ・シンガーのサラ・ヴォーンが名曲〔バリ・ハイ〕を歌って、圧倒的な名唱を聴かせる。こんなにすばらしいサラ・ヴォーンを聴くのは久しぶりだ。おかげで仕事ができなくなる。

今夜から直木賞候補作の二回目を読み出す。はじめ第一回に読んだときとは自分の印象が大分に変ってくるのは例年のとおりだ。

もう、そろそろ自分の肚《はら》を決めなくてはならない。

×月×日

先日、中村吉右衛門と若尾文子《あやこ》の〔おさん茂兵衛〕を日生劇場で観たが、大半の役者たちのセリフがきこえない。そのうちに暖房のききすぎで咳《せき》が止まらなくなったものだから、傍迷惑《はためいわく》にもなるとおもい、一時間で出て来てしまった。

私の席は、大劇場によくある〔エア・ポケット〕と言われているところで、この席は観るのにはよいが、ともすると、セリフがきこえなくなる。

そこできょうは、別の席を買って観た。先日よりは、いくらかきこえはしたが、依然、役者のセリフがきこえない。セリフがきこえぬ芝居というのも妙なもので、

(これは、いよいよ年の所為《せい》で、耳がきこえなくなったか……)

おもううちに、台所の場となって傍役《わきやく》の南条みづ江が出て来てしゃべりはじめると、これはハッキリときこえるのである。脚本は故川口松太郎氏で、これまでに何度か観ているが、今回は実にひどい。セリフも役者の動きも、いわゆる粒《つぶ》が立たないのだ。若尾文子のおさんにしても、傍《そば》で観れば、かほどにひどくないのだろうが、大きな舞台ではどうにもならぬ。何やらたよりなげにフラフラと舞台でうごいているだけだし、手代《てだい》の助右衛門《すけえもん》、女中お玉を演じる若い男女俳優たちに至っては、観るも気の毒なほどだ。この両役は歌舞伎《かぶき》の〔おさん茂兵衛〕ならば、相当の役者が演じる役だ。むかし、先代幸四郎(故白鸚《はくおう》)の茂兵衛のときは現勘三郎と我童《がどう》が演じたのをおぼえている。なまなかな役ではなく、この二人の役は舞台の死命を制するのである。それほど

の役をテレビや歌手あがりの役者に演《や》らせたのは、制作者または演出者の大失敗だ。

この演出者は新劇のほうでは大ベテランなのだが、大劇場の演出はまったくの素人《しろうと》だ。役者が客に尻《しり》を向けてセリフをいえば、その声はみんな、舞台の奥へ吸い込まれて客の耳へはとどかない。映画やテレビや小さな舞台なら生きる役者の動きも、大舞台では消し飛んでしまう。

こうしたわけだから、おさんが実家の金づまりを救いたいがために、ケチな夫にたのむこともならず、ついに手代の茂兵衛にたのみ、為替《かわせ》のやりくりの印判を押してもらうという、まことに重大な悲劇の発端がわからない。

真白《まっしろ》に塗った吉右衛門も、演《や》りにくそうで、何やらヤケ気味の演技だった。

客席はおとなしく、しいんとしていて、幕切れには仕方なさそうな拍手が起る。

二日かけての観劇で、実につまらなかったが、しかし、大いに参考になり、いろいろと勉強させてもらった。

暖い日和だったが寄り道もできず、タクシーで帰って〔剣客商売〕の連載第一回を五枚書いておく。

夜は、おでんに茶飯。酒半合。このごろは、食事に、あまり執着《しゅうじゃく》しないようになってきたのは何よりだ。さらに簡素な食事にしたいとおもう。

×月×日

雪晴れの晴天となったので、見損なっていたオーストラリア映画〔クロコダイル・ダンディ〕を神谷町のフォックス試写室で観る。

この映画は、オーストラリアでもアメリカでも大ヒットとなった。まさに第一級の娯楽映画で、オーストラリアの奥地サファリのガイド・ダンディと女性新聞記者スーとのロマンスは、劇中でスーのセリフにもあるように、かのターザンとジェーンをおもわせる。だが、この中年ターザンは容姿も平凡で、はじめのうちは見映えがしないけれども、映画がすすむにつれてジワジワと魅力がにじみ出てくる。これをテレビの人気者だというポール・ホーガンが演じ、たくまざるユーモアをふりまき、スーをはじめ、初めて行ったニューヨークでも、人びとを魅了してしまう。

何よりも演出（テレビ出身のピーター・フェイマン）のテンポがよろしく、少しも力《りき》まぬ自然なムードだから、ユーモアが効いてくるのである。スーを演じるリンダ・コズラウスキイは、演技もよく魅力もあり、大いにたのしめた。

外へ出て、先《ま》ずコーヒーの豆を買い、タクシーで神田へ出て散髪。それから、かねて行きたいとおもっていた〔B亭《てい》〕へ行き、水《すい》ギョウザとチャーシューメンを食べる。

濃い味だが両方とも本格的だった。

神保町《じんぼうちょう》へもどり、本などの買物をすませてから、コーヒーとホット・ケーキ。

タクシーで帰宅する。ようやく今月の仕事の目鼻がついたので気分に余裕ができたのかして、知らず知らずウォークマンを取り出し、テープを聴く。今夜は久しぶりで、先代・延寿太夫の〔隅田川《すみだ》〕を聴いた。

今夜は、ぐっすりと眠れそうだ。

ジンジャー・ロジャースの色香

×月×日

一昨日から山の上ホテルへ来て、絵を描《か》いている。絵の道具をホテルへあずけてあるので、絵の仕事をホテルでするようになってから、もう四年になるだろうか……。

このところ連日、まことに暖かったが、きょうは午後から雨になる。霧のようにけむる雨の中を半蔵門まで行き、かねて行きたいとおもっていたカレーライスの店を探したが、ついに見つからず断念する。

それから国立劇場へ行き、病気が癒《い》えた辰之助《たつのすけ》の〔毛抜《けぬき》〕と、富十郎の〔鳴神《なるかみ》〕を観《み》る。うわさには聞いていたが辰之助の回復は本当だ。元気一杯に〔毛抜〕の粂寺弾《くめでらだん》正《じょう》をつとめていた。

富十郎の〔鳴神〕は、前に電話で語り合ったとき自信がないようなことをいっていたが、どうしてどうして、すばらしい鳴神上人《しょうにん》で、クライマックスで鳴神が怒り狂ってからは、その見事な大音声《だいおんじょう》が国立劇場の壁も破れんばかり。これだけの声、口跡《こうせき》のもちぬしは、いまや、この人のみだろう。六法の引っ込みのちからがみなぎっていることといったら、まさに当今無類だった。

久しぶりに歌舞伎を観たおもいがして劇場を出ると、雨も熄《や》んでいた。タクシーでホテルへ帰り、コーヒー・ショップでスパゲティを食べ、バターコーヒーをのんでから部屋へもどる。

×月×日

連日、寒い。朝のうちは雪が降っていた。

試写と買物の予定があり、外出の支度をしたが、妙な予感をおぼえたので中止にする。

こういうときは、近年、予感に従うことが多くなったのも年の所為《せい》だろう。

午後になると、体調がくずれてきた。はじめは風邪かとおもい、熱をはかったり、風邪薬をのんだりしたが、後になって胃が悪くなったのに気づく。正月以来、餅《もち》を食べ過ぎたのだ。例年、あまり餅を口にしなかったのに、今年は何だかしきりに食べたくなってきて、毎日食べたのがいけなかったのだろう。さっそく胃の薬をのみ、絶食してベッドへ入る。

読む本がなくなってしまったので、故中村翫右衛門《かんえもん》著〔人生の半分〕を書庫から出して来て読む。

「あの本は、たまりませんねえ。いつの間にか泪《なみだ》が出て来ちゃって……」

と、いまは亡《な》き新派の長老・柳永二郎さんが私にいったことがあった。

大正末期の、東京の小芝居《こ》の俳優の生活が手に取るように描かれ、ことに翫右衛門の父・中村梅雀《ばいじゃく》を中心にした役者の家庭の哀歓は切実をきわめてい、何度か読んだ本なのに、つい引き込まれ、二巻を夜までに読み切ってしまう。

中村翫右衛門が前進座の創立者のひとりとして、舞台に映画にすばらしい演技をしめしたことは、だれも知るところだが、劇作家としての私は縁がなかった。けれども私の小説〔おれの足音〕が帝劇で上演されたとき、小野田勇さんの好脚色を得て、中村梅之助の大石内蔵助《くらのすけ》に、翫右衛門さんが鶴《つる》水《み》内蔵助《くらのすけ》をつきあってくれた。二人《ににん》内蔵助が火花を散らしたのは一場きりだったが、原作者の私は充分に堪能《たんのう》した。

夜が更《ふ》けたら空腹になってきたので、煮込みうどんを少量食べる。

「これでは、絶食とはいえませんね」

と、家人が笑った。

ベッドへもぐったが、何となく寝苦しい。
まんじりともせぬうちに、夜が明けてしまう。

×月×日

かねてから観たい観たいとおもっていた〔バークレイ・オブ・ブロードウェイ〕がきょうだけ、アテネ・フランセ文化センターで上映されることを知り、十二時に車をたのんでおいたが、高速道路が空《す》いていて二十分たらずで駿河台《するがだい》へ出たので、山の上ホテルへコートや荷物をあずけ、コーヒー・パーラーでやすんでから、近くの文化センターへ行く。

この映画はダンスの名コンビ、フレッド・アステアとジンジャー・ロジャースが十年ぶりに顔を合わせたもので、日本へは入って来なかったのだ。

当時、ジンジャーは三十八歳。アステアは五十歳になっていたが、久しぶりの顔合わせでも呼吸はピタリと合って、ことにジンジャーの濃艶《のうえん》な年増《としま》ぶり、その色香は、相変らず達者に踊るアステアを圧倒する感があった。二人の映画でジンジャー・ロジャースがこれほどすばらしかったのは、はじめてといってよい。十年間の、彼女の演技の蓄積がダンスに出て、あらためてダンスは踊るだけのものではないことを知らされた。

終って、神保町で散髪してから銀座へ出る。久しぶりに〔東興園〕へ行き、やきそばを食べ、シューマイをみやげに買う。

きょうは長らく待ちかねていた映画を観ることができたし、春のように暖く、車の進行もスムーズで買物もはかどり、快適な一日だった。

土曜日の銀座は人の波だ。歩いていると汗ばんでくるほどに暖く、われ知らず〔清月堂〕へ寄って、クリーム・ソーダを注文するほどだった。

×月×日

昨日は二十度も気温が上ったとかで、暖房を停《と》め、スウェーターをぬいだが、きょうは灰色の曇り空となり、また寒くなる。

午後、ゆっくりと家を出て、銀座で買物をすませ、久しぶりで資生堂へ行く。

先《ま》ずシェリーをもらってから、鴨《かも》の赤ワイン煮をたのむ。これは大当りで旨《うま》い。それとチキンライス。サンドイッチを夜食に包ませてから、ヤクルト・ホールへ行く。

フランチェスコ・ロージの〔カルメン〕だったが、ビゼーの有名なオペラ全曲を、ほとんどロケーションによってリアリティを出した異色作だ。このオペラだけは戦前から今日まで何度も舞台で観たし、外国の舞台は映画やテレビで観ていて、ハバネラや闘牛士の唄《うた》など亡母や叔父がよく唄っていたものだから、すっかり頭へ入っている。

母や叔父の若きころは浅草オペラはなやかなりし時代で〔椿姫〕も〔ラ・ボエーム〕も、みんな観ているのだ。そのころは、何とよき時代だったのだろう。私が外国人の舞台で〔カルメン〕を初めて観たのは昭和三十五年か六年に、レイモン・ルーローがフランス・オペラをひきいて来日し、めずらしい黒人歌手のカルメンで上演したのを大阪の毎日ホールで観た。このときの舞台装置のすばらしさは、いまも忘れない。

タクシーで帰り、サンドイッチを食べてから原稿三枚を書いてベッドへもぐり込む。

×月×日

いまにも雪が降り出しそうな寒い日だが、あまり躰《からだ》にこたえない。この一ヶ月ほど、私の体調はすこぶるよくなってきて血圧も平常となった。これは過食をしない習慣が身につきつつあるからだろう。この体調を何とか持続して行きたい。

きょうは、ワーナーの試写室で、いまアメリカで評判の〔プラトーン〕を観る。

ベトナム戦場の最前線における一小隊の生態を描いたものだが、アメリカの軍部は、この撮影に協力しなかったという。つまり、それほどに戦場と兵士たちの恥部と凄《すさ》まじさを徹底して表現したからだろう。

映画自体のよしあしは問題ではなく、戦争を引き起す人間と国家の愚かさが戦慄《せんりつ》をもってスクリーンに展開する。

終って、神田の〔まつや〕へ行き、いつものように親子丼《おやこどんぶり》の上を食べてから、もりをたのむ。この時間は、混《こ》み合う前の空《す》いているときだったから、主人の小高登志さんをさそい、近くの〔竹むら〕で粟《あわ》ぜんざいを食べる。

ついに雨が降り出したので〔まつや〕の傘《かさ》を借りて帰る。

×月×日

昨日は、雪が降り出した。

一昨日から山の上ホテルへ入り、吉川英治文学賞の候補作を読んでいる。こうした文学賞の選考は小説を書くより骨が折れ、しだいに苦痛となってきた。もう、そろそろ考えないといけない。

午後、持ってきた〔ジョン・フォード伝〕を、ちょっと読みはじめたら、とまらなくなってしまう。フォードの孫が書いた伝記だ。

夕方まで読みふけったが、夜は気を取り直して候補作を読む。

夜更けてから、いったん帰宅して、たまっている郵便物をホテルへ持ち帰り、返事十五通を書く。

きょうは、午後から雪も熄《や》んだので、地下鉄で銀座へ出て、ヤクルト・ホールで〔モナリザ〕の試写を観る。

この映画で、ボブ・ホスキンスはカンヌ映画祭で主演男優賞を得た。頭の禿《は》げかかった、冴《さ》えない中年男で演技は達者だが、むしろ助演の黒人女優キャシー・タイソンのほうが精彩をはなっていた。

ホールもデパートも暖房がききすぎていて汗ばむほどだが、外へ出ると、二月の寒風が吹きつのり、たちまちに冷え込んでくる。

どこへも寄らずホテルへもどり、明け方までに、候補作のすべてを読み終える。

ビデオに夢中

×月×日

朝から暖いので、コートを着ないで外出する。二月も末になり、自宅の近くの星薬科大学の庭の白梅も咲き、小公園の沈丁花《じんちょうげ》も香りをはなっている。こういう日に銀座へ出て、老匠エリック・ロメールがつくった、しゃれたフランス映画の小品を観《み》るのは、まことに気持がよい。

観終って、友人たちと待ち合わせ、須田町の〔まつや〕で開かれている蕎話《そわ》の会へ行く。

きょうの趣向は、先《ま》ず草せいろ、つぎに白魚の天ぷらそば、おろしそば〔辛い大根がよかった〕、もり、甘味とつづくが、ラストの甘味は食べないで大入満員の店を出て、

裏手の〔竹むら〕へ行き、好物の粟《あわ》ぜんざいを食べてからタクシーで帰宅する。

夜はベッドへ入り寺尾尚著〔フランス見たまま聞いたまま〕および〔ナチ占領下のパリ〕と〔ジョン・フォード伝〕を交互に読みすすめる。

×月×日

昨日は、五反田の東洋現像所の試写室へ行き、今年のカンヌ映画祭でグランプリ受賞の〔ミッション〕を観た。

評判にたがわぬすばらしい出来ばえで、試写室の人たちは映画が終っても、しばらくは席を立たず、映画とエンリオ・モリコーネの音楽の余韻にひたっていたようだ。

大ベテランのロバート・ボルトの見事な脚本を得て、〔キリング・フィールド〕で男をあげた四十一歳の俊英ローランド・ジョフィが今度も堂々たる監督ぶりを見せる。

テーマは〔キリング・フィールド〕と同様に、暴力による侵略に巻きこまれる人間の悲惨を描いたものだが、十八世紀初頭が舞台になっているだけに、テーマはさらに原型となってあらわれ、南米奥地のジャングルにおける二人の神父（ロバート・デ・ニーロとジェレミー・アイアンズの両優好演）を中心に、ドラマは最も現代的な主張にまで高まり展開して行く。金もかかったろうが、南米の密林に大ロケーションをおこなった効果は圧倒的だった。

連日の暖かさに気をゆるし、自宅からも近いのでコートを着ずに出かけたら、帰りには、身を切るような寒風が吹きつけて来て、ふるえながら帰宅し、おでんの鍋《なべ》で酒一本をのみ、ようやく人心地がついた。

きょうは、午後から池袋の西武デパートへ行く。私の展覧会の初日で、夕方からパーティがある。

現在の自分のすべてをさらけ出した展覧会は何かおもはゆい。六十をこえて、こんなことをするとはおもいもよらず、古いものはみんな整理してしまったのだが、熱心に何度もすすめられ、やることになってしまった。どうなることかとおもったら、展覧がなかなかよく出来ていて、パーティも程よくおこなわれ、何よりだった。

夜八時に帰宅して、熱いうどんを食べ、早目にベッドへ入る。

×月×日

昨日は、西武デパートのサイン会を終えてから、日本橋の〔T〕へ行き、腹ごしらえをすませ、開場したばかりの銀座セゾン劇場へおもむいた。何とも勝手が悪い劇場で、いわゆる高級志向の、いまの日本にとってはアナクロニズムもいいとこという劇場だ。出しものは目下大評判のピーター・ブルック演出の〔カルメンの悲劇〕で、せまいステージに砂を敷き、ドン・ホセやカルメンが砂ぼこりをあげてころげまわる。

一度観ればたくさんだが、まあ、おもしろかった。それというのも最前列の椅子《いす》にかけていたからで、この谷底のごときステージを中央から後部の席で観たのでは、興味も半減してしまうだろう。

それにしても、ビゼーの音楽のすばらしさは百年後の今日に至ってなお、光彩をはなっている。

きょうは、夕刻から築地の〔金田中〕へ行き、吉川英治文学賞の選考をする。今回は司会よろしく、七時すぎに帰宅することができたので、週刊誌の絵を二枚描《か》く。

きょう、ビデオをつけたので、夜更《よふ》けてから、一九四六年につくられ日本未公開の〔ジーグフェルド・フォーリーズ〕を観る。前半は古色蒼然《こしょくそうぜん》たるフレンチ・レビューだが、それゆえになつかしかった。ジュディ・ガーランドのナンバーになると、さすがによい。なるほど、ビデオで古い映画を観ていたら切りがない。気をつけなくては……。

×月×日

気をつけなくてはとおもいつつ、今夜もまたビデオで〔ベニイ・グッドマン物語〕を観てしまう。この映画は三十年も前にユニヴァーサルがつくったもので、それほどのものではないが、クライマックスに、グッドマン楽団がニューヨークのクラシック音楽の殿堂〔カーネギー・ホール〕へ初出場するシーンが圧巻だ。このときの演奏はCBS放送のディスクへおさめられており、それが戦後にLP化された二枚組を私は所持している。聴衆の熱狂ぶりに呼応して、グッドマン楽団は空前絶後ともいうべき演奏を展開した。当夜のプレーヤーだったジーン・クルーパ（ドラム）、ハリー・ジェームズ（トランペット）、ライオネル・ハンプトン（ビブラフォーン）が、まだ健在で、この映画に出演して溌剌《はつらつ》たる姿をスクリーンに見せ、当夜のカーネギー・ホールを再現する。彼らの大半は死去し、スイング・ジャズもほろびた（あっても、それは別ものである）。いま、あらためて、われら年代の〔よき時代〕が消え去ったことを痛感する。

気がたかぶるままに、書斎で、当夜のレコードをかけ、グッドマン十八番の〔シング・シング・シング〕まで聴いてから、〔剣客商売〕の三回目に取りかかる。

今夜は久しぶりに厚いビーフ・ステーキと、肉汁をたっぷりかけた熱いマッシュ・ポテトをやったので何だか眠くなってきた。五枚書いてやめ、入浴してベッドへ飛び込む。

×月×日

昨日はワーナーの試写室で〔女ざかり〕という小品を観た。一人の男と妻と愛人の友情を描いたもので、仕あがりがまことによかった。

終って、久しぶりに〔与志乃〕へ行く。マグロ、コハダ、穴子、ヒラメなど、いずれもよかった。

きょうは、青山劇場へ行き、ブロードウエイ・ミュージカルの日本版〔ジョージの恋人〕を観る。

脚本はよいが、肝心の音楽が単調でつまらない。いわゆる高級志向というやつで、下手にオペラのまねごとをしても舞台は盛りあがらなかったが、ともかくも、どうにか観せたのは鳳蘭《おおとりらん》の実力だった。

終ってタクシーで高島屋へ行き、四階の〔野田岩〕で鰻丼《うなどん》を食べてから、早目に帰宅すると、講談社から今度出た画文集〔気ままな絵筆〕が届いていた。担当・中沢義彦君が苦心の造本で、色がすばらしく出ていたのでうれしくなる。

夜半までに週刊誌連載用の絵を二枚描いてからベッドへ入る。

×月×日
昨日は終日、家に引きこもって仕事に熱中した。
家にいては、もったいないような快晴だったが、仕事がたまってきているのでどうしようもない。

午後、松島の旧友からカキが届いた。この人は二十年も前に松島湾でハゼを釣《つ》ったときの船頭さんで私のファンなのである。私の舟の乗りっぷりを見て「ヒヤー。さすがに鬼平だ」と、妙なほめかたをしてくれたっけ。

そのとき一緒に釣りをした、小学校の同級生Sは、去年のきょう、ガンを病み、「意識不明となったよし、妻女より電話で知らせ来る」と日記に書いてあり、間もなく彼は世を去ったのだった。

夕飯は、カキをフライにして、新鮮なキャベツ、ポテト・サラダでビールを少しのむ。その後で、干《ほし》エビと大根オロシで御飯半杯。コーヒーをのみながらチョコレートを二粒ほどつまむ。

きょうは、冷たい風が吹き出したが、コートなしで〔ブルー・ベルベット〕の試写へ出かける。人間の異常な潜在意識をとらえる監督デビッド・リンチは大分よくなったが、監督自身が書いた脚本がダメだ。以前、この人の〔イレイザー・ヘッド〕という映画を見て、その恐ろしさ気味悪さにたまりかね、外へ出てから立てつづけにウイスキーをのまずにはいられなかったおぼえがある。故イングリッド・バーグマンの娘イザベラ・ロッセリーニは、いよいよ強靱《きょうじん》な魅力を出してきた。

終って〔清月堂〕へ行き、クリーム・ソーダをとってやすむ。少し頭痛がして不快だ。

雨が降り出してきたので、山野楽器へ寄り、ジュディ・ガーランドの〔サマー・ストック〕のビデオ・カセットを買い、タクシーで急ぎ帰宅する。ビデオを入れてしまえば、ついにこの始末だ。気をつけよう、気をつけよう。

九紫《きゆうし》の星

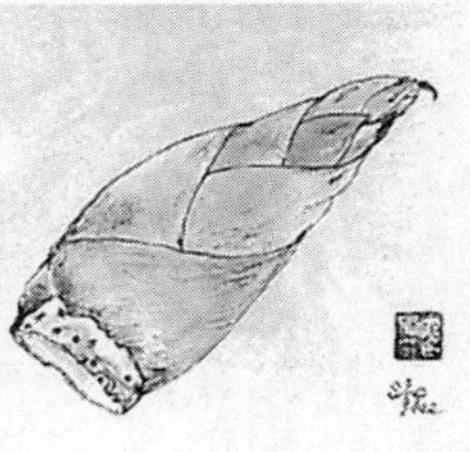

×月×日

曇り日の、いくらか冷気をおぼえる一日だったが、外を歩くのには丁度よい。今年は春が早く来すぎた。冬のコートはまったく身につけずに終った。

午後から東和の試写室で〔モーニング・アフター〕を観《み》る。シドニー・ルメット監督の執拗《しつよう》な要求にこたえ、四十八歳になったジェーン・フォンダが脂《あぶら》の乗りきった演技を見せる。この映画は、それだけで充分だ。

外へ出ると小雨がけむっている。

久しぶりで〔千疋屋〕へ行き、車海老《くるまえび》のフライ、フルーツ・サラダ、チキンライスでシェリーを一杯のむ。すっかりのめなくなってしまったが、昔のようにのみたいともおもわない。

夜はビデオで〔サマー・ストック〕を観る。このミュージカルは日本未封切の映画で、若さとちからのみなぎるジュディ・ガーランドに深い感慨をおぼえる。この映画を撮ったころ彼女の前途に恐ろしい、悲惨な宿命が待ち受けていようとは、だれも、彼女だっておもわなかったろう。

クライマックスのステージで唄《うた》い踊る〔ゲット・ハッピー〕がすばらしかった。

×月×日

朝の新聞で尾上《おのえ》辰之助の急死を知り、茫然《ぼうぜん》となる。この〔銀座百点〕の前々号に、彼の復調を舞台に観て、よろこんだことを書いたばかりだった。

辰之助君は私の芝居にも二度ほど出てくれたことがある。もう、ずいぶん昔のことだ。

彼の九星の本命星は九紫であって、役者には申し分のない星なのだが、この五年間、九紫の人は衰運にあり、今年は、その五年目の最悪の年になる。私の知るかぎりの九紫の男女は、みなやられた。私の亡母も九紫で、去年、急死してしまった。

私の友人・中村富十郎さんは芸術院賞を得たが、辰之助君と親しかっただけに、さぞ悲しいおもいをしているだろう。

午後から出て、好きな老女優ジェラルディン・ペイジがアカデミー主演女優賞に輝いた〔バウンティフルへの旅〕を観る。満足して観終ってからタクシーで久しぶりに浅草の〔藪《やぶ》〕へ行き、焼海苔《やきのり》と鴨南《かも》ばんで酒一本。その後でもりを一枚。さらに〔梅園〕へ行き、みつ豆を食べた。

数年後に開始する長篇《ちょうへん》の資料を、毎日、少しずつ読みはじめる。だんだん面白《おもしろ》くなってきた。体調がこのままつづけば、やれそうな気になっている。たぶん、やれるだろう。やれば先《ま》ず三年がかりになるとおもう。

×月×日

このところ毎日、冷え冷えとした曇り空で、ときに小雨となるような、病人にはよくない日々がつづいていたが、きょうは風も絶えておだやかな曇り空なので傘《かさ》も持たずに外出する。買物をすませてから、ガス・ホールでニック・ノルティ主演のサスペンス〔ダブルボーダー〕を観てから築地まで歩き、しばらくぶりに〔竹葉亭〕の椅子《いす》席で鰻《うなぎ》、鯛茶漬《たいちゃづけ》。酒一本。

去年の今ごろは、脳出血で倒れた亡母が、まだ病院で生きて（生かされて）いたのだ。私は何も親孝行をしたわけではないが、高齢の母が生きているうちは死ねないとおもい、人知れず自分の躰《からだ》には気をつけてきたものだ。母が亡《な》くなってから、そのおもいが消え、非常に気が楽になってきた。だからといって不摂生をするわけではないが、長男は、先ず順当に親を送らねばならない。それというのも、幼少のころに祖父が死んだとき、曾祖母《そうそぼ》が「何故《なぜ》、先へ行ってしまったのだ。親不孝もの」と、嘆き悲しんでいた姿が、脳裡《のうり》にこびりついていたからだろう。

×月×日

ハリを打ちに行く。鍼医《はりい》の矢口氏は来月になると故郷の信州へ帰ってしまう。ちょっと心細い。この十年、私は矢口先生の治療を受け、自分の躰の悪いところを少しずつ癒《なお》してきた。いまは、これといって悪いところはないけれども、月に二回は通っている。おかげで自分の躰の仕組みがよくわかってきた。

いまは、久しぶりに会う人から「痩《や》せましたね」といわれるほどに肉がとれ、身が軽くなった。以前は腹が出てきて「これは、角帯が締めやすくなった」などと、いい気分でいたものだが、おもえば、そのころが最も私の躰は危険だったのだ。

「ほら、こんなにくびすじがほっそりしてきて、肌《はだ》が光ってきた。四十代の躰になりましたね」

と、先生にいわれ、うれしくなる。

帰宅して、絵を三枚描《か》き、少し眠る。

夜、ベッドへ入ってから、真山青果の〔元禄《げんろく》忠臣蔵〕を再読する。近いうちに歌舞《かぶ》伎《き》で、この芝居を観る予定になっているからだ。

×月×日

歌舞伎座の〔元禄忠臣蔵〕昼ノ部を東のサジキで観る。劇評はいずれもほめているが、自分は、さして感動をおぼえなかった。よかったのは、序幕の松の廊下から浅野内匠頭《たくみのかみ》の切腹までで、舞台に緊迫感がみなぎっていた。役者では富十郎のみ。この芝居を、いま観ると、登場人物が、あまりにも泣きすぎる。感傷過多で、むしろ興ざめがする。

新歌舞伎も、いまなお、青果、綺堂《きどう》でもあるまい。時代のながれは大きく変りつつあるのだ。

外へ出て、S堂で夕飯にしたが、きょうはあまり感心しなかった。注文をあやまったのかも知れない。

帰宅して、血圧をはかる。このところ安定している。来月は健康診断を受けに行くつもりなり。

二度目に入院中の猫《ねこ》が帰って来て、大さわぎ。うれしさのあまり、狂気のごとく家中を飛びまわり、ベッドへ入って来たかとおもうと、私の耳を強く嚙《か》む。

×月×日

昨日は、正午に文春T君来て、五月に出る、新しい〔鬼平犯科帳〕の装釘《そうてい》見本を持って来る。

きょうも肌寒い。春のコートを出して、外出し、UIPの試写室で〔夢みて走れ〕という刑事物を観る。ちょっとよかった。グレゴリー・ハインズは、短い間に実によい俳優となったものだ。いまの彼はタップ・ダンスを売り物にしなくてもよいほどだ。終って帝国ホテルへ行き、吉川英治賞のパーティで、旧知の人びとに会う。早目に帰宅し、鯛の刺身を茶漬にして食べる。昨夜で真山青果の〔元禄忠臣蔵〕の全幕を読み終えた。

きょうも早く起きる。このごろは六時間を眠れば充分になった。そして外へ出るまでに一仕事してしまうのが習慣となってきたのは、よいことだとおもう。たとえ二枚でも三枚でも、この時間に書いておくなり、手紙の返事を書いておけば、夜の仕事が、ずっとやりやすくなる。

午後になって外出。〔伊東屋〕で買物をすませ、〔和光〕へ行き、鍼医の矢口氏の移転のために、新築祝いの時計を贈る。

帰宅し、トウフとムキ身の小なべだてで酒半合に御飯少々。ユズのシャーベットにコーヒー。夜半、書斎へ入って来た猫と遊ぶ。

×月×日

昨日の朝は、つくり方を家の者に教え、筍《たけのこ》のタタキをつくらせる。京都から送られて来た筍は実にうまい。

夕景、N氏の招きで、柳橋の〔いな垣《がき》〕へ久しぶりにおもむく。そのとき、結城紬《ゆうきつむぎ》の着物の身幅《みはば》が急に、ひろがった気がした。それだけ、私の躰が細くなってきたのだろう。うれしくなった。もう少し細くなりたい。この着物を十年ほど前に縫い直したころ、私の躰は相当に肥《ふと》っていたにちがいない。初めて仕立ててから五十年近くもすぎて、紬はやわらかくなって着心地よろしく、かまわずに着て出かける。

旧知の女将《おかみ》、芸者たち、いずれも元気だったが、柳橋のさびれかたはどうだ。戦前から、この土地と人を知っている者にとっては感無量《かんむりよう》である。

東京都は何故、護岸工事などというバカなまねをしたのだろう。こんなことをいってはキリがない。柳橋のみか、東京の何処《どこ》も彼処《かしこ》も破壊され、むかしなじみの土地は、ほろび行くのみとなった。

きょうも、朝早く起きて、新橋の試写室でフランス映画〔テレーズ〕を観る。

このところ冷え込みがつづいた曇り日もきょうは快晴となり、上野の山へタクシーで行き、散り残った桜をながめる。

夕闇《ゆうやみ》の中をお茶の水へ出て、山の上ホテルへ行き、天ぷらでビール（小）一、酒一合弱。きょうは、それでものめるほうなり。

ようやく暖い夜が来て、暖房はすべて停《と》め、シャツ一枚でベッドへころがり、買って来た本を読む。故佐藤元首相の夫人が亡くなった。このひとは新国劇のファンだったので、劇作家時代の私は二、三度、お目にかかったこともあった。

先祖の地、井波へ

×月×日

きょうはK叔母の七回忌なり。私が年少のころ、曾祖《そうそ》母《ぼ》と共に、私を最も可愛《かわい》がってくれたひとだ。回忌の時刻が早いので、家の者を代りに行かせる。

ようやく初夏の陽気となった。

夕方から、ビデオで、オペラの〔マノン・レスコー〕を観《み》る。キリ・テ・カナワのマノンは、歌唱についてはさておき、演技に迫力なく、ドミンゴのグリューに圧倒されっぱなしだったが、荒野に死ぬ終幕は実によかった。このオペラを観るのは初めてだ。ビデオとはなんと便利なものだろうと、おもわざるを得ない。このオペラは脚本

セトル・ジャン（右）と筆者

がよく、プッチーニの曲もよい。マノンに人を得たとき、ぜひ、舞台で観たいものだ。

夜ふけて、親しい人にいただいた〔なり田〕の豆茶漬《まめちゃづけ》で、茶漬を一杯食べる。豆は半分に砕くとうまい。

このところ、日本へ入って来る洋画が多くなり、試写会へ行く機会が増え、従って、よく歩く所為《せい》か体調はまことによい。

×月×日

昨日は快晴。いっぺんに初夏の陽気となる。

パリでは温度があがって、若い男女がセーヌの川岸で半裸体となり、日光浴をたのしんでいる写真を、昨日の朝刊に見た。

ベーコン・エッグとトースト、コーヒーの第一食をすませて外へ飛び出し、ワーナー試写室で、今度、再上映になる〔暗殺の森〕を観る。この映画を前に観たときは秀作だとおもったが、いま観ると、ベルナルド・ベルトルッチ監督の演出は、まだまだ若く、青かった。いまのベルトルッチなら、この題材を、このようなつくり方で撮らなかったろう。しかし、ドミニク・サンダとステファニア・サンドレッリの両女優の妖《あや》しい魅力はいま尚《なお》、新鮮だった。

帰宅して、手に入った新鮮な初鰹《はつがつお》の刺身で酒一本。御飯一膳《ぜん》。

それから、たのまれた序文を書き、必要あってジャン・ルノワールの自伝を書庫から引き出して来て、夜半までにざっと目を通す。

きょうも快晴である。実に気持がよい。このように好日がつづくのは、一年のうちに何度もあるものではないのだ。

午後からTCCの試写室で〔ランボー地獄の季節〕を観る。十年ほど前に仏・伊共同でつくられた映画だ。アフリカにおける晩年のランボーを、よく知らなかった私にはおもしろかった。

外へ出ると、明るい夕暮れで、さわやかな風になぶられながら歩くのは、とても、たのしい。

京橋の〔ロアンヌ〕へ行き、仔羊《こひつじ》のローストを食べる。こんなに旨《うま》い羊を食べたのは久しぶりのことだ。鱒《ます》の燻製《くんせい》もよく、チョコレートのムースまで、ちょうど、ぐあいよく腹へおさまった。

×月×日

久しぶりに、山の上ホテルのロビーで、歌舞伎《かぶき》の中村富十郎さんと会う。

今月の末に、中村歌右衛門一行と共に、ソビエトへ行き、モスクワ、レニングラードその他で公演をし、富十郎さんは〔勧進帳〕と〔吃又《どもまた》〕を演じるそうな。この人の

〔勧進帳〕を観たのは十何年も前だ。先《ま》ず、当代一の、すばらしい弁慶だ。何としても観たい観たいと好劇の人びとは待望しているのだが、なかなかに東京では出さなかった。

この春に芸術院賞を得たことだし、訪ソ公演記念として、帰国後の秋にでも、ぜひ歌舞伎座で上演してもらいたいとおもう。

昨夜は、いろいろとはなしがはずんで、ホテルの天ぷらを食べた所為か、今朝になって、主任の近藤君が「昨夜は、いつもの倍もあがりました」と、私にいった。

部屋へもどって、サンマルタン運河の絵に取りかかる。

このところ、私の体重は目に見えて減じ、体調がまことによくなってきた。数年前から、鍼《はり》の効果も出てきているのだろうが、さらに躰《からだ》が細くなり、血圧が下って安定した。ここでいい気にならず、もっと体調をととのえて行き、数年後の大きな仕事にそなえたい。

×月×日

朝、ベーコン・エッグにトーストを食べて、外へ飛び出す。

昨日は東和の試写室で、ショッキング・ノベルの傑作といわれる〔エンゼル・ハート〕の映画化を観る。

アラン・パーカーの脚本・監督は格調高く、ロバート・デ・ニーロ、ミッキー・ロークその他、出演俳優いずれもよろしく、ことにM・ロークの演技は彼のベストだった。

終って、高島屋の〔野田岩〕で鰻《うなぎ》を食べて帰宅する。

きょうは、A社のS、F両氏と共に、私の先祖の地（富山県・井波）へ向う。

富山市の郊外にある〔八山《はちざん》〕という宿へ泊る。ウド、筍《たけのこ》、ワラビなど、このあたりは、いまが山菜の出盛りなり。窓外に剣岳《つるぎだけ》を遠望しながら、その山で採れた燕《つばめ》の巣の吸物を味わう。それにホタルイカのシーズンで、いろいろに料理して出してくれる。

×月×日

昨日は、小雨の中をタクシーで井波へ行き、旧知の人びとと交歓した。昼食は、なじみの深い料亭《りょうてい》〔丸与《まるよ》〕にする。利賀《とが》から届いた山芋入りの蕎麦《そば》。せいろ蒸し、どぜうのカバ焼もなつかしい。

午後三時にタクシーで金沢へ入り、泊る。

きょうは、久しぶりで兼六園を見物してから、小松空港近くの〔長沖〕で、のんびりと遅い昼食をする。この料亭の飼猫《かいねこ》（三毛）が入って来たが、同行の人びとは、いずれも猫を飼っているので、三毛猫も安心をしたらしく、私の膝《ひざ》で昼寝をはじめた。

午後四時の航空機で帰京。一時間で羽田へ着く。北陸も近くなったものなり。

×月×日

この二、三日、小雨模様でハッキリしなかったが、昨日は晴れたので、午後、TCCの試写室で〔マーラー〕を観る。マーラーの音楽はさておき、この人物は映画の素材にならない。さすがのケン・ラッセル（監督）も、お手あげのかたちだった。

終って、〔トラヤ〕で初夏の帽子を買い、数ケ月ぶりで〔R〕へ行き、豚肉と白菜のヤキソバに春巻、エビのシューマイなどを食べてから帰宅する。

夕方から夜にかけて、来客三組。

きょうは、薄曇りで湿気があり、蒸し暑くて頭が重い。

午後から来客二組。

夕飯は薄切りのロース・ハムをバターでさっと焼き、パイナップル、マッシュ・ポテトと共に食べる。ビールはグラスに二杯のみなり。

御飯はアジのヒラキと若布《わかめ》の味噌汁《みそしる》で軽く一杯。まったく、近ごろは食べなくなったし、飲めなくなった。体調はいいのだが、こんなに少食になってしまって、ほんとうによいのかとおもう。

×月×日

きょうは、さわやかに晴れあがって、朝から気持がよい。コーヒーとトースト、ベーコン・エッグで朝飯をすませ、午後から外出。ワーナーで〔リーサル・ウエポン〕という、いま流行の刑事物の試写。コンビの刑事と、アメリカにおけるベトナム戦争の後遺症が麻薬犯罪と結びつくというケースは、近ごろのアメリカ映画の一つの流行となってしまった。きょうの映画はオーストラリアのスタア、メル・ギブソンに黒人俳優ダニー・グローバーという刑事コンビで、おもしろく観せた。

それにしても銃火器による暴力シーンはエキサイトする一方で、むかしのギャング映画などは足許《あしもと》にも寄れない凄《すさ》まじさだ。演出の妙味も何もあったものではない。ワーナーの早川君とコーヒーをのんでから、買物をすませ、四時にはタクシーで銀座をはなれる。この時間だと高速へ入って十五分で帰宅してしまう。

すぐに郵便物の整理。夕飯はアスパラと牛肉を炒《いた》めたもので冷酒をのみ、鯛《たい》の塩焼で御飯一杯。

十年前にパリで知り合った居酒屋の老亭主セトル・ジャンに手紙を出しておいたのが、きょう、返って来た。

古女房《にょうぼう》のポーレットが重病にかかり、その看病のため、旧中央市場の店を閉じたジヤン老人は、長く住みついていたアパルトマンに、もう居ないのだろうか……。それともポーレットが亡《な》くなりでもして、ジャンの身にも何か起ったのだろうか……。なにぶん高齢の老夫婦で身寄りも子供もなかっただけに、案じられてならない。早くパリへ行って、たしかめたいと、しきりにおもう。

夜半、書庫へ入って、一時間ほど調べものをする。神経がジャン夫婦のことからはなれないので、なかなか、はかどらなかった。

タンゴ・アルゼンチーノ

×月×日

連日の曇り日で湿気が強く、私の体調がくずれてきた。こうした陽気が影響するらしく、町内で、つぎつぎに葬式が出る。そもそも、晩春から初夏にかけての私は、毎年の天中殺が、この時期にあたる所為《せい》か、毎年のように体調がくずれるのだ。

〔銀座百点〕を読んだ若い友人に「また、シャーベットをシャーペットと書きましたね」といわれる。これは編集部の責任ではない。私が、うっかりと、そう書いたのだ。シャーペットという、さわやかな冷菓は、私の語感だと、どうしても〔ペット〕になってしまう。〔ベット〕と書くのは何だかべとべとした感じがするからだ。これは日本語の語感だから、間違えを指摘されると一言もない。

ずいぶん前のことだが、イギリスの居酒屋が〔パブ〕であることを知っていながら〔バブ〕といって、若い人に笑われたこともある。これも私の語感だと、どうしても〔バブ〕になってしまう。

きょうは、午後から雑誌のグラビア撮影や来客などがあって、少しも仕事がすすまないので、やむなく〔L・E〕の文章と絵を描《か》くことにしたら、うまく行った。

夕飯は、ジャガイモと牛肉の煮物と、マグロの刺身。夜は何もせず、常盤《ときわ》新平氏から贈られたアーウィン・ショーの短篇《たんぺん》集を、たのしみながら読む。

×月×日

昨日も頭が重く、仕事がすすまない。

午後は〔蘭《らん》の肉体〕というフランス映画の試写を観《み》たが、つまらなかった。しかし、出ている女優陣が凄《すご》かった。

〔R〕へ行き、羊のローストを食べる。この店のシェフが「近く辞《や》めて、自分の店を持ちます」と、いう。何事も、長くはつづかない世の中になってきた。このシェフのことをいっているのではない。私の日常生活のことをいっているのだ。

一つの事象を持続して行くことが、実に、むずかしくなってきた。むかしは何にも飽きっぽかった私が三十年余も原稿書きの生活をつづけてきたことは、奇蹟《きせき》以外の何物でもない。

いまの私は、持続することを〔美徳〕と考えているから、生活の中核となる事柄《ことがら》については、決して飽きないようになっている。

きょうは、朝の六時に起床。午前中に虎《とら》ノ門《もん》へ健康診断に行く。大体、おもった通りのようだが、きょうは陽気の所為《せい》か、下の血圧が一〇〇になってしまったので、びっくりする。帰宅して、姪《めい》にはからせたら八〇弱に下っていた。

虎ノ門の〔砂場〕で天ぷらそばともりを食べて帰宅したが、眼《め》の検査で強い薬が入ったので、夜になるまで焦点が定まらず、したがってきょうも、仕事にならなかった。

きょうの検査による処方によって、眼鏡のレンズを替えることにした。

×月×日
昨日は、先《ま》ず神田へ出て散髪をすませ、山の上ホテルのコーヒー・パーラーへ行き、主任の川口君に会い、用事をすませてから地下鉄で銀座へ出て、いろいろと買物をすませる。

この日は曇っていたし、雨も降ったが、爽快《そうかい》な一日で仕事もはかどったが、きょうはいけなかった。朝から頭が重く、昨夜は、よく眠れなかった所為もあって、一日中、不快だった。

しかし、月刊誌の小説が遅れているので、気力をふるい起して、机に向う。夕方までに七枚すすむ。

文春の菊池君、スペインから帰国したと電話をくれる。ほっとした。何しろ、今年は日本からヨーロッパへ行くのは、まことに方位が悪いので、心配していたのだ。

夜は、ビデオで三十年前のフランス映画〔フレンチ・カンカン〕を必要があって観る。ジャン・ルノワール監督としては、傑作といいがたいが、そのたのしさは瑕瑾《かきん》をおぎなってあまりある。いまの映画に、こうした人間の快楽の醍醐味《だいごみ》を主題とする作品は、ほとんど消えてしまった。

夜が更《ふ》けてから、昼間のつづきに取りかかって五枚すすんだので、入浴し、ベッドへ転げ込む。疲れた。

×月×日
三日間、伊豆の大仁《おおひと》へ行き、疲れた頭を休めてきた。やはり、大気がちがうのだろう。重苦しかった頭が、たちまちに、すっきりとなった。何もせず、ごろごろと寝転んでいた三日間、ほんとうに久しぶりの静養だった。以前からいる女中さんが、飲食の量が少なくなった私におどろいていた。
帰京してからも体調はよく、昨日は午後から出て、ワイエスの画集〔ヘルガ〕を求めてから、TCCの試写室でイギリス映画〔眺《なが》めのいい部屋〕を観た。イギリスからイタリアへ旅行した一組の男女が知り合い、結ばれるという、別に珍しくもないはなしを、イギリスムードたっぷりに見せて飽きさせなかった。

そして今朝、講談社からの電話で、社長の野間さんの急死を知って愕然《がくぜん》となる。野間さんも、先ごろ急死した尾上辰之助と同じ九紫火星の星で、数年前から、会うたびに私が語った気学について、これを手帖《てちょう》にメモし、充分に気をつけておられ、大量に飲んでいた酒もつつしみ、これならば、来年からの盛運期には、元気に仕事ができるとおもい、安心をしていたのだが、ついにやられてしまった。親しかっただけに残念でならない。講談社の大村重役と電話で語りつつも、たびたび絶句してしまう。

この四月に柳橋の〔いな垣〕で、語り合ったのが最後になった。その後、体調がよくないままに中国へ旅行したのが、いけなかったのかも知れない。

×月×日
昨日は夕方から、新宿の厚生年金会館で、いま評判の〔タンゴ・アルゼンチーノ〕公演を観に行った。
ステージの構成も土俗的な素朴《そぼく》なもので、それがよかった。アメリカやフランスで評判をとっただけに、いざ、日本へ来ることが決まると大さわぎになり、したがって宣伝も充分に行きとどき、昨夜の客席も満員だったが、本来は、このように大きなステージで公演すべきものではない。小ホールで観せたほうがよかった。大ステージで迫力を出すには、ちょっとムリのような気がしたが、男女ダンサーの中には、激しく踊る者もいれば、悠々《ゆうゆう》たる初老のダンサーが風格を見せて、（なるほど、こうしたタンゴの踊り方もあるのか……）

妙に、私を感心させたりした。

きょうは晴れあがって爽快な一日となる。

どうしても観ておかなくてはならないので、午後一時の試写で、ブニュエルのメキシコ時代の佳品〔エル〕を観てから、急いで買物をすませ、タクシーで帰宅する。

午後六時から、野間さんの通夜《つや》へおもむく。

この人が亡くなったというおもいが全くしない。何しろ、二ケ月前に酒を酌《く》みかわして別れたのが最後だったのだから……。

帰宅し、睡眠薬をのみ、ベッドへ入る。

×月×日

梅雨《つゆ》に入って、連日、曇天、小雨の天気がつづき、またも頭が重くなる。知人がつぎつぎに死去する毎日で、昨日は、私が大好きな女優のひとりだったジェラルディン・ペイジが急死した。前夜までブロードウエイの舞台に立っていたそうな。

昨日もきょうも、コーヒーとベーコン・エッグの第一食をすませ、気力をふるい起して仕事をすすめる。このごろは、朝八時半には起きてしまうから、午前中に三、四枚は書ける。梅雨どきには、これが、もっともよいことを、今年になって初めて知った。

昨日の午後は、来客もあったし、雨が降り出してきたので、予定の外出を中止した。

きょうは雨がやんだので、銀座へ行き、〔壹番館〕で夏のズボン2を注文する。

S堂で簡単に食事をすませてから、タクシーで帰宅。オペラ〔トスカ〕をビデオで観る。

このビデオでも、ドミンゴが圧倒的な歌唱だった。

それから書庫へ行き、瀧澤敬一著〔フランス通信〕を出してきて、何度目かの拾い読みをする。少し飽きてくると、先ごろ映画〔エンゼル・ハート〕として封切られたウイリアム・ヒョーツバーグの〔堕《お》ちる天使〕を読みはじめる。

午前二時、目薬をさして眠りにかかったら、すぐに眠れた。

夜明け近くなって、野間さんの夢を見る。はっと目ざめ、また眠りに入ったら、冷房がききすぎて風邪を引いた夢を見た。気がついたら、お尻《しり》を丸出しにして寝ている。あわてて毛布にくるまる。

来年の賀状

×月×日

梅雨になっても、雨が降らない。新聞は水飢饉《きき》だとさわいでいるが、雨が降らないと、すぐに、この始末だ。人間はいまだにテクノロジーで水を得ることさえできないのである。

きょうは、久しぶりのクロード・ソーテ監督、イヴ・モンタン主演のフランス映画〔ギャルソン〕を観《み》て、円熟した二人の映画に、胸のすくおもいだった。

その後がいけなかった。

少年のころからなじみのS堂へ入り、久しぶりにハンバーグとチキンライスを食べたが、チキンライスはさておき、冷凍食品のようなハンバーグには閉口した。我家で

つくるハンバーグのほうが、よほど旨《うま》い。こんなものを、よく出せたものだ。

帰宅してから、ビデオでチャップリンが監督した無声映画〔巴里《パリ》の女性〕を観る。昼間のイヴ・モンタン同様に、この古い映画の故アドルフ・マンジュウ扮《ふん》する遊蕩《ゆうとう》紳士の演技にも、すっかり見惚《みと》れてしまった。

フレッド・アステアが八十七歳であの世へ旅立った。

×月×日

昨日は早く出て、山野楽器へ行き、引退していたフレッド・アステアが四十九歳でカムバックし、ジュディ・ガーランドと共演した〔イースター・パレード〕のビデオを買ってから、ワーナーの試写室で、ウッディ・アレンの〔ラジオ・デイズ〕を観る。今回のアレンは監督のみで出演はしていないが、この新作もおもしろかった。ことに、私のような年配の男には、おもしろさが倍加する。

終って室町《むろまち》の〔砂場〕へ行き、そばを食べてから〔万惣〕のフルーツ・ポンチ。すぐにタクシーで帰宅する。夜食に昆布《こんぶ》の佃煮《つくだに》で握り飯一個。早く眠る。

今朝は早目に起きて仕度をし、青山斎場へ、講談社・野間社長の葬儀へおもむく。焼香をすませ、出て来ると雨も熄《や》み、参列者が長蛇《ちょうだ》の列をつくっている。

帰宅し、二組の来客の相手をすませると、もう夕刻になっていた。

鶏《とり》のスープ鍋《なべ》をし、終った後のスープへ塩とコショウを振り込み、飯へかけて食べる。ベッドへ入ったが、さまざまなおもいが去来し、なかなか寝つけない。ついに午前二時、起きて少量の睡眠薬をのむ。

×月×日

昨日は晴れあがって、いっぺんに真夏となる。早く起きて、涼しいうちに熱い鶏うどんを食べてしまう。これから二ケ月の夏の暑さを、どのようにして切り抜けるか、いろいろと考えてみる。ついに今年はカラ梅雨に終って、どこも水不足だ。東京はもうダメだ。ニュー・リーダーといわれる人たちが、いっそ〔遷都《せんと》〕を主張したらどうか……。そうしてもらいたい。東京は、もう〔首都〕の役目がつとめきれない。いまが限度だ。

出稼《でかせ》ぎの政治家、企業は、ひろい新天地の〔新東京〕で、好きなようにやったらいい。

夜、テレビで古いアメリカ映画〔オペラ・ハット〕を観る。すばらしい。いまの映画が色褪《いろあ》せて感じられるほどだった。ことに、ロバート・リスキンの脚本がよく、巻頭から核心に入るまでの展開は、胸がすくようだった。若きゲイリー・クーパー、ジーン・アーサーのスタアとしての大きさ、魅力は、いまや世界が、時代が失ったものだ。

きょうも晴。夏になると、ふしぎに食欲が出て、体調もよくなる。

（今年は、どうかな？）

と、おもったが、やはり、よくなってきたようだ。

昼すぎに、神田の歯科医院へ行き、予約をとる。担当のS先生とは初めてだが、何やら、たのもしげな人で、先《ま》ず安心する。

タクシーで高島屋へ行き、来年、外国へ行くための大きいカバンを買ってから、四階の食堂で〔野田岩〕の鰻《うなぎ》を食べ、タクシーで帰宅する。

今夜から、秋に新潮社から出る文庫版〔真田《さなだ》太平記〕の表紙カバーを描《か》きはじめる。

夜になると、少し空腹になったので、三輪《みわ》のそうめんを食べる。

×月×日
毎日、晴れて暑い。
昨日は、午後から〔真田太平記〕文庫版のカバーを描く。全十二巻に通用する絵でないといけないので、半年も前より、いろいろと考えていたが、おもいきって描いてみたら、一発でうまくいった。
夕飯は、マグロの刺身に鶏の竜田《たつた》揚《あ》げ。

仕事は、ずいぶん減っているはずなのだが、それでも毎日、追われている気分だ。

きょうは、コーヒーとトーストの第一食をすませて外へ飛び出す。

東和の試写室で、シドニイ・ルメットの新作〔キングの報酬〕を観たが、あまり面《おも》白《しろ》くなかった。近ごろのルメットは少し濫作気味《らんさくぎみ》ではないのか。

ヤマハ楽器へ寄り、故フレッド・アステアとジンジャー・ロジャースが十年ぶりに顔を合わせた〔ブロードウエイのバークレイ夫妻〕のビデオとベニイ・グッドマンのレコードを買う。

家人が拒食症？　になってしまい、何も食べられない。おそらく、梅雨へ入ってからの天候が影響しているのだろう。

×月×日
一昨日から、山の上ホテルに泊っている。
きょうは直木賞の選考日だが、私はこの夏から選考委員を辞任しているので、のんびりと結果を待つ。白石一郎さんが入った。この人が初めて直木賞の候補になったころ、私も何度か候補になっていたのだ。私は三年間で受賞したが、白石さんは三十年近くも努力をつづけて来られた。その根気の強さはなまなかなものではない。ほんとうによかった。

ホテル内の天ぷらで夕飯をすませてから、部屋へもどり、絵を描く。あと一枚で、予定の枚数を描き終えるので、ホッとする。

×月×日

鶴田《つるた》浩二《こうじ》、石原裕次郎、このところ、俳優の死亡が多い。きょうは有島一郎の死が報じられる。

今夏は、梅雨前から気候が悪く、私も家族も、飼猫《かいねこ》までも体調を崩してしまったほどだから、病人には、さぞ、よくなかったろう。

それにつけても案じられるのは、来月、猛夏の名古屋で、新国劇が記念公演をすることだ。八十をこえた辰巳柳太郎と島田正吾が、体調を崩さぬとよいとおもう。この号が出るころには秋の足音も近づいて来る。二人が元気で、東京の演舞場での引越し公演に出られることを祈っている。

午後、印刷屋から、

「来年の年賀状は、まだですか?」

と、電話がかかってくる。

なるほど、今年は年賀状の注文が大分に遅れていたことに気づき、すぐに画稿を描く。

いったん、梅雨が明けたというが、それが取り消しとなったので、きょうも雨で蒸し暑く、さっぱり仕事がすすまない。

×月×日

きょうも晴れて暑い。

午後から神田のN大歯科病院へ行く。

担当の佐藤友彦先生は実にすぐれた先生で、私のように長年にわたって歯の治療をつづけてきた者には、それがよくわかる。

終って家へ電話をすると拒食症の家人が山の上ホテルの天ぷらが食べたいといい出したので、すぐ近くのホテルへ行き、主任の近藤君に揚げてもらう。

「天ぷらが食べたいといい出すようになったら、もう大丈夫です」

と、近藤君はいったが、家人は野菜の天ぷらを天丼《てんどん》にして、うまそうに食べたので、これがキッカケとなって食欲も出るかとおもう。何しろ三十七キロになってしまったのだ。

私も天丼を食べ、家からも近い五反田の簡易保険ホールで、リンゼイ・ケンプの〔フラワーズ〕を観る。

〔フラワーズ〕のケンプは、西洋の女形として、興味ふかい舞台を見せた。

この人は、日本へ来て、何度か歌舞伎《かぶき》を観て、研究しているにちがいない。

夕方から少し雨が降ったけれども、外へ出ると蒸し風呂《ぶろ》へ入ったような夜で、あまりに喉《のど》が渇《かわ》くので、冷たいものをのみに入った店へ傘《かさ》を置き忘れてしまった。

今夜は寝苦しいにちがいないとおもい、少量の睡眠薬をのむ。

山の上ホテルでの休日

×月×日

昨日はテレビで、私の小説〔雲霧仁左衛門《にざえもん》〕を放映した。あまり期待をしていなかったが、脚本〔野上竜雄・安倍徹郎〕と監督〔池広一夫〕のベテランたちの腕前に期待をかけた。大長篇《ちょうへん》を、おもいきって簡略化し、切れ味のよい演出で、なかなかよかった。

きょうの第一食は、昨日のロース・カツレツをカツ丼《どん》にして食べる。いまのところ、食欲は失《う》せていないが連日の猛暑にびっくりしたのか、汗も出ない。家人は少しずつ食べられるようになったが、念のため、採血検査をさせたら、肝臓がチェックされたという。

夜は野菜（ナスとタマネギ）のフライで酒を少しのみ、あとは〔もりそば〕にする。

夜はベッドで〔レ・ミゼラブル百六景〕の挿絵《さしえ》をたのしむ。さらにポール・セローの短篇集を拾い読みしつつ、今夜は薬をのまず眠れるかとおもったが、熱帯夜つづきで、やはりダメだった。明け方近くに少量の睡眠薬をのむ。

×月×日

第一食は、焼豚に白飯一杯、野菜の冷し汁《じる》で、依然、食欲はおとろえない。すぐに仕事にかかる。ともかくも今年の夏は仕事が少ないのでラクだ。

夕景から、中央公論の対談で、帝国ホテルへ向う。途中、激しい雷雨となる。

対談の相手は、歌舞伎《かぶき》の中村富十郎さんで、二人だけで語り合うのとはちがって、おもいきったはなしはできなかったが、それでもおもしろくできた。できるだけ、彼にしゃべってもらうようにした。中でも六代目・菊五郎が〔勧進帳〕の弁慶を演《や》ったときの、中啓《ちゅうけい》のあつかい方のはなしがおもしろかった。

「あなた、今度、弁慶を演るときに、ぜひそれをお演りなさいよ」

と、いったら、

「いや、なかなか、むずかしいです」

謙遜《けんそん》したが、何、この人ならできぬことはない。ぜひとも観《み》たい。

終ってホテル内の〔プルニエ〕で夕飯。

そのとき、中公社長のはなしで、このように猛暑が連日つづくのは、明治何年以来だそうな。

あれだけ雨が降ったのに蒸し暑く、帰宅したときは、汗びっしょりとなる。

×月×日

一昨日は、第一食に食欲が出なかった。

パンとコーヒーだけにして外へ飛び出し、日本橋のデパートへ行き、コンパクト・ディスク・プレーヤーとスピーカーと、薬や本を買う。ことさらに激しい暑さに寄り道をする気にもなれず、タクシーで帰宅した。

夕飯も食欲なし。これは家人の二の舞かと不安になる。この暑さに食べられなくなってしまっては、どうしようもない。

昨日の第一食は冷し汁にそうめんで、いくらか食欲が出て来た。

夜は講談社の招きで、銀座〔K亭《てい》〕へ行き、たくさん食べた。これでよし。きょうも夕方に雷雨があり、これは効いた。秋の夜のように涼しくなる。

きょうの第一食は、冷し汁と、飯に生卵をかけて食べる。

ディスク・プレーヤーが届いたので早速に組みたて、先に買っておいたレコード

〔ベニイ・グッドマン・カーネギーホール・コンサート〕をかける。実に、よい音が出るものなり。レコードも、こんなに小さくなったのだ。日本も小さな国なのだから、すべてのことを簡略にコンパクトにして行かなくてはなるまい。ビデオと同じで、これからの私は当分の間、レコードに夢中となるかも知れない。何といっても、この小さなレコードは収納に都合がよい。本棚《ほんだな》へ文庫本のようにおさまってしまうからだ。

×月×日

昨日の午後、近所の知人が、シャム猫《ねこ》の子を抱えて来て、

「どうです、飼いませんか？　可愛《かわい》いでしょう？」

と、いう。

なるほど可愛い顔をしているが、さすがに猫好きの家人も、母が亡《な》くなってからは、いま我家にいる五匹の飼猫を世話するのが精一杯で、今度ばかりは、飼いたいといわなかった。しかし、私のほうは、ちょっと残念な気がした。知人と茶をのみながら、シャム猫をスケッチさせてもらった。

連日、曇天で蒸し暑かったが、きょうは晴れる。晴れれば晴れるで暑い。

きょうは、東和の試写室で、エリア・カザン監督が四十年前につくった〔紳士協

定〕を観る。この映画はアカデミー賞の三つの部門で受賞したが、日本には入って来なかった。導入部が脚本（モス・ハート）と演出が相俟《あいま》って、すばらしい展開を見せる。まさに、映画文法の醍醐《だいご》味《み》だった。若きグレゴリー・ペックも好演技を見せ、なつかしかった。

終って山の上ホテルへ行き、天ぷらを食べる。

夜、中村富十郎さんから電話で、十月の歌舞伎座で〔勧進帳〕の弁慶を演じることが決定したというので、共によろこぶ。

この夏は仕事が減っているので、ほんとうに助かる。連日の暑さに家人ではないが、私も拒食気味になってきている。

ベッドで〔重光葵手記〕を拾い読みしながら、四十二年前の敗戦の夏を、おもい出した。

×月×日

猛暑つづく。牛の歩みのような速度で、少しずつ、原稿を書きすすめる。先般、山の上ホテルへ三日ほど泊ったのが、私の夏休みだった。仕事もせず、ベッドへ寝転んで、ぼんやりしていただけだ。

連日のように知人が死んで行く。きょうは、岸元首相が死去した。病人にとって、この連日の猛暑は、たまらないだろうとおもう。

きょうは、ハリを打ちに行く。矢口氏のハリのおかげで、私は十年かかって体重を六十キロに減らすことができた。あと一回の治療で、矢口氏は郷里の信州へ帰ってしまう。心細いが仕方もないことだ。

矢口氏は「ハリを打ちたくなったら、ここがよいとおもいます」

と、二人ほど鍼灸《しんきゅう》の先生の名と住処を書いたメモをわたしてくれた。

×月×日

例年のごとく、旧盆の三、四日は山の上ホテルへ泊る。ほとんどの店が休みなので、家人が「行って下さい」と、いうからだ。

このホテル本館の建築は戦前のものだから、壁が厚く、外の熱気を室内へ通さない。むろん冷房はあるが、ほとんどつけないですむ。

今度は絵を描《か》くことにしたが、あまり調子が出ず、三枚しか描けなかった。

一日中、ベッドにころがって、意味のない時間をすごした。

昨日は、ホテル内の天ぷらを食べ、食欲を取りもどせたので、外へ出て、文庫本の〔クイーニー〕上下二巻を買う。戦前からのアメリカ女優・マール・オベロンをモデルにした小説で、なかなか、おもしろい。

きょうは、朝から小さなビーフ・ステーキをやる。完全に食欲がもどった。午後、帰宅し、郵便物の整理をすると、もう夕方になってしまう。

夕飯は、鶏《とり》と茄子《なす》、トマトをバターで炒《いた》めたものと、例のごとく野菜の冷し汁。御飯は食べずに、もりそばにする。

今月は仕事を思い切って減らしたので楽だったが、来月の予定表を見ると、うんざりしてしまう。

×月×日

昨夜半に豪雨があった所為《せい》か、今朝は、まことにさわやかで、たまった仕事を片端《かたはし》からやってしまおうという気分になってくる。

先《ま》ず、週刊誌連載の小文につける絵を描くことにした。トンカツの絵だ。カツ丼の絵なのだが、そのむずかしいことといったら、おはなしにならない。

色刷りのページなら、まだ描きようもあるが、黒と白だけでカツ丼を描くのは至難のワザだ。よほど、他《ほか》の何かを描いて、ごまかしてしまおうかとおもったが、結局、トライしてみることにした。案ずるより生むがやすしで、夕方までに、どうにか描けたが、印刷になったときのことを考えると、まったく自信はない。

他の原稿も二枚三枚とすすめ、久しぶりできょうは仕事をした気分になる。

夜も涼しくて助かる。今年の夏ばかりは本当にまいった。夏に強いなどと、もう、いってはいられない。年々、自分の躰《からだ》がおとろえて行くのは、どうしようもないのだから、これからは夏の仕事を減らして行くよりほかに道はないだろう。

夜は、雑誌で映画監督・森一生《かずお》のインタビューを読む。その中に出て来る故長谷川一夫のエピソードがおもしろかった。

最後の新国劇

×月×日

このところ、連日、不快な暑さに、さすがの私もげんなりしてしまい、あれだけ好きな映画の試写へ出かける気分にもなれなかったが、昨日は久しぶりにフランス映画社へ入った、イタリアのタヴィアーニ兄弟が監督した〔グッドモーニング・バビロン！〕を観《み》た。

イタリアのトスカーナ地方に住む工匠（ロマネスク大伽藍《だいがらん》の建築と修復）の、二人の息子がアメリカへわたり、映画の誕生期にあったハリウッドへ結びつくという大ロマンで、さすがタヴィアーニ兄弟だけに見ごたえがあったけれども、この素材は兄弟の体質と才能に、ちょっと合わないような気がした。どこかにムリがあって、いつもの

ような感銘を得られなかった。

しかし、古くからアメリカ映画を観ている人には興趣汪溢《きようしゆおういつ》の映画だろう。

きょうは、朝から小雨で気温も下り、生き返ったようになる。ハリを打ちに出かける。十年にわたって通いつづけたハリ医の矢口氏の治療を受けるのも、きょうが最後だ。間もなく、矢口氏は東京を去って、故郷の信州へ帰ってしまう。矢口氏のおかげで、私の体質は非常によくなった。それを思うと、矢口氏が去ることは実に心細い。

十年も通った七環の沿道風景も当分は見ることもあるまい。この沿道風景も、十年の間に相応の変貌《へんぼう》をとげている。

帰宅してシャワーを浴び、夕飯まで仮眠する。夜は〔波〕誌の連載小説の後半を書きあげ、挿絵《さしえ》を描《か》くというわけで、きょうは能率があがった。それもこれも、暑くなかったからだ。今年ほど秋が待ち遠しかった年もない。ベッドへ入る前に、少量のブランデーをのみ、睡眠薬の代りにする。

×月×日

昨日は夕方から、新橋演舞場の新国劇七十周年記念公演を観に行く。〔王将〕と〔国定忠治〕それに〔一本刀土俵入〕という演目で、先月の名古屋御園座《みそのざ》の公演は一ケ月だったが、今月は、わずか六日間、それも、松竹と演舞場の好意によるものだ。

新国劇の全盛時代、私は少年時代から、この演舞場で、どれだけの芝居を観たか、数え切れない。

私の劇作家としてのデビューも、演舞場の新国劇だった。

今度の舞台の成果については、書くのをひかえたい。現在の新国劇に、往年の新国劇をのぞむのは、ムリである。当然のことだ。

しかし、六十、七十年輩の男性ファンが詰めかけて、予想外の大入満員。名古屋でも入りがよかったらしい。名古屋の老ファンから「私は五回も観ました」という手紙が、私のもとへ届いたりした。

おそらく、新国劇の劇団としての公演は今度が最後になるだろう。ファンも、それを知っている。

こうした老ファンにとって、新国劇と辰巳・島田の両スタアは、一種の石原裕次郎のような存在だったといってもよい。その熱狂ぶりは想像を絶するものだったのだ。

旧座員だった人びとも、其処此処《そこここ》に顔を見せている。

私は、最後の一場を残して外へ出た。

きょうも残暑がきびしい。

昨夜は、よく眠れず、頭が重かったが、もう、そろそろ秋だ。のんびりしてもいられない。

文庫本の表紙を描いたり、細かい仕事を少しずつ、書きすすめて、よく働いた。夜は睡眠薬の量を、ほんの少し増やして服用する。

×月×日

昨日の朝は、ベッドに寝ていて、突然、体がふるえるほどの冷気に目がさめた。起きてみると、小雨がけむっている。

一日中、冷気が強く、このまま秋になってしまうとはおもわれなかったが、連日の暑さに少しもすすまなかった仕事に取りかかり、夜に至るまで、やすむことなく没頭する。

きょうも、小雨。

トーストとコーヒーの朝飯をすませて、すぐに飛び出し、神田で散髪をすませ、紙、本、その他の買物をし、すぐに帰宅。

よい鶏《とり》があったので、スープ鍋《なべ》にして、残ったスープを御飯にかけまわして食べる。

×月×日

昨日の朝、新国劇の解散を新聞で知る。

午後になると、新国劇と関係が深かった私のところへも、新聞や通信社その他から、原稿やインタビューの依頼があったが、その大半をことわる。いまさら、何をいうことがあろう。

きょうは、夜になって、新国劇の島田正吾・辰巳柳太郎の両氏が解散のあいさつに見える。

おもえば、新国劇と私のつきあいは三十六年にもなる。なんという歳月の速さだろう。

そのことをいうと、二人とも、憮然《ぶぜん》たる面《おも》もちとなった。

人間という生きものに対しての、歳月の速度は〔無常〕でさえある。

夕刊は、アメリカの映画監督ジョン・ヒューストンの死を報じている。

ロース・カツレツで、酒を少しのみ、今年、初めての秋刀魚《さんま》の塩焼で御飯を食べた。

×月×日

この夏は仕事を減らし、のんびりできるかとおもったが体調を崩してしまい、予定通りには行かなかった。残暑も、ようやくしのぎやすくなったけれども、秋からの仕事が詰って来て、なかなか銀座へも出られないし、試写にも行けない。

まったく、今年の夏は、ひどい夏だった。

これからの仕事のことを考えると、うんざりしてしまう。

食欲がなくなってしまい、体重も減ってきて、どうも元気が出ない。

きょうは、夕飯に、近くの商店街のマクドナルドからハンバーガーを買って来させ、それで少量の酒をのんでから、あとはトロロそばにしたら、うまく食べられた。こんなのもタマにはよい。

×月×日

朝早く起きて、新橋演舞場の昼ノ部を見物する。

片岡孝夫と坂東玉三郎共演の〔玄宗《げんそう》と楊貴妃《ようきひ》〕である。この素材は、いくらでも、おもしろいドラマになるとおもったが、延々三時間余にわたる退屈芝居。頭が痛くなってきた。

しかし、人気スタアの舞台ともなれば、団体の観客（大半は女）が、文句もいわずに観ているのだから、いまの役者は楽だ。

これで二ケ月のロングランが、すでに決定している。興行者も楽であろう。

先日の、おとろえた新国劇の舞台のほうが、まだ面白かった。

帰って、疲れ果ててしまい、そのまま、ベッドに転がったら、夜まで目がさめなかった。

今月は、〔鬼平犯科帳〕の短篇《たんぺん》を書かなくてはならないので、夜半、起きあがって五枚書く。調子が出たような気もするが、まだ五枚ではわからぬ。

×月×日

早くも彼岸の入りとなった。

昨日は、昼前に家を出て、墓参にまわる。先《ま》ず、亡母の実家の墓、家人の実家、それから自分の家の墓とまわる。

帰宅して、すぐに仕事をするつもりでいたが、急に気分が悪くなり、ベッドへ入る。私が、あまり御無沙汰《ごぶさた》をしていたので、みなみな、あの世で怒っているのかも知れない。

今朝は、野菜（モヤシ、ナス、タマネギ）の炒《いた》めたものを熱いうどんにかけて食べる。旨《うま》かった所為《せい》か気分がよくなったので机に向い、鬼平七枚を書く。少し先が見えたようにも思えるが、まだ苦しい。

きょうも早く起きて、ワーナーの試写室で〔サルバドル〕を観る。

ベトナム戦争をテーマにした〔プラトーン〕で一躍、有名になったオリバー・ストーン監督の力作。主人公のキャメラマンの眼《め》を通して、スクリーンにあらわれる後進国家の動乱のなまなましさ、残虐《ざんぎゃく》さは異常な迫力を生む。それは〔プラトーン〕よりも強烈だった。キャメラマンのリチャード・ボイルを演じるジェームズ・ウッズもよかったが、久しぶりに見るジョン・サベージが、とてもよかった。このような革命・動乱は今後も諸方で起るだろう。その一方で核の恐怖にさらされながら生きて行かねばならない現代人の不幸を、何にたとえたらよいだろう。

帰ると、先般、解散した新国劇にいた若い俳優たちが電話をかけてくる。

この期《ご》におよんで、まだ芝居をやりたいというのだから、この道の泥沼《どろぬま》は深い。私が彼らに会ったところで、どうしようもないことだ。

〔勧進帳〕見物

×月×日

昨日は、午後に朝日ホールへ行き、亡《な》きジャン・ルノワール監督が一九三四年につくった〔トニ〕を観《み》る。

現代に、この古い秀作が、どのようにアピールするか知らないが、一九三四年（昭和九年）といえば、私が、まだ小学校を卒業していなかったころだ。そのむかしに、ルノワールがこれほどのリアリズム演出をやっていたことにおどろく。映像には、いささかの誇張もなく、登場人物のすべてに生彩を感じた。

終って外へ出ると、小雨が降り出している。久しぶりで〔天一〕の本店へ行き、天《てん》丼《どん》を食べていたら、中年の男がふたり、

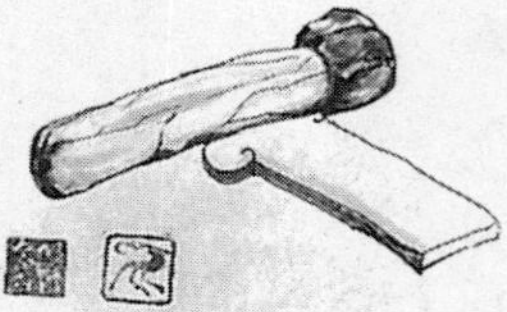

「おお、寒い、寒い」

と、いいながら、店へ飛び込んで来た。まったく、先ごろまでの猛暑が夢のように感じられる。

帰って〔鬼平犯科帳〕を書き終える。五十余枚の短篇《たんぺん》に十三日もかかってしまった。こんなことは久しぶりだ。ともかくもほっとする。今夜は、よく眠れるだろう。

きょうは、〔壹番館〕へ行き、仮縫いをすませてから、〔ヨシノヤ〕で靴《くつ》を買い、京橋の〔与志乃〕へ行く。秋の夕暮れの銀座は美しい。

マグロ、コハダ、ハマグリ等、いずれも旨《うま》かった。

来月から始まる週刊誌の小説、その題名に苦しんでいたけれども、ようやく二つほど思いついたので、担当のS君に電話して、よいほうにしようといっておいたが、その返事が電話で来た。題名は決まっても、何を、どのように書くかは、第一回目を書いてみないことにはわからない。いつものことなのである。しかし主人公が女であることだけは決まっている。

×月×日
連日、ウットウしい曇り日がつづく。冷え込むかとおもうと蒸し暑く、仕事がはかどらぬ。

昨日は、午後、神田へ出て散髪し、山の上ホテルへ行き、今月の予約をする。帰宅して間もなく、近所のA医師が通りかかったので、血圧をはかってもらったら、上が一五三、下が八〇という好調さで、すっかり気分が明るくなる。

「心配はないですよ。しかし、ちょっと疲れているようですねえ」

と、いわれる。

きょうは姪《めい》に血圧をはからせる。いつもは朝にはかるのだが、昨日と同じ夕刻にして、右腕ではからせる。上が一六〇、下が七〇で、朝のときよりも、ずっといい。

その後で、解散した新国劇にいた若い座員が新しい劇団をつくったとかで、代表の二人が、その挨拶《あいさつ》に来る。

しかし、来られても、いまの私には何をしてやることもできない。新国劇には、するだけのことをして来た。すでに時は遅い。何事も全盛のときに後事をはからねばならぬのだが、そのとき、当事者は全盛の美酒に酔っているから、耳を貸さないのだ。

二人が帰った後で、松茸《まつたけ》のバター炒《いた》めに栗御飯《くりごはん》を食べる。

×月×日
秋晴れの昨日、調理師組合の〔古崩会〕のパーティに出た。パーティは疲れる。
きょうも秋晴れで、汗ばむほどなり。

午後から歌舞伎座《かぶきざ》へ行き、待望の中村富十郎の〔勧進帳〕を観る。八年ぶりの富十郎の弁慶は、前半、抑えていたが少しも、その感じがせず、重味《おもみ》がついて堂々たるものだった。

緊張して観たので、終ると疲れてしまったが、つまらない芝居に疲れるのとちがって快い疲労だ。あと二度は観るつもりである。〔勧進帳〕は、若いころに、長唄《ながうた》全曲を稽古《けいこ》したことがあるし、それだけに、数ある歌舞伎狂言の中では、もっとも、私が好むものだ。

連れの友人に「何が食べたい？」と尋《き》いたら「中国料理」と、こたえたので、久しぶりに〔東京飯店〕へ行き、牛肉とニラ炒め、その他と鶏《とり》そばをたのむ。〔東京飯店〕は、むかしの味が落ちていなかった。

×月×日

姪が妊娠中で手つだいに来られなくなるので、血圧がはかれなくなる。

姪は、腹が大きくなるにつれ、とても人相《にんそう》がよくなった。安産の証拠だし、生まれる子も、きっとよい子だろう。

「当分、はかれないから」

と、きょうの夕刻、血圧をはかってくれる。

上が一六〇の下が六〇で、きょうも好調なり。それはよいのだが、今年の秋は気力、体力がおとろえてしまい、週刊誌の連載小説がなかなかに書き出せない。

夕飯後、おもいきって書き出す。二枚強を書く。これでよい。あとは作中の人物のうごくままに描《か》いて行けばよいのだが、そうはいっても何度か壁に打《ぶ》ち当る苦しみに堪えねばならない。ともかくもきょう書いた三枚は貴重だ。

今夜は、油揚げを網で焼き、オロシ醬油《じょうゆ》で食べる。それからカツ丼《どん》をこしらえさせた。

めっきりと食欲が落ち、体重も六十キロを割ったので、何とか工夫をして、食べなくてはならない。今夜は旨かった。

家人の拒食症は大分によくなったが、今度は私の番だ。ちからがなくなった所為《せい》か、ベッドへ入っても何となく不安になり、よく眠れない。だが、おもうところあって、今夜から睡眠薬の服用を中止することにした。

×月×日

昨日は〔狂気の愛〕というフランス映画の試写へ行ったが、どうしようもないものだった。ドストエフスキーの〔白痴〕を暗黒映画《フィルム・ノワール》にしたものだが、全篇、血汐《ちしお》と銃声が鳴り響いているだけで、居眠りもできない。たまりかねて一人、そっと試写室を出て行く人がいた。

日本人は、どうして、こんな映画を買いつけて来るのだろう。ソフィー・マルソーの人気にたよるのか、ともかくも、素人《しろうと》の買いつけといわざるを得ない。

きょうは迷わずに、山の上ホテルへ直行し、天ぷらを食べる。食欲が出たようなり。カブの味噌汁《みそしる》が旨かった。

きょうはフランス映画社の〔ロビンソナータ〕というグルジアの映画で〔ソポトへの旅〕と題した小品がつく。共に女流監督ナナ・ジョルジャーゼの作品。あまり期待しなかった所為か、おもしろかった。

さて、きょうは何を食べて帰ろうと、昼間にねらいをつけておいた店へ行ったが休日。ちかごろは、むかし、知っていた店へ行っても、味が変り、店の様子が変ってしまっているので油断ができない。

結局、某店の鶏味噌うどんというのを食べて帰る。このうどんは、最近、食べたものだから、失望しないかわりに、さして、旨くもなかった。

帰宅して、おにぎりの小さいのを二個食べる。

×月×日
昨日は、デパートで買って来たカレーの缶詰《かんづめ》を開け、カレーライスを食べる。旨かった。いくらか食欲がもどったようなり。

姪が、急に産気づいて、男の子を生んだという知らせが入る。一ケ月も早い。どうも姪が病院で聞いた予定日を勘ちがいしてしまったらしい。母子共に健全という。今年は四緑《しろく》の年だから姪と、その主人との相性もよく、おとなしい男の子だろうとおもう。

昨日で、週刊誌の第二回目を終る。締切りは来月の二日だが、それまでに、これくらいの余裕をもって仕事をしておかないと、私の場合は危い。いくらかほっとなって、仕事を休む。

昨夜は厚揚げを焙《あぶ》って、オロシ醬油で食べながら、酒少量、その後で松茸御飯、豆腐と松茸の吸物。台風十九号接近して、風が強くなる。

きょう、台風が遠ざかって、昼前には薄日《うすび》が差す。食欲が大分にもどってきたが、目方は依然五十八キロ。こんなに細くなったのは二十年ぶりのことだろう。

昼前に家を出て、地下鉄で歌舞伎座へおもむく。富十郎の〔勧進帳〕二度目の見物なり。

きょうの富十郎の弁慶は、掛け声が多すぎて、格調が崩れていた。前進座の故河原崎長十郎の弁慶も、唸《うな》り声や掛け声が耳にうるさく、あれほどではなかったけれど……少し、疲れが出て来たのではあるまいか。

きょうは、正面五列目のよい席で、あますところなく観た所為か、弁慶という役が、いかに抜群《ばつぐん》の気力、体力を必要とするかが、よくわかった。掛け声を発することによって、気力をふるい起すということもあり得る。

新聞は、三人の総裁候補の争いと天皇の病後の記事で、連日、いそがしいが、かんじんなことは何一つ記事になっていないので、読む気も起らぬ。読めば（ああ、日本は、とうとう、こんな国になってしまったのか……）と、ためいきが出るばかりだ。

夜はベッドで故杉山茂丸の〔浄瑠璃《じょうるり》素人講釈《しろうとこうしゃく》〕を読む。この本は何度、読んだことだろう。しかし、おもわず引き込まれて一巻読了してしまう。ときに午前二時半。

ケン玉遊び

×月×日

昨日は、中村富十郎の〔勧進帳〕を見物（三度目）した。掛け声をセーブして（やはりこれは、セーブしたほうがよい）立派な弁慶になってきた。評判もよく、十二月の京都・顔見世で出すことが決定したという。

同行のK社のM君と共に高島屋へ行き〔野田岩〕の鰻《うなぎ》を食べて帰宅す。

きょうは早くから出て、先《ま》ず、神田の日大歯科病院へ行く。それから散髪をすませ、帝劇のビル内の〔エルメス〕で、来年の手帳の紙を買う。

冷え込みが強《きつ》くなって来た。今夜はおでんに茶飯。久しぶりの所為《せい》か、旨《うま》い。たくさん食べた。

何しろ体重が減って血圧が下るのはよいけれど、心細くて仕方がない。今年の夏は、ほんとうにひどかった。

×月×日

昨日は、鱈《たら》の粕漬《かすづけ》に松茸《まったけ》御飯。たっぷりと食べられた。

午後、ヘラルドで〔薔薇《ばら》の名前〕という、格調高いミステリーを観《み》る。しかし、西洋の宗教が背景になっているので、あまり私には感動がわいてこなかった。感動は薄いが、部分的にたのしめる。

友人と新橋の〔S〕へ行き、カキとウニの釜飯《かまめし》を食べる。

きょうも朝から冷え込む。まるで冬のようだ。ヒーターをつけ、すぐに仕事にかかる。

週刊誌の連載小説、二回分書き終った。これで、やれやれというところだが、活字になると、たちまちに追われる。いまから十二月の算段をしておかねばならない。

挿絵《さしえ》を二枚、エッセイを一回分。きょうは、よくはたらいた。

夕方になって、冷雨が熄《や》む。

×月×日

昨日は、朝飯をすませると、すぐに飛び出し、ワイシャツを二枚あつらえ、Sデパート、Hデパートへ行く。売り場が変って、以前、フランスのシロップを売っていたところに、それが無い。店員に尋ねてもわからない。または、売り場に出ていた店がやめたりして、おもうように買物ができなかった。

七丁目に新しく出来た〔T〕というラーメン屋に入り、ラーメンとギョーザを食べる。久しぶりのラーメンだったので旨い。

雨が降り出して来たので、あわててタクシーを拾い、帰宅する。

帰って、すぐに週刊S誌の連載小説に取りかかり、三回目を少し書く。

ベッドへ入り、前進座にいた故坂東調右衛門《ちょうえもん》の語りおろし一代記を読む。歌舞伎《かぶき》役者にしては型破《かたやぶ》りの人物で、何度、読んでもおもしろい。

きょうは、週刊S誌のS君が来て、原稿を持って行く。折返し、電話があって「おもしろいです」という、ホッとする。

秋晴れで、暖い一日だった。

夕刊で、南部圭之助《なんぶけいのすけ》氏の死去が報じられる。八十三歳。私たちは若いころ、南部さんの映画評論に啓発《けいはつ》されることが少なくなかった。映画のみか、ステージにもくわしく、地下鉄のホームで、老いて尚《なお》、ダンディな姿を見かけたのが、つい先ごろだったような気がする。

そのはなしを、夜になって電話をかけてきた友人にすると、

「われわれも、切迫してきたね」

と、いう。たしかに、そういう感じがするきょう此《こ》の頃《ごろ》だ。

夜は鳥のスープのおじやに豚肉のコロッケ。だいぶ、食欲がもどってきたようだ。この調子で年末を乗り切りたいとおもう。依然、体重はもどらぬが、血圧の状態はよい。

×月×日

昨日は北条秀司氏の劇作五十周年を祝うパーティが、銀座のTホテルで開かれた。一口に五十年というが、他人の作の脚色をせず、すべて自作の脚本・演出で、上演率は九〇パーセントにもなるというのだから大したものだ。パーティは大盛況。早目に引きあげ、芝のレストランで、中村富十郎さんと二度目の対談をする。

きょうは、午後から山の上ホテルへ入る。ケン玉を持って行き、仕事の合間に、久しぶりでやってみる。子供のころの私はケン玉の名人を自称していたものだが、数年ぶりにやってみて、勘が狂ったというよりも、手がおもうようにうごかなくなっていることに愕然《がくぜん》となる。あきらかに、手先が

おとろえてきているのだ。

それから夢中になって、一時間もつづけているうちに、少しずつ、勘がもどって来る。しかし、むかしのころのように〔高等技術〕はこなせない。

×月×日

昨日、ホテルから帰り、夕飯は地鶏のスープなべ。カレーライス。いくらか食欲が出て来たのはよいが、体重が増えれば血圧が上るというわけで、痛し痒《かゆ》しである。血圧は下ったままで一ケ月も安定している。

きょうから、年末のスケジュールをたてる。コツコツとじりじりとすすめて行くより仕方がない。

何よりも今年の自分は、体調に自信が持てなくなった。きっと、体調が変るときなのだろう。

きょうは、朝から寒い。木枯《こがらし》の第一号だとテレビが報じている。

越中・井波の大和君から里芋が送られて来る。井波の里芋は旨い。今夜は、けんちん汁にすることにした。

×月×日

連日、コツコツと仕事をすすめる。銀座へも出て行かない。まだ、それほど、あわてるにはおよばないのだが、何しろ年末は、近年、印刷所の都合でギリギリまでやらないから、うっかり出来ない。いくら早手まわしに事を運んでも、早すぎることはないのだ。

毎日、寒い。暑さにも寒さにも弱くなってしまった。

昨日から、ダイアン・ジョンスンという女流作家が書いた〔ダシール・ハメットの生涯《しょうがい》〕を読みはじめている。これは、ハメットの長年にわたる恋人であり、友人でもあった女流劇作家・リリアン・ヘルマン秘蔵の資料によってまとめたもので、小説が書けなくなったハメットが、老いて死ぬまで、私が今まで知らなかった彼の人間像が生き生きと描かれている。書けなくなってからのハメットは、同業だけに、身につまされる。

私は、ハメットの小説が原文で読めない所為もあって、人がいうほどに感動しないが、映画化されたものは、みんな好きな映画だ。そして彼の人柄《ひとがら》に何よりも心をひかれる。この伝記を読んで尚更にそうなった。

今夜は、牛肉のしゃぶしゃぶをする。近年の私は酒がのめなくなった所為もあって、食べるものには、ふしぎなほど、うるさくなくなったそうである。興味もない。ただし、第一食だけは自分で考えたものをつくらせる。なぜなら、第一食は、その日の活動の原動力となるからだ。

×月×日

昨日は朝から、よく晴れた暖い一日だった。

久しぶりで、神谷町の二十世紀フォックスの試写室へ行き、フランス映画の〔ベティ・ブルー〕を観《み》る。

監督はジャン＝ジャック・ベネックスで、この人の前作〔溝《みぞ》の中の月〕には、辟易《へきえき》したが、今度はよい。二時間の上映時間が長く感じられなかった。

早発性痴呆《ちほう》症で躁鬱《そううつ》の度が激しい女を恋人にした作家志望の男の悲劇だが、適度に笑いをさそうところに、監督のエスプリが出て楽しめた。

終って巴《ともえ》町の〔砂場〕へ行く。フォックスの試写のときは、この店で蕎麦《そば》をやるのを楽しみにしていたものだが、長い間、休業してしまい、ガッカリしていたところ、今度は大きなビルの一階に、新装開店した。天ぷら蕎麦とせいろ一枚。味は少しも変らぬ。はたらきもののおかみさんも元気だった。

夜になって、ライシャワー夫人ハルさんが書いた〔絹と武士〕を読みはじめる。

きょうは曇っていて、陰鬱《いんうつ》な天気だ。

午後からの客の約束時間を間違えて、二組がカチ合ってしまう。どうも、このところ、私にはこうしたミスが多い。

出産をすませた姪《めい》が、きょうから来てはたらく。お産も安産だったし、ともかくも姪は丈夫だ。生まれた子も私が気学で看《み》たようにおとなしく、めったに泣かないらしい。

午後、調べることがあって、三階の書庫へ入ったら、意外に手間取り、下へ降りて来たら、もう夕飯の時間になっていた。調べたことを忘れないうちに、ノートしておく。

久しぶりで、頭痛がする。実に嫌《いや》な気分だったが、夕飯後、痛みが消えたので週刊誌の小説七枚を書く。

それから、この文章につけるダシール・ハメット晩年の肖像を描《か》く。古い雑誌から、ハメットの、とてもよい写真が見つかったので助かった。

ある原稿の手入れを終えると、もう十時になってしまっている。

入浴して、ベッドへ入り、足にお灸《きゅう》を三つ、する。

歯医者通い

×月×日

また、歯の治療に通っている。つくづく、嫌《いや》になる。食べるものも旨《うま》くなくて、いろいろやってみるが、歯がすっかりよくなるまではダメだろう。

毎日、週刊誌の小説を書きつづける。少しずつ、少しずつ、辛抱強くやりつづけるより仕方がない。まだ先が見えるところへ行っていないが、年内には、たとえ、ぼんやりとでも小説の行手が見える感じにしたいとおもう。

今夜は、けんちん汁《じる》を二杯食べると、もう腹一杯になり、御飯が食べられなくなってしまう。

中山あい子さんが〔紅椿無惨《べにつばきむざん》〕という唐人お吉の小説が文庫本になったのを贈って

のまわりに寄って来る。
いよいよ、寒くなってきた。現金な飼猫《かいねこ》どもが、夜になると、いっせいにストーヴ
りするかも知れない。
田《だ》へ久しぶりで行ってみたくなった。しかし、下田も変ったろう。行ってみてガッカ
くれたので、夜は、それを読む。中山あい子の唐人お吉、なかなか面白《おもしろ》い。伊豆《いず》の下《しも》

×月×日
きょうは快晴。仕事が一区切りつき、来客の予定が狂ったので、久しぶりに試写会
へ行く。東宝が正月に配給する〔帝都物語〕だ。
金もかけたらしいが、日本映画にはめずらしいスケールの大きなオカルト映画だっ
た。引きずられて、二時間余を退屈せずに観《み》てしまう。
〔ヨシノヤ〕へ寄り、修理した靴《くつ》を受け取る。
〔K鮨《ずし》〕の主人が銀座へ帰って来たことを耳にしていたので立ち寄ってみる。四、五
年ぶりか。その間に、私は酒がのめなくなってしまったし、鮨を食べる量も、むかし
の半分に減ってしまった。
木村屋のアンパンを買って帰る。
夜、読むものがなくなったので書庫へ行き、故子母沢寛《しもざわかん》氏の〔遊侠奇談《ゆうきょうきだん》〕を出し

てきて読む。何度も読んだものだが、実に面白い。子母沢氏には、その晩年の知遇を得た私だが、亡《な》くなる一年ほど前、夫人に先立たれた子母沢氏が、

「ばあさんが、そろそろ、迎えに来るようです」

と、おっしゃった声と、その温顔が、いまも私の耳と目に残っている。

それからそれへと、思い出を手繰《たぐ》っているうちに眠れなくなってしまい、あわてて、睡眠薬少量をのむ。

×月×日
昨日は、青山円形劇場へ〔星の王子さま〕を観に行った。フランスのギィ・グラヴィスの主宰する劇団の公演。

登場人物は三人きりで、装置もない舞台だ。サン・テグジュペリの哲学をフランス語で展開しようというのだから、むずかしい。私は、むろんのことにフランス語を知らないから、ちんぷんかんぷんで、わずか一時間という上演時間に助けられた。

フランス語は知らないが、サン・テグジュペリと〔星の王子さま〕は読んでいる。それにしても、退屈だった。シーンと静まり返って観ている見物が、却《かえ》って不気味だった。

青山のビルの地下で鴨《かも》南ばんを食べて、帰る。

きょうは、また歯科病院へ行くので、朝七時半に起きる。十一時半の約束だが、私は起きてすぐ出かけることができない。実に不便な男なのだ。

きょうは、顔面神経麻痺《まひ》の検査をされる。幸いに何でもなかった。あと三回で終る。その日が待ち遠しい。

山の上ホテルで、天丼《てんどん》を食べたとき、ビールを、ほんの少量のむ。果して、頭痛が始まる。ビールは鬼門《きもん》だ。

帰宅してベッドへ入り、夕方まで眠る。

×月×日

一昨日から山の上ホテルへ来ている。

きょうは、近くのN大歯科へ行き、歯の治療。今度は、うまく行きそうなり。あと一回ですむ。朝から冷え込みが強《きつ》かったが、夕方になると、一層、寒くなる。

仕事は、まだ片づかない。もう一息というところだが、以前のように、短い原稿でも骨が折れるようになってきた。

K社のN・O君、迎えに来て、銀座の〔胡椒亭《こしょうてい》〕へ行く。

ワインは、ボジョレの新酒でうまいのだが、のめない。酒は、すっかりのめなくなってしまった。

ホテルへ帰り、一時間ほど仮眠する。

それから、昼間、古書店で買ってきた〔喜多六平太芸談〕を、拾い読みしてから、眠る。

×月×日
午後、N大歯科病院へ行く。きょうが最後の日だ。

万事、うまく行った。担当のS先生には、まったくお世話になってしまった。これで私の歯は当分、大丈夫だろう。

山の上ホテルへ寄り、天ぷらを食べてみる。異常なし。すっかり、うれしくなってタクシーで帰宅。

きょうも寒いが、仕事は詰ってきている。

夜更《よふ》けまで仕事をし、ベッドへ入ってから〔六平太芸談〕を読みふける。

×月×日
連日、寒くてはっきりしない天気がつづいたが、きょうは久しぶりに晴れあがった。
午後からワーナーの試写室へ出かける。近ごろ人気上昇中のケビン・コスナーのスパイ映画。単なるスパイものではなく、ショーン・ヤングという新星をつかって豊艶《ほうえん》な色気を出し、コスナーとの情事がサスペンスを積み重ねて行くのだから、二時間が少しも退屈しない。コスナーの胸がすくような躰《からだ》のうごきに魅了される。

終って、近くの〔与志乃〕へ行く。老主人が〔めいたがれい〕の煮たものを出してくれた。旨《うま》い。マグロもきょうのは飛び切りのが入っていた。

薬と煙草《たばこ》を買い、帰って、六枚書く。今年ほど年末の仕事に苦しんだ年はない。まだ片づかないのだ。

昼も夜も、まことに暖い一日だった。

×月×日
昨日の朝、起きると、今冬二度目の雪。午後になって、いよいよ激しく降る。
一日中、仕事をして、いくらか量《はか》が行く。どうやら年末は乗り切れる見込みがついたようなり。
きょうは、Yホールへ、ジャン・ルノワールがイタリアで撮った〔トスカ〕を観に行く。オペラとしては、屈指の台本なので、ドラマにしてもおもしろい。ルノワールは少し演出しただけで、後は助監督のカール・コッホにまかせ、フランスへ帰ってしまったのだが、よほど、コンテをしっかりつくっておいたとみえて、上出来の映画だった。色敵《いろがたき》のスカルピアを演じるミシェル・シモンがめずらしく、ロッサノ・ブラッツィとマッシモ・ジロッティが約五十年前の若々しい姿を見せる。オペラの唄《うた》はあまり入らず、あくまでもドラマとして押し切っている。それだけにオペラではよくわからぬところが、あますところなく描出されていた。

高島屋の〔野田岩〕へ行き、鰻《うなぎ》を食べて帰る。

×月×日
一昨日は、ヤマハ・ホールへ〔レボリューション〕を観に行った。

何といってもアーウィン・ウインクラーの製作、〔炎のランナー〕のヒュー・ハドソン監督、そして〔フレンチ・コネクション2〕のロバート・デイロンの脚本というのだから、期待せずにはいられない。

期待は外れた。アメリカの独立戦争をテーマにしたものだが、あまりに資料をあつめすぎてしまい、肝心の父（アル・パチーノ）と子の愛が生き生きと描かれていない。金をかけた大作にはちがいないが、二時間が長くすぎた。

傍役《わきやく》のイギリス軍の軍曹《ぐんそう》を演じるドナルド・サザーランドが、敵役《かたきやく》を演じ、すべてをさらってしまう。こういうときの映画は、総じて面白くない。脚本も監督も力《りき》みすぎた。アル・パチーノは平凡な父性愛を熱演しているだけだ。

終って、K町の〔Y〕という洋食屋へ行き、ロース・カツレツとハヤシライスを食べる。

さきごろ、一気に仕事を片づけようとおもい、山の上ホテルへ入ったが、第一日目はうまく行かなかった。

今朝、目ざめると雪が降っている。

しかし、前日の雪に閉じこめられ、終日、仕事をして、能率が上った。

夜は、ホテルの天ぷら。仕事をよくしたので、食欲もいくらか出る。

夜は仕事をせず種々の雑誌や〔逸話に生きる菊池寛〕という小冊を読む。

暖かな日々

×月×日

昨日は、十余日もこもっていた山の上ホテルを引きはらい、久しぶりに帰宅した。

第一食はホテルで天丼《てんどん》。主任の近藤君が「冬至《とうじ》です」といって、柚子湯《ゆずゆ》用の柚子をくれる。

帰って、姪《めい》に血圧をはからせる。変化なし。

そこへ、電話があって、下北沢のパン屋〔アンゼリカ〕の主人・林省三さんが急死したと、知らせがあった。林さんは長年の私のファンで、それが縁となり、親しくなって、去年は子息の結婚の仲人《なこうど》をつとめた。去年の夏、足を悪くして苦しんでいたので、私が通っていたハリ医の矢口さんを紹介し、めきめきとよくなったのだが、まさかに、心臓がいけなかったとは知らなかった。

まだ五十五になったばかりだ。今年は、私より年少の友を何人も失ったことをおもい、ベッドへ入ってからも、なかなか寝つけなかった。

きょうは、夕方から家人と共に、林家の通夜《つや》におもむく。帰りに、まずいラーメン屋へ入って閉口する。

帰宅し、文庫の表紙カバーを描《か》く。これで年内の仕事は、すべて終った。今年の年末ほど、仕事の調整に苦しんだことはない。山の上ホテルへ入って、大雪の日曜日に大量の仕事をすることができ、目鼻がついたのだ。

×月×日

東宝の試写室で〔マルサの女2〕の試写を観《み》て、〔K亭《てい》〕で食事をし、急いで帰る。

クリスマスのことで、銀座は大混雑。タクシーを拾っても渋滞することは目に見えているので、地下鉄へ乗り、八時帰宅。

新潮社の〔波〕誌に、広瀬隆氏の〔地球のおとし穴〕の連載が始まる。その第一回〔これが最後の正月か〕を読み、慄然《りつぜん》となる。私は人類が、いや、日本人が二十一世紀まで保《も》つか、どうかと、かねてから考えていたが、いよいよ切迫してきた。新聞もテレビも何故《なぜ》か、このことにふれていないが、日本の原子炉は何度も危険なテストを繰り返しているのだ。

そのうち、十月一日の敦賀《つるが》における原子炉のテストではギリギリのところで、幸運にも大惨事をまぬがれたが、あやうくチェルノブイリと同様な爆発をまねくところだったという。そのことは、かねて私の耳にもきこえていたが、今度、来年の二月下旬には、四国の原子炉で実験をするという。

「広島と長崎に原爆を落されるまで、あの愚かな戦争をやめなかった状態と同じですね。もう、間ちがいなく、大事故を起すところまで行きつくでしょうね」

原子力の学習会で、こんな会話が、かわされているという。実にやりきれない。この文章を書いている広瀬さんも、やりきれないおもいだろう。

今夜も暗澹《あんたん》たるおもいがつのってきて寝つけない。やむを得ず、睡眠薬を少量用いる。

×月×日

第一食は〔よもぎうどん〕を釜《かま》あげにして食べる。それと、いつものようにバニラ・アイスクリームとコーヒー。

午後からT・Y・H・Nの四氏来訪。それぞれ用件をすます。ようやく、いつもの年末になってきたが、まだ、机の周辺を片づけなくてはならない。

夜は〔よせなべ〕を食べてから、少し、片づけものをする。こんなことで疲れてしまうのだから、近ごろの私はまったく役に立たないのだ。血圧が下れば下るで、元気がなくなるし、上ればまたぐあいが悪くなる。

ベッドへ入ってから〔湖底の家〕という、ゴースト・ミステリーを読み、間もなく眠る。毎日のように、あたたかい晴天がつづく年の暮れだ。

×月×日
今年最後の試写へ出かける。

かつて、満州国の皇帝だった溥儀《ふぎ》の自伝をもとにして、イタリアのベルナルド・ベルトルッチ監督がつくった〔ラストエンペラー〕である。

現中国の協力があってこそ、この現地ロケーションのスペクタクルは可能になったのであろう。ベルトルッチの大見世物だ。脚本も、溥儀を演じるジョン・ローンもピタリとはまって、三時間に近い長尺を少しも退屈せずに観た。ピーター・オトゥールのイギリス人の教師もよく、日本から参加した坂本龍一《りゅういち》の甘粕《あまかす》大尉は、どうにもならない。坂本に甘粕は無理だ。だが、坂本担当の音楽はよかった。

初期のベルトルッチは、やたらに長い時間をかけて、わけのわからぬ映画をつくっていたが、いつの間にか、立派な大作映画監督に成長した。

きょうも暖い。何処《どこ》へ入っても暖房がききすぎていて汗が出てくる。それに年末の街はさわがしいばかりだ。

少し歩いて、鶏《とり》ソバを食べてから帰宅し、原稿三枚を書く。

×月×日

新しい年が明けた。

私は、早生まれの戌《いぬ》で、本命の星は六白《ろっぱく》である。去年、この六白の星をもつ人は大なり小なり、ひどい目に会った。むろんのことに例外はあるけれど、何といっても五黄殺《ごおうさつ》という恐ろしい星が上へ乗って来たのだから、どうにもならない。それを知っていながら、自分のことになると、うっかりして見逃してしまう。

それと九紫《きゅうし》の人は、もっと、ひどい目に会った。私の亡母も九紫で、私は、ひそかに去年があぶないとおもっていたが、母は一昨年に亡《な》くなってしまった。

今年は外国へ二度ほど行くつもりだが、体力的に自信がなくなってきている。今年は仕事をおもいきって減らすつもりだ。そして、あと三年、どうにか無事にすごせれば、盛運に入って、最後に少し大きな仕事をすることができるだろう。

正月は元旦《がんたん》から仕事をするつもりでいたが、来客の応接で、おもうように行かなかった。

きょうは早くも五日。新年の原稿を取りに来る編集者が、そろそろあらわれる。

夜はベッドで〔クリスティーン〕というサスペンスを連夜、読んでいる。中古車のプリマス・フューリーに亡霊が乗りうつるはなしだ。ばかばかしいとおもいつつ、読み出したら、さすがにスティーヴン・キングだ。いつの間にか引き込まれ、今夜で五日目、上下二巻を読み終える。

連日、あたたかい日和《ひより》がつづいて、まずまず、いまのところは、おだやかな正月だったといえよう。

×月×日

新年の初試写。イタリア映画がソ連のニキータ・ミハルコフ監督を招いてつくった〔黒い瞳《ひとみ》〕は、チェホフの短篇《たんぺん》をもとに、マルチェロ・マストロヤンニの主演、フランコ・ディジャコモのカメラ、フランシス・レイの音楽というスタッフを得て、ミハルコフが、よろこびにあふれて映画化したものだ。

ソ連にいては、このように希望のスタッフを得られなかったであろう、ミハルコフのうれしさが、画面から立ちのぼってくるようなおもいがした。

帰って、週刊誌連載の絵を二枚、描いておく。引きつづいて連載小説六枚を書きすすめる。ようやく、調子が出てきたようなり。昼間、天ぷらそばを食べたので、夜は蓮《はす》御飯を少し食べる。

読むものがなくなったので、自分の古い小説の文庫版を、このところ毎夜、読んでいるが、とても自分が書いたものとはおもえないほど、おもしろい。こんなことを自慢しているわけではないが、むかしの自分は、いまの自分ではない。別の人が書いた小説のようにおもえるから、おもしろいのだろう。

×月×日

朝から、まるで春のような暖日。何だか気味がわるい。第一食に昨夜のチキン・コロッケをソースで煮て食べる。午後からY新聞へ行き、例年のごとく映画広告の審査をやる。これも今年かぎりで辞《や》めることにした。

早く終ったので神保町《じんぼうちょう》へ行き、散髪。それからB社へ行き、むかしからの担当者四名と近くの中国料理で夕飯をする。みんな、中年になってしまって食べないし、飲めない。私も大きなグラスに冷えたビールをなみなみと注《つ》ぎ、ぐっとのみほしたいのだが、私ものめなくなってしまったし、すっかり食が細くなってしまった。先行き、体調が変って、また、のめるようになるか、どうか……おそらく、そうはならないだろう。

池波正太郎の新銀座日記

「銀座百点」に平成元年一月号より二年四月号まで連載

久しぶりの試写通い

×月×日

秋晴れの朝、ほんとうに久しぶりで、試写会へ出かける。去年、今年と、夏の季節に体調をくずし、ことに今夏は異常な気候になやまされ、寝ころがっている日が多かった。

弱った足を回復させるため、地下鉄で新橋へ出る。

映画は、ヘラルドが新春に出す〔マック〕というので、地球人の子供とエイリアンの交流を描いたもの。こうしたSF物は、よほどのものでないかぎり、二番煎《せん》じとなるのは仕方もないだろう。しかし、素直につくってあったし、久しぶりの試写なので、観《み》ている間はたのしかった。

終って、ビルの1Fにある〔O軒〕へ行き、たのんでおいたレーズン・パイを受けとり、店の奥のパーラーでエスプレッソをすするうち、疲れが出てきて、何処《どこ》へも行く気がしなくなる。

帰りも地下鉄にする。脚力が、だいぶにおとろえてしまったことが、はっきりとわかる。

夕飯は家へ帰って食べることにしたので、コーヒーをのみながら、

(何にしようか？)

と、考える。

松茸《まつたけ》があったことをおもい出し、そのバター炒《いた》めで冷酒を少しのみ、御飯はやめて小千谷《おじや》の干しそばをあげることにした。その旨《むね》を電話で家へ予告しておき、地下鉄で帰る。晴天の夕暮れだが、しだいに冷気がきびしくなっている。

夜、我家にいる四匹の猫《ねこ》のうち、もっとも年をとっている女猫のメイコが、長らく病気で寝ていたが、めずらしく今夜、部屋へ入って来る。しかし、もう歩けない。歩こうとしては倒れ、倒れては必死になり、起きあがろうとするありさまを見ていると、あわれになる。何処へ行きたいのか、それがわかれば手を貸してやるのだが、わからない。メイコは我家の猫のうち、もっとも古い猫だ。人間なら七十をこえているかとおもう。

×月×日

メイコは、未明、家内の部屋で息を引きとった。猫が最後の期《とき》を迎える姿は、立派だと、いつもながら、そうおもう。

午後から、フランス映画社へ入った「マイライフ・アズ・ア・ドッグ」の試写へ出かける。きょうもよい天気、きょうも地下鉄。

この映画の背景は、約三十年前のスウェーデンの町と田舎だ。映画の中の家族が、はじめてテレビを買い、大さわぎをする場面を観ていて、日本の私の家でも、テレビを買ったときが、ちょうど、同じころだったのをおもい出した。当時の東京では、二万円もあれば一家族が楽に暮らせた。産業も企業も発展の途上にあり、毒をふりまかなかった時代なのである。映画は、病身の母の死によって、二人の男の子は、田舎に住む、それぞれの親類にあずけられる。主人公は弟のイングマル(十二歳)だが、イングマルを中心に、村の生活がビビッドに展開する。イングマルの親友になる美少年のサガ(実は少女)は、しだいに、ふくらんでくる乳房を隠しきれなくなり、イングマルに手つだわせ、布を胸に巻きつけてからボクシングをはじめたりする。おもしろい。この時代までは、世界中の人間が何とか希望をもち、それに向って、努力をつづければ何とか希望がかなえられた。敗戦から立ち直った日本も同様だったが、その後に例の高度成長の時代がやってきて、見る見るうちに、時代のながれは変ったのである。
外へ出て何処かへ寄ろうとおもったが、今夜は家に来客がある。あわててタクシーの乗り場へ行き、車で帰宅する。あと三十分もすれば、タクシーも拾えなくなるし、道路も渋滞することはわかりきっている。

×月×日
A新聞のエッセイ五枚完了。五枚書くのに三日もかかった。筆力おとろえたものなり。
夜は、松茸の炒飯《チャーハン》。旨《うま》し。
チョコレート二片。〔凮月堂〕の柚子《ゆず》のシャーベットとコーヒー。

×月×日
きょうから、逢坂剛《おうさかごう》著〔さまよえる脳髄〕というミステリーを読み始む。甘鯛《あまだい》の干《ひ》物《もの》を、第一食（午前十時）第二食（午後五時半）も食べた。食欲はあるのだが元気がない。一日中、モウロウとしている。
毎日、好晴がつづいているが、きょうは冷え込む。まるで冬のようだ。暑ければダメ、寒さにも弱い体になってしまったかとおもい、なさけなくなる。夜は、むかし、おぼえた海軍体操をやってみる。

夜半に〔さまよえる……〕を読了。

体操をした所為《せい》か、誘眠剤をのまずに、ぐっすりと眠る。

×月×日

評判高い〔八月の鯨〕の試写へ行く。

米国メイン州の入江にある小さな家で暮す老女の姉妹の二十四時間を淡々と描いたものだが、姉を演じるベティ・デイヴィス七十九歳、老いて尚《なお》、童女のような愛らしさを残している妹のセイラを九十一歳のリリアン・ギッシュが演じるのだから、オールド・ファンには見逃せない一篇《ぺん》だろう。これだけの年齢になっても両女優の演技は少しもおとろえずに、表にはあらわれずとも火花を散らすところもあった。

脚本には格別の事件もサスペンスもないが、むしろ、こういう脚本のほうが老熟の役者にとっては、存分に腕を揮《ふる》うことができるのだ。

監督リンゼイ・アンダーソンは、よく晴れた、おだやかな入江の風光を挿入《そうにゅう》しつつ、時間の経過を出し、老優たちに、たっぷりと演技させる。アラン・プライスの音楽も、また上等。なつかしいヴィンセント・プライス（六十九歳）、アン・サザーン（七十八歳）も出ていて、それぞれによい味を見せる。それにしても往年の可愛《かわい》らしいグラマー、アン・サザーンの若い容姿にはおどろくほかない。長生きをして、こういうチャンスにめぐまれる女優たちは幸福だ。

終って京橋まで歩き、久しぶりで〔与志乃〕へ行く。何処も彼処《かしこ》も久しぶりだ。鮨《すし》は、みんな旨かった。酒を少々飲む。

それから家内と別れ、東京会館へ行く。早乙女貢《さおとめみつぐ》さんの出版記念会で「乾盃《かんぱい》」の音頭をとらされてから帰宅。夜、寒くなる。

×月×日

雑用を片づけるために、数日前から、山の上ホテルへ泊っている。朝昼兼帯の第一食は、ホテルに近い、蕎麦屋《そばや》の〔M〕ですませる。この店は、そばもよいが、うどんが旨い。

きょうは、なべやきうどんにする。昨日は柚子切《ゆずきり》そば、一昨日は、釜揚《かまあ》げうどんだった。

午後から銀座へ出て、たまった買物をする。

どうも脚力がおとろえている。すぐに疲れ、日動画廊へ入り、絵を見ながら休む。画廊では〔ヨーロッパ巨匠展〕というのをやっていて、デュフィの練達の筆さばきをたのしむ。

夕景、ホテルへもどり、天ぷらの夕食。十一月はハゼの食べどきだ、来月になると、もう味が落ちてしまう。

夜、ベッドへ入って〔ミッドナイト・ラン〕というミステリーを読む。これはロバート・デ・ニーロ主演で映画になり、近く観られるだろう。

×月×日
連日、おだやかな晴天がつづいている。
きょうは、ヤマハ・ホールで〔ダイ・ハード〕の試写。また試写通いが始まって、友人たちの顔を久しぶりに見る。
〔ダイ・ハード〕は、ニューヨークからロスアンゼルスへ着こうとしている機内から始まる。妻と二人の子供と別居している男（ニューヨークの警官ジョン・マックレーン）が、さりげなく紹介され、ロスへ着いたジョンは、リムジン車の出迎えを受け、妻が勤めている日本経営の会社へ直行する。折から、この会社ではクリスマスのパーティが催されていて、これが映画のはじまりだが、すぐに一台の大型車に乗った十三人のテロリストによって社員たちは人質となり、三十四階のビル全体がテロリストに乗っ取られてしまう。

偶然、妻に会いに来たマックレーンは、ひとり身を隠し、テロリストたちと対決することになるのだが、この後の展開は、文字通り、息をもつかせぬもので、このように力強いサスペンス映画を観るのは久しぶりのことだ。この間、ユーモアがただよい、ペーソスも出て、申し分のない出来栄《できば》え。中年男のマックレーンを演じるブルース・ウイリスは端正な風貌《ふうぼう》で、これだけ暴れまわるヒーローには見えないが、その肉体はスタローンそこのけの立派なものだ。この体なら、長時間の奮闘に堪えられるとおもえた。

〔ダイ・ハード〕は本でも、おもしろく読んだが、迫力は映画におよばない。ロスの黒人巡査部長を演じるレジナルド・ベルジョンソンが良い味を出している。

外へ出ると、夕闇《ゆうやみ》が濃い。あわてて、〔新富寿司〕へ行き、鮨を折にしてもらってから四丁目へ出て、タクシーを拾うことができた。

この間、〔清月堂〕のパーラーへ行き、チーフの林君と語る。日が落ちると風が、とたんに冷たくなる。心細い。

夜はベッドで、書店から届いたばかりの高橋箒庵《そうあん》の日記を拾い読みする。

菊池寛賞の授賞式

×月×日

おだやかな好日がつづいている。しかし、日《ひ》毎《ごと》に冷気がきびしくなってきて、二年ほど前の私なら昼近くまでベッドから出られない季節となったわけだが、このごろは早く寝てしまうから、午前九時にはベッドからはなれる。

それから洗面、ヒゲ剃《そ》りと一応は身じまいをする。きょう、旧友・難波律郎が送ってくれた詩集〔昭和の子ども〕の中に〔漂流〕という一篇《ぺん》があって、

髪をとかしたり

剃刀《かみそり》をつかうこともうとましく
外へ出て歩きまわるなど、きわめて大儀になった。

これだ。同感である。老人になると、日常茶飯の一つ一つが面倒になってくるのだ。難波君も、日本と世界の近き未来に希望を抱いてはいない。私も同じである。太平洋戦争を体験して今日まで生きて来たものは、現在の日本の繁栄など信じてはいない。若いころはともかく、年をとるごとに、このおもいは深くなるばかりだ。

近ごろ、常人の三人前は飯を食わなくてはすまないという若者を見たが、その肥《こ》えふとった肉体は、半ば死体も同様だ。とても長生きはできないだろうが、彼は自分の長命を信じている。この傲慢《ごうまん》さはふくらみすぎた日本そのものといってよい。

きょうは、これまた久しぶりでUIPの試写室へ行き、コスタ・ガブラスの〔背信の日々〕を観《み》る。

FBIの女性捜査官（デブラ・ウィンガー）とネブラスカの農民（トム・ベレンジャー）との恋を、政治とテロリストの暗躍の中において描く。

いかにもガブラス監督らしいテーマの映画だ。デブラ・ウィンガーは名実共に主演女優の力量を見せる。

外へ出ると、曇ってきて木がらしが吹きつけてくる。急いで買物をすませ、タクシーで帰る。夜は義姉が人形町の〔藪《やぶ》〕で買ってきたなべやきうどん、と赤飯。キスの塩焼きなり。

×月×日

去年の秋、ついに解散してしまった新国劇の殺陣師《たてし》で、ベテランの傍役《わきやく》でもあった宮本曠二朗さん死去の知らせを受ける。

宮本さんは、劇団の解散に先立ち、世を捨て姿を隠してしまった。私は、手をつくして探したが、ついにわからなかった。それが死の一ケ月ほど前に、重病の身を某病院に托《たく》していることがわかったので、すぐに見舞いの花を送った。宮本さんは、いつまでも、じっと、その花を見つめていたそうである。

私が新国劇の脚本を初めて書いたのは昭和二十六年だから、三十七年前のことになる。共に汗をながし、稽古《けいこ》をしたものだった。私は自分の芝居の殺陣にはうるさいほうで、宮本さんに、むずかしい注文を出し、いつも困らせていたようである。

私も、いろいろなスタアと芝居をやったが、いま、胸中に去来《きょらい》するのは、労多くしてむくいられなかった宮本さんのような人びとのみだ。彼は戦前、次代の新国劇を背負って行くだろう〔ホープ〕の一人だった。私は、まだ少年だったが、若々しい宮本さんの風貌《ふうぼう》を、いまもはっきりとおぼえている。

弔花を送ろうかと考えたが、いまの宮本さんの、いろいろな事情をおもい、いったん、あきらめたが、思い直して小さな弔花を籠《かご》に入れて届けることにし、手配する。

夜は、義理で、あるパーティへ行ったが、すぐに帰って、茶漬《ちゃづ》けを一杯食べる。

×月×日

デンマーク映画〔バベットの晩餐会《ばんさんかい》〕の試写最終日に行く。

海鳴りに明け、海鳴りに暮れる、デンマークの辺境ユトランドの漁村に、牧師だった亡父の後を継いで、信仰生活をつづけている、老いた姉妹のところへ、フランスから、ひとりの女がやって来る。

革命騒ぎで、夫と子供に死なれたバベットという女だ。彼女は報酬なしで、姉妹の家へ住みつくことになる。

十四年後、パリにいる友人から、バベットに一万フランの宝くじが当った知らせが入る。

折しも姉妹の亡父の、生誕百年を記念する晩餐会が開かれることになり、バベットは宝くじで当った一万フランをすべて使って、自分の手でフランス式の晩餐を用意させてもらいたいと申し出る。

これはむろんのことに老姉妹への恩返しのつもりもあったろうが、実はバベット、パリでもそれと知られた女の料理長《シェフ》だったのである。だから久しぶりで、腕をふるってみたくなったのだ。かくて、質素きわまる生活をいとなんでいる村人と老姉妹を驚嘆させる料理が、つぎつぎと出てくるわけで、ひとり、台所にこもって、息ぬきのワインをのみながら、料理に没頭するバベットが、すばらしい役だ。演ずるのは、かつてヌーヴェル・ヴァーグ映画に出ていたステファーヌ・オードランだ。彼女は五十になろうというときに、この役をつかんだ。あるいは、すでに五十をすぎているかも知れない。それにしてもいい役だ。男優女優を問わず、これほどの役は、めったに、まわって来るものではない。オードラン一代の名演といってよいだろう。

外へ出ると、空には残照があるけれども薄暗く、強い風が冷たい。その風に突き飛ばされるようにして蕎麦屋《そばや》へ入り、天ぷらそばを食べる。

夜は、蠣《かき》雑炊。三十をこえた千代の富士が五十二連勝。こうなると彼の相撲は、何だか神がかってくるようだ。

×月×日

新連載の小説、一昨日、書き出して四枚。私の小説は書く前にストーリーを考えないから、書き出し如何《いかん》で、きまってしまう。昨日六枚すすんだ。

（やれそうだな）

と、直感する。

きょうは気分が重かったが、むりやりに机に向い、七枚書いた。ここで壁に当ってつっかえてしまう。これから先、何度も壁に当らなくてはならぬ。それをおもうとげっそりする。

鰤《ぶり》のよいのが出たので、夜は照り焼きにした。もう鰤の季節か……なんとなく、一年をかえりみて、さびしくなった。

×月×日

昨日、山の上ホテルから帰宅し、きょうは新連載の小説七枚を書く。

夕方、文藝春秋の寺田君が迎えに来てくれ、ホテルオークラへ行く。おもいもかけず、今年の菊池寛賞を受け、その贈呈式がある。長年の、私の仕事が評価されたのだが、何か、おもはゆい気分だった。

選考顧問の河盛好蔵《かわもりよしぞう》氏が挨拶《あいさつ》され、私は、はじめて河盛氏が私の小説を愛読して下すっていることを知り、おどろきもし、うれしくもあった。私も河盛氏の著書には、ずいぶんと啓発され、ことにフランスへ行くようになってからは、繰り返し読んでいる。

知り合いの人たちに会おうとおもっているうち、他《ほか》の用事でパーティの席を外《はず》し、もどったが、なかなか見つからず、疲れがひどくなってきたので、帰宅した。きょうは暖い日だった。

×月×日

数日前から体中が、かゆくなり、ついつい搔《か》くので搔きこわしてブツブツができてしまい、まだ、かゆい。ベッドへ入って、体があたたまってくるとかゆくなりはじめるから、誘眠剤をのんでも目がさめてしまう。きょうから、入浴には薬用石鹼《せっけん》をつかうことにした。

小説は、合計三十枚になった。もう一息、いや二息で何とかなるだろう。原稿の枚数が増えるだけ、自信を取りもどしてくる。

×月×日

フランスのヴェロンから郵便物が届いた。この十月に、パリで三岸節子さんの個展が開かれ、そのカタログを、三岸さんの御子息夫人・三岸直美さんが、わざわざ送って下すったのだ。

そのお手紙によると、私の書いたものを三岸さんの御一家が愛読して下すっているとのことで、恐縮もしたし、うれしくもなった。個展はスペインの南をテーマにしたものだが、相変らず力強い絵のみごとさは、とても八十をこえた人のものとはおもわれない。

また、三岸さんの画集を取り出し、ヴェニスの風景を飽くことなく見つづける。きょうは、そのほかにもうれしいことがあり、仕事も、むかしのようにたっぷりとできた。しかし、明日になると、もうつづかない。

今度もし、フランスへ行けたら、ヴェロンへ行ってみたいとおもいながら眠る。むかしの婦人が使用していた〔ヘチマコロン〕という美顔水を塗って寝たら、今夜は、かゆくなくて、ぐっすりと眠れた。

出さなかった年賀状

×月×日

いよいよ、十二月に入った。

UIPの試写で〔告発の行方〕を観《み》る。

現在、六分に一件、そのうち四件に一件は複数犯といわれているアメリカのレイプ問題をテーマにした映画だ。しかも主演をつとめるケリー・マクギリスがレイプの被害者だったことが、先般、日本の週刊誌に発表されたこともあり、話題となった。しかし、マクギリスの女性検事補は、あまりおもしろくなかった。

〔目撃者〕や〔トップガン〕の魅力が全く失われている。この映画で、レイプされる女性を演じるのはジョディ・フォスターで、体当りの熱演が話題になったけれども、

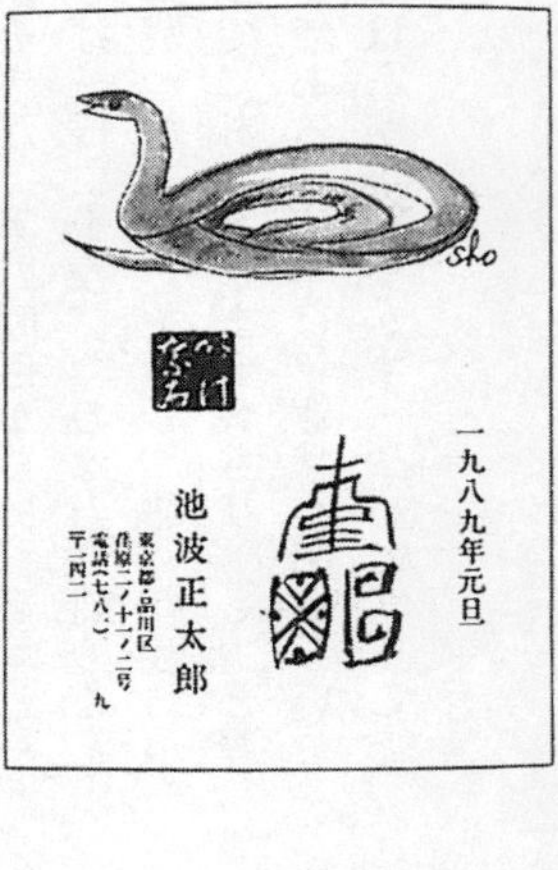

マクギリスは、単に真面目《まじめ》な検事補を演じてるだけだから、つまらないのだ。

脚本・監督ともに凡庸だが、続発するレイプ事件に対応するアメリカ政府の様相に関心をそそられる。ともあれ、ごひいき女優のマクギリスには、この役を演じてもらいたくなかった。

外へ出ると寒い。面倒くさいので、近くの〔R〕へ行き、ビーフ・ステーキを食べて帰る。夜も、S誌の連載小説を書いて七枚すすむ。これで、どうやら書けそうな気がしてくる。

×月×日

連載小説、合計六十枚となる。これなら、やれそうだ。第二回目からは、もっとむずかしくなるだろうが、調子が出て来た。むかしは一日に十枚書くのは当り前のことだったが、いまは疲れる。夜は鶏《とり》のスープなべ。残ったスープを漉《こ》し、熱い御飯にかけて食べる。夕飯後も机に向う。原稿は二十日までにあげてしまうつもり。もっと遅くてもよいのだが、これは自分に課した締め切りである。今年は年賀状を出さないことにした。すでに刷りあがっているのだが、今年は心が落ちつかず、やめにすることにした。

×月×日

ヤマハ・ホールで〔ゼイリブ〕の試写。監督のジョン・カーペンターに期待をかけて行ったのだが、結果はガッカリ。〔揚子江菜館《ようすこう》〕へ行き、上海《シャンハイ》焼きそばを食べ、シューマイのみやげ。夜食に、京都〔かね正〕の鰻茶漬《うなぎちやづけ》。食欲だけは少しすすんで、体重も少し増える。仕事も今夜で終り、元気を取りもどしたかのようにおもわれるが、ともかく疲れる。午後になると、モウロウとしてくる。そして、食事をするにも、顔を洗うにも、ひどくエネルギーをつかうことがはっきりとわかる。こうなってしまっては、もう、おしまいだ。

×月×日

昨日、山の上ホテルへ入る。来春に出す二つのエッセイ集の装釘《そうてい》を描《か》くためだ。久しぶりの絵の仕事は疲れる。疲れるが小説を書くよりはたのしい。ホテルで大きな机を出してくれるが、坐《すわ》ったり立ったり、絵具で汚れた水や、その他のものを洗ったりするので、太股《ふともも》が痛む。運動不足の体には、よいかも知れない。

昨日は天ぷらにしたが、きょうの第一食は、ホテルの近くの〔M〕の山かけそばにして、午後から銀座へ出て、試写で観なかった〔ミッドナイト・ラン〕を観る。

先般の〔ダイ・ハード〕に、まさるとも劣らぬサスペンスの佳品。前に文庫本で読んでいたが、おもしろさは比べものにならない。賞金かせぎの元警官（ロバート・デ・ニーロ）とギャングの金を横領した計理士（チャールズ・グローディン）が、絶妙のコンビで、両優とも気楽に演じてるのがよい。

夜も絵を描く。どうやら年末の仕事は終りそうなり。

×月×日
一昨日、ホテルから帰宅した。第一食はチキンライス。午後からS誌の三人来る。原稿をわたす。夜、S誌の人びとから電話があって、反応はよかったので安心をした。

きょうはO誌の設楽《したら》君が来て、短いエッセイをわたす。設楽君は、まだ五十にならない。元気だ、うらやましい。私も、設楽君の年ごろには何でもやれた。仕事がいくらダブっても平気だったが、いまは、もうダメだ。

夜は、年末にたまっていた諸方への手紙の返事。仕事はすべて終ったので、ちょうどよい。何でも早目にすることが私のやり方だったが、いまは、よほどに注意をしないと、それが、やれなくなってきた。

ベッドへ入ってから、〔正伝・佐藤栄作〕上下二巻を読みはじめる。佐藤さんは新国劇のファンだった。佐藤さんが亡《な》くなられてからも、寛子《ひろこ》夫人が観に来て下すったものだ。

×月×日

一九八九年の新年を迎える。六十をこえると格別のおもいもない。昨年の私は、気学でいうと衰運の三年目で、あらゆることがよくなかった。それは一昨年からつづいて、体調もくずれ、一時は連載小説の第一回も書けるか、どうか、わからないほどだった。それから、ずっとよくない。けれど年末からは、しだいによくなりつつある。

雑煮も元日だけできょうはチキンライス。一日中、テレビの忠臣蔵を見ていた。

夕方から、テレビで歌右衛門と芝翫《しかん》の二人道成寺《どうじょうじ》をたのしむ。この長唄《ながうた》は年少のころ、長い年月をかけて稽古《けいこ》をしたことがあるので、一から十までおぼえている。だから、たのしめるのだ。午後からA誌のS君、年始に見える。夜もテレビ。何のこともなく、二日がすぎてしまった。いつものように午後十時には入浴をすませ、ベッドへ入っている。おもしろいことは一つもない。

年賀状が、ぞくぞくと到来。今年にかぎって、心が落ちつかず、賀状は早く刷りあがっていたのだが、ついに書けなかった。体調をくずして、千数百枚の宛名《あてな》を書く気力がなかったことも事実だ。眼《め》は老人性のかすみ目らしく、名簿の名を追うのも骨になってきた。

「そんなの、ワープロでやればわけもないことですよ」

という人もいるが、そもそも私には、そうした器械を使いこなすことができない。

〔正伝・佐藤栄作〕を読了したので、書庫から〔團州百話《だんしゅう》〕を出してきて、拾い読みをする。名優・九代目團十郎の芸話だが、あまり、おもしろくない。しかし、歌舞伎《かぶき》俳優が読めば別のことであろう。

岩波新書の〔チェルノブイリ〕上・下も併読。世の中は、いよいよ恐ろしいものになってきた。夜、ベッドへ入っても、なかなかに寝つけない。仕方なく誘眠剤をのむ。

×月×日

年末年始にかけて、もう半月余も外へ出ていない。年末から、天皇のことがあって落ちつかなかった所為《せい》もあるが、やはり、久しぶりの小説の仕事が、うまく進まないためだ。

ベッドに寝ころんでため息ばかりついているのだが、この辛《つら》さはだれにもわからない。こちらからいうべきことでもない。

今朝、早く、ついに天皇は崩御《ほうぎょ》された。新年号は平成《へいせい》と決まる。これが自分になじむまでには、相当の時間がかかるだろう。

夜は机に向って、二枚でも三枚でも書きすすめようとする。疲れる。内容が貧弱だからだ。おもいきって、はじめから書き直すことにして、十五枚書く。どうやら目鼻がついたようなおもいがして、夜半に眠る。これだけ書けると、むしろ、少しも疲れない。自分の仕事は実にふしぎな仕事なり。

×月×日

昨日、山の上ホテルから帰宅した。今度は、ホテルへ着いた翌日から、少し風邪気味だったが、昨日は腹痛で、一日中ねむっていた。

仕事は、すべて早目に片がついたのだけれど、帰れば帰るで来月の仕事にかからねばならない。

きょうは、絵の原稿を描き、水彩絵具で色をつける。大根《だいこん》の絵だ。大根なんて、わけなく描けるとおもっていたが、いざ、取りかかってみると、むずかしい。

ついでに再来月《さらいげつ》分にわたす分のイカの絵まで描いてしまう。グラビアのページなので、この絵と原稿は毎月、早くわたしてやらぬといけない。

夜半、何度も起きて、トイレへ行く。鏡の中の自分のしょぼしょぼした老顔を見て、うんざりする。

×月×日

フランク・シナトラの伝記〔ヒズ・ウェイ〕が届く。拾い読むうちに、いつの間にか大冊を読みあげてしまう。エンターテイナーとしても歌手としても、また性格からいっても稀代《きたい》の人物だから、おもしろくてたまらない。ことに、シナトラがアカデミー助演賞を獲得した〔地上《ここ》より永遠《とわ》に〕出演前後のエピソードが興味ふかかった。

今月は、つぎにフレッド・アステアの伝記が届く予定なり。

腹のぐあいは、まだ、よくならない。したがって仕事もすすまない。できるものから少しずつでも片づけておくつもりで机に向う。

このところ連日、あたたかい日和《ひより》がつづく。外へ出たいし、出なくてはならぬ用事もあるのだが、いざとなると炬燵《こたつ》へもぐり込んでしまう。

大相撲、千秋楽が近づき、近来になく、盛りあがってきた。毎日、欠かさずテレビで観戦している。

冬ごもり

×月×日

ついに、天皇が崩御《ほうぎょ》され、平成元年の新年となったが、自分に元気のないことは旧年通りで二枚、三枚の原稿を書くのが、やっとのことだ。新連載の小説が、いまのところは、どうやらうまくいっているので、いくらか気を取り直そうとするのだが、午後になるとモウロウとしてきて、何をするにも嫌《いや》になってくる。

毎日、ぼんやりとテレビの前に座っているのだ。大相撲の初場所は、近ごろになく盛りあがってきたのと、例の勝新太郎映画異変で、テレビの前からはなれられない。

きょうは、フランク・シナトラの伝記につづいて、ベルイマンの自伝とフレッド・

アステアの伝記が届く。

どちらもおもしろく、拾い読みをするうち、われ知らず時間を忘れてしまう。

昨日、風邪を引いたとおもったら、きょうは腹痛、下痢となる。風邪が原因らしい。あわてて薬をのむ。

×月×日

大相撲、千秋楽にて、北勝海《ほくとうみ》と旭富士《あさひふじ》の優勝決定戦。北勝海が勝つ。この人は三ケ月の休場後に、この成績をあげた。えらいものなり。

腹のぐあいは、どうにかよくなったが、おかげで仕事がさっぱりすすまなくなった。毎日のように、新年挨拶《あいさつ》の来客がある。これが、もっとも疲れる。だが、来客の相手をしなかったからといって体調がよくなるわけでもないのだ。毎日あたたかい日和《ひより》がつづく。しかし、暖冬の年は夏がいけない。去年がそうだった。去年夏の天候、あれで、私の体調は、すっかり、くずれてしまったのだ。

毎日、家にこもったまま、何処《どこ》へも出ない。これはよくないとおもうのだが、いざとなると面倒になってしまい、炬燵《こたつ》へもぐり込むと、そのまま、夕景までうごかない。隣家の御主人もそうだ。この人は「冬ごもり」と称して、毎年、春が来るまでは庭へも出て来ない。

夕方、車が迎えに来て、飯田橋のホテル・エドモントへ行き、友人たちと会食。新鮮なフォワグラとトリュフのパイ包み焼き、鯛《たい》のマリネ、編笠茸《あみがさたけ》のコンソメ・スープ、羊のポワレなど、いずれも旨《うま》かった。このように食欲もあり、何処といって悪くないのだが、ただもう、やたらに疲れるのが、近ごろの私なのだ。

帰宅し、アステアの伝記を読みあげてしまう。ときに午前一時、おもしろい本を読んでいるときは少しも疲れない。明日は誕生日だ。六十を土台にして数えるより、七十が近くなった。よくも、此処《ここ》まで生きてこられたものなり、と、つくづくおもいつつ眠りに入る。

×月×日

朝から寒かったが、久しぶりで外へ出ることにした。ヤマハ・ホールで〔ミシシッピー・バーニング〕の試写。このアラン・パーカー監督の映画は、かねてから評判の高いことを聞いていた。

約二十年前に起った事件を映画化したものだ。アメリカ南部の、いまも現実に起っている、人種蔑視《べっし》の様相は、理屈の上ではわかっていても、日本人には心情的、感覚的にわからない。KKK団とかいう白覆面の人びとが実在するふしぎさ。それにつけてもアメリカは怖い国だとおもう。

映画は、一九六四年の夏、三人の公民運動家（ユダヤ系白人二と黒人一）が行方不明となり、これを重視した、アメリカ連邦政府は、直ちにFBI捜査団を現地へ派遣する。

その中のルバート・アンダーソンとアラン・ウォードのチームを中心に、映画は展開して行く。

アンダーソンを演じるジーン・ハックマンは、単に熱演するだけではなく、老獪《ろうかい》で、しかも純なところもある性格を微妙にあらわした。それに反してアラン・ウォードを演じるウイレム・デフォーは、損な役を平凡に演じることになった。

ベル保安官代理の妻を演じるフランセス・マクドーマンドがよかった。この女とアンダーソンの心が通い合って、旧事件の糸口がほぐれて行くのだが、いざとなると、プロの脅《おど》し屋を雇《やと》ってまで、町長を痛めつけ、口を割らせてしまうアンダーソンのやり口は凄《すご》い。

脚本もよく、アラン・パーカーのドキュメンタリー風の演出もしっかりしていて、二時間の長尺が短いほどだった。

このドキュメンタリー感覚あればこそ、前記のフランセス・マクドーマンドが光るのである。

外へ出ると、朝からの冷たい風が、まだ残っている。耳朶《みみたぶ》も手も冷たい。木村屋でパンを買ってから、今年はじめて、京橋の〔与志乃〕へ行く。

老主人は退院して、自宅で療養しているらしい。先《ま》ず、よかった。「W」へ立ち寄って、コーヒーとキャラメルのアイスクリーム。寒さにふるえながら、タクシーで帰る。さすがにきょうの銀座は寒々《さむざむ》としていた。

×月×日

エスポワールのママ（川辺るみ子）が死去した知らせを受ける。つづいて、舞台美術家の仲川吉郎《よしろう》急死の知らせ。仲川君は、旧新国劇育ちで、私の脚本も、ずいぶん、彼の装置によって上演されたものだ。まだ五十代で、諸方の仕事も多く、これからも充分に活躍できた人なのである。自分より年齢の若い人に死なれるのは、ショックだ。双方に弔花の手配をしたが、最近の例によって、通夜《つや》も葬儀も出ないことにする。ことに、仲川君のところへは、あまりにショックが大きすぎて行けない。

夜、ベッドへ入ったが、芝居の仕事をしていたころの、仲川君にしてもらった装置、その舞台が胸に浮かんで来て、なかなかに眠れない。やむを得ず、誘眠剤半個をのんで、ようやく眠る。

×月×日

昨日、山の上ホテルへ入り、散髪その他、いろいろと用事をすませる。

今朝、起きたときは、面倒になっていたが、思い直して、午後からヤクルト・ホールへ〔愛は霧のかなたに〕の試写会へ行く。

目下、人気の高いシガーニー・ウィーバーが、主演した、評判の高い映画だ。シガーニーは、実在の人物だったダイアン・フォッシーを演じる。ダイアンは、アフリカと、アフリカに住むゴリラの生態を調べ、十八年もアフリカの山小屋に暮した人だ。〔エイリアン1・2〕において、あの寒気がする怪物エイリアンと勇ましく闘ったリプリーを演じたよりも、このダイアン・フォッシーに扮《ふん》するほうがシガーニー・ウィーバーにとっては苦労だったろう。

撮影に先立ち、シガーニーは、ひとりでアフリカへわたり、ダイアン役に没入したという。彼女の硬質な魅力は、依然としてすばらしかったが、アフリカの山の中に暮す一女性の苦悩が、にじみ出ている。

この演技で、彼女はゴールデン・グローブ賞に輝いたが、アカデミー賞も確実だろうといわれている。当然というべきだ。むかしの女優では、とても考えられぬ、そのチャレンジ精神と行動力に瞠目《どうもく》せざるを得ない。

ダイアン女史は、悲惨な最期《さいご》をとげるが、その哀感は、ラスト・シーンを悲痛のものとする。

マイケル・アプテッドの監督、モーリス・ジャールの音楽、共によかったが、シガーニーの相手役ブライアン・ブラウンが凡庸なのでつまらなかった。それにしても、映画の素材というものは、探せば、まだまだ、あるものだ。一八〇センチの長身痩軀《そうく》の美女とアフリカのゴリラの群れ。こうしたものが映画になるのは、やはり、航空機の発達がもたらしたものであろう。

夜は、少し腹ぐあいが悪くなったようなので、ホテルへ帰り、ビーフ・コロッケのみの夕飯。ベッドへ入ったが、きょうの映画のことを、いろいろとおもい浮べて、朝まで寝つけなかった。

×月×日

朝昼兼帯の第一食を、ホテルの天ぷらコーナーですます。年に何度あるか知れない、見事な、旨い鯛の刺身で、御飯を二膳《ぜん》。帰宅して、六、七枚の原稿を書いたが、疲れがひどく、それだけで炬燵へもぐり込んでしまう。私は、十年ほど前にフランスへ行くようになってから、何度もアフリカへ取材の旅を計画したが、機会を失った。六十を越えたいまでは、とてもむりだとおもう。昨日の映画を観《み》て、むしろ、きっぱりと、あきらめがついた。

いまの私には、シガーニー・ウィーバーの体力や気力の半分も残されていないからだ。

×月×日

第一食は、焼穴子《やきあなご》、夕飯は、鳥のそぼろ飯。たったこれだけで、私の胃には重くなってしまう。

暖冬なのだから、仕事をすすめようとするのだが、どうもダメだ。炬燵にもぐり込んでいると、あっという間に時間がすぎてしまう。きょうはS社三名来訪。T君の入院を聞く。

夜、書庫へ入って調べ物をする。根気がなくて、長くつづかない。先日の映画〔愛は霧のかなたに〕の絵を一枚描《か》いただけで、きょういちにちが終ってしまう。そのゴリラを描くため、資料を探したのだ。ゴリラの絵は、むずかしい。

例によって、九時半には入浴。十時には、もうベッドへ入っている。他愛《たわい》もない毎日がつづいているだけだ。

ジューヴェの顔

×月×日

午後になって、プロデューサー・市川久夫さんが中村吉右衛門《きちえもん》さんを案内して来訪。ほかに、テレビ局の人が四人。

いよいよ、私の〔鬼平犯科帳〕をやることになったらしい。吉右衛門さんの父・故松本白鸚《はくおう》（当時八代目・幸四郎）さんが、鬼平のテレビに出演してくれたとき、吉右衛門さんは、長谷川平蔵の長男・辰蔵《たつぞう》を演じた。それに現幸四郎を加えて、私が舞台（明治座）で、鬼平を上演したことがある。

吉右衛門さんに、

「あれは、何年くらい前だったかしらん？」

アルノルフを演じたルイ・ジューヴェ
〔女房学校〕の舞台より

問うと、

「十八、九年になります」

「ははあ……」

私は、歳月のながれの速さに茫然《ぼうぜん》としてしまった。それは、つい昨日のことのようにおぼえているからだ。当時の吉右衛門さんは、まだ独身だったが、いまは、大きなお子さんが四人もいる。

私も元気で、当時は疲れを知らなかった。

（今度、鬼平をやるときは、第一回だけは自分で脚本を書き、演出もしてみよう）

と、おもっていたが、とてもとても、そんなことはできない老人になってしまった。

夜は、家人がいろいろ、つくってくれたが、どれもこれもまずい。一日のうちで旨《うま》いとおもうのは第一食のみだ。

×月×日
第一食は、薄いビーフ・ステーキを温飯《ぬくめし》の上にのせて食べる。旨い。
それから銀座へ出て、〔清月堂〕で原稿をわたし、UIPの試写室へおもむく。
ダスティン・ホフマン主演の〔レインマン〕だが、最後の試写だし、前評判が高く、試写室は大入り満員となった。

亡父の遺産をめぐり、初めて、自分に兄がいることを知るチャーリーをトム・クルーズが演じる。二十六歳の青年だが、中古車のディーラーをしていて、やり手だ。兄のレインマンとよばれるレイモンドは自閉症で病院に入っているが、これをダスティン・ホフマンが演じる。

なるほど、映画には、まだ、いくらも素材が発見できる。二人の兄弟の環境と性格が、かもし出すドラマは、すぐれた脚本（バリー・モローとロナルド・バース）とバリー・レビンソン監督の歯切れのよい演出によって、最後まで、おもしろく観《み》ることができた。

ことに自閉症の兄を演じるホフマンがよく、トム・クルーズも演技力を身につけてきて、両優の嚙《か》み合いに、すっかりタンノウしてしまった。

何処《どこ》かで食事をしようかとおもったが、車輛《しゃりょう》の混雑をおそれ、タクシーを拾って帰る。

嵩山堂《すうざんどう》で、筆を何本か買う。近ごろ、神田あたりの文房具屋でも、筆を売っていない。売っているのは墨入りの簡易筆だけである。

夜に入って帰宅。第二食は、煮込みうどんだったが、旨い。これは久しぶりに外出して、かなり歩いた所為《せい》だ。

夜、原稿五枚を書き、今月の連載小説を終え、ほっとしてベッドへ入る。今期芥《あくた》川《がわ》賞をとった南木《なぎ》氏の小説を読む。実によかった。

×月×日

第一食は、カレイの一夜干し。それにB社のSさんが海で採って来てくれたコブの根をきざみ、カツオブシとショウユをかけたもの。旨い。第二食はスパゲティとパンで旨くない。

夜、むかし、海軍でおぼえた体操をやってみる。何もやらないよりマシだろう。

きょうは、大喪の日。小雨が一日中けむっていて寒い。

街中が、しずまり返っている。テレビで、むかしの日本映画三本をつづけて観る。すなわち〔馬〕と〔安城家の舞踏会〕それに〔乳母車〕の三本で、いずれも佳品。

ベッドへ入ってから、先日の〔レインマン〕のことを、しきりに考えてみる。ああいう小説なら書きたいとおもう。

×月×日

きょうは気分よく、仕事もすすむ。

しかし、いまの私は衰運の四年目に入っているし、算命学では天中殺の二年目ということで、うまく行かないのは当然なのである。それを信じているわけではないが、こういうときには万事、控えめにするよりほかはない。

夜、中村富十郎さんから電話。互いに現況を語り合って、

「ぱっと、こう何かおもしろいことでもやって、気分を変えては、いかがです」

それができれば、いうことはない。六十をすぎてからは、酒も飲めなくなった私に、何一つ気ばらしになるものはない。

夕刊に、石川五右衛門のメーキャップをした尾上《おのえ》松緑が、富十郎さんに稽古《けいこ》をつけている写真が出ている。五右衛門のメイクをしているだけに、何ともいえない、よい写真だ。

富十郎さんは、松緑直伝《じきでん》の〔加賀鳶《かがとび》〕を来月の国立劇場で演じる。これだけは見逃すまいとおもっているのだが……。

富十郎さんは、今年から盛運に入っただけに、血圧の調子もよく、元気一杯であった。

夜も仕事。この調子なら〔加賀鳶〕を観に行けるかも知れないとおもう。

夜半、ベッドへ入ってから、連夜、はげしい咳《せき》に悩まされている。老人になると、咳込むたびに、ひどくエネルギイを消耗《しょうもう》する。

×月×日

友人の雨宮さんが諏訪《すわ》正著〔ジュヴェの肖像〕という本を送ってきてくれた。四七〇ページ余の大冊だが、まことに読みやすく、たのしい本だ。

フランスとフランス映画に関心を抱く人なら、おもわず、ひき込まれてしまうだろう。

フランスの名優ルイ・ジューヴェ（私は、どうしてもジュヴェではなく、ジューヴェと書きたくなってしまう）の、あらゆる資料をあつめ、彼の姿を浮き彫りにしたもので、これは、労作だ。私は初めてパリへ行ったとき、通りすがりにモンマルトルの墓地へ入って、ジューヴェの墓に詣《もう》でたことがあった。もちろん、私は彼の舞台は観ていない。映画では何度も観た。ジューヴェは、清純な女優のイメージがあったマドレーヌ・オズレーを我物としたし、何となく女たらしの印象をもっていたが、この本によると舞台一筋に生きぬいた感じがする。むかし、耳にはさんだ俳優や作家が何人も登場して、読み出したら、やめられない。

夜は、ジューヴェの舞台姿を絵に描《か》こうとおもい、書庫から資料を出してくる。ジューヴェの顔は、なかなか、むずかしかった。

それから、小説新潮を八枚書くが、モウロウとしてきたのでやめる。

ベッドへ入ってからも〔ジュヴェの肖像〕を読みつづける。

ジューヴェは、大戦中、四年にわたる南米巡業で、苦労を重ねた。このときは、むかしの恋人だった、モニック・メリナンが一座に加わっていたから、マドレーヌ・オズレーとの仲もまずくなり、やがて、オズレーとは別れてしまうことになる。ようやく巡業を終え、パリへ帰ったジューヴェをパリは歓呼の声で迎えた。名優ジューヴェが本領を発揮するのはこれからで、一九四五年に、ジロドゥの遺作〔シャイヨの狂女〕を上演、大成功をおさめてから、一座の収益の大部分を座員に還元し、自分の月給には関心をしめさなかった。もともと舞台一筋の彼は、人手が足りないときは、何役も受けもち、一つもセリフがない通行人でも、すすんで演じたという。

「自分の舞台は、金もうけの手段ではない」

という信念は、最後まで変らなかった。

座長《パトロン》がこういう人だったからこそ、座員もはなれなかったのであろう。ここに至って、いままでの、私のジューヴェ観は、すっかり変ってしまった。日本の劇団では見られないことである。

×月×日

午後から、フォックスの試写室へ行き〔ワーキング・ガール〕を観る。絶好の都会派コメディ。

カーリー・サイモンの主題歌を、絶妙の呼吸で挿入《そうにゅう》し、アメリカの証券会社の女社員の生態を生き生きと描くマイク・ニコルズの監督。

エリート社員（シガーニー・ウィーバー）と、その秘書（メラニー・グリフィス）が、男（ハリソン・フォード）を争う恋のたてひきもよく、これに、会社の差別世界という薬味もよく効いていて、約二時間を少しも退屈しなかった。メラニー・グリフィス（ティッピー・ヘドレンの娘）は、なるほど好演で、アカデミー主演賞を取るかも知れない。シガーニーもよいが、肝心の男が、もう一つ、いただけなかった。やり手のエリート社員を演じるハリソン・フォードは、何としても感じが出ない。

フォックスの試写室は不便なところにあるが、そのかわり、帰りには楽しみがある。すなわち、巴《ともえ》町の〔砂場〕へ立ち寄れるからだ。

きょうは風が冷たい。〔砂場〕の天ぷらそばが、ことに旨かった。さらにせいろを一枚食べてから、タクシーで東京会館へ行く。

知り合いの記念パーティ。延々と、例によってスピーチがつづく。老人には、つきあいきれない。会費を払って、すぐに帰る。

パーティで、私を担当するS君の異動を耳にする。困ったが仕方もない。上の人びとは、きっと、ほかにやる事がないのだろう。またエラくなると何もできなくなってしまうのだ。

訃《ふ》報《ほう》つぎつぎに

×月×日

朝から曇っているが、暖い。

午後から、コロムビアの試写室へ、フランス映画〔夏に抱かれて〕を観《み》に行く。久しぶりのロベール・アンリコの監督。これは男二人と女ひとりの恋だが、何しろ第二次大戦中のこととて、男も女も戦争の影響を受けずにはいられない。まして男のひとりはレジスタンスに加わっているので、ついには男二人の友情にも関《かか》わってくる。

女アリスは、ナタリー・バイが演じる。バイも少し小母《おば》さんの感じになってきたが、それはそれで小母さんの色気がある。愛と誠実を微妙に表現して遺憾がない。とてもよかった。ラストは、アリスが行方知れずとなり、田舎の町で、のんびりと製靴《せいか》工場

を経営していた、もうひとりの男シャルルは、レジスタンスに加わるというナレーションで、しずかに終る。フィリップ・サルドの音楽、これは申し分がない。
きょうは何を食べるかを決めてあったので、まっすぐに有楽町の〔慶楽〕へ行き、上出来のモヤシと豚肉のヤキソバで、ビールをコップに二杯飲んだ。これでもきょうは、上出来のほうなり。夜は例の体操をしてからベッドへ入り、届けられていた自分の〔江戸古地図散歩〕を見る。

×月×日
ワーナーの試写室へ行き、ウディ・アレン監督の新作〔私の中のもうひとりの私〕を観る。
小品だが、例によってキャストは豪華だ。女の哲学者であり著述家でもあるマリオンが主人公だが、これをジーナ・ローランズが見事に演じる。過去、現在にかかわらず、女は自分を納得させるために語り、論ずる。これが女の特性であって、それに、つき合わなくてはならぬ男には、到底、太刀打ちができない。できないが、女の支離滅裂な論法に立ち向うから、事が面倒になるのだ。悲劇も生まれる。
マリオンのように知的な女でも、いざ、自分のことになると、同じになってしまう。ジーナ・ローランズは〔グロリア〕で、胸がすくように鉄火な大姐御《おおあねご》を演じたが、今度は、知的なニューヨーク・ウーマンを演じてすばらしい。これが同じ女優かと思うほどだった。

ウディ・アレン映画は、今度も暗い。滑稽《こっけい》だが暗く、重い。終って、久しぶりに宣伝部の早川君と会う。

帰宅すると、古今亭志ん朝《ここんていしちょう》が朗読した〔鬼平犯科帳〕の三が届いていた。今回は〔盗法秘伝〕をやって、ぴ、た、りとはまっている所為《せい》か、まことによい出来栄《できば》えだった。

夜は、常盤《ときわ》新平著〔罪人なる我等《ら》のために〕を読む。この小説の主題も暗く重い。しかし、一抹《いちまつ》の明るさが残る。それは女主人公の魅力があるからだ。ベッドで、この小説をウディ・アレンがつくったらどんな映画になるだろうと考えたら、眠れなくなってしまった。

×月×日

きょうも、ワーナーの試写。〔君がいた夏〕を観る。ロバート・マリガンがつくった〔おもいでの夏〕をおもわせる青春物で、女主人公が最後に自殺してしまうという暗い小品だが、後味は明るくてよい。ジョディ・フォスターがよく、マーク・ハーモンがよい。

終って、〔与志乃〕へ行ったが、臨時休業のハリ紙が出てる。仕方もなく、久しぶりで、〔C〕へ行く。若いウエイトレスが、むかしのままに、古典的な行きとどいたサーヴィスをする。それは心地よいが、店もせまくなったし、料理の味も落ちた。もっとも、他《ほか》の料理には旨《うま》いものがあるのかも知れない。
〔W〕へ寄り、コーヒーとキャラメルのアイスクリーム。すぐにタクシーで帰る。
帰って、旧友Iが重病と闘っていることを知る。見舞いに行きたいが、Iからは「いまのおれの姿を見たら、君がこたえるとおもう。もう少し元気になったら、再会しよう」という手紙が来た。
しかし、自分の気持ちをつたえたいので、何とか見舞いの方法を考える。むずかしいことだ。

×月×日
テレビも新聞も、連日、リクルート事件と税金問題を取りあげていて、もう飽きた。日本の戦後で、もっとも質が下落したのは政治家だ。それは企業の発展と傲慢《ごうまん》とに足なみをそろえて下落してしまった。
私は大平前首相のころまでは、自民党に希望をつないでいたが、いまは、投票する気にもなれない。そうかといって、野党はいずれも頼りなく、相変らず、反対のための反対を空虚に叫びつづけているのみだ。

軍人の手に握られていた戦前は、むろんのことにひどいものだったが、いまの政治は、別の意味で、もっと悪くなってきている。

まさかに彼らが戦争を起すとは考えられないが、こうなると何をするか知れたものではない。彼らは国の将来をまったく考えていない、としかおもえない。

午後から神田へ行き、散髪。すぐに帰宅。皇居周辺の桜花は、すっかり咲きそろって、陽気も暖くなった。夜、少し原稿を書く。昨日あたりから体調もよくなり、血圧も下ったが、久しぶりに私を見る人は「すっかり、おとろえた」と、おもうらしい。当然だ。床屋で「少し禿《は》げてきたから、短くしてもらおうかな」といったら「とんでもない。こんなの禿のうちへ入りませんよ」と、はげましてくれた。

ベッドへ入って、夢を、いくつも見る。この夢は悪い夢ではなかった。

×月×日

快晴。いろいろと買物がたまったので、午後から外出。デパートは超満員で、買物どころではなかったが、ともかく、用事をすませる。銀座は女たちがあふれていて、私は、いまや、日ざかりの散歩が疲れてならない。コーヒーを飲んで、早々に帰宅。

消費税について講演の依頼、あとは、マンションを買えという電話三回。世の中は、次第に狂って来つつある。

ついで、色川武大《たけひろ》さんの急死を知らせ来る。これから、新しい土地へ引き移って、意欲的な仕事をするつもりだと聞いただけに、惜しまれる。私にいわせれば、八白《はっぱく》の星の色川さんが、八白暗剣殺《あんけんさつ》の方向へ移転したのがいけなかったようにおもうのだが……。

久しぶりに、カツオの刺身で清酒少し飲む。といっても、盃《さかずき》に四杯ほどだ。春もたけなわとなった。毛布を一枚、外して眠る。きょうも夕刊で、旧友、知人の急死を知る。このところ、たてつづけだ。

×月×日

夕刊に、フランスの老名優シャルル・バネルの死亡がのった。九十六歳で、私が彼をスクリーンで観たのは、かの〔外人部隊〕だった。私は少年だったが、彼は四十を二つか三つ越えていたのだ。単に長生きをしただけでなく、去年まで、映画に出ていたのだから（バネルでも、死ぬのか……）の、おもいがした。老衰である。

彼の死亡の知らせには、ショックを受けなかった。彼のように生涯《しょうがい》を終えたいが、なかなか、そうは行くまい。哀《かな》しむよりも、むしろ、ほっとするおもいだ。彼の代表作は、若きイヴ・モンタンと演じた〔恐怖の報酬〕だが、私には〔外人部隊〕で、フランソワーズ・ロゼエを女房《にょうぼう》役にして演じた、安ホテルの主人が、いま尚《なお》、おもい出される。戦前に二度観て、数年前に三度目を観たから、まざまざと瞼《まぶた》に残っている。セリフがうまい、というよりも、むっつりとした無言の演技に味があった。「バネルは、手や指で演技するよ」と、いったのは、〔我等の仲間〕で彼を監督したジュリアン・デュヴィヴィエである。

午後から、急に足が痛みはじめる。一昨日あたりから、少し痛んでいたのだが、すぐに痛みが消えたようなので何ともおもわなかった。ところがきょうは痛みに加えて腫《は》れてきた。これは、どうも痛風《つうふう》らしい。このところ三年ほど、痛風が発しなかったので、つい油断をしたのが、いけなかった。はじめからわかっていれば、予防の方法もあったのだが、すでに遅い。

夜になって、保阪正康著〔秩父宮《ちちぶのみや》と昭和天皇〕というノンフィクションを読みはじめたら、眠れなくなってしまい、朝までに略《ほぼ》読みあげてしまう。

×月×日

痛風に加えて、今度はシャックリが止まらなくなる（これも持病の一つ）。友人に電話ではなしたら「でもシャックリが出ているときは、痛風の痛みを忘れるからいいじゃないか」という。なるほど、ものの考え方には、いろいろあるものだ。

体の方も大分に元気が出て来た。

きょうは、まるで夏が来たかのような快晴で、少し食べすぎたようだ。そこで、夜はオニオン・スープの缶《かん》づめとアスパラガス、ベーコン、野菜のサンドイッチですませる。

シャックリは、きょうの食べすぎが原因だとおもう。足の腫れは、いよいよひどくなり、当分は靴《くつ》も履けまい。諸方へ電話し、種々の約束をキャンセルする。こうなれば亀《かめ》の子のようにくびをすくめ、凝《じっ》としているよりほかに手はない。手紙を一通書いて、あとは休む。

自作の展覧会

×月×日

初夏を想《おも》わせる快晴。痛風はまだ癒《なお》らぬ。姪《めい》が銀座へ買物に行くというので煙草《たばこ》その他をたのむ。午後は、三十年前に封切られたフランス映画〔殺意の瞬間〕を、ビデオで観《み》る。

この映画が封切られたとき、私は、まだフランスを知らず、パリを知らなかった。映画の主要背景は中央市場《レ・アール》である。私が初めてパリを訪れたとき、中央市場は郊外へ移されてしまっていた。そのレ・アールにある、レストランのシェフ兼パトロンをジャン・ギャバンが演じる。板についた、その演技は、三十年たっても忘れられないが、脚本が、こんなによく出来ているとはおもわなかったし、監督ジュリアン・デュヴィヴィエとしても、これは戦後の秀作といえるのではないか。むかし、ルイ・ジューベ一座にもいたことがある、リュシエンヌ・ボガエルの老悪女ぶりも、いま観ると新たな想いにさそわれる。

夕方、姪にたのんでおいた〔清月堂〕のサンドイッチとコンソメ・スープの缶《かん》づめを食べる。またシャックリが出はじめたが、痛風のほうは、どうやら峠をこえたかのようだ。

夕刊に、東京都がテレポート・タウンをつくるという記事がのっている。これは、二十一世紀初頭に完成する副都市で、就業人口十一万人、居住人口六万人という。川を埋めたてたら、今度は海だ。東京には必要のないことばかりを考える。東京は、もう開発してもらわなくともよい。

×月×日

昨日は、竹下首相が退陣声明をしたとおもったら、きょうは、首相の元秘書・青木氏が自殺した。いつも、こうしたパターンになってしまう。田中元首相のときは、自動車の運転手だった。気の毒というよりも、日本の政治形態は、このように進歩していないのだ。

そして、何かといえば「国民のために……」と、政治家はいう。もう、いいかげんにしてもらいたい。竹下の後には、伊東正義氏の名があがっているが、伊東氏は固辞している。何よりのことだ。

伊東氏は、新国劇のファンだったので、私も、一度だけ、あいさつをしたことがある。その前から伊東氏は好きだった。いまの、泥沼《どろぬま》のような政界では、伊東氏が総裁になっても、どうしようもないだろう。そのことを伊東氏は、よくよく、わきまえておられるから、あくまでも固辞をつらぬき通すとおもう。ぜひとも、つらぬき通していただきたいとおもう。

いよいよ、初夏めいてきたが、夜になると冷える。

今年も、冷夏になるのではないか、とおもうとぞっとする。去年の夏から秋へかけての長雨と冷え込みで、私の体調は、いっぺんにくずれてしまったのだ。

×月×日

長い連休が始まった。

痛風は軽くて、ようやく靴《くつ》が履けるようになったので、例年の如《ごと》く、山の上ホテルへ出かける。このごろは、ホテルの一人暮しも、何となくおぼつかなくなってきた。洗濯《せんたく》をするのも面倒だし、いちいち、着替えをして、食事に出て行くのも面倒になってきた。

昨日の夕飯は、ホテルの天ぷらへ行く。スズキと鯛《たい》の旨《うま》い刺身だけで、天ぷらは食べなかった。

きょうは、小雨の中を外へ出て、いろいろと予定の買物をすませ、散髪をする。

きょうの夕飯は天ぷらを食べる。あまり、食べすぎて、腹が重い。帰宅したら、〔鬼平犯科帳〕を久しぶりで書かなくてはならず、気が重い。

×月×日

帰宅し、新聞のエッセイを三枚半、書く。

それだけで、くたびれてしまう。ちかごろは、原稿だけではすまない。少し何をしろとか、何を教えろとか、面倒だ。銀行の振り込み番号など、原稿取りに来たとき、聞けばよい。みんな、電話や文書ですませようとする。

きょうも、アルプスで遭難がある。どこそこで交通事故がある。毎年の連休には、必ず起ることだ。伊東氏は相変らず、後継総裁を固辞しつづけている。夕方から、しゃっくりが出て止まらなくなる。いろいろ、やってみるが、なかなかに止まらない。しゃっくりの小説でも書こうかとおもう。

久しぶりに鬼平を書くので、旧作の〔鬼平犯科帳〕を読み返してみる。いずれも、おもしろくて止まらなくなる。しゃっくりも止まらない。そこで、家人が近所から、雪の下という草をもらってきて、そのしぼり汁《じる》をのんだら、やっと止まる。

×月×日

いろいろな段階を経て、伊東氏の後継総裁問題も煮つまってきたが、ついに伊東氏は固辞をつらぬき通し、自民党も断念せざるを得なくなった。私もほっとする。伊東氏を説得することはできないとおもっていたが、その通りになってしまった。これは、よろこぶべきか悲しむべきか……伊東氏のみならず、国民は、日本の前途に大きな不安を抱いている。

夜、膝《ひざ》が痛くなってくる。まさか、痛風ではあるまいとおもうけれど、わからない。

×月×日

週刊文春へ、二年にわたって連載していたエッセイが完結したので、自分で描《か》いた、その挿画《さしえ》と、銀座百点の挿画を中心に、銀座の〔和光〕で展覧会が開かれることになり、きょうは初日前の記念パーティだというので、午後から出かける。

自分の展覧会なので、一応、挨拶《あいさつ》をしなくてはならず、全く困った。

吉行淳之介《よしゆきじゅんのすけ》さんは「どうも……」という一言で何かのときに挨拶をやったそうだから、きょうは、それですませることにしようとおもったが、いざとなると、そうも行かない。少し、もそもそとしゃべったが、それでも三十秒はかからなかったろう。

各誌の担当者、旧友などの顔を見て、うれしかった。

帰宅して、夜更《よふ》けにコーヒーをのんだのがいけなくて、眠れずに困った。

×月×日

夕方から新宿文化センターへ、アントニオ・ガデス舞踊団の公演を観に行く。演目は〔炎〕で、幕間《まくあい》なしで一時間半のステージ。これは、前に〔恋は魔術師〕という映画で紹介されたが、やはり映画と舞台とではちがう。映画のほうがよかった。

男と女のダンサーが鍛えぬかれた体とステップをもって、ダイナミックに展開する生《なま》のステージは相当の魅力をもっていたが、なんとしても、上演時間が長かった。一時間十五分に切りつめたなら、もっと余韻が出たろう。

男の亡霊が、恋人たちの邪魔をするという、それだけのテーマだから、これでもかこれでもかと繰り返すフラメンコだけではもたない。熱気にあふれるステージだっただけに、もう少し切りつめて、余韻がほしかった。

フラメンコは、手と指のうごきで、心の表現をする。それが、ほんとうにたのしめる見物だったら、この一時間半は少しも長くはないだろう。

ところで、今度から、クリスティーナ・オヨスにかわって、新しいプリマ・ダンサーに、二十四歳のステラ・アラウソが起用された。ダンスもよかったが、豊麗なスペインの美女だ。

終って、外へ出ると、いいあんばいにタクシーが拾えて、早く帰れる。

アントニオ・ガデスが、

(どうも、だれかに似ている)

と、かねてからおもっていたが、今夜は思い出した。私と同じ、時代小説を書いている藤沢周平さんだ。

×月×日

昨日は、〔和光〕へ行き、自分の展覧会を見る。絵が売れなかったらどうしようとおもったが、さいわいに、みんな売れて、熱心に手配をしてくれた和光さんや文春の寺田君にも心配をかけないですんだようだ。和光の吉沼さんと、去年の今ごろ、此処《ここ》で展覧会をした直後に急死した、おおば比呂司《ひろし》さんのことを語り合う。いろいろなことがわかってきて、尚更《なおさら》に、哀《かな》しいおもいをする。〔新富寿司〕の御主人が差入れをしてくれる。夕方、寺田君と出て、〔清月堂〕でコーヒーとサンドイッチ。

きょうは、一日中、雨が降っている。書きかけの〔鬼平犯科帳〕、久しぶりに長いもので、しかも読切りというので骨が折れる。それでも、きょうは机からはなれることなく、半分まで漕《こ》ぎつけ、先が見えてきた。きょうは、〔与志乃〕から和光のほうへ届け物があり、それが、こちらへまわって来る。夜も鬼平。〔万惣〕のサクランボを食べつつ書く。フランスのサクランボをおもい出す。

〔子《こ》熊《ぐま》物語〕

×月×日

昨日、ようやく、衆議院で、中曽根前総理の喚問がおこなわれた。予期したごとく、「大山鳴動《たいざんめいどう》して……」一匹の鼠《ねずみ》も出なかった。

夕飯は、近所の商店街へ行き、豚とモヤシのやきそば、ワンタンを食べる。軒並に店を改装してしまっているから、目ざす文房具屋がなかなか見つからなかった。この商店街は、かつて、自転車の通行を禁止していたので、ゆっくりと散歩ができた。ところが、いまは、女たちの自転車乗りが流行して、めったやたらに入って来る。女は傍《わき》を見ながら自転車を飛ばして来るから、あぶなくて、仕方がない。自分だけよけれ

ばいという女の習性が自転車に乗ってもあらわれる。全部がそうだとはいわぬが……。

ようやく文房具店を見つけ、ケント紙を買って帰る。

きょうは、鬼平犯科帳を引きつづいて書く、ようやく大詰へかかってきた。体調も少しずつ、よくなり、自分なりに手をつくしているから、やがて、よくなってくるとおもう。

×月×日

夕方近くなって銀座へ出る。

快晴の土曜日とあって、いっぱいの人出だ。久しぶりに四丁目の〔みかわや〕へ行き、カレー・ライスを食べる。カレーにしては少し高価だが、味は上々。家人が食べた、エビのグラタンも旨《うま》かったという。

外へ出て、和光に用事がある家内と別れ、ヤマハ・ホールへ行く。目下、前評判も高い〔子熊物語〕を、やっと観《み》ることができた。

母親に死なれ、ひとりぼっちになった子熊ユークが、調教したとはおもえぬほどの〔演技〕をする。雄大なロッキー山中のすばらしい景観。その中に生きる、さまざまな動物や小鳥の声が録音され、効果をあげている。

これに、三人の猟師が素朴《そぼく》な演技を見せ、原作者ジェームズ・O・カーウッドの「殺したいという衝動よりも、生かしたいという感情は、もっと強い」というテーマを、みごとに描き出した。

捕えた子熊が、あまりに可愛《かわい》いので、ついに殺せなくなってしまう若い猟師がよい。小さな子熊を、これほどまでにつかえるものか、驚嘆せざるを得ない。

ジャン＝ジャック・アノー監督の演出には、フランスの、よい部分のエスプリがあって、この動物映画を筆舌につくしがたいドラマに仕立てあげた。私は元来、動物映画をあまり好まないほうだが、この映画にはタンノウし、感動をした。何といっても撮影がすばらしい。音楽はフィリップ・サルドで、いうことな《ま》し。

アノー監督を中心にしたスタッフの才能と協調を先ず、ほめなくてはなるまい。

帰りに本屋で、故色川武大さんの本を買う。きょうは、よく歩いたし、元気だ。少しずつ体調がよくなってきていることが、自分でもわかる。

夜ふけに、鬼平を五枚書く。いよいよラストになってきて、机に向うのが、たのしみになってきた。

ベッドで、尾上松緑の芸話を読む。

×月×日

フォックスの試写室へ行き〔エイリアン・ネイション〕を観る。

一九九一年、カリフォルニアのモハベ砂漠《さばく》に宇宙船が不時着。三十万人のエイリアンが、アメリカ全土に〔ニュー・カマー〕として移住、定着する。その中の一人、フランシスコ（マンディ・パティキン）が、ロス警察サイクスと組み、ニュー・カマー（新入者）として成功をおさめたハーコート（テレンス・スタンプ）が黒幕として君臨する陰謀と殺人事件とたたかう。

このニュー・カマーのメイク・アップがおもしろいし、地球人と異なる生活、性格も興味ぶかい。その相棒を演じるジェームズ・カーンを久しぶりに観る。だいぶ年をとったが、まだ、体はよくうごく。この映画は、もっとおもしろくなったろうが、脚本に工夫が不足し、後半はさして、おもしろくない。

終って、いつものように巴町の蕎麦屋《そばや》〔砂場〕へ行くが、まだ昼休みなので、近くの、はじめての床屋へ入ると、とたんに、すさまじい雷雨となる。床屋が傘《かさ》を貸してくれたので、外へ出たが〔砂場〕は、まだ店を開けていない。やむなく、タクシーを拾って帰る。

夜、中村富十郎さんの母堂・吾妻《あづま》徳穂さんから電話がある。歯切れのよい江戸ことばを久しぶりに聞く。

「ごきげんよう。さようならぁっ」

という声の元気さ、威勢のよさ、〇十歳を越した人とはおもわれない。

鬼平犯科帳は百枚のうち、八十枚まですすむ。ここまでくれば、すべて頭の中へ出来あがっているから、今夜は、安心をした所為《せい》か、ぐっすりと眠れた。

×月×日

鬼平犯科帳百枚すべて終る。これは、来月、鬼平の特別号が出るためのものだ。ゆえに御愛嬌《ごあいきょう》ということで、挿絵《さしえ》も描《か》くことになってしまった。絵のほうがむずかしい。

いまさらながら、長らく挿絵を描いてくれた人びとの苦心がわかる。

きょうは、私が媒酌人《なこうど》をした今村英雄が、はじめて、自分の店をもち、その開店の日だ。祝いに行くつもりだったが、またも痛風が出て靴《くつ》が履けない。代りに、家内を行かせる。

夜、家内が帰って来て、今村君がこしらえた弁当を持って来る。

茄子《なす》の田楽《でんがく》、海老《えび》の揚げしんじょ、穴子の白焼など、まさしく、今村の味だ。店は、和光の二ツ目の裏通りで、清水ビルの地下一階で、店の名は〔いまむら〕という。夫婦で、たのしそうにはたらいていたそうだ。

今村夫婦の媒酌《ばいしゃく》をしてから、十八年の歳月が過ぎ去った。実に早いものだ。

東京も、いよいよ梅雨《つゆ》に入った。いまの私にとって、一年のうち、もっとも嫌《いや》な季節となる。痛風の腫《は》れは、まだおさまらない。

×月×日

足の腫れが引いたようなので、おもいきって靴を履き、銀座へ出かける。

○○に出していた○○の出店へ行ったら、まるで変ってしまい、早々《そうそう》に出て来てしまう。以前は、ちゃんとしたコックがいて、コーヒーをのむと「もう一杯、いかがですか？」などと、もてなしてくれたものだが、いまは少年のようなのが、女の子とふざけながら、冷凍の料理を温めて出すだけの店になってしまった。

コーヒーは、〔清月堂〕でのんだ。夕方から試写があるのだけれど、こういうときは、なかなか時間がすすまない。

そこで、まだ顔を出さなかった〔いまむら〕へ行ってみる。時間が早すぎたので、何も食べなかったが、内装もきれいに出来ていた。昼間にはＯＬ向けに二千円ほどで、点心《てんしん》弁当のようなものを出しているそうだ。

何事も、これからだ。二人とも丈夫で元気なのが何よりである。やがて、夕方の開店時間となったので、活《いき》がれいとずいきの煮物で菊正を盃《さかずき》に五、六杯のむ。

「酒は、どうでしょうか？」

「これならいい。大丈夫だ」

外へ出て、東和第二の試写室へ行く。今夜はフランス映画社が入荷した［スリープウォーク］という、女の監督サラ・ドライヴァーの長篇《ちょうへん》第一回作品。こうした幻想物語を映画にするのはなかなかにむずかしいものだが、痩《や》せこけた女主人公ニッキーに、一種ふしぎな魅力があるのと、真夏のニューヨークの朝、夜のショットに忘れがたいものがあり、観ているうち、しだいにひき込まれてしまう。

帰ってベッドへ入ってから、奇妙な夢を何度も見る。

×月×日

毎日、どんよりと曇っていて、ときには、小雨が霧のようにたちこめる。頭が重い。

私にとって、一年の中で、もっとも嫌な季節になった。

むかしの私には、梅雨期は旅行の季節だった。何処《どこ》へ行っても混雑していないし、したがって旅館にも泊りやすい。一年中、やすむことなく働いて、六月と十二月に長い休みをとる。これが、私の習慣だった。やはり、それだけの活力があったのだろう。

梅雨どきの日本の国の気圧と水蒸気には、まったくまいってしまう。フランスの田舎へ行きたいと、しきりにおもう。

吉右衛門の〝鬼平〟

×月×日

美空ひばりが死去した。五十二歳である。私は、ひばりの東京における初舞台を観《み》ている。当時、人気歌手だった笠置《かさぎ》シヅ子の物真似《ものまね》唄《うた》だったが、その達者さには瞠目《どうもく》したものだ。ひばりは、まだ子供で、私は二十代の前半だった。いまさらに、この四十余年の歳月を想《おも》う。

たのんでおいた、故上村一夫著〔関東平野〕二巻が届く。

私が、劇画の上村一夫とつげ義春を好むのは、ともに画《え》がうまいからだ。

いま読み返し、見返しても〔関東平野〕は、私にとって新鮮な魅力がある。

毎日、空は曇っていて、小雨がけむる。不快きわまりない。

夕飯は〔かね正〕の鰻茶漬《うなぎちゃづけ》。少ししか食べられない。こんな毎日では腹も空《す》かない。

×月×日

尾上松緑が七十六歳で死去する。松緑さんは、私より一《ひと》まわり上の六白金星《ろっぱくきんせい》という星だった。

きょうは試写があったのだけれど、来客が多かったので、やめにする。

毎日、うすぐもりの不快な日々がつづく。鬼平の仕事は、すっかり終った。今年の夏は、すべて仕事をやすみ、様子を見ることにした。何といっても去年の冷夏が頭に残っているからだろう。

夜は、辺見じゅん著〔収容所からの遺書〕という、ドキュメンタリーを読む。感動的だった。

×月×日

きょうは晴れる。真夏のように暑い。

午後から試写に行く。きょうは外れた。少しもおもしろくなかった。まだ冷房が入らないので、蒸風呂《むしぶろ》へ入った気分で観るより仕方がない。終って、夕飯をすませてから、〔W〕へ行き、コーヒーをのむ。きょうは、私にしてはよく歩いたので少し疲れる。

森一生《かずお》監督が、七十八歳で死去した。私が少年のころ、森さんは、市川右太衛門主演で〔大村益次郎《ますじろう》〕というのをつくった。まだ二十代の若い監督だったが、そのリアルな映像と演出に、びっくりしたことがある。右太衛門にしても、後年の彼とはまったくちがう扮装《ふんそう》・演技で、これにも瞠目した。いま、この映画が封切られたら、非常に評判をよぶにちがいない。フイルムは、おそらく焼失してしまっているだろう。二度と観られない、日本映画の傑作だった。

私も自作の小説を何本か、テレビ映画で森さんに演出してもらったが、いずれもよかった。

オール讀物の〔鬼平特別号〕ができたので、見本が届けられて来る。よくできた。

今夜は、入眠剤をのまずに眠ってみたら、疲れていたためか、たちまちに眠りへ引き込まれた。

×月×日

明け方に夢を見る。

登場人物は三人。画家の夫婦と凶悪な盗賊で、

（あ、これは小説になる）

と、夢うつつの中でおもって、目がさめた。

画家の夫が、知り合いの作家そっくりだったのも、おもしろく、起きあがって、すぐに、簡単なメモを書いておく。

午後になって、そのメモを読み、やはり小説にはならないと、あきらめる。画家の妻が最後に、盗賊をやっつけて、

「リンゴの絵を描《か》いたわよ」

といったのが、印象に残っている。妻も画家なのだ。

岩波新書の〔絵で見るフランス革命〕を読む。豊富に挿入《そうにゅう》された挿絵《さしえ》がおもしろい。

夜、ベッドに入ってから、川本三郎著〔スタンド・アローン〕を読む。今世紀の初頭から中ごろにかけて活躍した、個性的な男二十三人を短文で、あざやかに描いたもの。ことに、ギャング・スターとして知られた故ジョージ・ラフトが、意外にストイックな一面をもっていたことにおどろく。そして、ラフトの恋人が上品で、しとやかな役を得意とした女優ノーマ・シアラーだったことにもびっくりした。ラフトとシアラー、たしかに意外ではあるが、よくよく考えてみると興味がつきない。

×月×日

なかなかに梅雨《つゆ》が明けない。毎日、小雨が降りけむり、曇った日は頭を重い石で押

えつけられたようになる。

きょうは、うすぐもりで雨は降らなかったので、散歩に出る。まったく久しぶりのことだが、何といっても足がおとろえてしまって、これではどうしようもない。

自動車がまったく通らぬ、私の大好きな、H薬科大学の裏道を往復すると約二十分弱。これでは少し足りない。そこで大通りへ出ると、大小の車輛《しゃりょう》が押し寄せて来て、排気ガスがたちこめ、胸が悪くなる。我慢して二十分ほど歩き、帰宅する。少しでも歩いた所為《せい》か、気分はよい。明日も歩くつもりなり。

夕飯は、到来物の加茂茄子《かもなす》の味噌《みそ》かけ。旨《うま》かった。

×月×日
四度目の〔鬼平犯科帳〕テレビ化で、第一回を観る。
今回は中村吉右衛門の平蔵で、これを実現させるのに五年ほどかかった。プロデューサーの市川久夫さんも、よくねばってくれた。吉右衛門の鬼平は、第一回のときの父・松本白鸚《はくおう》（当時は八代目幸四郎）に風貌《ふうぼう》が似ていることはさておき、実に立派な鬼平で、五年間、待った甲斐《かい》があったというものだ。
しかし、この五年間に激しく時代は変った。映画もテレビも、時代劇がどんなものか忘れてしまった。だから、吉右衛門、中村又五郎をのぞいて下の傍役《わきやく》が、ひどく落ちる。これは仕方のないことだろう。回数が進むにつれ、スタッフもよくなってくれるだろうと、期待する。

テレビが終ってすぐに、吉右衛門さんから電話がある。労をねぎらい、原作者として満足したことをつたえる。

今夜も冷え込む。しかし、梅雨明けも近いだろう。梅雨が明けたら、先《ま》ず歯科医へ行く決心をする。

×月×日

昨日、出先きから家へ電話したら、旧友・井手《いで》雅人《まさと》の死去を知らされる。非常なショックを受けたが、きょうは通夜《つや》なので夕方から出かける。未亡人は看護に疲れ果てている。ショックのあまり、はなしもできなかった。辛《つら》い。六十をこえると、こんな辛いことが待っているとは、おもってもみなかったことだ。

きょうは、テレビの〔鬼平〕第二回目。この脚本は、ほかならぬ井手君が書いたものだ。やはり、出来栄《できば》えがちがう。見ているうちに泪《なみだ》が出て、映像が見えなくなってしまった。二人で、よく伊東の旅館にこもって仕事をしたことが、しきりにおもい出される。

×月×日

彫刻家として世界的な名声をもつ、オーギュスト・ロダンの愛人であり、女流彫刻家として知られるカミーユを描いた〔カミーユ・クローデル〕の試写へ出かける。約三時間の長尺と聞いて恐れをなしたが、結果は、あまりにすばらしいので、長時間が少しも苦にもならなかった。傑作である。

カメラマン出身のブリュノ・ニュイッテンの監督で、脚本も彼が担当した。この脚本がすぐれていて、少しもムダがなく、演出も一ショット、一シーンのつなぎに工夫が凝らされ、しかもダイナミックだ。カメラマン出身だけに、セリフにたよらず、あくまで映像そのものにより、はなしをすすめる。これがよい。

カミーユを演じるイザベル・アジャーニは、別人のごとく、すばらしい。顔まで違って見えるばかりか、女の彫刻家としての、たくましい肉体までも、カミーユそのものになりきっている。カミーユの家族、その父と母を、老優アラン・キュニーとマドレーヌ・ロバンソンが堅実に演じて、私のようなオールド・ファンをよろこばせる。フランスの駐日大使をつとめたこともあるカミーユの弟・ポール・クローデル（ローラン・グレヴィル扮演）も、それらしい実在感があり、約百年前のパリの姿も申し分なくとらえられている。ガブリエル・ヤーレッドの沈痛な、しかも激情的な音楽はニュイッテンの演出を充分に助けている。

秋に公開されるそうだが、この夏の試写は、この一本で充分に満足した。ロダンはジェラール・デパルデューが演じ、まさに適役だった。

夏のロース・カツレツ

×月×日

車輛《しゃりよう》もバイクも通らない、H大学裏の小道を二、三十分歩く。もう一週間つづいている。ともかく足がおとろえては、日常に困るので、本当は嫌《いや》なのだが、やっているのだ。〔暮しの手帖《てちよう》〕夏・初秋号で、車輛（ことにディーゼル車）と人間の生活について、丹念な特集をやっている。

私たちが十年、十五年前から、書いたりいったりしてきたことだ。この問題は政治家が、もっとも重要視しなくてはならぬのに、少しも手をつけない。一言もふれない。ふしぎな日本になったものだ。

先日観《み》た映画〔カミーユ・クローデル〕が、あまりによかったので、書庫へ入り、

ロダンとカミーユ関係の本を探す。三冊ほど見つかった。それに出版社から〔カミーユ・クローデル〕という新刊を送ってくれたので、夕方から夜ふけまで、読書に熱中する。そして先日の映画が、よくできていたことを、あらためて確認した。宇野総理わずか二ケ月で退陣。またまた政局は混乱する。

眠りに入ってから、亡《な》き井手雅人の夢を二度も見る。今夜も寝つけない。

×月×日

脂身《あぶらみ》のたっぷりついた黒豚のロース・カツレツ。これこそ、私の夏の活力源だ。しかし、家で食べるとなると、なかなか、おもうようにいかないが、このところ、サラダ用のキャベツのいいのが買えるので、梅雨《つゆ》が明けてから何度も食べた。ソースはトマト・ピューレをまぜて家でつくる。今度、外へ出たら、どこで、ロース・カツレツを食べようかと考えている。私のは、いわゆるトンカツではない。昔風のロース・カツレツだ。

朝から驟雨《しゅうう》が降ったり熄《や》んだりする。ヤクルト・ホールでの試写へ行こうか行くまいかと迷ったが、おもいきって出かける。先日の〔カミーユ・クローデル〕がよくて、すっかりタンノウしてしまったので、あとは当分、観なくてもよいという気分になっている。銀座へ着くと、晴れあがって、風もさわやかだった。きょうの試写〔ベスト・キッド3」で、ラルフ・マッチオは少し肥《ふと》ったが、何かたよりなげな、やさしい風貌《ふうぼう》は、少年時代のままだ。今回は、ノリユキ・パット・モリタのミヤギ老人が大いに活躍をする。このカラテの名人が、大男の敵を三人も打ち倒すシーンがよい。ミヤギ老人の冴《さ》えたところを観れば、私は満足だ。自信をなくしたマッチオが、ミヤギ老人にはげまされて立ち上がり、カラテの型へ入り、舞いを舞うような美しい動作を見せ、狂暴な相手が面喰《めんくら》うところもよい。

終って、ロビーで、久しぶりに深沢哲也さんに会う。元気だった。それから外へ出て、考えておいた某所へ行き、いろいろと食べたが、これは大失敗。少しも旨《うま》くなかった。ローレンス・オリビエの伝記がおもしろいと聞いたので、本屋へ寄ったが、売切れらしくなかった。タクシーを拾って、また怪しくなった空の下を帰宅する。

×月×日

辰巳柳太郎氏死去（八十四歳）。夜ふけに、新聞社からの電話で知る。私は新国劇の仕事をしてきたから、おもい出はつきない。しかし、いま、歯の治療中なので、おもうようにしゃべれなかった。辰巳氏は強運の人で、もう少し長生きをするとおもっていた。本葬は二十二日だそうな。おそらく私は出席できないだろう。歯がよくなったら行くつもりだ。

同じ日、作家の森敦《あつし》氏も死去。

×月×日

先日から銀座の歯科医院へ通っている。きょうも行く。やっと台風が去って、目がくらむような晴天となる。きょうは、すぐに終ったので、神田の床屋へ電話をかけておいて、タクシーで神保町《じんぼうちょう》まで行く。散髪をすませ、近くの〔揚子江菜館〕へ寄り、五目冷し中華そばを食べ、シューマイをみやげにしてもらう。

タクシーを拾って帰る。今夜はテレビの鬼平の〔血頭《ちがしら》の丹兵衛《たんぺえ》〕で、だいぶんに観られるようになってきた。欲をいえば切りがない。吉右衛門の鬼平には文句なし。終りに近くなって、島田正吾が老盗になって出る。先日に亡くなった辰巳柳太郎と同じ八十四歳だが、島田はテレビにも舞台にも出ている。二人は同年で、ともに五黄の星がついている。五黄という星は、善悪共に強い星である。ベッドへ入ってから、逢坂剛監修の〔スペイン内戦写真集〕を見る。めずらしい写真集だ。私はスペインへ一度だけ行っているので、興味をそそられた。

×月×日

昨日から、台風十三号が接近しつつある。このため風雨が強くなる。テレビをつけたら、十六年前に観た〔愛の嵐〕をやっていた。観るともなく観ているうちに、我知らずひき込まれて、ついに終りまで観てしまう。ダーク・ボガード、シャーロット・ランプリングの両主演者、リリアーナ・カヴァーニの監督。三拍子そろった佳作で、ランプリングのみずみずしさにおどろく。彼女は二十七歳だったのだ。十数年ぶりに再会した、元ナチスの親衛隊員とユダヤ人の美少女が、ナチズムの執拗《しつよう》な手によって、つけねらわれる悲劇。舞台背景はウィーンで、この時代には、ヨーロッパでも、大戦の影響が消えていなくて、こうしたテーマが生彩をはなっていたのである。

きょうは、このテレビ映画で、何となく、みたされたおもいがする。午後になると雨が熄《や》む。台風は去った。本屋にたのんでおいた、ローレンス・オリビエの演技についての自伝が届く。めずらしい写真がたくさん入っていてたのしい。マリリン・モンローと共演した映画〔王子と踊子〕で、モンローに手こずるところは、ことにおもしろい。ここで、舞台のみならず、映画の演出者、演技者としてのオリビエがよくあらわれているからだ。

×月×日

うすぐもりで風もあり、歩きやすい。昨日も銀座へ行き、歯の治療。終って〔みかわや」へ行く。ポーク・カツレツ、御飯、サラダ。前から考えていたのだが、この店のポーク・カツレツは、ロースの脂《あぶら》がたっぷりついていて、むかしの洋食屋のそれを略《ほぼ》再現している。夕景、帰ると山の上ホテルの川口君が来て、ヨーロッパみやげの黒い鞄《かばん》をくれる。川口君と語っていると、割合にうまく語れる。やはり、半分は神経なのだろう。

きょうは、つづいて歯科医院へ行き、終って、久しぶりに高島屋楼上「野田岩」の、中入れ鰻丼《うなどん》。うまい。鰻は、ここに限るとまではいわぬが何といっても行きやすい。地下鉄で銀座へ引き返し、和光へ行く。去年、急逝《きゆうせい》した、おおば比呂司《ひろし》さんの一周忌を兼ねた遺作展のパーティへ出席する。旧知の人びとに会ったが、うまくしゃべれないので、早々に退去する。

×月×日

文庫のミステリー「婦警トーニの爛《ただ》れた夏」を、三日かかって読み終える。作者は女流作家だけに、すべてが丹念に描かれていて、映画で観たいとおもった。いまなら、タイン・デイリーという、打ってつけの女優がいる。

きょうは、午後から銀座の歯科医へ行く。おもいの外、早く終ったので、久しぶりに東和の試写室で「想《おも》い出のマルセイユ」というイヴ・モンタンの映画を観る。モンタンの半生をミュージカルにしたもので、アメリカのミュージカルとは違う、いかにもフランス風のレヴュー感覚。何ということはないが、七十に近くなってから、初めての我子をもうけたモンタンが元気一杯で、気楽に、たのしげに演じている。この暑いときに、老いたモンタンの若々しい姿を観るのはたのしかった。終って、久しぶりに〔R〕へ行き、春巻二本、エビの焼きそば。口に慣れた味だから、安心して食べる。

夜は熱帯夜となって、なかなか寝つけない。仕方なく、窓を開け放ち、ようやく眠る。

×月×日

歯科医へ行く。今度はよいとおもったが、帰宅して、物を口へ入れてみると、やはり、どこかちがう。嚙《か》みにくい。うんざりする。

外は目がくらむような猛暑。その中を旭屋《あさひや》書店へ行き、マクベインの〔カリプソ〕とシドニイ・シェルドンの〔裸の顔〕二冊を文庫本で買う。寝しなに読む本がなくなってしまったのだ。食欲がなく、体重二キロ減る。

今夜は、近くの家で夜半すぎまで、男女の高声、高笑いが聞こえ、戸を開け放したままだから、モロに、こちらへつたわってくる。午前一時になって、ようやく熄む。

ガラス戸のところに寝ていた猫《ねこ》が、おどろいて逃げるほどだから、車輌の響音よりひどい。

女の猿《さる》まわし

×月×日

昨日、家人がデパートで韓国《かんこく》の松茸《まったけ》を買って来たので、朝は松茸の炒飯《チャーハン》にする。旨《うま》い。

午後は歯科医行。毎日、暑い。熱帯夜がつづいている。今夜は、ことにひどい。風がまったく絶えてしまった。例によってベッドで読書。エド・マクベインの〔カリプソ〕は、出来が悪く、昨夜でやめてしまった。今夜から海《え》老《び》沢《さわ》泰久《やすひさ》の〔夏の休暇〕にかかる。

十三の短篇《たんぺん》集だが、少年、青年、中年の男女がいずれもよく描けてい、しゃれているだけではなく、ちょっと深味もあり、一気に読んでしまう。海老沢さんは、私の好

きな作家のひとりだ。

夕飯は、家へ帰って、松茸のフライ。旨い。きょうは食欲が出た。

×月×日

この夏は、ほとんど仕事をしなかった。

仕事をやすみ、あることに専念するつもりだったのだが、これが、おもうようにはかどらぬ。

日々を、凝《じっ》とすごすのもわるくないけれど、いかにも退屈だ。

連日の暑さも、このところ、めっきりと秋めいてきて、明け方など、寒さに身ぶるいをすることがある。

きょうは、午後になって、大工の竹内政一君が来る。竹内君が棟梁《とうりょう》の故佐藤さんの徒弟として我家に初めて顔を見せたのは十六、七歳のころで、まだ少年の面影《おもかげ》が濃かった。それが、

「いま、いくつ?」

訊《き》いたら、

「五十一です」

と、いう。びっくりすることはないのだが、やはり、びっくりする。現在の彼は、

佐藤さんの跡を引きつぎ、立派な棟梁になっている。亡母に線香をあげて行ってくれた。

キネマ旬報に、石上三登志《さとし》さんが、小生の〔江戸切絵図散歩〕を読んでくれたらしく、この本の中に入れておいた、品川・御殿山《ごてんやま》のスケッチについて、御殿山には二十五階建ての高層ビル〔御殿山ヒルズ〕ができて、様子は「すでに、かなり違ったものとなってしまっている」と書いている。この絵を描《か》いたとき、東京の風景をいくつか描いたが、他の場所も同様に変貌《へんぼう》してしまっているだろう。

夕飯は、韓国産松茸のフライ、鶏《とり》、卵のそぼろ御飯。いくらか食べられる。夜に入って台風が次第に近づいて来た。

×月×日
遅い夏休みをとるために、昨日から山の上ホテルへ来ている。
といっても、今年の私は夏休みをとるほど、はたらいていない。家族を休ませるために来るようなものだ。
ベッドへ引っくり返り、持ってきた文庫本を読む。先《ま》ず〔ローソン・ブルーの瞳《ひとみ》〕上下巻。つぎに〔読書する女〕を読むうち、たちまちに日が暮れてしまう。〔読書する女〕は、去年、試写で観《み》た。ミュウ゠ミュウが風変りな女を演じて、なかなかおもしろかった。この映画は今年、間もなく、封切られる。

夕飯は、ホテルの天ぷら食堂へ行き、コチの刺身で酒を少しのむ。コチは生きがよく、身がしまっていたので、いまの自分の歯では少々苦労をする。

夜は、テレビの〔鬼平犯科帳〕を観る。

今夜は〔明神の次郎吉《じろきち》〕をやる。ガッツ石松の次郎吉が意外な好演。個性だけで少しも芝居をしないから却《かえ》ってよいのだろう。

吉右衛門は、いよいよ、平蔵らしくなってきた。来年に舞台にのせたいというはなしがあるが、私は何もできないだろう。吉右衛門がやりよいようにするのが、もっともよいとおもう。

きょうの第一食は、コーヒー・パーラーの主任川口君をさそって、神保町の〔揚子江菜館〕で上海《シャンハイ》焼きそばとシューマイを食べる。

夜は、今度書く小説のメモをとりながら、〔梅安〕のシリーズを読む。このごろは一日毎《ごと》に秋めいてきて、ホテルの窓を開けると何処《どこ》かで虫が鳴いているではないか。何処で鳴いているのだろう。ついに、わからなかった。

今回は、今年はじめてのハゼを天ぷらで食べた。もちろん旨《うま》いが、新鮮なハゼを刺身にするのもよい。

×月×日

きょうの新聞に、熊本のOLで二十七歳になるW・Mさんのことが出ていた。大手化粧品の会社に七年もいたW・Mさんは、おそらく仕事に飽きてしまったのだろう。突如、猿まわしになった。

そして、いま、熊本の、ある村にオープンした〔猿まわし劇場〕の前座をつとめているそうな。

「キョロキョロせんで、自分で、しっかり立ってみい」

とか、

「何やっているんだ、お前は。もっと足にちからを入れるんだよ」

などと、コンビの猿じゅん君を叱《しか》り、芸をおぼえさせるW・Mさんの声は女のものとはおもえぬほど野太《のぶと》い。

オスの猿は、婦人の猿まわしをなめてかかるという。この七ケ月でW・Mさんは三度も喉《のど》をつぶしたそうだ。写真も出ていたが、現代の若い婦人としては、まことにユニークな転身ではないか。むろん、動物好きなのだろうが、こういう記事を新聞で見ることは、何だかたのしいおもいがする。

厳しく猿を叱りつけながらも、見る眼《め》には愛情がこもっている。これを、この世界では「鬼面《きめん》の愛」というそうである。

「前の職場に不満があったわけではないけれど、何か別のことがしたかった」と、W・Mさんはいっている。が、これから三年後、五年後のW・Mさんの様子を私は知りたい。こういう記事を新聞で見ることは何かほっとする。たのしい。

×月×日

昨日は、朝七時に起きて、用事があり、お茶の水へ向う。きょうも残暑がきびしい。もう六日も熱帯夜がつづいている。

用事をすませ、山の上ホテルへ行く。

コーヒー・パーラーで、鶏《とり》のピラフと牛タンと生ハムのサラダ。血圧は少しずつ下ってきているが、なかなか、薬が効かない。でも私にとっては、これが自分の血圧なのだろうとおもう。今夜は伊集院静著〔三年坂〕という短篇集を読む。

新潮社の徳田君が死去したとの知らせがある。かねて療養中だと聞いていたが、私は何だか療《なお》るような気がしていた。今夜も熱帯夜。入眠剤半個で眠る。

きょうは、昼すぎから、藤沢周平さんの〔三屋清左衛門残日録〕を読みはじめたら、いつともなく引き込まれ、夜半までに四百ページの大冊を読みあげてしまう。上質の時代小説だった。

×月×日

残暑はきびしいが、何といっても、もう秋である。

きょうは、お茶の水へ用足しに行ったので、帰途、山の上ホテルの天ぷらコーナーへ行ったが、いつもほど食べられなかった。昨夜は家で揚げものをしたことをおもい出す。いま、天ぷらはハゼだ。

台風二十二号が来るというので早目にタクシーで帰る。そろそろ、腰をあげ、来月から仕事をしなくてはならぬ。書庫へ入り、その下調べをする。二時間もかかってしまった。その結果、先ず〔仕掛人・藤枝梅安〕に取りかかることにする。

×月×日

つぎの台風が来るというが、おもいきって東宝へ〔あ・うん〕の試写を観に行く。亡き向田邦子《むこうだくにこ》の原作。昭和十二年の東京が舞台である。そのころの東京という街の平穏さ、美しさが、たっぷりとスクリーンに浮かびあがっていた。

これで下水道が整い、水洗便所が普及すれば、この上、東京に望むことは何もなかった。まだ戦争の影響は出ていず、このように素晴らしい都市に住む人びともまた、いまからおもうと、夢のように落ちついて生きていたのである。高倉健・宮本信子の門倉夫妻。板東英二と富司《ふじ》純子の水田夫妻の二家族を中心に、彼らが、しだいに戦火の中へ巻き込まれて行く姿を丹念に描き、ことにユーモアとペーソスを自然に出した高倉がよい。はじめは、どこかぎこちなかった俳優たちも、中盤から呼吸が合ってよくなった。

惜しかったのはラスト・シーンで、幕切れがちょっと遅かった。

外へ出ると雨が降ってきたので、予定していた〔慶楽〕で飲み喰《く》いするのをあきらめて、タクシーを拾う。

今年は台風が多い。今夜も夜半から降り出す。

体の精密検査

×月×日

ドミニク・サンダがイタリアで撮った〔沈黙の官能〕の試写へ行く。

約百年前のローマが、当時の風俗と時代背景によって、重厚に描き出される。マウロ・ボロニーニ監督が得意とする時代背景だ。ドミニク扮《ふん》するイレーネは異常なほど金に執着をもち、成り上りの大金持ちフェラモンティ家へ取り入る。

イレーネは美しい容貌《ようぼう》と肉体を武器にして、先《ま》ず次男のピッポをたらしこみ、つぎに長男のマリオと通じ、ついには、老いた当主グレゴリオまで、わがものにしてしまう。ドミニクは、この魔性の女の役を演じることを切望し、カンヌ映画祭で主演女優賞に輝いたのだから、いうことはないだろう。

たしかに、ドミニクのオール・ヌードは魅力的だが、映画は傑作でもなかった。ただ、老いたりといえどもアンソニー・クインの老当主グレゴリオが、若い長男、次男に負《ひ》けをとらず、堂々とイレーネを向うにまわして、ラブシーンを演ずるのが見ものだった。

この夏から、人間ドックへ入ろうと考えていたが、四年前に気管支炎で入院した三井記念病院には、当時の私のデータがそろっているし、担当医の坂本先生も知っているので連絡してみたら、連絡がついて、三日後に入院と決まる。

×月×日

昨日は朝六時に起き、十時までに三井記念病院へ行く。部屋は個室で、この前に入院したときと同じ部屋だった。

昨日は先ず、採血、レントゲン、心電図の検査。それだけでも疲れてしまう。坂本先生は、男ざかりで病気のほうで逃げてしまうような精悍《せいかん》な人だ。昨日は外出ということで、夜は家へ帰る。

きょうも昨日と同じ時間に病院へもどる。きょうは生まれてはじめて胃カメラをのむ。坂本先生が「一分で済みます」といい、はじめられたが、おもったより楽だった。この前のときの気管ファイバーの物凄《ものすご》い検査とはくらべものにならない。午後は、いよいよCTの撮影検査。夜に入って、その現像ができ、坂本先生が持って来て下さる。ガンの心配はまったくなく、脳も内臓もきれいだった。今夜は病院へ泊る。

×月×日
眼《め》、歯、心臓の再検査。やはり、年齢相応に少しずつ悪いところも出てくる。仕方もないことだ。

この病院の食事はよいほうだということだが、やはり旨《うま》くない。見舞客用のグリルでオムライスをこっそりと食べる。

この病院は担当医が、それぞれにそろっていて、親切である。若い看護婦も看護士も同様だ。

夜、坂本先生が来て、いろいろ説明して下さる。先ずタバコを一日五本にすること。いまは、よい薬ができているので、コレステロールについては心配ないとのこと。もっとも注意すべきは心臓だろう。不整脈が、かなりある。

血圧は、上一三五から一四〇、下が七〇から八〇と下ったままだ。

「六十すぎると、八十までは大丈夫です」

と、先生がはげましてくれる。しかしいまの日本で、いまの東京で、そんなに長く生きることが幸せかどうか……。

夕方になって内科から呼び出しがあり、心臓のはたらきを二十四時間にわたってしらべる器械を体につけられる。明日、退院なので困ったが、それなら退院時まででよいといわれ、小型のテープ・レコーダーのようなものを肩から掛け、その先から出た数本の管を体の諸方に貼《は》りつけられる。

×月×日

所用があるので午前十一時に退院する。心臓検査の器械を外《はず》し、ほっとなる。婦長が来て、数種類の薬を持たせてくれる。

結果は、予想ほど悪くなかったが、さりとて必ずしもよいとはいえない。年齢相応に悪いところも出ているのだ。だが、おもいきって精密検査をしておいてよかった。先生がたに感謝する。

帰宅して、干し蕎麦《そば》をあげさせて食べる。旨い。何を食べても旨い。夜は、おでんと茶飯。ベッドへ入り、ぐっすりと眠る。やはり、疲れていたのだろう。

×月×日

昨日から、山の上ホテルへ泊っている。

きょうは所用をすませてから、地下鉄で銀座へ出る。先ず、試写で観なかった〔ブラック・レイン〕を、日劇プラザで観《み》る。

日米の俳優と日本の大阪ロケによるアメリカ映画。いま人気上昇中のマイケル・ダグラスと、わが高倉健の共演である。監督は〔エイリアン1〕のリドリー・スコット。

高倉健は、十五年も前に、シドニー・ポラック監督で、大物スター・ロバート・ミッチャムを向うにまわし、任俠道《にんきょうどう》に生きるやくざを演じた、というキャリアをもっている。〔ザ・ヤクザ〕である。

映画は成功というわけにまいらなかったが、高倉のやくざはよく、いまだに、決闘シーンのあざやかさが目に残っている。高倉ほどの演技力とルックスをもっていれば、外人俳優とならんで、少しも見劣りしない。それに今度は、大阪府警部補という役で〔あ・うん〕に引きつづいてユーモアもペーソスもある性格を好ましく演じて、むしろ、マイケル・ダグラスを食ってしまっている。

ニューヨークで捕えた日本の若い現代ヤクザを大阪まで護送して来て、逃げられてしまうアメリカの二警官（その一人がマイケル・ダグラス）の眼（それは、取りも直さず、リドリー・スコットの眼でもある）が、現代大阪のネオンがきらめく街の異常な感じをとらえる。

高倉は、もう六十に近いというのに、体がよくうごく。クラブで唄《うた》もうたい、私どものみかダグラスをびっくりさせて、このまま、さまざまな役を演じてくれれば、彼の役者としての巾《はば》は、さらにひろがって行くことだろう。

松田優作が、不気味で、血も凍りついているかのような凶暴犯人を演じて気を吐く。傑作ではないが、大いに気を良くして見終った。

劇場を出て、銀座をぶらぶら歩き、久しぶりに〔千疋屋〕へ入り、カレー・ライスを食べる。このトロピカル・カレーと名づけたカレー・ライスは〔エスポワール〕のママ、故川辺るみ子の大好物だったことをおもい出した。

夜になると、ぐっと冷え込む。きびしかった残暑が、つい昨日のことのようにおもえる。

十年前の、ちょうどいまごろ、フランスの田舎をまわってパリへもどって来ると、もう焼栗《やきぐり》を売る屋台が出ていた。一袋買って、ポケットに入れ、サン・シュルピス広場へ出て来ると、いかつい顔をした老女が焼栗を肴《さかな》に赤ワインをのんでいた。

こころみに、翌日ためしてみたら、なかなかによかった。フランスの栗は日本のよりも小粒で、あまい味がする。

千疋屋で、ポテト・サラダを買って帰る。明朝、サンドイッチにするつもりだ。

×月×日
昨日から、山の上ホテルを引きあげる。パーラーの主任・川口君が、

「散歩なさってますか？」

「外へ出ると、かえって体が悪くなるような気がする。あの排気ガスの臭《にお》いではね」

「いまは、質のいいオイルを使ってますから心配ないですよ」

川口君は三十を一つか二つ出たばかりだし、自家用車をもっているドライバーだから、そういうのも当然だろう。

帰って、郵便物を整理し、夕方から机に向う。いつまでも遊んでいるわけにはいかない。仕掛人・藤枝梅安の連載が来月から始まることになっている。しばらく小説の仕事をしていなかったので、四、五枚書くと、ぐったり疲れる。リハビリをやっているつもりで、七枚まで書いてやめる。

夜はテレビの〔鬼平犯科帳〕で、今回は北林谷栄《たにえ》が出て、茶店の老婆《ろうば》お熊《くま》を演じた。北林さんの舞台をはじめて観たのは、戦前の築地小劇場で、たしか故真船豊《まふねゆたか》作の、満州開拓のはなしだった。北林さんは宇野重吉と新婚の開拓民を演じた。

その初々《ういうい》しい、美しさに、私どもは瞠目《どうもく》したものだ。というのは、当時すでに、北林さんは中年女性か老女役ばかり演じていて、それが、うまかったからである。もう、かれこれ五十年も前のことになる。星が一杯にきらめく、築地小劇場のホリゾントの美しさを、いまも忘れない。

その北林さんが、私の〔鬼平〕に出てくれようとは、夢にもおもわなかったことだ。

吉右衛門も洒脱《しゃだつ》に演じて、とてもよかった。お熊とのイキもピタリと合って、小品ながら、すぐれた一篇《ぺん》となっていた。

映画狂の少年たち

×月×日

朝は、小さなロース・カツレツと松茸《まつたけ》御飯。松茸御飯は一夜置いたほうがよい。小説の梅安、少しずつ、書きつづける。小説のリハビリをやっているようなものなり。眼《め》が疲れてうんざりする。

先日の検査でも、白内障になっていることを指摘された。

「あと三年ぐらいはもちます」

と、いわれたが、三年後には手術することになるだろう。眼の手術は進歩しているそうだから、その点は心配していない。

夜は、煎《い》り鳥と松茸のフライ。友人のU君が旨《うま》いジャガイモを送ってくれたので、

ポテトサラダをつくらせておく。

×月×日

快晴。朝はトーストで、昨夜のポテトサラダを食べる。芥子《からし》をたっぷり入れさせたので旨い。午後、久しぶりで外出する。先《ま》ず、ヘラルドの試写で〔ニューシネマ・パラダイス〕という仏伊合作の映画を観《み》る。

イタリアのシチリア島のジャンカルド村に、たった一つある映画館が〔パラダイス〕なのだ。その映画館の映写技師アルフレードと映画狂の少年サルヴァトーレの友情が時代の変転と共に描かれる。

むかしは、中・老年の男と少年のつきあいがめずらしくなかった。童心をうしなわぬ大人がいたからだろうし、少年は一日も早く大人になりたくて、大人のまねばかりをしていた。

この映画は、少年が、火災で死にかけた映写技師を救い出すという、ぬきさしならぬ交情のヒトコマがあったのだから、戦後、映画監督となって、ローマに暮している

サルヴァトーレが、いまもシチリアに暮している母から、アルフレードの死を告げる電話を受け、三十年ぶりに故郷へ帰る気持ちになる。この中年男になったサルヴァトーレをジャック・ペランが演じる。かつては名子役だったペランの髪にも、めっきり、

白いものが増えた。

アルフレードはフランスのフィリップ・ノワレだから、申し分がない。ノワレも、そろそろ六十になる年齢だ。火災で盲目となったアルフレードが外出もしなくなり、人ともはなさなくなったのを心配すると、

「おしゃべりをしているのも、黙っているのも、同じことだと、ようやくわかったよ。だから黙っている。そのほうが楽だものね」

というようなことを、アルフレードがいう。同感だ。ともかくも、こうして少年は、大人の世界を少しずつ知るようになるのだ。

サルヴァトーレは映画監督になったが、彼同様に少年映画狂だった私が小説を書くようになったのも、少年のころの影響が大きい。私は何故《なぜ》か、老人たちに可愛《かわ》いがられた。現代の子供と大人は、あまり、つきあいをしなくなったようである。

アルフレードは死にのぞんで、サルヴァトーレに形見を残す。検閲でカットしたフィルム（主としてキスシーン）をつなぎ合わせたものだ。これが、よくきいている。監督ジュゼッペ・トルナトーレは二時間かけて、じっくりと撮った。

外へ出て、近くの〔M〕へ行き、天ぷらそばにもり一枚。すっかり暮れ切った銀座裏から、タクシーを拾って帰る。

×月×日

晴れたので、久しぶりに外出。先ず新Uビル地下の理髪店へ行き、散髪し、同地下にある〔やぶ〕の支店で天ぷらそばとせいろ一枚。

それから買物をしようと、諸方をまわったが、みんな休店だった。仕方なく銀座を歩き、カーク・ダグラスの自伝（上下）を買い、〔清月堂〕でコーヒーをのみ、タクシーで帰る。

新潮社から剣客商売〔浮沈〕が届く。

夕方から、カーク・ダグラスの自伝を読む。卒直な自伝で、いろいろな俳優が登場するし、おもしろくてやめられない。夜までかかって上巻を読みあげてしまう。あれほどにタフで若かったカークも七十歳になり、心臓には、ペースメーカーが埋め込まれている。でも、私なんかよりは、ずっと元気らしい。

明日は、病院へ検診に行くので、早く眠る。

×月×日

昨日は、朝六時に起き、車で三井記念病院へ行った。先ず心電図の検査をやる。きょうはまったく不整脈がない。あったら薬を強くするつもりでいたらしい。

早く起きた所為《せい》か、便秘になってしまい、きょうもつづいているので、やむなく、夕方になってからカンチョウをやる。たちまち楽になる。講談社の宮田君が来て、梅安の原稿を持って行く。

さむい一日。姪《めい》が高島屋で買って来た野田岩の鰻《うなぎ》を温めて食べる。夜は、またカーク・ダグラス自伝の下巻へ取りかかる。途中でやめ、小説新潮の絵を描《か》く。毎月、魚の絵ばかりなので、描いているほうが飽きてしまうが、今月は沙魚《はぜ》の絵なので、ほっとする。沙魚は、どこか愛嬌《あいきょう》があって描きやすい。来月は野菜にしようと思う。

×月×日

日大歯科病院行。終って山の上ホテルへ立ち寄り、コーヒー・パーラーでチキン・ライス、焼きリンゴのパイを食べる。帰りは渋滞して一時間もかかる。

夜はテレビで一九三五年にメトロが製作したグレタ・ガルボの〔アンナ・カレニナ〕を観る。

D・O・セルズニックが総指揮をした大作だが、一時間半で終った。このころの映画は、みんなそうだった。二時間もかかる映画は、ほとんどなかった。そのように脚本がつくられていたのである。監督はクラレンス・ブラウン。ガルボも美しさの頂点にあり、新人だった故フレドリック・マーチがウロンスキーを演じる。

いまのガルボは八十をこえて入院中だが、誕生日を自分のアパートで迎えたいといい張って、医師がつきそい、病院から帰宅するところの写真を先日、見た。マーチは、すでに、この世の人ではない。

十二時に終って、すぐに眠る。久しぶりに夜ふかしをしたので疲れた。

×月×日

きょうも曇っているが、元気を出して、東和の試写〔フィールド・オブ・ドリームス〕を観に行く。

W・P・キンセラの小説は、すでに読んでいたが、こういうファンタジーは、やはり映像にはかなわない。アイオワ州の農場を経営する主人公の幻影の中に、亡《な》くなった父や知人があらわれて、野球をするのだ。いかにもアメリカ的なファンタジーである。主人公のキンセラをケヴィン・コスナー、その妻をエミー・マディガンが演じる。エミーが〔ストリート・オブ・ファイヤー〕で男まさりの女兵士を演じたときには、びっくりしたものだが、この農場の若妻なぞ、いかにも彼女らしい。

バート・ランカスターが、過去の時代の老医師ムーンライト・グラハムを演じる。もちろん好演だが、このところランカスターは、つぎつぎに映画へ出て、老いを忘れたかのようだ。気分よく見終えて外へ出る。

デパートのコーヒー・パーラーで、コーヒーとケーキを食べたが、きょうは第一食をぬいていたので、これだけでは腹の虫がおさまらない。

〔ヨシノヤ〕へ行き、修理をたのんでおいた靴《くつ》を受け取り、帝国ホテルまで引き返し、地下の〔なか田〕で鮨《すし》を食べてから、タクシーで帰る。

きょう、俳優の松田優作が急死した。膀胱《ぼうこう》ガンだったそうな。つい、この間〔ブラック・レイン〕を観て、その異才ぶりに感服したばかりだっただけに、おどろきもし、気の毒におもう。

夜になって、家人がつくった〔かけそば〕を食べる。きょうは少し、食べすぎたようだ。

×月×日

快晴。お茶の水の日大歯科病院へ行く。終って地下鉄で銀座へ出る。

電気器具店で、ブラウンの電気カミソリを買う。暖日で汗ばむほどなり。某所で、カレー・ライス。まずくて半分残してしまった。何処《どこ》も彼処《かしこ》も人で一杯だ。

旭屋書店で、二、三冊本を買う。

帰ると、井波（富山県）の大和君から里芋が届いていた。これは大和夫妻が手づくりの里芋だ。早速、けんちん汁《じる》をつくらせた。旨い。東京の里芋とはまったくちがう。

その後で、もりそばを食べる。

ツユに少しニンニクを摺《す》りおろして入れると、ちょっと変った味になって、旨い。
今夜は暖く、毛布を一枚、外して眠る。

ウスタロス村の四季と生活

×月×日

午前十時半、日大歯科病院へ行く。きょうで完了なり。

担当の佐藤友彦先生、苦心の歯だ。大切にしよう。佐藤先生が、

「私は、若いころ、二年ばかり、スイスのチューリヒにいました」

と、いう。

「やはり、御勉強で?」

「そんなところです。いまからおもうと、当時のあそこは、夢の国のような、すばらしいところでしたが……」

佐藤先生は、何やら、うっとりとした眼《め》の色になった。

外へ出ると、冷雨が降りしきっているので、帰宅しようかとおもったが、気を取り直して、神保町の理髪店へ行く。ちょうど、うまく空《す》いていた。散髪は、やはり、いつも行くところがよい。

終って、近くの〔揚子江菜館〕へ行き、上海《シャンハイ》やきそばでビールをグラスに二杯。シューマイをみやげにして、タクシーをつかまえる。渋滞もなく、早く帰れた。

夜は、知人がやっている〔ブトン・ドール〕という会社が出しているスパゲッティのソースで、スパゲッティを食べる。

それと、生卵を御飯にかけ、奈良漬《ならづけ》で食べる。

×月×日

晴れの日がつづく。新聞の広告を見て、銀座の映画館（シネパトス１）へ行くことにする。

映画は〔レディー　レディー〕というので、大手の銀行の支店次長をつとめている中年女（桃井かおり）と、バイクを駆って田舎から出て来た、その姪《めい》（薬師丸ひろ子）が主役だ。このところ、多種多様な役柄《やくがら》をこなして好評な桃井かおりがたのしみだった。今度もよい。パソコンで世界の為替《かわせ》相場をチェックしたりする女だが、とてもアメリカの〔ワーキング・ガール〕のようにはいかない。ころがり込んで来た姪に手を焼き、種々の悩みを抱えていても、そこから脱《ぬ》け出すことができない三十女にすぎぬ。

そこを、桃井は、うまく演じていた。

姪の亮子にしても、一見、新しい女に見えるが、ただもう騒がしいばかりで、半分はセリフがわからない。ことに、酔っぱらったり、昂奮《こうふん》したりすると、ますますわからなくなる。

脚本はよく書けているとおもえるし、女ふたりが漫才もどきにかわすセリフも悪くないようにおもえるが、私の耳には、ただもう、やたら騒がしいだけで感興がわくまでにはいたらなかった。いまの若い人たちなら、わかるのだろうか……。

桃井かおりも若いころは、セリフがよくわからなかったものだが、このごろは大分よくなってきて、先日テレビで観《み》た〔山頭火《さんとうか》〕の妻の役など、とてもよかった。

日が落ちかけた銀座へ出て、夕飯は何処《どこ》にしようか？　と考える。ぶらぶらと和光の裏まで歩き〔いまむら〕へ行った。

ふぐをやっていたので、ふぐのコースをたのむ。今年のふぐは不漁だそうな。夜になると寒い。タクシーで帰る。

きょうは疲れた。疲れると眼のぐあいがどうもよくない。

夜は、書庫から、古い映画雑誌を持ち出して来て読みふける。梅安の二回目をきょうで終える。それでも年末の締切りがいくつか残っていて、気が重い。

×月×日

きょうも第一食はスパゲッティ。すっかり癖になってしまった。ソースは自家製トマトソース。ピーナッツバターをたっぷりつけたトースト一枚半。

友人から電話で、

「きょう、外へ出たら、家の近くの米屋が消えてしまった。おどろいたよ、まさか、おれの近くへ、マンションが建つとはおもわなかった」

急に、不安になってきたらしい。これからの東京が、どんなに変ってしまうのか、予測がつかなくなってきて、心細いという。

「おれはうつ病なんだろうか？」

と、いい出したから、

「東京で、生まれ育って六十年もたった者が、いまの東京にいて、うつ病になるのは当然だ。ならないほうがどうかしている。おれだって、そうだよ」

と、こたえる。

夜は、品川の古い料理屋〔若出雲〕の主人が刺身を届けてくれる。鯛《たい》、メジマグロ、イカ、ウニなど新鮮な刺身をたっぷりと食べる。

夜、テレビで〔風の谷、虹《にじ》の村スペイン・バスクの三六五日〕というドキュメンタリーを観る。二時間にわたる、すばらしい番組だった。これは、リポーターとして、緒形拳をスペインのピレネー山麓《さんろく》にあるバスク地方ウスタロス村の村長の家の別棟《べつむね》に一年間も住まわせ、村の四季と生活を紹介したもので、緒形には打ってつけの企画だ。このテレビ局の担当プロデューサーの頭の良さに感心をする。新しいといえば、昨日観た〔レディー　レディー〕よりも新しいテーマを打ち出していて、観る者によろこびをあたえる。ピレネーの谷間の村は、これから後、十年、二十年たっても変らないだろうということを、緒形同様に観ている者も、その映像から感じとることができる。

×月×日

きょうは、昼間のテレビで古い東映映画を観る。高倉健の〔望郷子守唄《こもりうた》〕という任《にん》侠物《きょうもの》で、観ているうちに、われ知らず引き込まれ、ついに観終ってしまう。監督は小沢茂弘だが、むかしの映画は手を抜かずにつくっているから、こういうことになるのだ。

夜は夜で、これもテレビ・ドラマ〔ラベンダーの風吹く丘〕という、行方不明の息子をさがす若い母親（安田成美《なるみ》）と奇妙な男（イッセー尾形）を描いたもので、そのユーモアとペーソスは一級だった。

ことに、イッセー尾形の型やぶりの演技に感心する。安田もよかった。

ほとんど二人きりのドラマだが、早口でたたみ込むセリフがよくきこえて、そのころよさに、つい引き込まれ、また観終ってしまう。終って十時半。きょうは仕事にならなかった。

連日、暖い日がつづいて気持ちが悪い。冬の暖い夜は、何もする気が起こらない。

×月×日

ワーナーの〔バットマン〕の試写が渋谷のパンテオンでおこなわれた。

夜の試写だから、夕方に家を出て目黒の〔とんき〕へ行き、久しぶりにロース・カツレツを食べてから、電車で渋谷へ行く。

目下、アメリカで大ヒット中というだけあって、ひろいパンテオンが一杯になる。

バットマンは、犯罪が横行するゴッサム・シティに、黒ずくめの姿をしたバットマンがあらわれ、悪人どもをやっつけるスーパーマンだが、昼間は謎《なぞ》の大富豪ブルース・ウエインにもどる。監督（ティム・バートン）は、このコミックス・ヒーローに現実感を出そうとして、無名に近く容貌《ようぼう》も冴《さ》えないマイケル・キートンを起用した。これは、或《ある》程度、成功したかのようにおもえる。だが、その他のセットや音響効果にもリアリティを打ち出したから、大画面の夜の風景は、むやみに暗く、疾走し、ぶつかり合う自動車の響音は耳を聾《ろう》するばかりとなって、私のような老人には少々疲れる。

終って、私はかなり疲れた。宣伝部の早川君が、

「大丈夫ですか。気をつけて下さいよ」

と、いう。

タクシーが拾えそうもないので、電車で帰るつもりになり、駅へ向ったところへ、うまくタクシーが近寄って来た。そのタクシーへ乗って帰ったが道路工事で渋滞し、ひどい目に会う。

悪の親玉はピエロの扮装《ふんそう》をしたジャック・ニコルソン、ヒロインはキム・ベイシンガーがつとめる。

×月×日
買物がたまったので、午後から銀座と日本橋へ出かける。高島屋で〔野田岩〕の鰻《うなぎ》を食べ、すぐに帰る。
きょうも暖夜だが、入浴するときはさすがに寒い。浴室へ電気ストーブを入れる。人間も、このようにだらしがなくなっては、もうだめだ。つくづくそうおもう。
年賀状を書くつもりだったが、今年もやめにする。ほんとうなら千数百枚の賀状のうち、今ごろ、半分は書けていなくてはならない。

テレビづけの正月

×月×日

午後から、有楽町へ出て散髪をする。

寒い曇日だが、月に一度は髪を刈らなくてはならぬ。実に面倒だ。

終って、同じビルの地下にある〔藪《やぶ》〕の支店で天ぷらそばに酒一本。さらにせいろを一枚食べる。

出て東京会館へ行き、コーヒー・パーラーで時間をつぶす。今夜はM氏の出版記念会がある。久しぶりに、同業の諸氏と会う。盛会なり。しばらくいて、お先に失礼をし、タクシーを拾う。今年の年末はタクシーがなかなか拾えない。車が増えても、運

転手がいないのだそうな。

夕刊の記事に、七十六歳の老女が、ハワイで開かれたフラダンス世界大会で、五十五歳以上の部門で、優秀技能賞を受けたことが報じられている。孫五人、ひ孫一人がいる老女だが、八年前からフラダンスをはじめたという。フラダンスというのがよいではないか。こういう明るい記事が、もっと新聞にのればよいとおもう。

連夜、寒い。いよいよ今年も押しつまってきた。今年は私にとって大苦難の年で、星も悪く、しかも天中殺が重なっていたのだから、こういうときは、じっと辛抱するよりほか仕方がない。天中殺のほうは今年で終ったが、来年は別のほうがもっとひどくなる。気をつけよう。

×月×日

毎朝、焼穴子《やきあなご》を食べている。

きょうは午後になって、今年、死去した友人・井手雅人の次女、和歌子ちゃんが訪ねて来る。顔つきばかりか、しゃべり方まで、井手君そっくりだ。

講談社、宮田氏が来て、梅安の原稿を持って行く。

夜は、けんちん汁《じる》に牛肉のすき焼き。ともかく寒くて身うごきもならぬ。炬燵《こたつ》へ入ったら最後、もう出られない。それにカレイの煮付けと柚子切《ゆずきり》そばで夕飯。

×月×日

昨日、第一食は鳥南ばんを食べて、久しぶりに山の上ホテルへ行く。年末は数日、何処《どこ》かへ行っていないと家の女たちが困る。大掃除をするからだ。

夜テレビで、大岡政談〔魔像〕を、杉良太郎が演《や》る。これを大河内《おおこうち》伝次郎の主演で観《み》たのは、まだ私が、小学生のころだった。

幕臣・神尾喬之助《きょうのすけ》と浪人・茨右近《いばらうこん》の二役を杉良太郎が演じる。大河内は、さらに大岡越前守も演じ、三役をこなした。テレビが面白《おもしろ》かったのは、往年の名監督・伊藤大《だい》輔《すけ》の構成をくずさなかったからだろう。私は、なつかしく、このテレビを観た。久しぶりに、むかしの時代劇の匂《にお》いを、たっぷりと味わった。

×月×日

快晴の朝、ホテルに近いうどんや〔M〕へ行く。きょうはあたたかい山かけそばにする。それから散髪。やはり行きつけの床屋がよい。

夜は、ホテル内の天ぷら。昨日は、あまり食べられなかったが今夜は、コースをほとんど食べられた。突き出しの白魚をさっと煮たのがよかった。これほどに食欲があると自分でも安心をする。

×月×日

昨日は、ホテルに友人二人を招く。その所為《せい》か、中華料理を大半、食べられた。少し食べすぎだったので、消化剤をのむ。友人たちは医療関係の人びとで、

「血色がよい」

「元気そうだ」

と、口々にいう。

しかし、二人が帰ると、ぐったりと疲れている自分に気づく。

ともかく、小説書きの仕事と運動とは両立しないから困る。だが、元気を出して、夕方に神保町まで坂を下って行き、故森一生《かずお》の〔森一生映画旅〕と、ビデオ一つを買って来る。森さんの本は、雑誌に連載中から愛読していたものだ。森さんの人柄《ひとがら》の魅力がみなぎっている。

今朝、起きて迷わずに天ぷらコーナーへ行き、焼き魚の定食を食べる。身がはじけるようなカレイの塩焼きに、おもわず「旨《うま》い」と、声をあげてしまう。添えてある青柳《あおやぎ》の刺身もよかった。

いよいよ、今年も押しつまって来た。例年のごとく、正月を迎える仕度をはじめたが、私は何もしない。家人をはじめ、義姉、姪《めい》にすべてをまかせる。この義姉と姪が

家事を助けてくれなかったらどうにもならない。

×月×日

平成二年の元旦《がんたん》。快晴なり。

朝、入浴をする。例年のごとく、雑煮とおせちの第一食。

夜は、亡師・長谷川伸の原作による〔荒木又右衛門〕をテレビでやったので、二時間余もかかって全部観る。原作は時代小説のドキュメントのおもむきをそなえた傑作だが、テレビ化にあたって、これを忠実に構成化し、すばらしい出来栄《できば》えとなった。

主役の仲代達矢以下、出演の人びと、いずれも気が入っていて、ことに平幹《ひら》二朗、緒形直人《なおと》の河合父子が最後の別れをするシーンなどは、両人とも、本当の泪《なみだ》が出たほどだった。原作のちからだ。吉右衛門の語りも荘重でよかった。

午後は、諸氏の年始。第二食は、おせちの残りで酒を飲んだだけで、食欲を失なう。

×月×日

きょうもテレビを観る。

十二時間もかけての〔宮本武蔵〕つづいて〔緋《ひ》ぼたんのお竜《りゅう》〕を観て、一日、つぶれてしまう。やはりテレビはクセになる。つとめて観ないようにしてはいるのだが……。

夕方、T君が来て、たがいにおとろえたことを語り合う。T君が帰ってから、気力をふるい起し〔鬼平〕の原稿を五、六枚、書き出しておく。

賀状が届く。こちらからは一昨年から出していないのに、申しわけなくおもう。来年か再来年《さらいねん》には出すつもりだが、それができるようになれば、私の体力も元へもどったことになる。今年は三つも仕事が重なるので、おそらく駄目《だめ》だろう。

まだ少し、やることがあるので、一日も早く元気になりたい。毎日、体操をして体力をつけている。

×月×日

春日野《かすがの》前理事長が死去する。六十四歳。私が、当時、栃錦《とちにしき》の春日野さんに会ったのは、もう三十年も前のことで、新聞社の対談をしたのだ。

私は、春日野さんの足の踵《かかと》が目についた。長年の稽古《けいこ》によって、血が割れ目からにじんでいた。

「ちょっと、さわっていいですか？」

そういうと、春日野さんは、

「どうぞ、どうぞ」

笑いながら、

「こんなもの、さわっても仕様がないですよ」

しかし、さわってみた。それは、まるで石のように、岩のようにかたかった。その感じは筆舌につくしがたいもので、いまもって忘れない。鍛錬というのは、こういうものだとおもった。

年が明けてから、まだ一歩も外へ出ない。

だが、水のように時間はながれすぎて行く。

きょうは、鬼平十枚すすむ。こういうときは安心して、よく眠れる。

夜は間鴨《あいがも》の鉄板焼で酒をのむ。久しぶりなので旨かった。

×月×日
昨夜、ワンタンを食べた夢を見たので、夕飯はワンタンをつくらせる。

きょうも外へ出ない。テレビでは毎日、若い人が走る、走る。マラソン、駅伝、腹が一杯になったので老いも若きも、エネルギイを発散することを、いろいろと考え出す。日本は平和だ。不安になるくらい、平和である。

午後、オールの明円《みようえん》君来て、鬼平の原稿を持って行く。

明円君は八十キロもあるそうな。

「スポーツを何かしたいんですが、どうも……」

と、いう。

「面倒くさいのだろう?」

「そうなのです」

「ぼくもそうなんだ。今年になってから、一歩も外へ出ない」

「それは少し、物ぐさすぎるのではないでしょうか」

そのとおりだと、われながらおもう。

舞台の鬼平

×月×日

六十七歳の誕生日なり。義姉と二人の姪《めい》が、鯛《たい》一尾を祝いに持って来てくれるというので、第一食は、もりそばのみにしておく。

編集関係の新年挨拶《あいさつ》が、そろそろ、やって来はじめる。私は十二月に休んで、正月は元旦《がんたん》から仕事をする。それをわきまえているので、新年は、編集者が、ほとんどあらわれない。

小学校の級友Hから来信。

「ぼくも正ちゃんも六十代というより、もう七十といったほうがよいのだから、くれぐれもお大事に」

と、ある。まったく、そのとおりだ。

ある企業の会長は二年前に引退をしたが、その人によると、

「人間、六十をすぎて数年たつと、一切の欲がなくなってしまう。このときが引退のときだとおもう」

そうだ。いまの私が、ちょうど、そのときなのだろう。しかし、こうも外へ出ないと体がどうにかなってしまう。久しぶりに山の上ホテルへ行くことにして、予約をする。

夕飯、姪が大きな鯛を持って来る。第一食をひかえておいたので、旨《うま》かった。

×月×日

一昨日から山の上ホテルへ来ている。

毎日、曇っていて寒い。でもホテルの部屋は自分の家の部屋よりも広いから、いちいち体をうごかしていると相当の運動量になる。何から何まで自分でやらなくてはならないのが、このごろは辛《つら》くなってきた。

夜は、コーヒー・パーラーへ行き、いつもの小さなビーフ・ステーキ、コンソメ・スープ、デザートに小さなケーキを食べる。しかし、食欲はなし。

昨日は、天ぷらコーナーへ行き、いろいろと食べたが、やはり食欲が出ない。すっ

かり、やせてしまった。仕事もせず、のんびりホテルに泊っているように見えるが、もう、そろそろホテルへ一人で泊ることもむずかしくなってきたようにおもう。二度も三度も、部屋の中で転倒する。足がすべるのだ。

午後、講談社の宮田君が、ゲラを持ってホテルへ来る。コーヒー・パーラーへ行き、共にオムレツにトースト、コーヒーをのむ。

夕景、家内と義姉が来たので、地下の中華料理。この前も旨かったが、きょうもよかった。おかげで、今夜は人並に食べられた。

きょうは、昨夜からの雪で、帰りの渋滞を心配したが、意外に早く帰れた。

朝、ホテルで、新鮮なヒラメを焼いてもらったが、おもうように食べられなかった。

夕方、路上で、石焼き芋を売る人が、「来年から、もう、来られなくなりました」と、いう。故郷の新潟へ帰るのだという。

このほかに、冬になると、古風なチャルメラを吹き、ながして来るラーメン屋があって、遠くから近寄って来るチャルメラの音をきくと、家人が丼《どんぶり》を持って駆けて行った。これも、いまは来ない。

中断していた仕事にかかるが、なかなか、うまく行かない。あきらめて眠ることにする。むかしは、これからが仕事の時間だったので、必ず夜食を口にしたものだ。

×月×日

新潮社の相談役、佐藤俊夫氏が先月に亡《な》くなり、その葬儀が青山斎場でおこなわれる。佐藤俊夫氏は長らく小説新潮の編集長をつとめられて、私は、ずいぶん世話になった。六十をすぎてから、私は冠婚葬祭へ出なくなってしまったが、きょうだけは別だ。

さいわいに晴れわたって寒さも風もなく、長ったらしい弔詞もなく、よい葬儀だった。遺影を見ているうちに、佐藤さんは、やっぱり、六白の人だったと、つくづくおもった。八十六歳という長寿を保ったが長命の家系だし、私のほうが先だとおもっていた。

帰宅して、今夜は、手製のチャーシュウをつくらせる。うまくいかなかったが、努めて食べる。毎日のように体重が減っていくのが心細い。今夜は二度も、書斎の中で転倒し、腰を打った。

×月×日

きょうはコロムビアの試写があったので、行くつもりだったが出そびれてしまう。私の出不精は、いよいよ本格的なものになってきた。

何を食べても旨くない。体重が減って、まことに心細い。

きょうは第一食が手製のチャーシュウをつかった炒飯《チャーハン》。二食がロール・キャベツにパン一枚。これだけで、げんなりしてしまう。

きょうは、春一番が吹き、夜になっても風の音が鳴っていた。春は、私にとって、いちばん嫌《いや》な季節だ。毎日、鬼平犯科帳を少しずつ書きすすめている。気が滅入《めい》るばかりだ。今月は歌舞伎座《かぶきざ》で吉右衛門が〔鬼平〕を演《や》っているので、ぜひとも行きたいとおもっている。だが行けるか、どうか……。それほど、私の外出嫌《ぎら》いは重症になってきている。

K君が、コンソメ・スープとビーフ・シチューを持って来てくれる。大好物のコンソメで、久しぶりに第二食を旨く食べることができた。

×月×日

一日中、ミゾレまじりの雨となる。

出るのをやめようとおもったが、おもいきって、地下鉄で歌舞伎座の〔鬼平犯科帳〕を観に行く。出てしまえば、さして寒くはないのだ。

私が〔鬼平——狐火《きつねび》〕の脚本を書いたのは、二十二年も前のことで、いうまでもなく、先代の幸四郎（白鸚）さんのテレビの鬼平が大好評であったことから、東宝（当時、白鸚さんは東宝にいた）が、明治座の舞台にかけたのである。

いまの幸四郎、吉右衛門は盗賊の狐火兄弟を演じた。今回は、八十助《やそすけ》と歌昇が演じて、なかなか、よかった。

今回は、私が演出をしなかったので、舞台が良い悪いではなく、他人が書いた脚本のような気がした。よかったのは、女の役だ。すべて、人妻は人妻、町娘は町娘らしく、時代物の常識にしたがって扮装《ふんそう》をしているからだ。いまのテレビ時代物の女優のひどさを見ているだけに、ほっとする。

吉右衛門の平蔵は、今度の舞台でもよい。

ちょうど劇場へ着いたとき、富十郎さんの〔舟弁慶〕を演《や》っていた。これで二度目か。富十郎さんは、むろん、よかったけれども、我当の弁慶がよかった。あきらかに一つの進境である。或《あ》る人が、「近ごろの我当は、いいですよ」といっていたが、たしかに、ちがってきている。

外へ出て、何を食べようか、と考える。

迷うことなく、〔新富寿司〕へ行った。

食べられるかどうかとおもったが、ぺろりと食べてしまう。こういうときは握り鮨《ずし》にかぎる。

〔清月堂〕でコーヒーをのんでから、〔凮月堂〕へ寄り、アイスクリームとシャーベットを買って帰る。あまりに疲れたので、タクシーを拾い、帰る。

×月×日

午後になって、少し足を鍛えようとおもい、地下鉄の駅まで行く。往復四十分。息が切れて、足が宙に浮いているようで、危くて仕方がない。

いろいろな人から入院をすすめられているが、いまは入院ができない。また、入院したところで結果はわかっている。

夜は、家人が所用で出かけたので、鳥のそぼろ飯を弁当にしておいてもらい、食べる。

やはり、半分も食べられなかった。

今夜は〔鬼平犯科帳〕の最終回。九十分の長篇《ちょうへん》。

鬼平の〔大川の隠居〕と〔流星〕を一つにしたものだが、脚本よろしく少しもダレなかった。

評判がよかったので、また三月から撮影をするらしい。

去年の日記を読み返してみると、まだまだ元気で、一日二食だが欠かさずに食べている。

そのかわりに、家人が重症の拒食症になってしまい、

(これでは、来年が保《も》つまい)

と、おもっていたが、今年になって、私が同じ症状になってしまったのである。

拒食症というのも、辛《つら》いものだ。やせおとろえて体力がなくなり、立ちあがるのにも息が切れる。

ま、仕方がない。こんなところが順当なのだろう。ベッドに入り、いま、いちばん食べたいものを考える。考えてもおもい浮かばない。

解　説

重金敦之

日本全国に「銀座」と名前がつく商店街は四百近くもあり、都道府県別にみると、東京がやはり圧倒的に多く、その数は百を超えるそうだ。銀座は日本を代表する商店街であり、今では世界的な商店街といってもいいだろう。約五千軒の小売店や飲食店、バー、クラブがあの狭い銀座八丁に蝟集《いしゅう》している。

第二次大戦後の荒廃から、銀座はいち早く復興したものの、やがて都心周辺のターミナル駅が整備され、私鉄のターミナルビルや駅前繁華街に人が集まるようになり、「銀座斜陽」という声も聞かれ始めた。そんな状況のなかで、銀座の老舗《しにせ》が集まって「銀座百店会」を発足させた。銀座のPRをはかるため、月刊の小冊子「銀座百点」を創刊したのが、昭和三十（一九五五）年のことである。

当時は銀座に本社のあった文藝春秋社の協力を得て作られ、宣伝臭を除いた編集方針が広く読者の支持を得ることとなった。今でこそ地域ミニコミ誌は全国各地に見られ、珍しくもなんともないが、「銀座百点」はその嚆矢《こうし》であり、同時に同業誌のはるかなる目標でもあった。「銀座百点」の成功は、戦後の広告PR史にも特筆されるべきことで、現在あまたあるPR誌に大きな影響を与えたという点では、サントリーの「洋酒天国」と双璧《そうへき》といえよう。

この池波正太郎さんの「銀座日記」は昭和五十八（一九八三）年七月から、「銀座百点」に連載された。小説なりエッセーは、その掲載誌によって、大きく性格が定められる。小説やエッセーがその雑誌を作ると同時に、雑誌もまた作家の作品を作っていくのである。そういう意味では、この「銀座日記」が「銀座百点」誌に連載されたのは、まことに所を得たもので、格好の舞台だったといえる。「銀座百点」以外のどんな雑誌を考えてみても、この作品にふさわしい劇場は見当たらないのではないか。

ところで、池波さんの小説やエッセーには必ずといっていいほど、「死」についての記述がある。

〈人間は、生まれ出た瞬間から、死へ向って歩みはじめる。死ぬために、生きはじめる。そして、生きるために食べなくてはならない。何という矛盾だろう〉（『日曜日の万年筆』）

〈近年、つくづくと、一人の人間が持っている生涯《しょうがい》の時間というものは、

（高が知れている……）

と、おもわざるを得ない。

人間の欲望は際限もないもので、あれもこれもと欲張ったところで、どうにもならぬことは知れている。（略）

三日に一度ほどは、ぼんやりと自分が死ぬ日のことを考えてみるのは、徒労でもあろうが、一方では、自分の中の過剰な欲望を、打ち消してくれる効果もあるのだ〉（『男のリズム』）

池波さんの「食べもの」に対する執着は、良く知られ、また本書の中にも随所にうかがえる。しかし、池波さんにいわせると、

〈死ぬために食うのだから、念を入れなくてはならないのである。

なるべく、

（うまく死にたい……）

からこそ、日々、口に入れるものへ念をかけるのである〉（『男のリズム』）

ということになる。

かつて池波さんの膝下《しっか》にあって親炙《しんしゃ》していたあるライターが、さる文学辞典で、池波さんのことを、「食道楽」と表現しているのには仰天した。そんな腑抜《ふぬ》けで、やわなものでは決してない。

私は、池波さんの「食べもの」への執情に、自分の体を守る職人の姿を思う。池波さんの父方の祖父は宮大工の棟梁《とうりょう》で、母方の祖父は錺《かざ》り職人であった。その職人の血が自分の体に流れていることを誇りに思っていた。池波さんの原稿はいつもしめ切り前に出来上がっていたのは有名な話だが、これも職人の血筋がなせた意気に違いない。いったん連載が始まれば、休むことは許されず、常に〝納期〟の前に仕上げ、次作の準備にとりかかるという戒律を自らに課していたのであろう。

〈職人の仕事は、理屈ではない。あくまでも感覚のつみかさねによって、すべてを理解し、見通さなくてはならない。

私の小説は、「何を書こう」ということが、たとえば道を歩いているときの一瞬のうちに決まる。その一瞬に、テーマも構成も決まってしまう。

むろん、形を成しているわけではない。さっと、白く、頭の中を通りすぎて行くだけだ。（略）一瞬のうちに決まってくれさえすれば、ほとんど、最後まで書きぬくことができる。これはやはり「職人の感覚」ではないかと、私はおもう〉（『私の歳月』）

名作『食卓の情景』が「週刊朝日」誌に連載されたのは、昭和四十七（一九七二）年一月から翌年の五月までだったが、そのころの「食日記」には、「たらふく食べる」とか、「腹がハチ切れんばかりになって帰宅」などとある。そして帰宅後は、「夜十時から翌朝四時まで猛然と仕事をする」、「今夜も、ぐっすりとねむる」などと記されている。

本書には、川口松太郎さんから、

「……銀座日記をよむと、少し食べすぎ、のみすぎ、見すぎ（映画）という気がする。とにかく大切に……」

というハガキをいただいたくだりがある。しかし、『食卓の情景』時代の食欲はこんなものではなかった。だからといって、自分の健康に留意しなかったわけではない。充分すぎるほど気をつけていた。それもこれも、「職人は、休んではおしまい」ということを痛切に感じていたからにほかならない。

池波さん自身、

〈元来、私は怠け者なのだ。これは自分がよくわきまえている。なればこそ、仕事を前もってすすめるようにしているわけだ〉（本書）

といっているが、その〝怠け心〟を奮い立たせる最上の良薬が、「食べもの」と「映画」だったに違いない。

ところで、本書にもよく記述があるが、池波さんは十年ほど前から気学を研究し始めた。六白《ろっぱく》の星を持つ池波さんは、平成二（一九九〇）年の節分以後が最も良くない危険な時期だといい続けていた。それを無事に切り抜ければ、盛運に向かい、新しい長編にも取り組めると公言していた。

しかし、その言葉とは裏腹に、平成元年の暮れから、「鬼平犯科帳」と「仕掛人・藤枝梅安《ふじえだばいあん》」を復活させ、現代小説「居酒屋B・O・F」の連載も始めた。気学を究めると、自分の運命が見えてくるという。自分の研究した気学の正当性を証明するためだったのか、あえて自らを「危険な星まわり」の下に追いこんでいったような気が、私にはする。

平成二年二月になると、家の中でたびたび転んだり、いったん腰をおろすとなかなか立つのがむずかしくなった。全身に力が入らず、最後は万年筆すら手に持つことができなくなってしまった。三月十二日、東京・神田の三井記念病院に入院。急性白血症と診断された。

気分がいい時は、「うなぎが食べたい」などの言葉は出ても、固形物はほとんど口にできず、四月二十九日、銀座の料理屋「いまむら」から届いた金目鯛《きんめだい》の煮つけ少量と病院で出された空豆を細かくきざんで食べたのが、最後の食事だった。

五月三日午前三時逝去《せいきょ》。享年六十七。法名を華文院釈正業と呼び、生地の近く、東京・西浅草の西光寺に眠る。

平成二年七月号の「銀座百点」誌は、「優しき含羞《がんしゅう》の人――池波正太郎さんの思い出」という追悼《ついとう》座談会を掲載している。出席者は本書にもよく登場する次の三氏だ。
早川龍雄（ワーナーブラザース映画宣伝部）
林愛一郎（銀座清月堂喫茶部）
今村英雄（日本料理いまむら）
一部を抜粋してみたい。

早川　池波さんてファッション・センスがありましたよね。夏なんか、自分のデザインしたチョッキなんか着てね。ポケットにいろいろ入るんです。いいなあと思った。

林　ランバンのリバーシブルのスカーフしたり……。

早川　一時ジーパンはいてたもんね。それがまた似合うんですよ。

林　自分に合ったものを着るという感じですね。食べるものでもそうですけれど、合ってるなっていう感じがする。

早川　垢抜《あかぬ》けてるのね、ちゃんとスーツ着て帽子被《かぶ》ってるときもよかった。それからカバンもね。やっぱり銀座に似合うんですよ、歩いてて。だんだんああいう方はいなくなってるじゃないですかねえ。

今村　ぼくはこういう商売ですから、店をあっちこっち替わって、ちょっと落ち込んだときがあるんです。そんなときおうちに呼ばれた。黙ってたら、バーッと肚《はら》をさらけて自分のことをお話しになるんですね。さあ、おまえも言え、という感じで。でも黙ってたら、「おれはおまえの仲人であり、まして英太郎の名付け親だ。なんでおれに言わないんだッ」と言われましてね。そこでぼくがワーッと不満を言ったら、「そんな店、じゃあ辞めろ」「辞めます」と。横で聞いてるうちの女房に「幹根子《みね》ちゃん、生活費はちゃんとなってるのかい。うちのやつに言ってあるから、生活費取りにおいで」って言う。ぼくが、「そのくらいのことしてあります」って言ったら、「おまえに言ってんじゃねッ」。これは長谷川平蔵ですね。

早川 ライザ・ミネリが中野サンプラザで公演したことがあって、最高席が一万円。池波さんがぼくのも押さえてくれって言う。で、切符をお渡しするときに、いつもお世話になってるから、これは私からのプレゼントですと言って渡したら、池波さん黙ってる。それでスッと財布から二万円抜いて、「これ早川君の分もな」って。間髪入れずにもらいましたけどね（笑い）。

その公演にはうちのかみさんも一緒に行った。うちのかみさんはぼくより二十歳下なんです。「若い女房《にょうぼう》もらった」って余計なお世話なのに書かれて、ずいぶん周りから冷やかされました。このかみさんは田舎の出なもんで、池波さんがどんな偉い方か知らないわけです。ショーが終わってから、ぼくはかみさんに、このおじさんをあそこの信号の所で待たしておけって言って、タクシーをつかまえてきて、「本日はご苦労さまでした」と送り出した。そうしたら、かみさんが「あのおじさんが、早川君のことよろしくお願いしますね、って言ってた」と言うんですよ。秋山小兵衛《こへえ》です。

われわれはそういう人間と出会ったということだけでも幸せだと思います。

いうまでもないことだが、本書は単なる銀座論ではない。下町で生まれ育ち、十三歳のころから働き出した池波さんにとって、銀座の存在はいかようなものであったのだろうか。憧憬《どうけい》の地であるとともに、東京出身者の郷里であり、自分の庭でもあったに違いない。だから本書は東京論でもあり、日本論でもあるのだ。

また作家の日記として、現代史の貴重な記録であり、後世にも長く伝えられるに違いない。さらに、「小説の職人」池波正太郎を知るための宝庫ともなっている。いずれにしても、池波正太郎ファンにとっては、手放すことの出来ない必携の書であるといえよう。

銀座には三千軒近いバー、クラブがあるといわれる。ビル全体がバーやクラブで占められ、その櫛比《しっぴ》する看板群は壮観ですらある。その三千軒のうちのひとつに池波さんが名前を付け、池波さんの筆になる看板をかかげた店がある。好きだった銀座に遺《のこ》していった、池波さんのたったひとつの「遊び心」ともいえる。あなたが熱心な池波ファンだったら、ふとした機会に、銀座八丁のバービルの一隅《いちぐう》に池波さんの雅致ある書体を見つけ出すことができるだろう。

（平成三年二月、「週刊朝日」編集部）

「カンペールのクッキー」から「富十郎の芝居」までは、朝日新聞社刊『池波正太郎の銀座日記 Part I』（昭和六十年十二月）に、「昔日の俳優たち」から「暖かな日々」までは、同社刊『池波正太郎の銀座日記 Part II』（昭和六十三年四月）にそれぞれ収められた。「池波正太郎の新銀座日記」は本書初収録である。

池波正太郎著

闇は知っている

金で殺しを請け負う男が情にほだされて失敗した時、その頭に残忍な悪魔が棲みつく。江戸の暗黒街にうごめく男たちの凄絶な世界。

池波正太郎著

雲霧仁左衛門（前・後）

神出鬼没、変幻自在の怪盗・雲霧。政争渦巻く八代将軍・吉宗の時代、狙いをつけた金蔵をめざして、西へ東へ盗賊一味の影が走る。

池波正太郎著

さむらい劇場

八代将軍吉宗の頃、旗本の三男に生れながら、妾腹の子ゆえに父親にも疎まれて育った榎平八郎。意地と度胸で一人前に成長していく姿。

池波正太郎著

おとこの秘図（上・中・下）

江戸中期、変転する時代を若き血をたぎらせて生きぬいた旗本・徳山五兵衛――逆境をはねのけ、したたかに歩んだ男の波瀾の絵巻。

池波正太郎著

忍びの旗

亡父の敵とは知らず、その娘を愛した甲賀忍者・上田源五郎。人間の熱い血と忍びの苛酷な使命とを溶け合わせた男の流転の生涯。

池波正太郎著

日曜日の万年筆

時代小説の名作を生み続けた著者が、さりげない話題の中に自己を語り、人の世を語る。手練の切れ味をみせる〝とっておきの51話〟。

池波正太郎著
真田騒動
—恩田木工—

信州松代藩の財政改革に尽力した恩田木工の生き方を描く表題作など、大河小説『真田太平記』の先駆を成す〝真田もの〟5編。

池波正太郎著
男の作法

これだけ知っていれば、どこに出ても恥ずかしくない！てんぷらの食べ方からネクタイの選び方まで、〝男をみがく〟ための常識百科。

池波正太郎著
あほうがらす

人間のふしぎさ、運命のおそろしさ……市井もの、剣豪もの、武士道ものなど、著者の多彩な小説世界の粋を精選した11編収録。

池波正太郎著
おせん

あくまでも男が中心の江戸の街。その陰にあって欲望に翻弄される女たちの哀歓を見事にとらえた短編全13編を収める。

池波正太郎著
男の系譜

戦国・江戸・幕末維新を代表する十六人の武士をとりあげ、現代日本人と対比させながらその生き方を際立たせた語り下ろしの雄編。

池波正太郎著
剣客商売番外編 黒白（上・下）

若き日の秋山小兵衛に真剣勝負を挑んだ小野派一刀流の剣客・波切八郎。対照的な二人の剣客の切り結びを描くファン必読の番外編。

池波正太郎著

映画を見ると得をする

なぜ映画を見ると人間が灰汁《あく》ぬけてくるのか……。シネマディクト(映画狂)の著者が、映画の選び方から楽しみ方、効用を縦横に語る。

池波正太郎著

真田太平記（一～十二）

天下分け目の決戦を、父・弟と兄とが豊臣方と徳川方とに別れて戦った信州・真田家の波瀾にとんだ歴史をたどる大河小説。全12巻。

池波正太郎著

編笠十兵衛（上・下）

幕府の命を受け、諸大名監視の任にある月森十兵衛は、赤穂浪士の吉良邸討入りに加勢。公儀の歪みを正す熱血漢を描く忠臣蔵外伝。

池波正太郎著

むかしの味

人生の折々に出会った〔忘れられない味〕。それを今も伝える店を改めて全国に訪ね、初めて食べた時の感動を語り、心づかいを讃える。

池波正太郎著

あばれ狼

不幸な生い立ちゆえに敵・味方をこえて結ばれる渡世人たちの男と男の友情を描く連作3編と、『真田太平記』の脇役たちを描いた4編。

池波正太郎著

谷中・首ふり坂

初めて連れていかれた茶屋の女に魅せられて武士の身分を捨てる男を描く表題作など、本書初収録の3編を含む文庫オリジナル短編集。

池波正太郎著

まんぞくまんぞく

十六歳の時、浪人者に犯されそうになり家来を殺されて、敵討ちを誓った女剣士の心の成長の様を、絶妙の筋立てで描く長編時代小説。

池波正太郎著

秘伝の声（上・下）

師の臨終にあたって、秘伝書を土中に埋めることを命じられた二人の青年剣士の対照的な運命を描きつつ、著者最後の人生観を伝える。

池波正太郎著

黒幕

徳川家康の謀略を担って働き抜き、六十歳を越えて二度も十代の嫁を娶った男を描く「黒幕」など、本書初収録の4編を含む11編。

池波正太郎著

原っぱ

旧作の再上演を依頼された初老の劇作家の心の動きと重ねあわせながら、滅びゆく東京の街への惜別の思いを謳った話題の現代小説。

池波正太郎著

賊将

幕末には〔人斬り半次郎〕と恐れられ、西郷隆盛をかついで西南戦争に散った桐野利秋を描く表題作など、直木賞受賞直前の力作6編。

池波正太郎著

江戸切絵図散歩

切絵図とは現在の東京区分地図。浅草生まれの著者が、切絵図から浮かぶ江戸の名残を練達の文と得意の絵筆で伝えるユニークな本。

池波正太郎著

武士《おとこ》の紋章

敵将の未亡人で真田幸村の妹を娶り、睦まじく暮らした滝川三九郎など、己れの信じた生き方を見事に貫いた武士たちの物語8編。

池波正太郎著

夢の階段

首席家老の娘との縁談という幸運を捨て、微禄者又十郎が選んだ道は、陶器師だった――表題作等、ファン必読の未刊行初期短編9編。

池波正太郎著

人斬り半次郎（幕末編・賊将編）

「今に見ちょれ」。薩摩の貧乏郷士、中村半次郎は、西郷と運命的に出遇った。激動の時代を己れの剣を頼りに駆け抜けた一快男児の半生。

池波正太郎著

堀部安兵衛（上・下）

因果に鍛えられ、運命に磨かれ、「高田の馬場の決闘」と「忠臣蔵」の二大事件を疾けた赤穂義士随一の名物男の、痛快無比な一代記。

池波正太郎著

江戸の暗黒街

江戸の闇の中で、運・不運にもまれながらも、与えられた人生を生ききる男たち女たちを濃やかに描いた、「梅安」の先駆をなす8短編。

池波正太郎著

スパイ武士道

表向きは筒井藩士、実は公儀隠密の弓虎之助は、幕府から藩の隠し金を探る指令を受けるが。忍びの宿命を背負う若き侍の暗躍を描く。

池波正太郎著　剣客商売⑤　白い鬼

若き日の愛弟子を斬り殺された秋山小兵衛が、復讐の念に燃えて異常な殺人鬼の正体を追及する表題作など、大好評シリーズの第五作。

池波正太郎著　剣客商売⑥　新　妻

密貿易の一味に監禁された佐々木三冬を秋山大治郎が救い出すと、三冬の父・田沼意次は嫁にもらってくれと頼む。シリーズ第六作。

池波正太郎著　剣客商売⑦　隠れ簑

盲目の武士と托鉢僧。いたわりながら旅を続ける年老いた二人の、人知をこえた不思議な絆を描く「隠れ簑」など、シリーズ第七弾。

池波正太郎著　剣客商売⑧　狂　乱

足軽という身分に比して強すぎる腕前を持ったがゆえに、うとまれ、踏みにじられる侍の悲劇を描いた表題作など、シリーズ第八弾。

池波正太郎著　剣客商売⑨　待ち伏せ

親の敵と間違えられた大治郎がその人物を探るうち、秋山父子と因縁浅からぬ男の醜い過去が浮かび上る表題作など、シリーズ第九弾。

池波正太郎著　剣客商売⑩　春の嵐

わざわざ「名は秋山大治郎」と名乗って辻斬りを繰り返す頭巾の侍。窮地に陥った息子を救う小兵衛の冴え。シリーズ初の特別長編。

池波正太郎著

剣客商売⑪ 勝負

相手の仕官がかかった試合に負けてやることを小兵衛に促され苦悩する大治郎。初孫・小太郎を迎えいよいよ冴えるシリーズ第十一弾。

池波正太郎著

剣客商売⑫ 十番斬り

無頼者一掃を最後の仕事と決めた不治の病の孤独な中年剣客。その助太刀に小兵衛の白刃が冴える表題作など全7編。シリーズ第12弾。

池波正太郎著

剣客商売⑬ 波紋

大治郎の頭上を一条の矢が疾った。これも剣客商売の宿命か――表題作他、格別の余韻を残す「夕紅大川橋」など、シリーズ第十三弾。

池波正太郎著

剣客商売⑭ 暗殺者

波川周蔵の手並みに小兵衛は戦いた。大治郎襲撃の計画を知るや、波川との見えざる糸を感じ小兵衛の血はたぎる。第十四弾、特別長編。

池波正太郎著

剣客商売⑮ 二十番斬り

恩師ゆかりの侍・井関助太郎を匿った小兵衛に忍びよる刺客の群れ。老境を悟る小兵衛の剣は、いま極みに達した。シリーズ第15弾。

池波正太郎著

剣客商売⑯ 浮沈

身を持ち崩したかつての愛弟子と、死闘の末倒した侍の清廉な遺児。二者の生き様を見守り、人生の浮沈に思いを馳せる小兵衛。最終巻。

池波正太郎《いけなみしょうたろう》の銀座日記《ぎんざにっき》[全]

新潮文庫　い－16－59

平成三年三月二十五日　発行
平成二十年十月三十日　二十八刷改版
令和四年九月三十日　三十四刷

著者　池《いけ》波《なみ》正《しょう》太《た》郎《ろう》
発行者　佐藤隆信
発行所　株式会社　新潮社

郵便番号　一六二―八七一一
東京都新宿区矢来町七一
電話　編集部(〇三)三二六六―五四四〇
　　　読者係(〇三)三二六六―五一一一
http://www.shinchosha.co.jp

価格はカバーに表示してあります。

印刷・東洋印刷株式会社　製本・株式会社大進堂

ISBN978-4-10-115659-0 C0195